La maison secrète

*

Protection forcée

B.J. DANIELS

La maison secrète

Traduction française de
CHRISTINE BOYER

Collection : BLACK ROSE

Ce roman a déjà été publié en 2020

Titre original :
HARD RUSTLER

© 2018, Barbara Heinlein.
© 2020, 2024, HarperCollins France pour la traduction française.

Ce livre est publié avec l'autorisation de HARLEQUIN BOOKS S.A.

Tous droits réservés, y compris le droit de reproduction de tout ou partie de l'ouvrage, sous quelque forme que ce soit.
Toute représentation ou reproduction, par quelque procédé que ce soit, constituerait une contrefaçon sanctionnée par les articles 425 et suivants du Code pénal.

Si vous achetez ce livre privé de tout ou partie de sa couverture, nous vous signalons qu'il est en vente irrégulière. Il est considéré comme « invendu » et l'éditeur comme l'auteur n'ont reçu aucun paiement pour ce livre « détérioré ».

Cette œuvre est une œuvre de fiction. Les noms propres, les personnages, les lieux, les intrigues sont soit le fruit de l'imagination de l'auteur, soit utilisés dans le cadre d'une œuvre de fiction. Toute ressemblance avec des personnes réelles, vivantes ou décédées, des entreprises, des événements ou des lieux serait une pure coïncidence.

HARPERCOLLINS FRANCE
83-85, boulevard Vincent-Auriol, 75646 PARIS CEDEX 13
Service Clients — www.harlequin.fr
ISBN 978-2-2805-0411-9 — ISSN 1950-2753

Édité par HarperCollins France.
Composition et mise en pages Nord Compo.
Imprimé en février 2024 par CPI Black Print (Barcelone)
en utilisant 100% d'électricité renouvelable.
Dépôt légal : mars 2024.

Pour limiter l'empreinte environnementale de ses livres, HarperCollins France s'engage à n'utiliser que du papier fabriqué à partir de bois provenant de forêts gérées durablement et de manière responsable.

1

Annabelle Clementine arrêta son élégant cabriolet quelques instants au sommet de la montagne. La gorge serrée, elle considéra le paysage tourmenté qui s'étendait devant elle. Jamais elle n'aurait imaginé revoir un jour ce spectacle grandiose, d'une beauté à couper le souffle. En quittant Whitehorse et le Montana, treize ans plus tôt, elle pensait ne jamais y revenir. En tout cas, elle l'espérait.

La perspective de passer son existence au cœur d'une nature aussi sauvage, dans cet État immense et loin de tout, ne l'avait jamais tentée. Elle préférait les lumières et l'animation des métropoles aux grands espaces qui lui avaient toujours paru synonymes d'ennui mortel et d'isolement. D'ailleurs, elle roulait depuis des kilomètres sans avoir croisé âme qui vive, et aucun village n'était visible à l'horizon, pas même un ranch.

Comme elle repartait, sa jauge à essence se mit à clignoter. Son réservoir était presque vide. Une heure plus tôt, elle s'était arrêtée à une station-service pour faire le plein mais sa carte de crédit ne fonctionnait plus. Elle avait retourné ses poches, fouillé son sac à main, sa boîte à gants, dans l'espoir de trouver quelques pièces ou mieux, un petit billet oublié. Malheureusement, la somme qu'elle avait réunie ne lui avait permis d'acheter que trois ou quatre litres d'essence.

Pourvu que je ne tombe pas en panne sèche avant d'arriver à Whitehorse !

Pour économiser un peu de carburant, elle laissa sa voiture

descendre en roue libre vers la rivière du Missouri. Par bonheur, si la neige recouvrait les cimes alentour, la route était bien dégagée. Annabelle se demandait comment elle aurait réussi à conduire sans pneus neige sur des voies verglacées.

Le moteur eut des ratés et elle regarda avec une angoisse croissante sa jauge qui flirtait maintenant avec le zéro. Sans doute parvenait-elle encore à rouler grâce à la réserve. Mais quelle distance pourrait-elle parcourir ainsi ? Et quand il ne lui resterait plus une goutte d'essence, que ferait-elle ? Elle était encore loin de Whitehorse.

Des larmes brûlaient ses paupières mais elle les refoula. Il n'était pas question de se mettre à pleurer. D'accord, tout allait mal. Très mal, même. Mais...

Elle arrivait au bas de la montagne lorsqu'elle aperçut un pick-up arrêté sur le bas-côté de la route, une remorque pour transporter les chevaux attelée à l'arrière. Au simple fait de comprendre qu'un autre être humain se trouvait certainement à proximité — sans parler de la possibilité qui lui était sans doute offerte d'obtenir du carburant —, le cœur d'Annabelle se gonfla d'espérance. Avec un peu de chance, elle réussirait à atteindre Whitehorse...

Mais comme elle approchait du pick-up, elle ne remarqua personne alentour. Son propriétaire était-il parti galoper dans la montagne ?

Se pourrait-il qu'il ait laissé un bidon d'essence dans son véhicule ? se dit-elle, pleine d'espoir.

Seigneur ! songea-t-elle, accablée par la tournure de ses pensées. Pour envisager de voler du carburant, il fallait vraiment qu'elle soit tombée très bas.

Heureusement, elle n'eut pas la possibilité de céder à la tentation parce qu'elle aperçut enfin un cow-boy, de l'autre côté de la camionnette. Le soulagement qui la traversa fut vite balayé par un regain d'angoisse en prenant conscience qu'ils étaient seuls, tous les deux, au milieu de nulle part.

Ne sois pas idiote. La probabilité que ce type soit un tueur en série, un violeur ou un kidnappeur est quand même très faible.

Le moteur hoqueta comme s'il s'apprêtait à rendre l'âme. De toute façon, elle n'avait pas le choix. Elle n'avait pas croisé une voiture depuis des kilomètres. Elle avait vu dans les champs de nombreux troupeaux de vaches et des groupes de chevaux mais pas d'êtres humains. Et il en serait de même jusqu'à Whitehorse, elle le savait.

Dans l'immédiat, elle était donc obligée de demander de l'aide à la seule personne qui avait la possibilité de lui en apporter, en espérant que cet homme était quelqu'un de correct.

Elle se gara près du pick-up.

Détends-toi, ma vieille. Tu vas lui emprunter quelques litres d'essence et repartir en vitesse. Tu n'as vraiment aucune raison de t'en faire.

Elle faillit éclater de rire. Vu la manière dont son existence partait à vau-l'eau, ces derniers temps, elle avait au contraire toutes les raisons de s'inquiéter. Et devoir quémander du carburant à un inconnu était sans doute le cadet de ses soucis.

J'ai déjà touché le fond. Que peut-il m'arriver de pire ?

Elle avait voulu tenter sa chance dans un monde de requins, certaine qu'elle deviendrait quelqu'un, qu'elle trouverait la gloire et la fortune... Elle avait pris des risques et elle s'était trompée. Elle avait joué et perdu. Voilà pourquoi rien n'allait dans sa vie.

Le moteur toussa une dernière fois et se tut.

Maintenant, elle n'avait vraiment plus le choix, se dit-elle en coupant le contact.

Avant de quitter l'habitacle, elle vérifia d'un bref coup d'œil sa coiffure et son maquillage dans le rétroviseur.

Tu es Annabelle Clementine. Tu peux le faire.

La femme dont elle considérait le reflet dans le petit miroir semblait dubitative.

Prenant son courage à deux mains, elle sortit de l'habitacle en veillant à ne pas abîmer ses bottes en cuir — qui lui avaient coûté les yeux de la tête — dans la boue.

— Excusez-moi ! lança-t-elle. J'ai un petit problème et peut-être pourriez-vous m'aider...

Par prudence, elle resta à proximité de sa voiture dont elle avait laissé la portière ouverte. Si ce type devenait menaçant, elle n'aurait qu'un pas à faire pour sauter au volant. Cela dit, sans carburant, elle n'irait pas loin. Mais au moins, aurait-elle la possibilité de s'enfermer dans son véhicule. Dommage d'avoir opté pour un cabriolet, songea-t-elle avec dépit. Lorsqu'elle vivait en Californie, acheter une décapotable lui avait paru judicieux, mais à présent...

Le cow-boy lui tournait le dos et il ne lui avait pas encore accordé un regard. Il semblait très occupé à fouiller l'arrière de son pick-up.

— Excusez-moi ? répéta-t-elle.

Il l'avait forcément entendue. Mais jusqu'ici, il n'avait pas eu la moindre réaction.

Contrainte de s'éloigner de son véhicule, elle s'approcha de lui avec précaution. L'homme qu'elle découvrit alors n'avait rien d'impressionnant, loin de là. Ayant grandi au milieu des cow-boys, elle n'avait jamais compris la fascination qu'ils exerçaient sur certaines femmes. Certes, celui-ci n'était pas mal, même de dos. Grand et large d'épaules, il avait le profil de l'emploi.

Malheureusement, le reste laissait vraiment à désirer. Il avait l'air sale et il semblait avoir dormi dans ses vêtements. Son jean, sa veste et ses bottes étaient couverts de poussière. Il était mal rasé et ses cheveux hirsutes avaient besoin d'une bonne coupe.

Comme s'il avait enfin remarqué son existence, il lui jeta un rapide coup d'œil par-dessus son épaule. Pour protéger ses yeux du soleil hivernal, il portait des lunettes noires et il avait baissé son stetson mais Annabelle parvint à entrevoir brièvement son visage. Sa barbe de plusieurs semaines accentuait son côté crasseux et négligé.

Soit il venait de chevaucher des jours durant en pleine nature, soit il s'agissait d'un vagabond.

Pourquoi s'en souciait-elle ? De toute façon, elle n'avait pas l'intention de l'épouser. Elle n'espérait de lui que quelques litres d'essence.

— Hello ? dit-elle, un peu plus fort.

Cessant enfin de fouiller l'arrière de son pick-up, il se retourna, visiblement à contrecœur.

— Il y a un problème ? demanda-t-il d'une voix rauque.

Elle se rendit compte alors qu'il était en train de nourrir un chien dans sa camionnette. L'animal — qui semblait très jeune, presque un chiot — avait un œil bleu et un œil marron entouré d'une tache noire. Il paraissait aussi sale que son maître.

Annabelle reporta son attention sur le cow-boy qui considérait son cabriolet comme s'il n'en avait encore jamais vu. Il ne devait pas sortir souvent de son ranch.

La nonchalance de cet inconnu l'exaspéra.

— Oui, il y a un problème.

Ne le lui avait-elle pas déjà dit ?

Il souleva le bord de son stetson et il baissa un instant ses lunettes de soleil. Elle aperçut alors des yeux marron qui l'observaient avec curiosité. Sous son regard, Annabelle se sentit presque nue malgré son pull noir en cachemire et son pantalon.

— J'ai oublié d'acheter de l'essence à la dernière station-service, ajouta-t-elle, pressée d'en finir, même si cette réflexion la faisait passer pour une idiote.

Elle n'en était plus là.

— Je me demandais, reprit-elle, si je pourrais vous emprunter quelques litres... De quoi regagner la ville.

— Me les emprunter ? répéta-t-il en riant. Et de quelle ville s'agit-il ?

À contrecœur, elle lui dit où elle se rendait.

— Whitehorse.
— C'est à une heure de route.
Comme si elle l'ignorait !
— Ma voiture consomme plus que je ne le pensais.

Furieuse d'être forcée de s'exprimer comme une écervelée, elle émit un petit rire nerveux. À l'époque où elle gagnait bien sa vie, faire le plein ne lui avait jamais causé de soucis. Elle n'avait pas eu conscience du coût des choses avant d'avoir eu des difficultés à les payer.

L'homme jeta un coup d'œil vers les méandres de la rivière comme s'il réfléchissait à sa requête.

— Je peux sans doute siphonner quelques litres de mon réservoir, répondit-il enfin.

Cette perspective ne semblait pas l'emballer. C'est sans doute pourquoi il restait immobile.

— Cela me rendrait vraiment service, dit-elle en consultant sa montre.

— Vous êtes pressée ? demanda-t-il. Peut-être êtes-vous attendue quelque part ?

— En effet, j'ai un rendez-vous.

— À Whitehorse ?

— Voilà.

À l'abri derrière son chapeau et ses lunettes de soleil, il l'étudia encore un moment avant de soupirer.

— Garez votre voiture près de mon pick-up pendant que je vais chercher un tuyau.

Heureusement, le peu d'essence qui restait dans la réserve du cabriolet suffit à Annabelle pour parcourir ces quelques mètres. Elle coupa le moteur, ouvrit son réservoir et regarda le cow-boy s'approcher de son véhicule à pas lents. Il se comportait comme s'il avait tout le temps devant lui. Sans doute était-ce le cas, d'ailleurs.

En le voyant parler à son chien, elle tapa le sol du pied en soupirant. La patience n'avait jamais été son fort. Il chuchotait pour qu'elle ne puisse entendre ce qu'il racontait à son clebs. Comme si elle ignorait qu'il lui disait du mal d'elle !

Quoi que son maître lui ait confié, l'animal salua ses propos en agitant la queue avec enthousiasme. Visiblement, il trouvait sa réflexion du plus haut comique. Annabelle se consola en songeant que l'animal était sans doute le seul être au monde à supporter la compagnie d'un individu aussi horripilant.

Il fallut dix bonnes minutes au cow-boy pour transvaser de l'essence de son pick-up à sa voiture. Elle se demanda s'il en avait siphonné assez, si elle aurait de quoi rejoindre Whitehorse. Sans doute pas. À cette idée, elle sentit son ventre se nouer.

En tout cas, à présent, elle devait lui proposer de l'argent pour le dédommager de ces quelques litres de carburant. Mais elle n'avait plus de liquide et elle doutait qu'il accepte les cartes de crédit... De toute façon, la sienne était bloquée pour dépassement du découvert autorisé...

Elle décida de profiter du fait qu'il retournait ranger le tuyau dans son pick-up pour filer en « oubliant » de le payer. Certes, un tel comportement était indigne — et même franchement honteux —, mais elle n'avait pas le choix.

La fin justifie les moyens, se répétait-elle depuis des mois. Mais elle ne se sentait pas mieux pour autant.

Tout en actionnant la marche arrière, elle baissa sa vitre.

— Merci beaucoup pour votre aide. Si vous passez un jour par Whitehorse...

Sans attendre sa réponse, elle accéléra, partagée entre la culpabilité et la joie de constater qu'il lui avait donné presque un plein d'essence.

Quand elle se risqua à jeter un coup d'œil dans le rétroviseur, elle vit le cow-boy debout près de son pick-up qui la regardait s'éloigner. Elle se remémora ses yeux bruns qu'elle avait aperçus tout à l'heure. Même à moitié dissimulés sous son vieux stetson, ils lui avaient curieusement semblé presque... familiers.

2

Dawson Rogers retira son stetson et regarda la jeune blonde démarrer en trombe comme si elle avait le diable à ses trousses.

Il passa la main dans ses cheveux.

— Annabelle Clementine.

Dans sa bouche, son nom sonnait comme un juron. Depuis des années, Dawson ne la voyait plus que sur des couvertures de magazines féminins ou des affiches publicitaires — ce qui lui convenait très bien. Il était persuadé qu'il n'aurait plus jamais l'occasion de la croiser en chair et en os. Lorsqu'elle avait quitté le Montana, à la sortie du lycée, elle avait proclamé haut et fort qu'elle n'y remettrait jamais les pieds.

Alors, pour quelle raison revenait-elle à Whitehorse ?

Que son cœur s'emballe encore pour cette fille le rendait furieux. Quand parviendrait-il à tirer un trait définitif sur elle ? Lorsqu'il avait reconnu sa voix derrière lui, il avait d'abord refusé de le croire. Il s'était dit qu'il faisait erreur, que la fatigue lui jouait des tours. Pétrifié, il avait compté jusqu'à dix avant de recommencer. Il avait eu peur de se retourner et de s'apercevoir qu'il s'était trompé. Ou pire, qu'il ne s'était pas trompé.

De nouveau, il jura en se remémorant sa réaction. Il était vraiment le dernier des imbéciles.

Et pourtant, le simple son de sa voix avait fait remonter à sa mémoire tout ce qu'il aurait voulu oublier à jamais. Sa souffrance, d'abord. Annabelle lui avait brisé le cœur en partant.

Pire, l'entendre avait suffi à raviver un feu qu'il pensait éteint. Envers et contre tout bon sens, il avait espéré de toutes les fibres de son être qu'il s'agissait bien d'elle. Malgré tout ce qu'elle lui avait fait subir autrefois, l'idée de la revoir avait fait naître en lui une indicible allégresse. Pourtant, il savait bien que cette joie intense serait vite balayée par la froideur et l'indifférence de celle qu'il avait aimée à la folie.

Lorsqu'il s'était enfin décidé à poser les yeux sur elle, il avait senti sa gorge se serrer. C'était bien Anna. En chair et en os. Et plus belle que jamais.

En proie à une ribambelle d'émotions dévastatrices, il la regarda s'éloigner dans la montagne.

— Pourquoi est-elle revenue ? lança-t-il au chiot qui s'approchait pour lui lécher la main.

Pour toute réponse, Sadie remua frénétiquement la queue. Il ébouriffa la fourrure de l'animal.

— Et pourquoi te le demander ? Tu n'en as aucune idée.

De nouveau, il reporta son attention sur le cabriolet jusqu'à ce qu'il disparaisse dans un virage.

— Elle avait juré qu'elle ne remettrait jamais les pieds à Whitehorse, poursuivit-il. Alors qu'est-elle venue y faire ?

Et dire qu'un bref instant, avant qu'elle ne lui réclame de l'essence, il avait espéré...

Mieux valait ne pas s'y attarder. Dès qu'il s'agissait d'elle, il se berçait d'illusions.

Quand comprendrait-il qu'il n'était rien pour elle ? Quelle qu'en soit la cause, le retour d'Annabelle Clementine à Whitehorse n'avait aucun rapport avec lui.

— Rentrons à la maison, dit-il au chiot.

Dawson n'aurait sans doute pas dû être surpris qu'elle n'ait pas changé. Ses vêtements étaient peut-être plus élégants et plus coûteux que ceux qu'elle portait autrefois, sa voiture aussi. Mais pour lui, elle était toujours la fille qui avait daigné un jour poser ses beaux yeux sur lui...

Malgré sa résolution, il ne cessait de s'interroger. Quelle raison l'avait poussée à revenir dans le Montana ?

Il secoua la tête, se répétant que ça ne le regardait pas. Le mieux était de l'oublier. Il s'y efforçait depuis très longtemps déjà, depuis des années... En vain, apparemment.

Après deux semaines passées dans une réserve de chasse, il n'aspirait qu'à rentrer chez lui pour prendre une douche chaude et dormir dans un vrai lit. Si une envie pressante ne l'avait pas contraint à s'arrêter au bord de la route et s'il n'en avait pas profité pour donner un petit en-cas à Sadie, eh bien, il n'aurait sans doute pas vu Annabelle. À quoi tenait le destin...

Finalement, la seule chose qui ne l'étonnait pas, se dit-il tout en se réinstallant au volant, était l'attitude dédaigneuse d'Annabelle. Alors qu'il lui avait rendu service, elle l'avait pris de haut, méprisé. Sans doute n'avait-elle gardé aucun souvenir de lui. Après tout, leur histoire remontait à... À combien d'années, déjà ? se demanda-t-il avec un froncement de sourcils.

Treize ans. Un bail.

Et il était certain qu'Anna ne lui avait pas accordé une pensée depuis qu'elle avait quitté la région, après le lycée. Avant de plier bagage, elle lui avait clairement fait comprendre qu'elle n'avait pas l'intention de partager sa vie de péquenaud, qu'ils n'avaient rien à faire ensemble. Puis, elle était partie dans l'espoir de trouver ailleurs la gloire et la fortune.

Tout en roulant vers Whitehorse, Dawson ne cessait d'imaginer ce qui l'avait poussée à retourner dans le Montana. Certainement pas les obsèques de sa grand-mère. Seules ses deux sœurs étaient revenues pour l'occasion. Certes, Chloe et TJ n'avaient fait que passer et étaient reparties juste après l'enterrement, mais au moins s'étaient-elles manifestées. Contrairement à Annabelle. Il secoua la tête. Jamais il n'aurait pensé que la fille dont il était tombé amoureux, il y a si longtemps, se comporterait ainsi. Son attitude était d'autant moins excusable que son aïeule l'avait élevée et adorée...

Avec Annabelle, il s'était trompé sur toute la ligne. Prévoir ce qu'elle allait faire lui était plus difficile encore que de prédire le temps dans le Montana. Il se remémora l'adolescent fou amoureux qu'il était à cette époque. Il avait économisé chaque sou gagné cette année-là pour lui offrir une bague dans l'espoir qu'elle changerait d'avis, qu'elle renoncerait à s'en aller. À ce souvenir, il poussa un grognement.

Enfin, Dieu merci, il n'était plus ce jeune imbécile. Et voilà pourquoi il se promit de se tenir à distance d'Annabelle Clementine tant qu'elle serait en ville. D'ailleurs, elle n'y resterait certainement pas longtemps. La connaissant, il était sûr qu'elle retournerait en Californie dès que possible pour y retrouver le luxe et les projecteurs dont elle rêvait depuis toujours.

— Ce qui nous va très bien, n'est-ce pas, Sadie ? dit-il à sa petite chienne. Nous n'avons pas besoin d'elle, nous sommes bien tranquilles sans elle et nous n'avons pas envie qu'elle revienne perturber notre existence.

L'animal aboya pour lui signifier son accord.

— Tu n'étais pas née à l'époque mais cette femme a été mon premier chagrin d'amour. J'étais alors si naïf, si crédule. Heureusement, j'ai mûri.

Ses mots sonnaient faux à ses propres oreilles. En se remémorant la quantité de carburant qu'il lui avait donnée, il aurait voulu se gifler. Au lieu de l'aider, il aurait dû la laisser se débrouiller seule. Mais il n'avait jamais été capable de lui refuser quoi que ce soit — même en sachant qu'elle ne l'en mépriserait que davantage. Elle avait toujours estimé qu'elle méritait mieux qu'un rustre comme lui.

Tout en roulant vers le nord, Annabelle s'efforçait d'oublier le cow-boy et son chiot... et sa culpabilité. Elle ne laisserait rien ni personne se mettre au travers de son chemin. Et dès qu'elle aurait achevé ce qu'elle était venue faire dans le Montana, elle s'en irait. Là encore, elle n'avait pas vraiment le choix.

Elle approchait de Whitehorse. À l'origine, les premiers colons s'étaient installés sur les bords de la rivière Missouri. Mais avec l'arrivée du chemin de fer, la bourgade avait migré vers le nord, emportant son nom avec elle. Et désormais, la vieille ville n'était guère plus qu'une ville fantôme.

Cela dit, la nouvelle Whitehorse n'avait rien d'une métropole florissante. Les trains y passaient toujours mais ils ne s'y arrêtaient plus. Whitehorse était devenue un petit village rural du Montana parmi tant d'autres.

Pour quelle raison sa grand-mère avait-elle jeté son dévolu sur ce trou perdu ? Cela restait un mystère. Mais quand Annabelle et ses deux sœurs s'étaient retrouvées orphelines après la mort de leurs parents dans un accident de la route, elle les avait accueillies à bras ouverts. Annabelle avait donc grandi dans le Montana mais elle n'avait jamais cessé de rêver d'une autre existence.

Tandis qu'elle longeait la rue bordée d'arbres et de grandes maisons qui menait à la rivière Milk, des images de son enfance remontèrent à sa mémoire. D'aussi loin qu'elle se souvienne, elle n'avait eu, enfant, qu'une ambition : s'en aller, quitter ce trou perdu et réussir ailleurs.

La sensation de malaise qui l'habitait depuis des mois revint la tourmenter. Ce n'était pas le moment de mesurer à quel point elle s'était trompée. Certes, elle avait tout raté, tout gâché, mais se miner le moral avant même d'arriver à destination ne servirait à rien.

Redressant les épaules, elle se répéta que tout irait bien. Elle allait se prendre en main et bientôt, elle surmonterait ses échecs, ses déceptions. Comme elle cherchait quelque chose de positif au milieu de ce marasme, elle s'aperçut qu'il lui restait encore beaucoup d'essence. Grâce à ce cow-boy, elle aurait de quoi rouler un petit moment. De nouveau, elle repoussa la culpabilité qui l'assaillait. Si jamais elle le revoyait, elle le rembourserait, se promit-elle.

Elle s'engagea dans la Millionaire's Row, la rue où vivait

sa grand-mère, et elle ralentit pour entrer dans la propriété. Comme elle remontait l'allée, elle se rendit compte, non sans surprise, que la grande maison n'avait pas changé — tout comme la ville sans doute. Elle eut soudain l'impression d'être revenue quinze ans en arrière, de n'être jamais partie. Depuis qu'elle avait quitté Whitehorse, tant de choses lui étaient arrivées qu'elle avait pensé plus ou moins confusément que le reste du monde aussi se serait métamorphosé au cours du temps.

Au lieu de quoi, la vieille demeure ressemblait tellement à celle qu'elle avait gardée en mémoire qu'elle s'attendait presque à voir apparaître sa grand-mère Frannie à la porte. Elle s'arrêta et coupa le moteur. La clé était dans sa poche mais elle n'était pas prête à entrer. Pas encore.

Elle était en avance, constata-t-elle en consultant sa montre. L'agent immobilier n'était nulle part en vue.

Elle en profita pour essayer de se détendre tout en observant la propriété.

La façade avait besoin d'être ravalée, les haies taillées, les feuilles mortes ramassées. Mais en fermant les yeux, elle se revoyait avec ses sœurs buvant de la limonade sous le porche en gloussant comme les écolières qu'elles étaient alors.

Des larmes brûlèrent ses paupières. Dévorée par la culpabilité, elle posa la tête sur le volant. Elle aurait dû se rendre à l'enterrement, se reprocha-t-elle. À l'époque, elle avait estimé qu'elle avait de bonnes raisons pour ne pas assister aux funérailles de son aïeule, mais à présent elle le regrettait.

Pourtant, sa grand-mère aurait certainement compris et ne lui en aurait pas tenu rigueur. Annabelle avait toujours été sa préférée. En tout cas, c'était ce qu'elle lui répétait souvent.

— Tu me ressembles tellement, Annabelle Clementine, que parfois cela me fait peur !

Un doux sourire éclairait alors son visage ridé et elle ajoutait en lui caressant la joue :

— Tu es mon portrait craché, chérie. Quand je te regarde, j'ai l'impression de me voir à ton âge.

— Et voilà pourquoi je suis ta chouchoute, répondait Annabelle.

Sa grand-mère secouait la tête en riant avant de lui dire d'aller jouer dehors.

Pourtant, cette préférence était bien réelle. Sinon, pourquoi Frannie lui aurait-elle laissé cette maison, son seul bien, à elle plutôt qu'à ses trois petites-filles ?

Un petit coup sur la vitre la fit sursauter. Annabelle battit des paupières et il lui fallut un moment pour chasser les souvenirs doux-amers, les regrets et la tristesse qui l'assaillaient.

Mary Sue Linton, l'agent immobilier de Whitehorse, considéra le luxueux cabriolet garé devant la maison et secoua la tête. Elle n'était pas étonnée qu'Annabelle s'affiche au volant de ce genre de véhicule. L'Annabelle Clementine qu'elle connaissait depuis l'école primaire adorait frimer, étaler sa superbe.

En revanche, Mary Sue avait été surprise que son ancienne camarade de classe l'ait chargée de vendre la maison de sa grand-mère. Plus que surprise. Sidérée. Elles n'étaient pas amies autrefois. Au collège et au lycée, elles évoluaient dans des cercles complètement différents, même si l'établissement ne comptait pas beaucoup d'élèves. En vérité, Annabelle ne lui avait sans doute pas adressé la parole plus d'une fois ou deux au cours de leur scolarité. Tout le monde la trouvait prétentieuse.

Avec ses traits fins, son teint de porcelaine, ses cheveux blonds et ses yeux myosotis, sans parler de sa silhouette de rêve que Mary Sue enviait plus que tout, Annabelle avait le profil pour devenir une célébrité. En tout cas, à en croire, les quelques lignes la concernant dans l'annuaire des anciens élèves, toute la ville avait toujours su qu'elle deviendrait quelqu'un. Annabelle n'avait d'ailleurs cessé de le répéter.

Cela dit, elle avait également juré qu'elle ne reviendrait jamais à Whitehorse.

Et elle était là.

Pourquoi avait-elle voulu faire tout ce chemin pour vendre la propriété de sa grand-mère ? Au téléphone, Mary Sue lui avait assuré qu'elle était capable de s'occuper de tout et de lui épargner le voyage. Elle s'attendait à ce qu'Annabelle saute sur l'occasion et accepte avec enthousiasme. Au lieu de quoi, son ancienne camarade avait insisté pour revenir, prétendant qu'elle préférait s'en charger elle-même.

— Si tu ne me fais pas confiance pour t'obtenir un bon prix, avait commencé Mary Sue, tu...

— Ce n'est pas la question, avait coupé Annabelle. Mais il s'agit de la maison de ma grand-mère.

Exact. Sa grand-mère avait en effet été enterrée quelques semaines plus tôt. Toute la ville avait assisté aux funérailles. Les deux sœurs d'Annabelle aussi avaient fait un saut à Whitehorse pour accompagner leur aïeule jusqu'à sa dernière demeure. En revanche, Annabelle n'avait pas honoré la cérémonie de sa présence. Voilà pourquoi Mary Sue avait du mal à croire que cette maison ait une quelconque valeur sentimentale pour elle. Certainement pas.

En tout cas, Annabelle n'avait pas changé, se dit-elle. Elle était encore plus ravissante qu'au lycée, constata Mary Sue, s'efforçant de réprimer un pincement de jalousie.

Comme elle s'apprêtait à donner un autre petit coup sur la vitre, elle surprit Annabelle en train d'essuyer furtivement une larme. Désarçonnée par ce débordement inattendu d'émotions, Mary Sue se demanda si elle ne se trompait pas à son propos. Malgré les apparences, cette fille avait peut-être un cœur, après tout. Peut-être aimait-elle sa grand-mère. Peut-être se souciait-elle de cette propriété, de Whitehorse et des gens qu'elle avait snobés autrefois.

Mais Mary Sue comprit qu'elle se faisait des illusions lorsque son ancienne camarade de classe sortit de son élégant cabriolet en disant :

— Bon, allons-y et tâchons d'en finir au plus vite. J'ai hâte de quitter ce trou paumé.

Dawson descendit son cheval de la remorque et le mena au pré avant d'entrer dans la ferme qu'il avait construite de ses mains. Depuis plus de quinze ans, il travaillait dur sur le ranch familial. Son frère et lui avaient dû aider leur mère à gérer l'exploitation à la mort de leur père. Il était fier de ce qu'il avait accompli.

Annabelle n'était pas la seule à avoir fait son chemin, se dit-il, un peu sur la défensive.

— Manifestement, tu lui en veux toujours, grommela-t-il pour lui-même.

Pourquoi ne cessait-il de repenser à elle ? Tout en roulant vers Whitehorse, il avait tenté de la sortir de son esprit mais il n'y était pas parvenu. Avant de plier bagage, autrefois, Annabelle lui avait fait comprendre qu'elle le considérait comme un plouc et un bon à rien. Ses mots lui étaient restés au travers de la gorge.

Il la revoyait, assise dans son luxueux cabriolet comme une princesse dans son carrosse pendant qu'il la ravitaillait en carburant. Elle n'avait même pas eu la décence de lui accorder un quelconque intérêt pendant l'opération, de lui faire la grâce d'un sourire. Pire, elle ne l'avait pas reconnu.

Avec colère, il repoussa ce souvenir de sa mémoire. Quand Annabelle Clementine avait quitté la ville dans un nuage de poussière, il y a des années, elle lui avait dit qu'elle ne regardait jamais en arrière. Eh bien, aujourd'hui, elle l'avait bien prouvé !

Se remémorer leurs prises de bec d'autrefois mit Dawson en fureur. Il devait arrêter de se torturer inutilement. Il avait surtout besoin d'une douche chaude et de vêtements propres. Mais à la vue de son reflet dans le miroir de la salle de bains, il s'arrêta net et éclata de rire. Lui-même avait du mal à se reconnaître. Après deux semaines à chasser dans les Missouri Breaks, il avait tout d'un vagabond, il fallait bien le dire.

Il considéra son visage fatigué, ses vêtements sales et chiffonnés après des jours à chevaucher, des nuits à dormir à la belle étoile, et il dut avouer qu'il n'était pas surprenant qu'Annabelle ne l'ait pas reconnu. Et sans doute cela valait-il mieux. Le voir avec cette tête de clochard n'aurait fait que la conforter dans l'idée qu'elle avait de lui. Il ressemblait à un raté, à un pauvre type.

Il se déshabilla, ouvrit la cabine de douche et y entra. L'eau chaude lui parut merveilleuse. Il se savonna énergiquement, se lava les cheveux avec force, espérant ainsi chasser les souvenirs d'Annabelle. Mais ses pensées revenaient sans cesse vers elle. Il la revoyait près de la rivière, le soleil jouant dans ses cheveux blonds, vêtue de ce pull et de ce pantalon cigarette noirs qui épousaient chaque courbe de son corps — un corps qu'il avait si souvent caressé. Avec un grognement, il actionna le robinet d'eau froide.

Il s'essuya à l'aide d'une serviette-éponge avant de regarder de nouveau son reflet dans le miroir. Était-il vraiment possible qu'elle ne l'ait pas reconnu ? Il s'empara de son rasoir en se disant que cela n'avait pas d'importance.

Menteur !

Avec un juron, il s'avoua qu'il se racontait des histoires depuis des années à propos d'Annabelle Clementine, à propos des sentiments qu'il nourrissait pour elle depuis le jour où il avait fait sa connaissance. Du haut de ses cinq ans, elle avait voulu alors s'aventurer dans une cabane que Dawson avait construite avec un ami dans un arbre... Avant de se rendre compte qu'elle était incapable de redescendre toute seule. Il était venu à son secours et il lui avait permis de retrouver la terre ferme en toute sécurité.

Et il l'avait de nouveau sauvée aujourd'hui, pensa-t-il avec amertume. Décidément, il n'avait pas tiré les leçons de ses erreurs passées.

Annabelle sortit la clé de sa poche et ouvrit la porte, Mary Sue Linton derrière elle. Avec une profonde inspiration, elle entra, se préparant à affronter une nouvelle vague de souvenirs douloureux. Au lieu de quoi, le spectacle qu'elle découvrit la pétrifia.

Mary Sue secoua la tête.

— On ne peut pas vendre la maison dans cet état ! s'exclama-t-elle.

Annabelle n'en croyait pas ses yeux. La vieille demeure était pleine à craquer d'objets hétéroclites, c'était un véritable capharnaüm. Manifestement, sa grand-mère n'avait jamais rien jeté. Au fil des ans, elle avait amassé des dizaines de bibelots, des centaines de vieux journaux et de magazines, des tas de vêtements de toutes sortes. Annabelle avait plus l'impression d'être au milieu d'un vide-greniers que dans une maison. Et tout ce bazar était bon à mettre à la poubelle.

— Que vais-je bien pouvoir faire de tout ça ? demanda-t-elle. À cette époque de l'année, difficile de trouver un vide-greniers. Et de toute façon, personne n'aurait envie d'acheter ces cochonneries.

Novembre touchait à sa fin. Noël n'était que dans quelques semaines.

Mary Sue haussa les épaules.

— Peut-être devrais-tu embaucher quelqu'un pour t'aider. À mon avis, rien n'intéressera le brocanteur de la ville. Mais peut-être seras-tu contente de garder quelque chose... en souvenir.

— Non.

— J'allais te suggérer de mettre ce que tu souhaites conserver dans un garde-meubles.

Tout en passant de pièce en pièce, Annabelle secoua la tête.

— À quoi bon ?

— Dans ce cas, je connais quelques personnes qui accepteraient peut-être de te donner un coup de main pour emporter tout ça à la déchetterie.

— Combien de temps faudra-t-il pour vider cette maison ? J'ai besoin de la mettre en vente au plus vite.

Mary Sue sur les talons, elle longea les couloirs. Elles finirent par atteindre ce qui avait été autrefois une chambre mais qui ressemblait plus à un entrepôt dans lequel une bombe aurait explosé.

— Il n'est pas normal d'accumuler tant de choses et de vivre dans un tel désordre, déclara Mary Sue. On dirait que cette pièce a été mise à sac.

En effet, quelqu'un avait éventré toutes les boîtes et les cartons pour répandre leur contenu sur le sol. Mais qui ? Frannie avant sa mort ? Ses sœurs lorsqu'elles étaient revenues pour l'enterrement ?

— Regarde la fenêtre, balbutia soudain Mary Sue d'une voix blanche en attrapant le bras d'Annabelle.

Manifestement terrifiée, elle lui enfonça les ongles dans la peau et Annabelle poussa un cri de douleur.

— Aïe !

Se dégageant brusquement, elle se fraya un chemin vers la fenêtre, qui était entrouverte, la moustiquaire déchirée.

— Elle a été forcée.

Derrière elle, Mary Sue laissa échapper un gémissement de frayeur.

— Quelqu'un est entré par effraction.

Elle avait raison, même si Annabelle avait du mal à imaginer pourquoi quelqu'un aurait voulu s'introduire chez sa grand-mère.

Elle se tourna vers Mary Sue.

— Qui que ce soit, l'intrus n'est plus là, dit-elle. Allons voir là-haut. Peut-être est-ce mieux rangé.

Malheureusement, le même chaos régnait à l'étage. Toutes les pièces étaient dans un bazar indescriptible, y compris l'ancienne chambre de Frannie.

Lorsqu'elles redescendirent, Annabelle retourna dans celle qu'elle-même occupait autrefois, au rez-de-chaussée.

Elle semblait moins en désordre que les autres. Ouvrant les placards, elle y trouva des vêtements qui avaient sans doute appartenu à sa grand-mère. En prenant de l'âge, Frannie avait préféré s'installer en bas, peut-être pour ne pas risquer de tomber dans l'escalier.

De son côté, Mary Sue inspectait la cuisine, ouvrait le réfrigérateur.

— À mon avis, tout est périmé là-dedans.

— Je vais commencer par vider et nettoyer l'une des pièces du bas pour pouvoir y vivre pendant mon séjour, annonça Annabelle en la rejoignant.

Elle allait s'installer dans la chambre où elle dormait lorsqu'elle était jeune, se dit-elle.

Mary Sue ne parut pas l'entendre. Les sourcils froncés, elle regardait le bloc-notes qu'elle tenait à la main.

— Qu'y a-t-il ? demanda Annabelle. Un problème ?

— Non, pas vraiment. Mais c'est étrange. Le service des Archives du palais de justice m'a envoyé des plans de la maison, dit-elle en brandissant des feuillets. Et cette cloison ne devrait pas être là.

— Comment ça ?

— D'après les plans, un enfoncement se trouve à cet endroit. Une alcôve.

— Une alcôve ? Peut-être est-elle cachée derrière tout ce bazar.

Le visage de Mary Sue s'assombrit davantage encore.

— Te souviens-tu avoir vu un renfoncement dans cette cuisine quand tu étais petite ?

Comment aurait-elle gardé en mémoire un détail de ce genre ? se demanda Annabelle.

— Pas du tout. Les plans doivent être faux.

— Non, c'est impossible. Ta grand-mère avait acheté cette propriété lorsqu'elle avait une vingtaine d'années. Ce qui signifie qu'elle y a vécu...

— Elle avait soixante-seize ans quand elle y est morte. Elle y a donc vécu plus de cinquante ans.

Annabelle n'avait mesuré le temps que Frannie avait passé à Whitehorse qu'en lisant la rubrique nécrologique qu'une de ses sœurs lui avait envoyée. Chloe ne lui avait pas fait parvenir le texte par bonté d'âme. Ce n'était pas son genre. Chloe et Tessa Jane — TJ — s'efforçaient de la culpabiliser parce que leur grand-mère lui avait légué sa demeure et qu'elles s'estimaient lésées... Sans parler du fait qu'Annabelle ne s'était pas rendue aux obsèques.

— Frannie avait fait l'acquisition de cette maison peu de temps après sa construction, poursuivit Mary Sue. À mon avis, si quelqu'un avait entrepris des aménagements intérieurs et modifié la structure initiale du bâtiment, il s'agissait forcément d'elle. Mais pourquoi aurait-elle muré une alcôve ? Je me demande bien ce qu'il y a derrière cette cloison...

— Tu me donnes la chair de poule ! s'écria Annabelle. On t'a manifestement fait parvenir les plans d'une autre baraque. J'imagine qu'il y en a beaucoup qui sont bâties sur le même modèle dans cette rue, non ?

Mary Sue hocha la tête mais elle ne semblait pas convaincue.

— Je demanderai aux Archives de vérifier les plans mais tu reconnaîtras que, s'ils sont bons, il est plus que curieux de condamner une alcôve, d'autant que...

— Tu as trop d'imagination. Tu connaissais ma grand-mère.

En levant un sourcil, Mary Sue fit remarquer :

— Frannie racontait toujours que son mari était mort avant qu'elle n'emménage à Whitehorse. Mais si...

— Tu délires ! Penses-tu vraiment que le cadavre de mon grand-père soit emmuré là-dedans ?

— As-tu vu la pièce *Arsenic et Vieilles Dentelles* ?

— Frannie était l'une des femmes les plus gentilles et les plus généreuses de la ville. Elle n'aurait pas fait de mal à une mouche.

Haute comme trois pommes, sa grand-mère avait toujours

fait preuve d'une grande bonté. Elle aimait les enfants, les vieux objets et la cuisine. Et toute sa vie, qu'il neige, qu'il pleuve ou qu'il vente, elle s'était rendue au temple le dimanche pour assister à l'office.

Annabelle voyait bien que Mary Sue s'amusait à l'effrayer. Était-il surprenant qu'elles n'aient pas été amies au lycée ?

Son ancienne camarade de classe s'efforça de dissimuler un sourire.

— Certes, mais savais-tu que, depuis sa mort, les gamins du quartier prétendent que sa maison est hantée ?

— C'est ridicule. Ce n'est pas parce que Frannie y est morte que...

Annabelle essaya de réprimer le frisson qui la traversait. Si l'une de ses voisines, la vieille Inez Gilbert, n'était pas venue rendre visite à sa grand-mère, le corps de la malheureuse aurait pu rester dans ce capharnaüm pendant des jours, des semaines peut-être. Cette pensée ne fit rien pour améliorer la situation.

— Le soir d'Halloween, certains d'entre eux prétendent qu'ils ont vu un fantôme qui se déplaçait à l'étage. Ils ont raconté qu'il ressemblait à une vieille femme vêtue de blanc et...

— Arrête !

Annabelle en avait assez. La demeure était assez effrayante comme ça, avec ce bazar accumulé dans toutes les pièces. Elle n'avait vraiment pas besoin que son ancienne camarade en remette une couche.

— Il s'agissait sans doute d'Inez, la voisine d'à côté. Elle a toujours aimé fouiner à droite à gauche.

Si Mary Sue pensait pouvoir lui faire peur avec ses théories fumeuses, elle se trompait. Elle ignorait ce qui était vraiment terrifiant, dans l'existence. Annabelle le savait, elle. Elle avait perdu le travail de ses rêves, un mode de vie merveilleux et elle avait été contrainte de revenir dans cette ville et de se replonger dans les souvenirs qui y étaient attachés.

— La maison n'est pas hantée. Il n'y a jamais eu d'alcôve dans cette cuisine et...

Mary Sue tapota ses feuillets.

— Mais les plans...

— En tout cas, l'alcôve n'est plus là et c'est tout ce qui m'importe. J'ai besoin de vider ce bazar et tu dois trouver un acheteur pour cette propriété. Le reste, je m'en moque. Contente-toi de me donner les noms des personnes susceptibles de m'aider à tout nettoyer.

Dans l'immédiat, Annabelle avait surtout besoin d'un peu d'air frais. Elle sortit sous le porche, laissant la porte se refermer derrière elle. Elle s'était doutée que revenir ici ne serait pas facile mais son retour se révélait plus douloureux encore qu'elle ne l'avait imaginé. Les souvenirs, la disparition de cette alcôve, sans parler de cet indescriptible capharnaüm... Elle avait assez de soucis pour ne pas en rajouter avec des élucubrations d'adolescents qui se plaisaient à imaginer des fantômes.

Le temps pressait, pensa-t-elle en considérant son cabriolet, dernier vestige de sa vie passée avec les vêtements qu'elle portait. Elle devait impérativement vendre cette maison.

Mary Sue serra les mâchoires. Annabelle finissait par l'exaspérer.

— Décidément, elle n'a pas changé, marmonna-t-elle entre ses dents. Fais ci, fais ça... Elle me prend pour sa bonne.

Elle promena les yeux autour d'elle, revenant toujours vers la cuisine et l'alcôve manquante.

— J'espère qu'il y a un cadavre emmuré là-dedans — et un fantôme vengeur qui déteste les blondes, ajouta-t-elle à mi-voix. Ce serait bien fait pour Annabelle.

Elle se sentait coupable — mais un peu, seulement — d'essayer d'effrayer son ancienne camarade de classe. Cela dit, la disparition de l'alcôve la perturbait réellement. Des années durant, sa mère avait été agent immobilier à Whitehorse. Peut-être Mary Sue lui demanderait-elle si elle savait quelque chose à propos de cette maison. La propriété des Clementine était située sur une artère où se trouvaient beaucoup d'autres grandes et belles demeures, et voilà pourquoi les habitants l'appelaient « The Millionaire's Row », la rue des millionnaires.

Mary Sue longea le porche et elle contempla le grand terrain qui s'étendait à l'arrière jusqu'à la rivière Milk. À quelques mètres se dressait un vieux garage en ruine.

— Son mauvais état fera baisser le prix de vente, dit-elle en désignant la structure délabrée avant de noter quelque chose sur une feuille de son bloc-notes.

À travers les arbres à moitié nus en cette fin d'automne, une partie du toit du manoir voisin était visible. Il y avait vraiment de très belles maisons dans cette rue, protégées des regards indiscrets par de magnifiques cèdres, de grands érables et d'immenses pelouses.

— Bon, je crois que nous avons fait le tour, conclut Mary Sue, en se tournant vers Annabelle qui semblait perdue dans ses pensées. À quel numéro puis-je te joindre ?

— Tu as mon numéro de portable et tu sais où me trouver. Je serai ici.

— Ici ? s'écria Mary Sue, incapable de masquer sa surprise.

Annabelle se retourna pour la dévisager.

— Pour quelles raisons n'y resterais-je pas ?

— Aucune mais...

Se souvenant du bazar qui encombrait toutes les pièces, du fait que Frannie y était morte, sans parler de l'alcôve murée, Mary Sue frissonna.

Si, un peu plus tôt, elle avait voulu effrayer Annabelle, elle devait reconnaître que la vieille demeure la mettait mal à l'aise. Peut-être était-elle peureuse, mais elle n'y aurait séjourné pour rien au monde. D'autant que quelqu'un avait cassé une fenêtre pour y entrer par effraction et était susceptible de revenir.

Elle le dit à Annabelle qui balaya cette hypothèse d'un haussement d'épaules.

— Il s'agissait sûrement de gamins. Tu sais comment sont les adolescents. Ils aiment jouer à se faire peur...

— Je pensais que tu préférerais aller à l'hôtel comme tes sœurs lorsqu'elles étaient venues pour l'enterrement.

Annabelle poussa un cri de colère.

— Elles ne sont donc pas restées ici ? Voilà pourquoi elles n'ont rien emporté ou presque. Je pensais qu'elles avaient mis tout sens dessus dessous en cherchant quoi prendre. Mais apparemment, rien ne les intéressait. C'est toi qui les as fait entrer, non ?

Mary Sue se demanda si Annabelle allait lui en faire le reproche.

— Oui, mais je ne les ai pas accompagnées à l'intérieur. J'étais seulement chargée d'ouvrir la porte et de m'assurer qu'elle était bien verrouillée après leur départ. Je ne me serais pas sentie à l'aise de pénétrer dans la maison sans toi.

— Tu penses qu'elles ont pris quelque chose ?

— Je n'en ai pas l'impression, répondit Mary Sue avec une grimace. Elles ne se sont pas éternisées à l'intérieur. Ensuite, elles se sont assises sur les marches extérieures pendant un petit moment, puis elles sont parties. D'après ce que j'ai vu, elles n'ont emporté que quelques photos encadrées.

Annabelle semblait sur le point d'exploser.

— J'aurais dû me douter qu'elles ne seraient d'aucune utilité. Eh bien, puisque c'est ainsi, elles n'auront rien ! Tant pis pour elles. De toute façon, il n'y a rien dans cette baraque qui vaille la peine d'être gardé. D'après ce que j'ai vu, il faudra tout mettre à la déchetterie. As-tu appelé les personnes dont tu m'as parlé ?

Son ton exaspéra encore plus Mary Sue qui s'efforça pourtant de ne pas envenimer la discussion.

— Tu sais que demain nous fêtons Thanksgiving, n'est-ce pas ? demanda-t-elle. Et après-demain, c'est Black Friday.

Tout le monde se rendra à Billings dans l'espoir de faire de bonnes affaires.

Située à trois heures de route de Whitehorse, Billings était la plus grande ville du Montana. Mary Sue avait l'intention d'aller y faire du shopping avec des amies. Elles passeraient la nuit à l'hôtel et elles profiteraient de l'occasion pour s'offrir un petit week-end entre copines.

— Et donc ?

— Et donc il va être difficile de trouver quelqu'un pour te donner un coup de main, répondit-elle. Mais je vais essayer. Laisse-moi passer quelques coups de fil.

Son téléphone à la main, elle descendit les marches du perron et remonta l'allée jusqu'à sa voiture. Même s'il gelait dehors, elle n'avait pas envie de retourner dans la maison. Elle ne voulait pas non plus qu'Annabelle entende ses conversations. Elle se doutait que, lorsqu'elle leur apprendrait pour qui ils devraient travailler, les gens qu'elle contacterait rechigneraient à venir.

Quelques instants plus tard, elle regagna le porche sous lequel Annabelle faisait les cent pas. Elle avait l'air frigorifiée ce qui n'était pas étonnant vu la façon dont elle était habillée — absurde pour le Montana. Mary Sue devina qu'elle non plus n'était pas pressée de retourner à l'intérieur.

— Deux hommes sont prêts à t'aider pour trente dollars de l'heure.

— Trente dollars de l'heure ? Je ne leur demande pas de reconstruire la maison.

Annabelle calcula mentalement le nombre d'heures de travail nécessaires pour vider la vieille demeure.

— Laisse tomber, dit-elle finalement avec un soupir. Je vais tout emballer moi-même. Où puis-je dénicher des cartons ?

— Au centre de recyclage. Mais tu n'en mettras pas beaucoup dans ta voiture. Tu es sûre de ne pas vouloir...

— Je me débrouillerai.

— D'accord, mais lorsque tu auras tout empaqueté, tu

auras besoin d'un camion pour aller au dépotoir ou chez le brocanteur.

— Je m'en occuperai quand tout sera prêt.

— Sinon, j'ai d'autres solutions...

Et lesquelles ? Après tout, si Annabelle était trop radine pour embaucher des gens capables de l'aider, c'était son problème.

D'un geste de la main, Annabelle la congédia.

— Cela ira, merci. Salut, Mary Sue ! Je ne retiens pas, j'ai du travail.

— Très bien, je m'en vais. Tu m'appelleras quand la propriété sera prête à être mise en vente, répondit-elle, préférant ne pas lui faire remarquer qu'un grand ménage semblait également indispensable.

Une ou deux couches de peinture dans les chambres ne seraient pas du luxe non plus. Mais elle sentait qu'Annabelle n'était pas prête à l'entendre, dans l'immédiat.

De toute façon, Mary Sue avait hâte de parler à sa mère. Alors qu'elle se dirigeait vers sa voiture, son bloc-notes à la main, elle essaya de se convaincre que le palais de justice lui avait envoyé par erreur le plan d'une autre maison.

Mais au fond d'elle-même, elle savait que ce n'était pas le cas. Frannie avait muré l'alcôve de la cuisine. Mais pour quelle raison ? Et qu'y avait-il derrière cette cloison ?

— Vous ne devriez pas être en train de dormir à cette heure-ci ? demanda l'infirmière de nuit depuis la porte de la chambre.

Bernard McDougal, alias « Bernie the Hawk » — le faucon —, lui décocha le sourire qui faisait craquer les femmes depuis toujours. Même à quatre-vingt-neuf ans, le vieux gangster était encore capable de faire rougir une fille d'Ève d'un clin d'œil ou d'un sourire.

— Je finis un petit travail et je vais me coucher, répondit-il depuis son bureau.

Il attendit qu'elle s'éloigne pour reprendre les ciseaux.

Il tira la coupure de journal vers lui, encore sous le choc de sa découverte. Depuis des années, il avait l'habitude de consulter les avis de décès en ligne, s'intéressant en particulier à ceux concernant les femmes d'un certain âge. Dès qu'il avait vu celui-ci, il l'avait imprimé mais la résolution n'étant pas bonne, il avait demandé au journal qui l'avait publié — *The Milk River Courrier* — de lui en envoyer un exemplaire papier.

L'hebdomadaire était arrivé dans l'après-midi pendant sa sieste. Quand il s'était réveillé, il s'était jeté dessus. À l'intérieur, il avait trouvé l'édition complète du journal de la semaine, relatant les événements survenus à Whitehorse, un village du Montana.

Maintenant, Bernie étudiait avec attention le visage de la morte, le portrait illustrant le faire-part de décès. La photo ne lui rendait pas justice. Celle qu'il avait vue sur Internet était plus flatteuse.

Mais aucun cliché de sa Baby Doll ne pouvait rivaliser avec la femme de chair et de sang qu'elle avait été — surtout quand elle était jeune. Sa poupée était ravissante, sublime, une véritable déesse. Et ses yeux de vrais joyaux. Autrefois, tous les hommes se retournaient sur son passage, éblouis. Elle les rendait fous.

En tout cas, elle lui avait fait perdre la tête, songea-t-il avec un juron. Il aurait fait n'importe quoi pour elle. Il *avait* fait n'importe quoi.

Sa beauté n'était pas le seul de ses charmes, se remémora-t-il. Il avait également aimé son franc-parler. Elle n'avait jamais eu peur de lui ni de ses sbires. Ils ne l'impressionnaient pas. Dotée d'une langue bien acérée, elle était capable de briser un homme en trois phrases assassines.

Il se mit à rire. Au premier regard, il était tombé fou amoureux d'elle. Il était prêt à l'épouser, à l'époque, mais elle n'avait jamais voulu en entendre parler. Elle tenait à sa liberté, disait-elle. Elle avait toujours cultivé un certain mystère autour d'elle. Il n'avait jamais su son nom, par exemple. Il l'avait rencontrée dans un restaurant qu'il affectionnait particulièrement, situé en haut d'un gratte-ciel de New York. Un soir, il y avait organisé une petite fête. Elle et sa copine n'étaient pas invitées mais elles avaient réussi à s'incruster. Bernie avait hésité à les virer manu militari mais cette fille avait quelque chose qui avait tout de suite retenu son attention.

Toute la soirée, elle avait flirté avec lui mais elle avait refusé de lui dire qui elle était, comme si elle craignait qu'il appelle son papa pour lui demander de venir la chercher afin de la ramener à la maison. Alors qu'il n'avait évidemment jamais eu l'intention de faire une chose pareille.

— D'accord, lui avait-il dit. Tu veux jouer les timides ? Alors tu seras ma poupée, ma Baby Doll.

— Ta poupée ? Cela me plaît.

Elle n'avait pas dix-sept ans lorsqu'il avait fait sa connaissance. Elle était donc mineure. Comme si ce genre de détails avait été susceptible de l'arrêter. Bernie avait toujours eu la réputation de savoir ce qu'il voulait et d'avoir l'habitude de l'obtenir. Mais Baby Doll aussi, comme il n'allait pas tarder à l'apprendre.

Revenant au présent, il découpa avec précaution la photo. Bernie aimait faire les choses correctement, soigneusement. Ce qui lui avait sauvé la vie plus d'une fois et qui l'avait surtout empêché de finir derrière les barreaux.

En regardant les yeux de la morte, il se souvint de tout. C'était bien sa poupée. Aucun doute là-dessus. Par le passé, il avait souvent cru l'avoir retrouvée. À tort. Mais cette fois... Il était certain qu'il s'agissait d'elle.

Il aurait aimé trouver un portrait d'elle quand elle était plus jeune mais il n'y avait rien sur Internet. Depuis des années, Francesca Marie Clementine avait évidemment veillé à ne pas se faire photographier, à ne pas attirer l'attention sur elle. Qu'elle ait cherché à faire profil bas était une preuve supplémentaire que cette Francesca était bien sa poupée.

Oh ! ces magnifiques yeux myosotis...

33

Il n'avait jamais connu une femme de cette trempe. Elle savait rendre un homme fou de désir. Il avait compris très vite qu'il ne se lasserait jamais d'elle. Il lui avait demandé de l'épouser des dizaines de fois.

Il secoua la tête. Alors qu'il ne la connaissait qu'à peine, il avait cru pouvoir lui faire confiance. Il lui avait parlé de sa vie, de ses secrets et… de son butin. Une grave erreur.

Il avait été le dernier des imbéciles, se disait-il en découpant la photo du journal. Il avait fait confiance à une femme qui, elle, ne lui avait même pas confié sa véritable identité.

— Allez, ma poupée, dis-moi ton nom, disait-il pour la taquiner. Nous ne pouvons pas nous marier tant que je ne sais pas qui tu es.

Elle lui décochait chaque fois un sourire timide.

— Oh ! tu sais très bien qui je suis. Je suis la poupée de Bernie McDougal. Cela suffit. Pour le moment.

Et il avait cédé, accepté qu'elle ait des secrets, qu'elle ne veuille pas l'épouser. Comment aurait-il pu lui refuser quoi que ce soit ? De son côté, il lui avait tout donné. Pour elle, il organisait des soirées grandioses où le champagne coulait à flots, il la couvrait de fourrures, de diamants, de robes. L'argent lui brûlait les doigts. Rien n'était trop beau pour elle.

Elle l'avait roulé dans la farine, depuis le début, pensa-t-il.

Maintenant, plus de cinquante ans plus tard, il était capable de l'admettre. À l'époque, il l'avait crue jeune et naïve. Il s'était bien fait avoir !

Le faire-part de décès était bref mais il fournissait quelques informations utiles, comme l'endroit où elle avait vécu toutes ces années et l'identité de ses trois petites-filles, Annabelle Clementine, Tessa Jane Clementine (TJ St. Clair) et Chloe Clementine. Sa poupée n'avait pas de mari. Il n'en fut pas surpris.

Il avait dû consulter Internet pour localiser la ville. Whitehorse, un petit village perdu au fin fond du Montana. Il avait été étonné que sa poupée soit allée s'enterrer là-bas, en pleine montagne. Il avait imaginé qu'elle était partie vivre à Paris ou à Londres, ou même à New York, là où tout avait commencé. C'est la raison pour laquelle il l'avait cherchée sur les visages de toutes les femmes qu'il avait croisées pendant toutes ces années.

Mais sa Baby Doll n'avait jamais cessé de le surprendre, n'est-ce pas ? Il n'arrivait toujours pas à croire qu'elle ait réussi à lui échapper. Il avait envoyé ses sbires à sa recherche, plusieurs de ses associés aussi. Sa jolie petite tête avait été mise à prix. Mais cela n'avait rien donné, ils étaient tous revenus bredouilles. Comme si elle avait disparu de la surface de la terre.

Il la retrouvait enfin, mais trop tard. Elle était morte. Ce qui signifiait qu'elle avait sans doute emporté ses secrets dans sa tombe. Cette idée le remplit de tristesse. Il aurait aimé revoir une dernière fois ses beaux yeux... avant de la tuer.

Il prit sa photo et l'épingla sur le mur à côté de son bureau. Alors qu'il s'apprêtait à jeter le reste du journal, son regard tomba de nouveau sur le nom de Clementine.

Cette fois, il s'agissait d'une annonce immobilière. Il se mit à rire. Logique. Elle avait vécu dans une maison qui était maintenant à vendre. Une maison où elle avait gardé ses trésors... Il s'ordonna de ne pas s'emballer tout en cherchant frénétiquement son téléphone portable, même s'il était encore tôt dans le Montana.

La propriété de Francesca... Pourquoi n'y avait-il pas songé tout de suite ? Sa Baby Doll n'avait pas été enterrée avec le butin. À condition, bien sûr qu'elle ne l'ait pas dilapidé de son vivant. Peut-être — sans doute — avait-elle tout claqué depuis longtemps. Mais peut-être pas. Il n'y avait qu'une seule façon de le savoir.

Il composa le numéro de l'agent immobilier qui avait publié l'annonce. Le journal datait d'une semaine. La propriété était peut-être déjà vendue.

Une dénommée Mary Sue Linton répondit à la troisième sonnerie.

— J'appelle à propos d'une maison à vendre à Whitehorse, dit-il. Celle de feu Mme Clementine, si ma mémoire est bonne.

— En effet. Ce bien vient d'être mis sur le marché. Que puis-je vous dire à ce sujet ?

Il avait la photo de la vieille demeure devant lui. Il n'aurait jamais imaginé sa poupée dans ce genre d'endroit. Pourquoi avoir été s'enterrer dans ce trou perdu ? Au fond, tout se résumait aux questions qui le hantaient depuis toutes ces années. Pourquoi l'avait-elle quitté ? Pourquoi s'enfuir comme elle l'avait fait — et pourquoi s'être installée dans ce patelin loin de tout ?

Ce qui le conduisait à sa deuxième grande interrogation. Qu'avait-elle fait du trésor qu'elle lui avait volé ?

— J'aimerais envoyer quelqu'un pour la visiter dans les prochains jours, reprit-il. Est-ce possible ?

— Elle n'est pas tout à fait prête à être montrée.

— Vraiment ? Je me fiche de l'état dans lequel elle se trouve.

— Quelqu'un de la famille est en train de tout nettoyer. J'ai peur que Frannie y ait amassé beaucoup d'affaires... Elle gardait tout. Mais la maison sera vidée dans quelques semaines.

Frannie ?

— Vous dites que quelqu'un de sa famille est en train de la nettoyer ?

— Sa petite-fille, Annabelle.

Le vieux cœur de Bernie battait fort dans sa poitrine. Et si cette Annabelle avait déjà balancé le butin par inadvertance ? Il fallait à tout prix empêcher une telle catastrophe.

— Je reviendrai alors vers vous, poursuivait l'agent immobilier.

— Ce serait formidable.

Le vieux gangster raccrocha et appela son neveu.

— J'ai besoin de te voir. Tout de suite.

À *nous deux, Baby Doll*, songea-t-il en raccrochant.

Sa poupée croyait l'avoir roulé en beauté. Mais elle se retournerait sous peu dans sa tombe. Quant à sa petite-fille, elle n'allait sans doute pas tarder à rejoindre Frannie dans le caveau familial...

3

Dawson n'était pas revenu dans le quartier de la propriété des Clementine depuis des années. Après s'être lavé et rasé, il avait décidé de se rendre à Whitehorse. Son frère lui avait proposé de prendre un verre au Mint Bar. Luke voulait savoir comment s'était passée sa chasse. Avant de s'installer au volant, Dawson s'était interdit d'approcher de la maison de la grand-mère d'Annabelle mais il s'aperçut soudain qu'il se trouvait sur la Millionaire's Row. À croire que son pick-up agissait de son propre chef.

À une époque, il vivait pratiquement dans cette rue. Son meilleur ami habitait à deux pas de chez Frannie Clementine. Tous deux avaient construit une cabane dans les arbres, et un jour Annabelle y avait grimpé.

Elle n'avait pas montré beaucoup de gratitude quand il l'avait sauvée, se rappela-t-il avec un rire amer.

Il ralentit, surpris de prendre conscience qu'il n'était pas retourné dans cette partie de la ville depuis des lustres. Son meilleur ami avait déménagé dans un autre État, et une fois Annabelle partie...

La demeure des Clementine, érigée sur un immense terrain, était entourée d'érables, de cèdres et de pins. La rivière Milk longeait l'arrière de la propriété. Le vieux garage, conçu pour abriter une seule voiture, semblait sur le point de s'écrouler.

Dawson se gara de l'autre côté de la rue. À la vue du panneau « À VENDRE », planté devant le perron, il hocha la tête. Mystère résolu, songea-t-il. Voilà, bien sûr, qui expliquait le retour d'Annabelle à Whitehorse. Elle avait l'intention de se débarrasser de la maison — la seule chose qui l'attachait encore au Montana — maintenant que sa grand-mère était morte.

Se sachant invisible derrière les branches protectrices d'un grand cèdre, il laissa le moteur tourner et observa les lieux de loin. Il s'interrogeait sur le prix d'une demeure comme celle-ci quand une femme vêtue d'un jean, d'un sweat-shirt de couleur criarde, et coiffée d'un bandana, en sortit, les bras chargés d'un grand carton. Elle le posa sous le porche, près de l'allée. Même à distance, il voyait qu'elle était couverte de poussière. Annabelle avait donc embauché une aide, se dit-il. Il n'en fut pas étonné.

Comme elle se redressait en se frottant les reins, une mèche de cheveux blonds s'échappa de son foulard et il la reconnut. *Annabelle ?* Il eut envie de se pincer.

Voir une top model attifée comme un épouvantail avait quelque chose de risible et, un bref instant, Dawson fut tenté de la prendre en photo avec son téléphone portable. Mais il se doutait qu'elle en serait horrifiée. Il l'avait à peine reconnue. Et il était certain qu'elle n'avait jamais effectué ce genre de travail de toute sa vie. Pour elle, il s'agissait forcément d'une première. En tout cas, elle ne viderait sûrement pas la maison toute seule. Quelqu'un devait l'aider.

Pourtant, en promenant les yeux autour de lui, il se rendit compte que le seul véhicule garé à proximité était son cabriolet. Et personne d'autre ne sortit de cartons ou de boîtes pendant tout le temps où il resta à épier la propriété. Pourquoi Annabelle n'avait-elle pas recruté quelqu'un pour lui donner un coup de main ? Cela ne lui ressemblait pas.

Une idée lui vint soudain. Sur la route, tout à l'heure, elle avait prétendu avoir oublié de faire le plein d'essence à la dernière station-service, mais peut-être qu'en réalité... Non. L'idée était tellement absurde que Dawson éclata de rire tout en enclenchant la première pour repartir. De toute façon, quoi qu'ait manigancé Annabelle, cela n'avait rien à voir avec lui. Il ne comprenait même pas pourquoi il était revenu traîner dans ce quartier.

La sonnerie de son portable le fit sursauter. Il n'était vraiment pas doué pour jouer les espions. Il répondit, tout en regardant Annabelle poser un autre carton, s'étirer et retourner à l'intérieur. Comme elle jetait un coup d'œil dans sa direction avant de refermer la porte, il s'éloigna lentement, veillant à garder la tête tournée de l'autre côté. Il ne voulait surtout pas qu'elle aille s'imaginer qu'il s'intéressait à elle.

Au téléphone, son frère avait l'air furieux.

— Qu'est-ce que tu fabriques ? Ça fait une heure que je t'attends ! lança-t-il sans préambule.

Dawson avait perdu la notion du temps.

— J'arrive, j'arrive.

Il raccrocha, espérant que Luke lui avait juste proposé de boire une bière pour parler de chasse. Vu la vitesse à laquelle les nouvelles circulaient dans ce comté, tout le monde devait déjà être au courant de la présence d'Annabelle Clementine à Whitehorse — y compris son frère. Et c'était un sujet dont il ne voulait pas discuter avec son cadet.

Lorsqu'il entra au Mint, Luke était déjà installé au bar. En voyant surgir Dawson, il lui commanda un demi et tapota le tabouret à côté de lui.

— Assieds-toi. Il fait beau pour un mois de novembre, non ?
— Oui, c'est sûr.

Dawson retint un gémissement. Luke souriait comme un imbécile et sa mine réjouie ne présageait rien qui vaille.

— Annabelle Clementine est de retour, lâcha-t-il soudain, manifestement incapable de garder son scoop un instant de plus.

— Qui ? répliqua Dawson d'un air innocent en buvant une gorgée de bière.

— Qui ? répéta Luke en secouant la tête. Annabelle Clementine ou Anna, si tu préfères, puisque tu l'appelais ainsi autrefois. Tu ne vas pas me faire croire que tu l'as oubliée...

Il s'interrompit et lui décocha un sourire.

— Tu le savais ?

Il semblait déçu.

— En fait, je l'ai vue, répondit Dawson.

— Sérieux ? Elle est toujours aussi canon ? Elle t'a dit pourquoi elle était revenue ?

Du pouce, Dawson caressa sa chope pendant un moment. Quelque chose l'empêchait de raconter à son frère qu'il avait siphonné le réservoir de son pick-up pour faire le plein du cabriolet d'Annabelle.

— Elle était en train d'emballer les affaires de sa grand-mère dans des cartons. Elle a mis la maison en vente.

— Tu es passé dans son quartier par hasard, j'imagine ? demanda Luke, goguenard. Ce n'était pas sur ta route, pourtant. T'a-t-elle dit combien de temps elle pensait rester ?

— J'ai dit que je l'avais vue. Pas que je lui avais parlé. Je n'en sais donc rien mais je suppose, sans grands risques de me tromper, qu'elle quittera la ville dès que possible, répondit-il en évitant de regarder son frère.

— Pourquoi ne lui as-tu pas parlé ? demanda ce dernier.

— Pourquoi l'aurais-je fait ?

— Après toutes ces années, tu aurais pu être curieux d'apprendre ce qu'elle devenait. La vente de la propriété de sa grand-mère n'est peut-être pas l'unique raison de son retour. Peut-être que...

— Elle n'est revenue que pour vendre cette maison.

— Tu n'en sais rien. Peut-être...

— Alors qu'as-tu prévu pour demain ? lança Dawson dans l'espoir de faire diversion.

Penser à Annabelle lui donnait la migraine. Discuter d'elle était pire encore. Voilà des années qu'il ne l'avait pas appelée Anna, voilà des années qu'il ne lui avait pas adressé la parole. Anna était la fille dont il était tombé amoureux. Annabelle était... Eh bien, elle était à présent une top model dont il ne savait rien. Il ne connaissait pas la femme qu'elle était devenue et il n'avait aucune envie de faire sa connaissance.

— Pour demain ? répéta Luke, déstabilisé par le brusque changement de sujet.

— Demain, c'est Thanksgiving.

— Inutile de me le rappeler, répliqua son frère en s'emparant de sa chope de bière, manifestement contrarié de n'avoir rien appris de neuf sur le retour d'Annabelle. Je n'ai pas encore tué de biche. Mais tu connais maman. Pour elle l'important est que je n'arrive pas en retard pour le repas. Comme d'habitude, elle a invité tout le voisinage.

Dawson hocha la tête avec un petit sourire. Leur mère était vraiment unique. Wilhelmina — alias Willie — Rogers avait élevé seule ses deux fils après la mort de leur père alors qu'ils étaient encore tout jeunes. Dans le même temps, elle avait dirigé le ranch avec énergie. Dès lors qu'il s'agissait de donner un coup de main à quelqu'un, Willie répondait toujours présente. Elle témoignait de son affection en confectionnant de bons petits plats. Elle consacrait l'essentiel de son temps libre à cuisiner pour ceux qu'elle aimait mais aussi pour tous les esseulés, les endeuillés ou les malades du coin.

— Maman compte sur nous pour le déjeuner, déclara Luke. Elle m'a déjà passé un savon à propos de ma chasse au cerf qui risque de me retarder. À propos de chasse, comment s'est déroulé ton séjour dans les Breaks ? As-tu abattu quelque chose qui vaille la peine d'être rapporté à la maison ?

Dawson secoua la tête.

— J'ai vu un gros mâle mais je n'ai pas réussi à l'avoir.

En vérité, s'il aimait faire de la randonnée, partir à la recherche de cerfs et d'élans, il n'avait pas forcément envie de les tuer. D'autant qu'il avait encore beaucoup de viande dans son congélateur.

Cela dit, passer deux semaines par an dans une réserve de chasse avec des copains était une tradition à laquelle il ne dérogeait jamais. Il adorait dormir à la belle étoile, chevaucher dans la campagne, préparer ses repas sur un réchaud, discuter des choses de la vie avec sa bande autour d'un feu de camp avant de se glisser dans son sac de couchage. Il dormait toujours comme un loir en pleine nature.

Et il était également content de rentrer chez lui, de prendre une douche chaude et de retrouver le confort d'un lit.

— As-tu une idée de la valeur de la propriété des Clementine ? demanda Luke.

— Aucune. Je n'y ai jamais réfléchi.

— Pourtant, reconnais qu'il est bizarre qu'Annabelle n'ait pas laissé Mary Sue s'occuper de la vente ce qui l'aurait dispensée de revenir ici, poursuivit Luke. À moins que la maison ne soit pas la seule raison de son retour, ajouta-t-il. Avoue que tu aimerais bien le savoir.

Dawson refusa de tomber dans le piège grossier que lui tendait son frère.

— J'aimerais surtout savoir ce que tu cherches exactement en me parlant de cette histoire, dit-il en le regardant en face.

— En fait, je trouve fascinant ton prétendu manque d'intérêt sur le sujet. Comme si j'ignorais les sentiments que tu nourrissais autrefois pour cette fille. Et maintenant qu'elle est de retour, tu prétends que tu t'en moques, que tu n'as pas envie de lui parler. Tu veux mon avis ? Tu as peur, conclut Luke en secouant la tête.

— Ton analyse me semble... magistrale, répondit Dawson, ironique.

— Le frère que je connaissais aurait donné sa vie pour Annabelle Clementine. Si l'occasion s'était présentée, il n'aurait pas laissé passer la moindre chance de la reconquérir. Et tu aimerais me faire croire que tu ne ressens plus rien pour elle ?

Dawson finit sa chope et se leva en secouant la tête.

— Je ne te fais rien croire du tout. Pense ce que tu veux, ce n'est pas mon problème. J'y vais. Merci pour la bière.

Luke soupira.

— Très bien, continue à nier tes sentiments, espèce de crétin. Mais tu le regretteras.

— C'est sûr. Dis à maman que je passerai tôt chez elle demain pour voir si elle a besoin d'aide.

— Tu as toujours été le bon fils, n'est-ce pas ? Je chasserai un chevreuil avant de venir. Garde une place pour moi à table au cas où je serais en retard.

Sans répondre, Dawson quitta le bar. Avant même de démarrer son pick-up, il sut qu'il allait retourner épier Annabelle en catimini. Céder à la tentation lui donnait l'impression d'une défaite personnelle et sa propre faiblesse le rendait furieux contre lui-même.

Il n'était pas tard mais la nuit tombait de plus en plus tôt. Avec l'approche de l'hiver, les ombres envahissaient la campagne et les températures chutaient.

Comme il arrivait près de la propriété des Clementine, il vit que les lumières étaient allumées dans la maison. Et que d'autres cartons étaient empilés sous le porche. De nouveau, il se gara de l'autre côté de la rue et éteignit ses phares. Des grands arbres dissimulaient en partie la vieille demeure mais il parvenait à apercevoir Annabelle qui s'activait à l'intérieur.

Apparemment, elle était toujours seule. Personne ne l'aidait à tout empaqueter.

— Que se passe-t-il, Anna ? dit-il dans l'habitacle sombre de son camion.

En tout cas, si elle ne quittait la ville avant les premières tempêtes de neige, elle serait sans doute incapable de le faire ensuite au volant de son élégant cabriolet. Depuis qu'elle vivait en Californie, elle avait certainement perdu l'habitude de mettre des pneus neige. Mais dans le Montana, ils étaient indispensables en hiver. Sans chaînes, elle ne parviendrait sans doute même pas à sortir de sa propriété.

Dawson se rappela que ce n'était pas son problème. Et pourtant, il ne pouvait s'empêcher de penser à ce que son frère lui avait dit au bar. Malheureusement, il s'était déjà comporté comme le dernier des imbéciles avec Annabelle. Il tentait de se convaincre qu'il était trop intelligent pour retomber dans le panneau, pour réitérer ses erreurs passées mais au fond, il n'en était pas sûr du tout.

Il l'observa alors qu'elle passait devant les hautes fenêtres. Elle avait l'air épuisée. Depuis combien de temps emballait-elle toute seule les affaires de sa grand-mère ?

Même à cette distance, il mesurait sa détermination à l'expression peinte sur son visage. Il n'avait jamais connu de femme plus volontaire, pensa-t-il alors qu'il rallumait ses phares pour retourner au ranch.

Annabelle avait mal partout. Elle ferma un autre carton rempli de bibelots ébréchés ou cassés mais elle était trop fatiguée pour le porter jusqu'au porche. Voilà des heures qu'elle triait et empaquetait le bric-à-brac de Frannie. En proie à un découragement croissant, elle promena les yeux autour d'elle. Elle avait cru qu'elle avançait, mais en réalité elle n'avait emballé qu'un millième du bazar accumulé depuis des années par son aïeule.

Elle avait commencé par vider son ancienne chambre au rez-de-chaussée où elle comptait dormir pendant son séjour. À la fin de sa vie, sa grand-mère s'était installée dans celle aménagée à l'arrière de la maison, près de la cuisine. Et apparemment, elle avait utilisé celle d'Annabelle comme dressing. Des dizaines de pulls tous plus moches et criards les uns que les autres encombraient la commode. Où sa grand-mère avait-elle déniché de telles horreurs ? Beaucoup d'entre eux étaient ornés de Pères Noël, de guirlandes, de licornes et même d'un œuf de Pâques multicolore. Monstrueux.

Ne voulant pas risquer d'abîmer les rares vêtements corrects qu'elle n'avait pas été obligée de vendre pour payer son voyage vers le nord, Annabelle s'était changée. Elle avait choisi une tenue un peu moins affreuse que les autres : un sweat-shirt paré d'un clown, un jean de sa grand-mère si large qu'elle avait dû mettre une ceinture serrée à fond pour qu'il ne tombe pas, une paire de baskets et des chaussettes avec des hauts en dentelle. L'ensemble n'était pas très seyant mais pour travailler, elle n'avait pas besoin d'être sur son trente et un.

Après avoir nettoyé la chambre, elle avait préparé son lit. Puis elle était retournée au centre de recyclage prendre le plus de cartons possible.

De retour à la maison, elle avait recommencé à empaqueter le fourbi de Frannie. Plus tard, elle devrait tout emporter à la déchetterie. Mais dans l'immédiat, elle avait envie de s'asseoir, de s'octroyer une petite pause.

Tu avais raison, Mary Sue. J'ai vraiment besoin d'aide. Mais pas à trente dollars de l'heure. Je n'ai pas les moyens de payer des gens à ce tarif.

Elle se rendit dans la cuisine, la seule pièce où les chaises ne croulaient pas sous des piles de vieux journaux ou de livres. Même si elle savait qu'il lui faudrait des heures pour vider la vieille demeure, Annabelle éprouvait une profonde gratitude envers sa grand-mère. Frannie ne lui avait pas seulement légué sa propriété. Elle lui avait laissé aussi de quoi payer les impôts et taxes liés à l'héritage. Elle lui avait fait un vrai cadeau.

Repoussant une mèche de cheveux de son visage, elle se demanda si Frannie avait eu vent de ses difficultés financières. En tout cas, elle lui avait donné la possibilité de vendre la maison sans être acculée à la brader pour régler les droits de succession.

Comme elle promenait un regard circulaire dans la cuisine, elle poussa un gros soupir. Sa grand-mère ne jetait vraiment rien. Était-ce le comportement classique d'une personne âgée ? Ou perdait-elle la tête à la fin de sa vie ? Annabelle ne comprenait pas comment son aïeule avait pu vivre au milieu de tant d'objets inutiles, de cochonneries. Il y en avait partout. Cette manie de tout garder ne ressemblait pas à la femme qui l'avait élevée.

Il était également bizarre que Frannie l'ait désignée comme unique héritière au détriment de ses sœurs. Cela l'ennuyait.

— Pourquoi as-tu fait ça ? Pourquoi m'avoir laissé la maison, uniquement à moi ?

TJ avait peut-être raison. Frannie avait sans doute légué sa propriété à la petite-fille qui lui semblait avoir le plus besoin d'argent.

Sur le moment, cette hypothèse l'avait rendue furieuse. À présent, elle se demandait si sa grand-mère avait été la seule à deviner que sa carrière de top model, qui paraissait si prometteuse, se solderait par un échec. Tout le monde l'avait certainement vu venir, à l'exception d'Annabelle elle-même.

Quelle que soit la raison pour laquelle elle en avait hérité, cette maison était maintenant la sienne et il lui fallait la vendre très vite... Pour se remettre à flot.

Son estomac criait famine. Jusqu'à cet instant, Annabelle n'avait pas pensé qu'il lui faudrait se nourrir. Pendant des années, elle avait dû surveiller son poids et se priver de tout. Elle n'avait toujours pas l'habitude de manger ce qui lui faisait plaisir. Maintenant qu'elle savait qu'elle ne serait plus jamais mannequin, plus rien ne lui interdisait de céder à sa faim. Dommage qu'elle n'ait pas les moyens de se régaler d'un bon steak frites.

En tout cas, elle avait besoin d'aller acheter de quoi se restaurer. Il lui fallait d'abord se changer. Même à Whitehorse, il n'était pas question de se rendre à la supérette affublée de ces vêtements hideux. Elle se souvint alors qu'elle n'avait pas d'argent, plus un sou vaillant. La gorge serrée, elle se demandait si elle était condamnée à mourir de faim quand ses yeux se posèrent sur le vase dont sa grand-mère se servait autrefois pour mettre la monnaie des courses.

Elle se souvint du jour où elle s'était fait surprendre à dérober quelques pièces. Honteuse de s'être fait pincer, la main dans le sac, elle avait tenté de se justifier, de balbutier une excuse. Mais son aïeule l'avait tout de suite arrêtée.

— Si tu dois voler, assume, ma petite. Si tu te fais prendre, assume aussi. Mais n'aggrave jamais ton cas en mentant ou en pleurnichant. Ces réactions sont réservées aux faibles.

Avec un soupir, Annabelle inspecta le vase, persuadée qu'il serait vide. Mais quand elle le retourna, elle y découvrit un peu de monnaie et... un billet de cinquante dollars !

— Grand-mère..., dit-elle en fondant en larmes.

Frannie avait deviné qu'Annabelle aurait besoin d'argent. Elle savait qu'elle ne réussirait pas comme top model, qu'elle se casserait les dents. En prendre conscience lui fit mal et en même temps, son cœur se remplit d'amour pour sa grand-mère qui n'avait jamais cessé de veiller sur elle. Et qui continuait à le faire... Grâce à Frannie, elle n'allait pas mourir de faim, se dit-elle avec reconnaissance.

Elle consulta sa montre. Avait-elle l'énergie de se doucher et de se changer pour descendre au village acheter quelque chose à manger ? Non, clairement pas. Tant pis. Elle allait faire un saut à la supérette vêtue comme l'as de pique, en espérant qu'elle ne croiserait personne.

Robert McDougal — Rob pour les intimes — s'empara de son téléphone portable. En voyant que son oncle Bernie cherchait à le joindre, il décida d'abord d'ignorer l'appel. Le vieux gangster voulait sans doute se plaindre une fois de plus de la maison de retraite où il vivait depuis quatre ans.

Rob, qui finançait le séjour du vieillard dans cette résidence pour personnes âgées, n'avait pas envie d'entendre qu'il se saignait aux quatre veines pour rien. Le vieil homme avait passé un accord avec sa « famille ». En réalité, ils n'étaient pas du même sang mais ils appartenaient au même clan, à la mafia.

Rob n'était pas stupide au point de remettre en cause ce pacte. Il tenait à la vie. Mais il n'était pas d'humeur à écouter Bernie pleurnicher sur son triste sort.

Pourtant, quand la sonnerie de son téléphone retentit

à nouveau, il se résolut à écouter le message que son oncle avait laissé.

— J'ai un travail pour toi, Rob. Une vraie mission. Rapplique au plus vite. Il s'agit d'une affaire familiale urgente.

Une affaire familiale urgente ? gémit Rob. Quelle mouche avait encore piqué le vieux Bernie ?

Il ne prit pas la peine de rappeler son oncle. Il se contenta de lui envoyer un texto pour lui indiquer qu'il arrivait.

Dès qu'il entra dans sa chambre, Bernie lança :

— Allons faire un tour.

Après avoir obtenu l'autorisation de l'infirmière en chef, Rob poussa le fauteuil roulant du vieil homme vers le canal.

La nuit tombait mais il faisait encore très chaud. Rob détestait les températures caniculaires qui régnaient en permanence en Floride. Le changement de saison lui manquait. Mais il ne pourrait pas repartir vers le nord tant que Bernie était vivant... Et le vieux gangster ne semblait pas pressé de passer l'arme à gauche.

— Nous sommes assez loin, non ? demanda Rob après un moment, en chassant d'un geste les moustiques qui pullulaient près de l'eau. Alors de quoi s'agit-il ?

Tout en parlant, il gardait un œil sur les alligators. Les crocodiles tuaient en moyenne dix personnes par an et ils en avaient déjà croqué vingt-trois depuis 1948, avait-il lu quelque part. Voilà pourquoi longer le canal avec Bernie rendait toujours Rob nerveux.

Enfin, son oncle lui permit de s'arrêter. D'un regard circulaire, il s'assura qu'ils étaient seuls. Ils l'étaient. Rob s'impatientait. Trempée de sueur, sa chemise collait à son dos. Il frappa un autre insecte qui bourdonnait autour de lui.

— Tu te souviens, bien sûr, du casse de l'exposition Marco Polo, répondit Bernie.

Rob sentit son estomac se nouer. Il avait grandi sans père à cause de ce hold-up. Tout s'était parfaitement déroulé jusqu'à ce qu'un gardien censé être en congé surgisse sans crier gare et fasse feu. Son père et l'un de ses comparses avaient été tués. Le seul à s'en être bien tiré était Bernie. Les flics avaient compris qu'il avait participé au braquage, qu'il en avait sans doute même été le cerveau, mais ils n'avaient jamais pu le prouver.

Bernie s'était enfui avec le butin mais il n'en avait pas profité longtemps puisque celui-ci lui avait été volé par sa copine d'alors. Ce triste épisode était la seule ombre au tableau, la carrière criminelle de Bernie ayant été par ailleurs brillante. Et le vieil homme n'avait jamais digéré de s'être fait ainsi rouler dans la farine.

— J'ai une piste, déclara son oncle.

Après plus de cinquante ans, après avoir suivi tant de pistes qui s'étaient révélées autant d'impasses, Rob n'y croyait plus.

Il regarda son oncle d'un air sceptique.

— Et vous l'avez trouvée comme ça, d'un coup ?

Bernie le fusilla du regard.

— Ne sois pas stupide. Tu me considères peut-être comme un vieux gâteux mais j'ai toute ma tête, je te le garantis.

Il sortit une coupure de journal de sa poche.

— C'est elle, annonça-t-il en lui tendant une photo en noir et blanc. Francesca Clementine.

Comme Rob ne réagissait pas, il ajouta avec impatience :

— Ma poupée ! Cette Francesca est ma Baby Doll.

La fameuse Baby Doll, songea Rob qui réprima un éclat de rire. Il avait entendu parler d'elle toute sa vie. La fille qui, non contente d'avoir brisé le cœur de Bernie, lui avait surtout volé une fortune.

— C'est elle ?

Pour sa part, il était loin d'en être convaincu. Il en avait vu tant d'autres.

Son oncle hocha la tête et lui tendit l'avis de faire-part. Rob le lut, essayant de ne pas lever les yeux au ciel.

— Elle aurait vécu à Whitehorse, dans le Montana ? C'est une blague !

Bernie sourit.

— Sa maison est à vendre.

— Et vous voulez que j'achète sa baraque ?

— Non. Il n'est pas question d'attirer l'attention. Les Fédéraux m'ont toujours à l'œil. Et nous ne sommes pas les seuls à chercher le butin. Bref, tu dois partir tout de suite là-bas, poursuivit-il en baissant la voix, certain que le FBI les écoutait.

Ils avaient dû se traîner jusqu'à ce maudit canal infesté d'alligators parce que Bernie était convaincu que les Fédéraux avaient truffé sa chambre de micros.

— Vas-y seul, poursuivit le vieux. C'est plus prudent.

Rob hocha la tête, mais en réalité il n'avait pas l'intention d'y aller. Pas question de se rendre au Montana pour rien.

— Je compte sur toi, Robby, poursuivit Bernie en lui prenant la main pour la serrer avec force.

— Rob, corrigea-t-il pour la millionième fois.

Son oncle ne l'avait pas choisi pour aller dans le Montana parce qu'il avait confiance en lui. Mais parce qu'il n'avait personne d'autre à envoyer là-bas. Quatre ans plus tôt, Rob avait été désigné pour jouer au papy-sitter. Le clan avait encore peur de Bernie. Certes, il était âgé mais il avait le bras long. Voilà pourquoi Rob venait chaque fois que le vieux l'appelait et ne discutait jamais ses ordres. Mais de là à se traîner au fin fond du Montana…

Les médecins avaient estimé que Bernie n'avait pas plus d'un an à vivre. C'était il y a quatre ans. Doté d'une volonté inflexible, le vieux gangster s'accrochait à la vie et il menait toujours son monde à la baguette.

— Je suis très honoré que vous me confiiez une mission de cette importance, dit Rob.

Son oncle se mit à rire.

— Honoré et surtout intelligent. Tu sais ce qui t'arrivera si tu ne reviens pas avec *mon trésor*.

Son trésor. Quelle arrogance !

— Mais dites-moi. Cette dame, cette… Baby Doll.

— Elle n'a jamais rien eu d'une dame.

— Qui vous dit qu'elle n'a pas dilapidé tout le butin de son vivant ? Après tout, ça fait plus de cinquante ans qu'elle a filé avec.

Bernie secoua la tête.

— Si elle avait vendu l'un des bijoux, si l'une des pierres précieuses était remontée à la surface, j'en aurais forcément entendu parler. Baby Doll m'a tout pris... Elle a écoulé l'argent et l'or, c'est sûr. Mais elle n'aurait pas fait l'erreur de mettre les pierres précieuses sur le marché. Elles étaient uniques. Le plus mauvais des bijoutiers, le pire des receleurs, les aurait immédiatement identifiées comme provenant de l'exposition Marco Polo. Ma poupée était trop intelligente pour se faire pincer aussi bêtement, ajouta-t-il d'un ton admiratif. Elle a planqué les joyaux chez elle, c'est évident. Voilà pourquoi tu dois y aller. Elle a légué sa propriété à l'une de ses petites-filles, une certaine Annabelle Clementine.

Rob haussa les épaules.

— Connais pas.

— Apparemment, cette Annabelle vide la maison afin de la mettre en vente. Alors, saute dans le premier avion et rends-toi là-bas en vitesse. Elle pourrait jeter quelque chose sans mesurer la valeur de ce qu'elle balance. Mais encore une fois, veille bien à ne pas attirer l'attention sur toi.

Rob n'avait toujours aucune envie de se traîner dans le Montana.

— Demain, c'est Thanksgiving...

Son oncle le fusilla du regard et Rob sentit sa gorge se serrer.

— Quand tu retrouveras mon butin, tu seras évidemment tenté de le garder pour toi. Mais tu ne le feras pas. Tu sais pourquoi ?

Rob hocha la tête. Ils avaient déjà eu cette discussion des dizaines de fois, son oncle ne s'en lassait pas.

— Parce qu'il y a une malédiction attachée à ce trésor, Rob. Sans parler de celle qui te tomberait dessus si tu t'avisais de me trahir. Maintenant, reconduis-moi dans ma chambre et file. Il n'y a pas un instant à perdre. Si cette maison se vend avant ton arrivée… ou si la petite-fille de ma poupée découvre les pierres précieuses…

Rob hocha la tête en jurant intérieurement.

— Encore une chose, ajouta Bernie. Je ne suis certainement pas le seul à avoir reconnu Baby Doll sur ce journal. Ni le seul à l'avoir cherchée toutes ces années.

Rob en doutait mais il le garda pour lui.

— Ce qui veut dire que tu ne seras pas seul sur le coup. Il n'y a pas que les Fédéraux. Il faut compter avec la compagnie d'assurances qui a dû dédommager son client, et avec le conservateur du musée qui a juré de récupérer ces joyaux d'une valeur historique inestimable…

Rob ne prit pas la peine de mentionner que ces deux types étaient probablement morts depuis longtemps.

— S'ils ont reconnu Baby Doll, le pire est à craindre, poursuivit son oncle. Nos photos étaient dans tous les journaux de l'époque. J'emmenais ma poupée dans les soirées chics de la ville. Une femme de cette trempe méritait d'être traitée en princesse. Alors, surveille tes arrières !

Dawson tournait en rond chez lui, incapable de rester en place ou de s'atteler à quelque tâche que ce soit. Après s'être préparé à dîner, il avait nettoyé sa cuisine, lavé ses vêtements de chasse, déballé et rangé son équipement et même changé les draps.

Voilà deux semaines qu'il rêvait de dormir dans son lit. Mais même s'il était fatigué, il savait qu'il ne pourrait pas fermer l'œil, tant il se sentait nerveux. Sadie n'avait pas ce problème. Roulée en boule sur le tapis devant la cheminée, la petite chienne ronflait doucement.

Un coup frappé à sa porte le surprit. Il pensa immédiatement à Annabelle. Elle venait le remercier pour le carburant et s'excuser d'avoir filé comme une voleuse, tout à l'heure.

Son cœur battit plus vite dans sa poitrine mais très vite, il recouvra ses esprits. Cette hypothèse était improbable. Sans doute s'agissait-il de Luke venu lui donner d'autres nouvelles. Il hésita à ne pas répondre mais les coups se faisaient insistants...

Lorsqu'il ouvrit, il écarquilla les yeux, surpris de reconnaître son voisin, éleveur de bétail comme lui.

— Cull ?

— Désolé de te déranger si tard, dit le cow-boy. Je chevauchais près de tes clôtures cet après-midi lorsque j'ai vu qu'un arbre était tombé dessus et que des barbelés étaient à terre. J'ai rafistolé le tout comme j'ai pu mais mon bricolage de fortune ne tiendra pas longtemps. Peut-être devrais-tu effectuer de vraies réparations dès demain matin si tu ne veux pas retrouver des bêtes sur la route.

— Merci de m'avoir prévenu.

Dawson aimait bien Cull McGraw. En fait, il appréciait tous les membres de la famille McGraw et il était heureux de les avoir comme voisins.

Il ouvrit plus largement sa porte.

— Tu entres ? J'ai quelques bières au frigo.

Soudain, il n'avait pas envie d'être seul.

— Merci, mais je dois retourner chez moi, répondit Cull. Peut-être une autre fois.

Sans doute était-il impatient de retrouver sa femme, songea Dawson.

Il retourna à l'intérieur de sa maison déserte. Vide. C'est drôle, mais il ne s'y était jamais senti seul auparavant... Jusqu'au retour d'Annabelle, se dit-il en se maudissant intérieurement.

Il commença à éteindre les lumières. Après s'être assuré que le pare-feu était devant la cheminée, il se dirigea vers l'escalier pour regagner sa chambre.

Derrière lui, il entendit le petit bruit des pattes de Sadie sur le plancher. Quand l'animal s'allongea sur le sol au pied de son lit, il se dit qu'il n'avait besoin de personne. La petite chienne lui tenait compagnie et cela lui suffisait.

Mais dès qu'il se glissa entre ses draps, ses pensées revinrent à Annabelle, son premier amour, sa première amante.

Que devait-il faire pour la sortir de son crâne ?

4

Furieux, Rob resta un moment sur le parking de la luxueuse maison de retraite, le temps de se calmer. Ce n'était pas la première fois que Bernie était certain d'avoir retrouvé sa Baby Doll. Ces dernières années, son oncle l'avait envoyé successivement dans le Maine, en Californie, dans le Maryland et au Tennessee...

Et maintenant, il lui demandait d'aller la chercher à Whitehorse, dans le Montana... Rob avait suivi trop de fausses pistes qui avaient toutes abouti à des impasses. Aucune des femmes qu'il avait pourchassées n'était la poupée de Bernie. Aucune n'avait le butin. Ils les avaient toutes tuées pour rien.

Il tira de sa poche la photo et l'avis de décès découpés par le vieux pour les examiner à nouveau. Francesca Clementine ? Au moins, il n'aurait pas à la descendre. Elle était déjà morte. Mais pas sa petite-fille, se rappela-t-il.

Peut-être allait-il faire croire au vieillard qu'il s'était rendu dans le Montana et que cette Francesca Clementine n'était pas Baby Doll. Bernie en aurait le cœur brisé mais il s'en remettrait. Ce ne serait pas la première fois que ses espoirs seraient déçus.

Après tout, quelle était la probabilité que cette Francesca Clementine ait vécu à New York, il y a plus de cinquante ans, et qu'elle ait eu une histoire d'amour avec un gangster avant de se volatiliser en emportant dans ses valises le fruit d'un braquage particulièrement juteux ? Presque nulle.

Pourquoi perdre son temps à traverser le pays pour rien ?

Dans quelques jours, il reviendrait voir Bernie et lui rendrait compte de sa mission en déplorant qu'elle se soit soldée, comme les autres, par un échec.

Cela dit, le pari était risqué. Certes, il soupçonnait Bernie de souffrir d'un début de maladie d'Alzheimer ou de démence sénile mais, gâteux ou non, il restait dangereux. Il avait encore la faculté de faire de la vie de Rob un enfer. Ou de le faire descendre.

Rob réfléchit. Le vieillard était fou. S'il apprenait que Rob n'était pas allé dans le Montana, il était capable de tout...

Avec un soupir résigné, Rob sortit son téléphone portable et appela une compagnie aérienne pour réserver une place dans le premier avion en partance pour Billings. Après avoir atterri, il lui faudrait encore trois heures de route pour atteindre Whitehorse.

Le Montana en plein hiver serait un cauchemar, se dit-il. Il espérait que Bernie s'était de nouveau trompé, qu'il pourrait le prouver rapidement et rentrer sans tarder chez lui.

Quand elle avait quitté la Californie, Annabelle avait espéré vendre la maison de sa grand-mère et quitter le Montana avant que quiconque ne s'aperçoive qu'elle était revenue à Whitehorse. Elle avait pensé n'y séjourner que quelques jours, incognito. Mais tout en roulant vers la supérette, elle se rendit compte qu'elle avait été stupide de l'imaginer.

Whitehorse était une si petite ville qu'il n'y avait même pas de feux rouges dans les rues. Le centre commercial le plus proche était à trois heures de route. Et encore... À condition que lesdites routes ne soient pas verglacées. Affirmer que Whitehorse se trouvait au milieu de nulle part était un euphémisme. Il était fréquent, en hiver, que les voies express soient fermées à cause des chutes de neige. Piégés, les habitants devaient alors attendre le passage des engins de déblaiement pour avoir la possibilité de quitter la ville.

C'était d'ailleurs l'une des préoccupations d'Annabelle. Elle craignait de se retrouver coincée par la neige avant d'avoir pu vendre la maison et de ne plus avoir un sou vaillant pour vivre. En attendant, elle espérait qu'elle ne croiserait personne de connaissance à Whitehorse. Cela dit, vu la façon dont elle était attifée, elle-même avait du mal à se reconnaître, pensa-t-elle, en remettant en place le bandana qui couvrait ses cheveux blonds.

Elle se gara sur le parking, coupa le moteur et resta assise un instant à observer les alentours. Il était tard et la supérette fermerait bientôt. Deux adolescents regardèrent sa décapotable avec intérêt mais ils ne s'attardèrent pas.

Affamée, elle sortit finalement de l'habitacle, verrouilla sa voiture et se dirigea vers l'entrée. À Whitehorse — et dans les commerces, en particulier —, tout le monde se montrait toujours très poli. Personne ne cherchait à resquiller pour ne pas faire la queue à la caisse, chacun veillait à ne pas heurter les Caddie des autres. Les gens n'étaient pas seulement civilisés. Mais profondément gentils et bienveillants.

Heureusement, la première allée où Annabelle se rendit était déserte. Elle chercha ce dont elle avait besoin. Sa grand-mère lui avait dit un jour qu'un rayon traiteur avait fait son apparition dans l'établissement. Un rayon qui ne s'y trouvait pas, il y a quinze ans.

Annabelle ne savait pas quoi prendre. Elle se sentait dépassée. Elle n'avait jamais appris à cuisiner, même si Frannie l'y avait souvent encouragée.

— Tu pourrais avoir faim, un jour, disait-elle.

Manifestement, elle avait tout prévu.

Annabelle avait cru qu'elle n'aurait jamais à se confectionner de repas — pas avec la vie dont elle rêvait — et d'ailleurs, pendant des années, elle n'avait pas eu à s'en soucier. Mais à présent qu'elle devait se débrouiller pour se nourrir, elle ignorait par où commencer.

Guidée par de délicieux effluves, elle trouva le rayon

traiteur. Les mets présentés derrière les vitrines semblaient si appétissants qu'elle en avait l'eau à la bouche.

— J'aimerais prendre une part de poulet rôti avec des pommes de terre sautées, dit-elle. Et une barquette de salade composée.

Maintenant qu'elle n'avait plus à compter les calories, elle se réjouissait de pouvoir se régaler de bons petits plats. Toute contente, elle rangea ses emplettes dans son Caddie.

Je devrais acheter quelque chose pour le petit déjeuner, se dit-elle.

Les beignets aux pommes lui faisaient très envie, comme les rouleaux à la crème et au fromage ou les bâtons d'érable. Elle n'avait pas eu à faire de choix si difficiles depuis des lustres.

— Annabelle ?

En reconnaissant la voix derrière elle, Annabelle se pétrifia. D'un seul coup, les années s'envolèrent et elle eut l'impression de redevenir l'adolescente intimidée qu'elle était autrefois.

Comme elle se retournait vers Wilhelmina Rogers, celle-ci s'exclama en riant :

— Je ne rêve pas ! Il s'agit bien de ma presque belle-fille préférée.

La mère de Dawson la prit dans ses bras pour l'étreindre avec chaleur.

Sa presque belle-fille.

La gorge nouée par l'émotion, Annabelle ne parvenait pas à parler. La réaction de Willie en la revoyant était surprenante. Bouleversante, même. Annabelle avait cru que Willie la détesterait pour avoir fait souffrir Dawson. Mais là, elle se sentit aimée et pardonnée et... coupable. Des larmes brûlèrent ses paupières tandis qu'elle se blottissait plus étroitement contre cette grande brune dont elle avait été si proche autrefois.

— Laisse-moi te regarder, poursuivit Willie en la tenant à bout de bras pour l'examiner des pieds à la tête. Tu es toujours à croquer, même si je veillerais à t'engraisser un peu d'abord, dit-elle en riant. Sérieusement, je suis trop contente de te voir.

Annabelle ne parvint qu'à hocher la tête tout en s'efforçant de refouler ses larmes. Elle avait toujours beaucoup aimé la mère de Dawson. Peut-être que si les choses avaient été différentes... De qui se moquait-elle ? Peut-être que si *elle* avait été différente, que si *elle* avait désiré quelque chose de différent... Mais à l'époque, rester à Whitehorse lui semblait inconcevable, un vrai cauchemar. Elle aurait eu l'impression de s'enterrer vivante. Elle avait voulu se prouver qu'elle pouvait réussir ailleurs. Rester dans le Montana aurait signifié échouer avant même d'avoir essayé. Cela dit, échouer après avoir essayé était-il plus valorisant ? Pas vraiment.

— Viens déjeuner à la maison, demain, reprit Willie. Je t'attends à midi pile, tu me donneras un coup de main.

— Demain ? répéta Annabelle, se sentant perdue.

— Demain, c'est Thanksgiving ! lui rappela Willie. Inutile de discuter. Tu viens. Et si à midi cinq tu n'es pas là, j'enverrai l'un de mes journaliers te ramener de gré ou de force. Je suis heureuse que tu sois revenue. Tu n'as pas oublié le chemin jusqu'à mon ranch, n'est-ce pas ?

Annabelle secoua la tête.

— Non, non, balbutia-t-elle d'une voix étranglée.

Mais elle n'avait aucune envie de fêter Thanksgiving au ranch avec son ex presque fiancé.

— Luke m'a dit qu'il irait chasser avec son frère demain, alors j'aurai besoin de ton aide, poursuivit Willie, comme pour lui glisser que Dawson ne serait probablement pas là.

Estimant sans doute que tout était réglé, Willie s'éloigna en poussant son Caddie rempli de victuailles. Elle avait donné à Annabelle l'impression qu'elle lui rendrait service en venant déjeuner chez elle, mais en réalité celle-ci savait pertinemment qu'elle lui faisait une faveur en la conviant à sa table.

À l'idée de se régaler des bons petits plats de Willie, qui était un véritable cordon-bleu, Annabelle salivait déjà. De plus, elle savait que la mère de Dawson enverrait en effet quelqu'un la chercher si elle ne venait pas. Elle comprit qu'elle n'avait pas le choix. Elle se rendrait au ranch Rogers demain pour Thanksgiving, comme dans le bon vieux temps.

Sauf que, cette fois, Dawson serait à la chasse avec son frère et non assis à côté d'elle.

Tout en se demandant si elle n'avait pas commis une erreur en acceptant cette invitation, Annabelle prit un paquet de beignets aux pommes. Maintenant, il lui fallait sortir de cette supérette sans que personne d'autre ne la reconnaisse...

Mary Sue avait tenté de joindre sa mère une bonne dizaine de fois. En vain. Cette dernière la rappela enfin dans la soirée.

— Je viens seulement d'écouter tes messages, chérie. J'avais des courses à faire et j'avais oublié mon portable sur ma table de nuit. Qu'avais-tu de si important à me demander ?

— Te souviens-tu de la maison des Clementine, maman ? Y es-tu déjà rentrée ?

— Non, jamais. Pourquoi ? J'ai entendu dire qu'elle était pleine d'un bazar innommable. Frannie ne jetait rien. J'imagine que l'intérieur est dans un état déplorable, non ?

— C'est pire que ça. Il y en a partout : des livres, des magazines, des bibelots en pagaille... Mais surtout, quelque chose me chiffonne. À en croire les plans que le tribunal du comté m'a envoyés, une alcôve se trouvait à l'origine dans la cuisine.

— Alors qu'il y a quoi, maintenant ?

— Un mur.

— Un mur ? répéta sa mère d'un ton perplexe.

— C'est comme s'il n'y avait jamais eu de renfoncement.

— Pourquoi quelqu'un murerait-il une alcôve ?

— C'est ce que j'aimerais savoir.

— Es-tu sûre que le bureau du tribunal t'a envoyé les bons plans ? Et ne s'est pas trompé de maison ?

— J'en suis sûre. Je suis même retournée là-bas cet après-midi pour le vérifier. Il y avait bien une alcôve d'environ cinq mètres de large et de trois mètres de haut. Assez grande donc pour y cacher un cadavre...

Ou même plusieurs en les empilant, songea-t-elle.

Mais elle ne le dit pas.

— C'est vraiment étrange, reconnut sa mère. Cela dit, ce détail ne devrait pas nuire à la vente. Annabelle va laisser cette cloison, n'est-ce pas ?

— J'en ai l'impression. Pourtant, c'est un peu effrayant, tu ne penses pas ?

— Oh ! Mary Sue, répondit sa mère. Tu regardes trop de séries policières à la télévision. Pourquoi ne viendrais-tu pas m'aider à faire cuire les tartes au lieu de te monter la tête ? Je suis épuisée.

Pourquoi pas ?

— Très bien. Veux-tu que je t'apporte quelque chose ?

Sa mère resta silencieuse comme si elle réfléchissait à la dernière question que Mary Sue lui avait posée. Mais quand elle reprit la parole, ce ne fut pas pour évoquer les tartes de Thanksgiving.

— Tu sais, personne ne l'a su avant sa mort, mais Frannie ne s'était jamais mariée.

— Ah bon ? Je croyais qu'elle était veuve, que son mari était mort avant qu'elle ne s'installe à Whitehorse ? En tout cas, elle a forcément eu un homme dans sa vie : le père de son fils. De qui s'agissait-il alors ?

— Je l'ignore. Je n'ai jamais vu Frannie fréquenter qui que ce soit. Cela dit, Inez m'avait affirmé qu'elle l'avait aperçue un jour — il y a des années — chez elle en compagnie d'un inconnu... que personne n'a jamais revu.

Mary Sue cherchait surtout à comprendre pourquoi Frannie avait fermé ce renfoncement.

— Peut-être a-t-elle tué cet homme et l'a-t-elle emmuré dans l'alcôve.

— Oh ! Mary Sue ! Frannie n'aurait pas fait de mal à une mouche.

61

— C'est ce que m'a dit Annabelle.
Mais Mary Sue ne pouvait s'empêcher de se demander ce qu'il y avait derrière cette cloison.
Les gens qui avaient l'air innocents ne l'étaient pas toujours...

5

Tout en s'engageant dans l'allée qui menait à la maison de sa grand-mère, Annabelle se sentait barbouillée. Elle avait sans doute eu tort de s'empiffrer sans attendre des beignets aux pommes qu'elle venait d'acheter à Whitehorse. Voilà des années qu'elle ne s'était pas autant régalée. Posée sur le siège du passager à côté d'elle, la boîte était presque vide. Mais l'excès de sucreries n'était pas la seule cause de son malaise. Voir Willie l'avait profondément remuée. Et avait ravivé trop de souvenirs de Dawson. Trop de souvenirs, en général.

À la hâte, elle referma le couvercle sur les beignets qui restaient. Avait-elle vraiment imaginé pouvoir revenir incognito, vendre la propriété et s'éclipser à la faveur de la nuit avant que quiconque n'apprenne son retour ?

— Tu n'es qu'une idiote, dit-elle en sortant de la voiture.

En partant, elle n'avait pas pris la peine de verrouiller la maison et elle s'en félicita. Encombrée de sacs de provisions comme elle l'était, elle n'aurait pas réussi à glisser la clé dans la serrure sans tout faire tomber.

Elle referma la porte derrière elle d'un coup de hanche et traversa le salon plongé dans l'obscurité en direction de la cuisine. Le clair de lune se glissait à travers les stores, peignant des bandes de lumière dans la pièce. Elle posa son chargement sur le comptoir. Elle cherchait l'interrupteur à tâtons quand elle crut entendre un bruit.

Aussitôt, elle sentit les poils de sa nuque se hérisser et,

terrifiée, elle posa les yeux sur ce stupide mur qui n'était pas censé être là.

Comme elle regardait la cloison en s'interrogeant sur sa raison d'être, elle eut soudain l'impression d'y voir une tache sombre… comme du sang. Son cœur bondit dans sa poitrine.

C'était impossible après toutes ces années. Mais…

Avec un cri étouffé, elle recula, heurtant le comptoir. Une partie du chargement qu'elle y avait posé tomba sur le sol. Le sac, qui contenait du lait, du jus d'orange et du café, heurta le lino avec fracas.

Les yeux toujours rivés sur la tache, elle tenta de se persuader qu'il s'agissait d'un jeu de lumière, du clair de lune. D'une ombre. Elle tentait frénétiquement de se rappeler où se trouvait l'interrupteur, impatiente de se prouver qu'elle n'avait aucune raison de s'inquiéter.

De façon irrationnelle, elle craignait que la marque ne s'élargisse, ne s'étende…

Il était temps de réagir, de recouvrer ses esprits.

Sortant son téléphone portable, elle appela sa sœur Chloe sans cesser de chercher l'interrupteur.

— Pourquoi TJ et toi n'êtes-vous pas restées dans la maison? demanda-t-elle sans préambule, dès que son aînée répondit.

— Annabelle? As-tu bu? Quelle heure est-il?

Chloe semblait à moitié endormie.

Annabelle jeta un coup d'œil à l'horloge. Il était 22 heures. Mais 22 heures dans le Montana, c'était minuit à New York.

— Réponds-moi. Pourquoi n'êtes-vous pas restées chez Frannie quand vous êtes venues pour l'enterrement?

— C'est « chez Frannie » maintenant? Je pensais que c'était *ta* maison puisque c'est toi qui en as hérité, comme tu ne cesses de le répéter.

— Tu ne réponds pas à ma question.

Se rappelant soudain où était situé l'interrupteur, Annabelle l'actionna et, aveuglée par la lumière qui jaillissait brusquement dans la cuisine, elle cligna des paupières. La tache sur le mur avait disparu. Comme si elle n'avait jamais existé.

L'intense soulagement qui la traversa la détendit, même si elle se sentait idiote. Bien sûr, il n'y avait pas de marque. Elle n'avait vu qu'un jeu de lumière, qu'une ombre.

Pourquoi avait-elle été imaginer du sang ? À cause de Mary Sue, songea-t-elle en maudissant son ancienne camarade de classe.

En revanche, la cloison était toujours là, se dit-elle en frissonnant.

Lorsque Chloe répondit, sa sœur semblait sur la défensive.

— Nous n'avions pas envie de rester dans la maison.

— Pourquoi ?

— Et pourquoi t'en soucies-tu ? répliqua Chloe. Nous ne nous sommes pas parlé depuis des mois et c'est tout ce que tu as à me dire ?

— Y avait-il quelque chose à l'intérieur qui... vous ait fait peur ? insista Annabelle, furieuse d'être forcée d'admettre que la vieille demeure l'effrayait.

Elle aurait voulu étrangler Mary Sue pour la punir de lui avoir parlé de l'alcôve manquante, des vieilles dames qui tuaient leurs maris avant de les enterrer chez elles ou des collégiens qui évitaient l'endroit le soir d'Halloween parce qu'ils voyaient le fantôme de Frannie à la fenêtre.

— Que se passe-t-il, Annabelle ?

Annabelle secoua la tête, épuisée. Elle se sentit sale et nauséeuse. Elle n'avait pas appelé ses sœurs pour leur raconter ses problèmes parce que toutes trois s'étaient disputées à propos de l'héritage et qu'elles ne s'adressaient plus la parole depuis l'ouverture du testament. Elle n'avait pas voulu leur avouer que sa carrière de mannequin était terminée et qu'elle n'avait plus un sou vaillant. Mais maintenant, elle n'avait plus personne à qui se confier. Ses soi-disant amis californiens avaient disparu en apprenant sa disgrâce. Elle était ruinée, désespérée et seule.

Elle s'efforça de se ressaisir.

— Ce n'est rien. Tout va bien, répondit-elle, se rappelant leurs réactions quand elles avaient appris que leur grand-mère ne leur avait rien laissé, désignant Annabelle comme son unique héritière.

S'estimant lésées, ses sœurs en avaient été blessées et elles lui avaient lancé des horreurs. Annabelle en était toujours meurtrie.

— As-tu vendu la propriété ? reprit Chloe.

— Pas encore mais je m'en occupe. Je suis désolée de t'avoir dérangée en pleine nuit.

Elle raccrocha et regarda de nouveau la cloison. Pourquoi sa grand-mère avait-elle muré l'alcôve ?

Annabelle se jura que si Mary Sue se présentait demain en lui avouant qu'elle s'était trompée de plan et qu'il n'y avait jamais eu de renfoncement dans cette maison, elle l'étranglerait.

6

— Alors, il a pris l'avion ? demanda Bernie au téléphone tout en éloignant son fauteuil roulant de la fenêtre.
— Oui. Il m'a confié son chat avant de partir.
— Robby a un chat ?

Bernie se rendit compte qu'il ne savait pas grand-chose de son neveu, et pourtant il ne regrettait pas de l'avoir chargé de cette mission. Cette fois, il ne se trompait pas. Cette Francesca Clementine était bien sa Baby Doll. Il en était sûr et certain. Bizarrement, plus que de récupérer ce qu'elle lui avait volé autrefois, il avait surtout envie de comprendre pourquoi. Et pourquoi elle l'avait quitté. N'était-elle intéressée que par son argent ?

Il secoua la tête. Au fond de son cœur, il savait que ce n'était pas le cas. Il l'aimait follement. Et sa poupée devait l'aimer, elle aussi. Il espérait que Robby en trouverait la preuve. Tant qu'il n'en aurait pas la certitude, il ne pourrait pas mourir en paix.

— S'il te donne de ses nouvelles, transmets-les-moi immédiatement. Dans cette maison de retraite, personne ne me dit jamais rien, et j'ai parfois l'impression de vivre sur une autre planète.

Comme il raccrochait, son regard se posa sur la corbeille à papier. Elle n'avait pas encore été vidée, mais le journal de Whitehorse qu'il y avait jeté quelques heures plus tôt avait disparu.

Il était certain de l'avoir mis à la poubelle. Cela dit, peut-être avait-il seulement pensé le faire. Depuis quelque temps, sa mémoire lui jouait des tours, ce qui le rendait fou. Il promena les yeux autour de lui. S'il n'était pas dans la corbeille, le *Milk River Courrier* devait être ailleurs. Sur son bureau peut-être, ou sur le lit. Qui aurait envie de lire l'hebdomadaire d'un bled perdu au fin fond du Montana, d'autant qu'il l'avait en partie découpé ?

Son cœur commença à battre à grands coups dans sa poitrine. Le journal n'était pas là. Quelqu'un l'avait pris dans sa corbeille à papier. Mais qui ? Il jeta un coup d'œil vers le couloir. Sa jeune et jolie infirmière ? Il secoua la tête. Non, sûrement pas. Mais alors, qui ? Ces derniers temps, il n'avait pas prêté beaucoup d'attention aux nouveaux pensionnaires de la maison de retraite ni à leurs visiteurs, se reprocha-t-il.

La vieillesse était un naufrage. Il avait baissé la garde, une erreur qu'il n'aurait jamais commise lorsqu'il était plus jeune.

Saisi d'une brusque angoisse, il rapprocha son fauteuil roulant de la fenêtre. Il posa les yeux sur le canal tout proche et, à la vue du bateau à moteur qui s'éloignait lentement avec deux hommes à bord, il sentit son ventre se nouer.

Les Feds.

Annabelle se réveilla au petit jour après une nuit passée à se tourner et à se retourner dans son lit. Comme elle s'asseyait, le vieux sommier grinça sous elle. Elle avait mal à la tête et se sentait nauséeuse. Peut-être avait-elle eu tort de s'empiffrer de pâtisseries, la veille au soir.

Après avoir vu ce qui ressemblait à une tache de sang sur le mur de la cuisine et avoir appelé sa sœur, elle était allée directement se coucher, l'appétit coupé. Avait-elle vraiment mangé tous ces beignets ? Cette seule idée lui donnait envie de vomir.

Tout en ouvrant la porte de la chambre pour gagner la salle

de bains, elle ne parvenait pas à chasser de son esprit les rêves étranges qui l'avaient visitée pendant la nuit.

Elle frissonna au souvenir d'un songe qui lui avait paru plus réel que les autres. Frannie lui était apparue. Debout au pied de son lit, elle avait l'air si vivante qu'Annabelle en avait été terrifiée. Pire, sa grand-mère lui avait parlé.

« Je sais que tu te demandes pourquoi je t'ai légué la maison, pourquoi je te l'ai laissée, à toi seule, et non à vous trois. Je suis désolée des remous que j'ai créés entre tes sœurs et toi mais tu es la seule à pouvoir gérer la situation. De mes trois petites-filles, tu es celle qui me ressemble le plus. Chloe et TJ ne supporteraient pas de découvrir ce que j'ai caché derrière ce mur. Elles ne supporteraient pas la vérité. »

Secouant la tête, Annabelle se mit à rire. Il n'était pas difficile de comprendre l'origine de ce rêve. Les bêtises que lui avait dites Mary Sue hier en étaient la cause.

Elle retourna dans la chambre et s'habilla avec les vêtements qu'elle avait portés la veille. Elle ne voyait pas l'intérêt d'en mettre des propres pour nettoyer ce capharnaüm.

Alors qu'elle traversait la pièce, l'une des lattes du parquet grinça sous ses pieds nus, lui rappelant les gémissements de la maison pendant la nuit. La vieille demeure n'était pas si bruyante autrefois.

Comme elle reprenait sa marche sur le plancher, elle sentit ce dernier s'affaisser un peu sous son poids. Elle s'accroupit pour l'examiner et s'aperçut que certaines lattes étaient décollées. En les observant plus attentivement, elle remarqua des éraflures sur le bois, comme si quelqu'un avait cherché à les soulever.

À son tour, elle s'efforça de les écarter. Elle n'y parvint pas mais elle comprit qu'elle y arriverait sans mal avec un outil quelconque. Dans la cuisine, elle trouva un couteau à beurre qui ferait parfaitement l'affaire.

De retour dans la chambre, elle s'agenouilla de nouveau sur le sol et glissa la lame sous les lattes branlantes. Celles-ci bougèrent mais Annabelle hésita soudain à mener plus loin ses investigations. Peut-être y avait-il des insectes là-dessous ou pire, des souris...

Elle se remit pourtant au travail et parvint à retirer les minces pièces de bois, grimaçant de dégoût à la vue de la toile d'araignée accrochée à l'une d'elles. Elle les posa sur le côté et se pencha pour inspecter l'espace qu'elle venait de découvrir. Il était étroit et poussiéreux mais, après y avoir plongé la main, elle en tira une vieille boîte en fer-blanc.

Elle l'essuya avec un chiffon puis, assise en tailleur, tenta de l'ouvrir. Mais elle était fermée à clé.

Comme elle essayait de forcer la serrure à l'aide du couteau, elle entendit sonner à la porte. Par la fenêtre, elle aperçut sous le porche un vieil homme à cheveux blancs. Il portait une casquette de base-ball et un manteau à carreaux rouges et noirs.

N'ayant aucune envie d'ouvrir à cet inconnu, elle décida de rester là où elle était jusqu'à ce qu'il s'en aille. Les rideaux la dissimulaient aux regards. Mais l'inconnu agita une nouvelle fois la cloche. Sans doute avait-il vu sa voiture garée dans la cour. En tout cas, il semblait déterminé à sonner jusqu'à ce que quelqu'un réponde.

Avec un gémissement, Annabelle se leva. Elle rangea rapidement la boîte dans l'un des tiroirs de la commode et se dirigea vers l'entrée en se tapotant les cheveux. Peu importe ce qu'espérait lui vendre ce type, elle n'avait pas l'intention de l'acheter.

Elle ouvrit la porte.

— Que voulez-vous ? demanda-t-elle. Je suis désolée mais je suis très occupée et je...

— Vous êtes certainement Annabelle, répondit-il en s'appuyant sur sa canne, un sourire aux lèvres.

De la fenêtre, elle n'avait pas remarqué sa canne. Ni son visage. Il pouvait avoir dans les quatre-vingts ans mais il semblait en forme.

— Vous êtes bien comme votre grand-mère vous avait décrite, poursuivit-il.

Elle réprima un soupir. Cet importun n'était pas un démarcheur à domicile comme elle l'avait d'abord subodoré. Il avait connu Frannie. Mais qui était-il ? Il n'était pas habillé comme la plupart des hommes de Whitehorse.

Il s'agissait sans doute du pasteur. Ou d'un membre bien intentionné de la congrégation qui voulait l'inviter à assister au service du dimanche.

Tandis qu'elle s'interrogeait ainsi, il poursuivit :

— J'ai l'impression que Frannie ne vous a jamais parlé de moi. Excusez-moi, je manque à tous mes devoirs. Je ne me suis pas présenté : Lawrence Clarkston. J'étais le petit ami de votre grand-mère.

— Son petit ami ?

Il se mit à rire.

— Préférez-vous le mot « compagnon » ?

— Vous viviez avec Frannie ?

Elle en restait sans voix. Son aïeule avait donc quelqu'un dans sa vie ? Après toutes ces années passées seule ? Ce type n'était visiblement pas du coin et quelque chose chez lui la rendait nerveuse. Il s'efforçait de jeter un œil par-dessus son épaule pour voir l'intérieur de la maison.

— D'accord, monsieur Clarkston. Excusez-moi mais je dois me remettre au travail...

— Vous semblez en effet très occupée, dit-il, cherchant toujours à regarder derrière elle. Vous êtes en train de ranger ses affaires, non ? Manifestement, c'est du boulot. Je serais heureux de vous aider.

— Merci, mais ça va aller.

— Bon. Dans ce cas, je repasserai plus tard.

Il s'éloigna, s'appuyant lourdement sur sa canne, vers une voiture sombre garée en bordure du trottoir. Annabelle le regarda s'installer au volant tout en se demandant combien de secrets comme celui-ci sa grand-mère lui avait cachés.

Dawson retira son stetson et l'agita pour encourager la dernière des vaches à retourner dans les champs du ranch Rogers puis il s'approcha de la clôture. Le soleil se levait à peine derrière les Rocheuses. L'air de novembre était frais. Il aurait aimé siroter un café devant le poêle à bois de sa cuisine.

Mais il était réveillé depuis des heures après une longue nuit à se tourner et à se retourner entre ses draps. Il ne lui était pas difficile de comprendre l'origine de son insomnie. Annabelle Clementine. Qu'elle ait hanté son esprit ne faisait qu'attiser sa colère contre lui-même. Il croyait avoir réussi à chasser pour de bon cette femme de sa vie. Mais il n'en était rien.

Il jura entre ses dents tout en sortant sa tronçonneuse de son camion. Un vieil érable était tombé sur ses barbelés. Il coupa l'arbre en tronçons qu'il empila avec soin à l'arrière de son pick-up. Ces bûches lui serviraient plus tard de bois de chauffage. De l'intérieur de l'habitacle, Sadie le regardait faire, aboyant quand des vaches approchaient de la clôture, curieuses de voir ce qui se passait.

Alors qu'il venait de terminer son travail et rangeait sa tronçonneuse, il vit son frère arriver au volant de son 4x4. Pendant un moment, il pensa que Luke était venu lui donner un coup de main. Il remarqua alors que son cadet n'était pas seul. Sa petite amie, Sally, était avec lui, tous deux étaient en tenue kaki, chaussés de bottes et armés de fusils.

Il se demanda si Luke allait réussir à chasser quoi que ce soit en compagnie de Sally. Pas étonnant que son frère n'ait pas encore abattu de biche.

Dawson préféra garder cette pensée pour lui.

— Qu'es-tu donc venu faire ici à cette heure matinale ? lança-t-il alors que son cadet s'arrêtait à sa hauteur et baissait sa vitre.

— Maman m'a dit que je te trouverais ici, occupé à réparer la clôture.

Mais Luke se désintéressa rapidement du sujet et tourna son regard vers les Rocheuses.

— J'ai entendu parler d'un gros mâle qui se baladait à l'orée de la forêt. Nous allons essayer de le traquer.

Comme il reportait son attention sur Dawson, le visage de Luke s'éclaira de nouveau.

— Tu as une mine épouvantable, dis donc ! Que se passe-t-il ? Aurais-tu mal dormi ?

Il posait la question d'un ton moqueur comme si cette éventualité l'amusait beaucoup. Non qu'il se réjouisse que le retour d'Annabelle Clementine perturbe le sommeil de son grand frère. Mais Luke espérait lui prouver ainsi qu'il s'intéressait plus à elle qu'il ne le prétendait.

— Je m'inquiétais à cause du bétail qui pourrait sortir par-là et aller se promener sur les routes, déclara Dawson sans se compromettre.

Il avait peut-être une sale tête mais il n'était pas prêt à parler de ce qui l'avait tenu éveillé une grande partie de la nuit.

— Bon, je dois terminer mes réparations, reprit-il en s'écartant du 4x4. Bonne chance avec ce cerf. J'espère que tu l'auras.

— À plus tard !

Par sa vitre ouverte, Luke lui adressa un signe de la main et ajouta :

— Gardez-moi un morceau de dinde !

Dès que Lawrence Clarkston fut parti, Annabelle referma la porte et se remit au travail. Sa grand-mère avait donc eu un petit ami ? Elle n'en revenait pas. Pendant toutes les années où elle avait vécu avec elle, Frannie n'avait jamais voulu nouer de relations amoureuses, répétant que son mari avait été le seul et unique amour de sa vie. Qu'il n'y aurait jamais personne d'autre dans son cœur.

Se pourrait-il qu'elle ait finalement changé d'avis et soit tombée dans les bras de ce Lawrence Clarkston ? Annabelle essaya de comprendre pourquoi ce type l'avait rendue si nerveuse. Peut-être était-ce parce qu'il n'était pas du tout le genre de Frannie, pensa-t-elle tout en portant un carton pour le poser sous le porche. Mais, encore une fois, quel était le genre de Frannie ?

Ce n'est que plus tard, quand la mère de Dawson lui téléphona pour lui rappeler qu'elle comptait sur elle pour venir déjeuner, qu'Annabelle cessa de travailler et regagna sa chambre pour se préparer.

En entrant dans la pièce, elle vit le trou qu'elle avait découvert en retirant les lattes et elle les remit en place. Elle ne voulait surtout pas risquer de se tordre la cheville en y glissant le pied par inadvertance. Par association d'idées, elle se souvint de la boîte en fer-blanc. Troublée d'apprendre que Frannie avait eu un amoureux, elle l'avait un peu oubliée.

Elle la sortit de la commode et, son couteau à la main, essaya à nouveau de forcer la serrure. Mais pendant qu'elle travaillait, elle se remémora le coup de fil de Willie. Elle ne pouvait pas se permettre d'être en retard. Elle n'avait pas prévu d'aller au ranch Rogers pour Thanksgiving. Hier, en se couchant, elle pensait trouver une excuse pour ne pas s'y rendre.

Maintenant, il était trop tard pour se défiler. Elle n'avait pas le choix, elle devait aller chez Willie. D'ailleurs, elle connaissait assez cette dernière pour savoir qu'elle mettrait ses menaces à exécution et enverrait quelqu'un la chercher si Annabelle ne venait pas. Et comme Dawson et son frère étaient partis chasser, elle n'avait rien à craindre en déjeunant chez Willie. Ce n'était pas comme si Willie jouait les entremetteuses dans l'espoir de les réconcilier.

De plus, elle avait gardé d'excellents souvenirs d'autres Thanksgivings passés au Rogers Ranch. Willie était un véritable cordon-bleu et elle préparait toujours de véritables festins pour ses hôtes. En revanche, elle doutait que Willie ait réellement besoin de son aide. Elle avait beaucoup aimé la mère de Dawson et s'était toujours sentie proche d'elle. Peut-être Willie éprouvait-elle la même chose à son égard. Pour quelle autre raison lui aurait-elle pardonné d'avoir fait souffrir son fils aîné et l'aurait-elle invitée à déjeuner ?

La serrure céda enfin. Posant le couteau à beurre, Annabelle souleva prudemment le couvercle de la boîte en fer-blanc. Qui l'avait cachée sous le plancher ? Les premiers propriétaires ? Ou sa grand-mère ? Et pourquoi Frannie aurait-elle dissimulé quelque chose à cet endroit-là ?

Annabelle fut un peu déçue de constater que la boîte ne contenait que des vieilles photos et des coupures de journaux jaunies.

Elle étudia rapidement quelques clichés en noir et blanc. Elle ne reconnut aucun des visages. Qui sait depuis combien de temps ces papiers étaient sous la maison ? Elle doutait que les personnes représentées sur les photos soient liées à Frannie, vu la façon dont elles étaient habillées. De toute façon, elle n'avait pas le temps de les passer en revue pour le moment.

Elle se rendit dans la cuisine pour se servir une tasse de café et, tout en le sirotant, elle posa distraitement la boîte sur la table. Puis elle alla prendre une douche et se préparer.

Voilà des années qu'elle n'était pas revenue au ranch Rogers mais jamais elle n'aurait oublié le chemin pour y aller. Cela lui ferait drôle d'y retourner. Au moins, Dawson ne serait-il pas là. Pourtant, elle craignait qu'il ne tarde pas à apprendre son retour. Ou pire, qu'elle tombe sur lui en ville.

Elle ne pouvait s'empêcher de se demander s'il avait beaucoup changé au cours des treize dernières années. Il était peut-être chauve à présent et avait une bedaine. Cette pensée la fit rire. Elle se demanda si elle le reconnaîtrait. Peut-être pas.

En entrant dans la maison, Dawson vit la table dressée pour une douzaine de personnes et il secoua la tête en souriant. Sa mère ne changerait jamais. Les jours de fête, et en particulier à Thanksgiving, elle avait l'habitude de ramasser tous les esseulés du coin pour les inviter à sa table.

— Offrir un bon repas ne coûte pas grand-chose et fait toujours plaisir, disait-elle.

Chaque année, elle conviait au moins une quinzaine de voisins et amis au ranch.

Il suivit les parfums de la dinde rôtie. En passant, il remarqua les tartes posées sur le buffet. Elle en avait confectionné pour un régiment. Il trouva Willie dans la cuisine, riant avec des voisines. Son visage rayonnait, ses yeux brillaient. Elle était dans son élément devant les fourneaux.

— Regardez qui est là ! s'exclama-t-elle en se précipitant vers lui pour l'embrasser avec chaleur.

Grande et mince, Willie avait un visage tanné à force de travailler au grand air. Une telle joie de vivre l'animait qu'elle réchauffait ses semblables par sa seule présence. Et d'un sourire, elle gagnait tous les cœurs.

Depuis la mort du père de Dawson, des dizaines d'hommes avaient demandé sa main mais elle avait éconduit tous ses soupirants en riant, répétant qu'elle n'avait pas besoin d'un mari. Dawson craignait qu'elle ait refusé de refaire sa vie pour ne pas imposer un beau-père à ses fils.

Elle lui présenta les autres femmes qui se bousculaient dans la cuisine.

— Tu connais Kay, qui vit près du petit bois, dit-elle, indiquant une sexagénaire aux cheveux gris. Et Patricia, qui joue de l'orgue à l'église.

Il sourit.

— Maman, je connais Kay depuis toujours. Bonjour, madame Welch. Et Patricia depuis... avant ma naissance.

Sa mère s'esclaffa.

— Alors je suppose que je n'ai pas besoin de te rappeler non plus qui est Annabelle, ajouta-t-elle alors que cette dernière remontait de la cave, un crumble aux pommes dans les mains. Je crois que tu la connais depuis tes dix ans.

— Mes sept ans, corrigea-t-il tandis que ses yeux se posaient sur Annabelle.

Elle avait l'air aussi surprise que lui de le voir. Avait-elle pensé qu'il ne serait pas là ?

— Et elle en avait cinq, ajouta-t-il.

Annabelle portait la tenue noire dans laquelle il l'avait vue au bord de la rivière, la veille. Elle était sexy en diable.

— Sept ans, tu as raison, répondit sa mère. Au temps pour moi. Mets ce crumble sur la desserte, dit-elle à Annabelle. Dawson, peux-tu sortir les mottes de beurre du réfrigérateur ?

Tout en s'exécutant, il fusilla sa mère du regard. Comment avait-elle osé lui faire ce coup-là ?

Elle lui sourit d'un air innocent.

— J'étais ravie d'apprendre qu'Annabelle était de retour en ville. Et plus heureuse encore qu'elle accepte de se joindre à nous pour Thanksgiving.

Willie planta les yeux dans les siens comme pour lui dire : « Je te conseille d'être poli avec elle, sinon… »

Aucun fils de Wilhelmina Rogers n'aurait osé se montrer grossier envers un de ses invités.

Il suivit Annabelle dans la salle à manger, hors de portée des oreilles maternelles.

— Que fais-tu ici ? demanda-t-il dans un souffle.

— Et toi ? répliqua-t-elle sur le même ton. Je pensais que tu étais à la chasse.

— J'étais parti chasser, oui. Jusqu'à hier.

Il attendit qu'Annabelle dise quelque chose au sujet de leur rencontre au bord de la route. Comme elle n'y faisait pas la moindre allusion, il ajouta :

— Ce qui est une chance pour toi. Si je n'étais pas revenu hier, tu serais sans doute toujours plantée près du Missouri, devant ton cabriolet sans une goutte d'essence.

Annabelle écarquilla les yeux, et ses joues s'enflammèrent.

— C'était toi ?

Il laissa échapper un rire amer.

— Et tu ne m'as même pas reconnu… On peut dire que tu m'as vite oublié !

7

Annabelle se sentit blêmir. Comment avait-elle pu ne pas le reconnaître ? Certes, la veille, terrifiée à l'idée de tomber en panne, elle ne l'avait pas bien regardé. À sa décharge, le type à qui elle avait demandé de l'aide avait l'air si débraillé, si sale que jamais elle n'aurait imaginé...

Elle poussa un gémissement.

— Si j'avais su que c'était toi, je ne me serais pas arrêtée.

Elle mentait, parce qu'elle n'avait plus une goutte d'essence lorsqu'elle l'avait croisé non loin des rives du Missouri et qu'elle n'aurait pas réussi à parcourir plus de deux cents mètres s'il ne l'avait pas approvisionnée en carburant.

Il grimaça.

— Merci !

— Non, je voulais dire que...

— Ne t'inquiète pas, j'avais bien compris le message. Comme celui que tu m'as adressé, il y a treize ans, ajouta-t-il en plantant les yeux dans les siens.

— Dawson...

Elle s'interrompit. Le simple fait de dire son nom lui était douloureux, lui rappelant tout ce qu'ils avaient partagé — et qu'elle avait repoussé.

— Je n'ai jamais...

— Je t'en prie, ne dis rien.

Elle regarda son beau visage, ses yeux bruns qui lui semblaient maintenant si familiers. Il était rasé de près, aujourd'hui. Et il était toujours aussi séduisant. Sa chemise de cow-boy ne parvenait pas à dissimuler ses larges épaules. Et Annabelle n'avait pas besoin de voir ses abdominaux pour savoir qu'ils étaient durs comme du roc et encore bronzés après un été à travailler torse nu sur le ranch.

Au souvenir de son corps contre le sien, elle déglutit avec difficulté.

— Je suis désolée, Dawson. J'aurais au moins dû te proposer de l'argent, te dédommager pour l'essence.

Il secoua la tête, comme accablé par sa réflexion.

— Tu vis depuis trop longtemps en Californie, Annabelle. Ici, dans le Montana, les gens s'entraident sans rien demander en échange. Comme tu as grandi à Whitehorse, je pensais que tu t'en serais souvenue mais j'avais tort. Tu as tout oublié, ce qui n'est pas si surprenant, en définitive. Il y a treize ans, tu avais tellement hâte de partir, de tourner la page, d'effacer de ta mémoire cette région et ses habitants que tu t'es dépêchée de désapprendre leur façon de vivre et de se comporter. Que m'avais-tu dit en pliant bagage déjà ? Que contrairement à moi, tu ferais quelque chose de ton existence...

De nouveau, elle sentit ses joues s'embraser.

— Dawson...

— Ne t'inquiète pas. Tu as été très claire, à l'époque. Et j'ai reçu le message cinq sur cinq, ajouta-t-il avant de tourner les talons pour sortir de la pièce.

Annabelle le regarda s'éloigner, submergée par une vague de regrets à laquelle elle ne s'attendait pas. Pendant des années, elle s'était répété qu'elle n'avait rien laissé derrière elle en quittant Whitehorse. Et elle n'y était même pas revenue pour les funérailles de sa grand-mère. Quel genre de femme était-elle donc ?

— Je comprends que tu aies besoin de déployer tes ailes, Annabelle, avait dit Frannie le jour où elle avait fait ses valises pour partir.

D'un ton ferme, elle avait ajouté :

— Il n'y a rien pour toi ici. Tu as besoin d'espace, de liberté, de découvrir d'autres cieux et de te faire une place au soleil. J'étais comme toi à ton âge. Je rêvais de croquer le monde à pleines dents. J'en avais tellement envie que cela me rongeait de l'intérieur. La gloire, la fortune, quoi que tu cherches, je te fais confiance pour les trouver. J'espère seulement que tu n'attends rien d'autre de la vie.

— Mais je m'en veux de te laisser, avait rétorqué Annabelle.

— Ne sois pas ridicule. Il est temps pour toi de quitter le nid, avait protesté sa grand-mère en l'embrassant avec chaleur. J'ai fondé de grands espoirs sur toi, quoi qu'il arrive.

— Parce que je suis ta préférée.

Frannie avait éclaté de rire.

— Tu l'es, c'est vrai, avait-elle répondu avec un clin d'œil. Et tu seras sans doute la seule capable de me comprendre, toi aussi.

Revenant au présent, Annabelle se rendit compte que Patricia était entrée dans la salle à manger et lui parlait.

— Excusez-moi, je ne vous ai pas entendue. J'étais dans la lune.

— Je vois ça... Je disais que je n'avais pas tout de suite saisi que vous aviez eu une relation amoureuse, autrefois, Dawson et vous. Vous ne me paraissiez pas très proches l'un de l'autre mais Willie vient de m'apprendre qu'elle avait toujours cru que vous deviendriez sa belle-fille.

Une sourde douleur revint torturer Annabelle. Elle avait quitté cette ville, cette existence, sans un regard en arrière et pourtant...

Elle se remémora la cabane dans les arbres, chez les voisins de sa grand-mère, et la première fois qu'elle avait posé les yeux sur Dawson. Elle avait toujours aimé prendre des risques, et voilà pourquoi elle n'avait pas hésité à grimper l'échelle de corde jusqu'à la maisonnette en bois. Bien sûr, elle avait vu le panneau : « Entrée interdite » — elle avait appris à lire à trois ans — mais elle n'en avait eu cure.

Plus tôt, elle avait échappé à la vigilance de ses sœurs. Leur grand-mère leur avait recommandé de la surveiller mais Chloe et TJ étaient en train de jouer avec leurs poupées et elles n'avaient pas fait attention à elle.

Une fois dans l'arbre, Annabelle avait d'abord été émerveillée de se retrouver au milieu des oiseaux et des écureuils. Mais lorsqu'elle avait voulu repartir, prise de vertige, elle avait été incapable de redescendre. Certes, elle était une enfant précoce, comme le répétait Frannie. Ou une crâneuse, comme la qualifiaient ses sœurs. Mais si elle avait toujours eu une âme d'aventurière, elle n'était qu'une petite fille qui se demandait comment regagner la terre ferme sans tomber.

Alors qu'au bord des larmes, elle cherchait toujours une solution, Dawson, alors âgé de sept ans, avait surgi en bas de l'échelle.

— Descends tout de suite! avait-il ordonné avec colère. Tu n'as pas vu le panneau? Il dit...

— J'ai lu ce qui est écrit dessus, avait-elle répondu d'une petite voix tremblante, craignant qu'il ne veuille la pousser dans le vide pour la punir de s'être introduite sans autorisation dans son domaine.

— Comment t'appelles-tu? avait-il demandé tout en grimpant pour la rejoindre.

Regrettant d'avoir regardé vers le bas, Annabelle l'avait dévisagé en blêmissant. Allait-il lui faire du mal? Incapable de lui donner son nom entier, elle n'avait réussi qu'à en balbutier la moitié.

— Anna.

— Très bien, Anna, avait-il dit en arrivant à sa hauteur. Je vais t'aider à descendre. Il faut me faire confiance, d'accord?

Il se montrait gentil avec elle, pas comme les autres garçons qui venaient parfois à la maison, invités par ses sœurs, et qui s'amusaient à lui tirer les cheveux.

Instinctivement, elle s'était fiée à lui. Elle l'avait laissé la guider pour retrouver la terre ferme. Déjà, à l'époque, il était venu à son secours. Comme la veille en lui donnant de l'essence.

— Nous avions l'habitude de jouer ensemble quand nous étions enfants, voilà tout, répondit-elle à Patricia, se reprochant aussitôt son mensonge.

En réalité, Dawson avait toujours été là pour elle quand elle avait besoin de lui. Mais il avait les pieds bien plantés sur le sol du Montana, alors que ceux d'Annabelle semblaient pressés de partir à la conquête d'autres horizons. Du plus loin qu'elle s'en souvienne, elle avait toujours rêvé de quitter Whitehorse, certaine qu'elle trouverait la gloire et la fortune ailleurs. Dommage que rien ne se soit pas passé comme prévu.

— Annabelle ! Comment vas-tu ? s'exclama une voix masculine derrière elle.

Elle se retourna pour découvrir Jason Reynolds, le meilleur ami de Dawson.

— Bienvenue à Whitehorse ! poursuivit-il avec chaleur. Mais tu as l'air frigorifiée, ajouta-t-il. Tiens, voilà un verre de vin. Cela te fera du bien.

— Merci, Jason. Je ne peux pas te dire à quel point c'est agréable de voir un visage amical.

Jason avait toujours été charmant avec elle et il était l'une des rares personnes à avoir compris son besoin de quitter Whitehorse — et Dawson.

En riant, il la serra dans ses bras.

— J'avais entendu dire que tu étais de retour mais je ne pouvais le croire.

— Je ne suis revenue que pour quelques jours, le temps de vendre la maison de ma grand-mère.

— Oh ! dit-il en jetant un coup d'œil vers la cuisine où Dawson était appuyé contre le comptoir. Voilà qui explique beaucoup de choses. Que dirais-tu d'aller boire une bière au Mint Bar en sortant d'ici ?

Annabelle hésita quelques instants.

— J'ai beaucoup à faire mais d'accord.

Pendant le repas, Dawson fit de son mieux pour se conduire en être civilisé mais la présence d'Annabelle lui avait coupé l'appétit. Sa mère se comportait comme si son amoureuse d'autrefois faisait désormais partie de la famille.

Après le café, comme il aidait Luke à charger le lave-vaisselle, il soupira :

— Jason a flirté avec elle pendant tout le déjeuner.

Leur mère avait laissé ses fils débarrasser la table et elle avait entraîné ses amies dans le salon pour regarder un feuilleton à la télévision. Jason était parti à peine le dessert avalé, expliquant qu'il devait passer à la maison de retraite pour embrasser sa grand-mère. Peu de temps après, Annabelle avait également pris congé.

Luke sourit. Sally, sa petite amie, fêtait Thanksgiving chez ses parents.

— C'est de ta faute, vieux. C'est toi qui as demandé à Jason de s'asseoir à côté d'elle. Je crois qu'ils se sont bien amusés, tous les deux.

Dawson grogna dans sa barbe. Comme s'il ne l'avait pas remarqué !

— Ce n'était pas mon idée d'inviter Annabelle pour Thanksgiving, dit-il. Mais celle de maman. Pourquoi faut-il toujours qu'elle joue les entremetteuses ?

Luke se mit à rire.

— Eh bien, si ça peut te faire plaisir, sache que maman n'était pas contente que Jason et Annabelle sympathisent à ce point.

Sans répondre, Dawson mit le lave-vaisselle en route. Les mains dans les poches, il se mit alors à tourner en rond dans la cuisine, incapable de rester en place.

— Arrête, tu me donnes le tournis, protesta son frère. Quelle importance que Jason ait flirté avec elle ? Comme tu l'as dit, Annabelle ne compte pas s'éterniser à Whitehorse. Alors détends-toi. Dès qu'elle aura vendu la maison de sa grand-mère, elle partira.

— Qu'elle s'en aille alors. Et vite.

— Je pensais que tu n'en avais plus rien à faire d'elle, lui rappela Luke. Que tu avais tourné la page et que tu t'en fichais complètement qu'elle soit de retour.

Comme Dawson, cessant d'arpenter la pièce, prenait la porte, son frère lança :

— Où vas-tu ?

— En ville. J'ai besoin d'un alcool fort.

— Maman a de l'eau-de-vie qu'elle utilise pour ses gâteaux aux fruits. Je sais où elle le cache.

Dawson secoua la tête.

— Je dois sortir d'ici. Que dirais-tu d'aller prendre un verre au Mint ?

Au moment précis où il entra au Mint avec son frère, Dawson aperçut Annabelle attablée avec Jason. Il hésita à tourner les talons et à s'en aller. Il l'aurait fait si Luke ne l'en avait pas empêché.

— Tu ne peux pas continuer à l'éviter, dit Luke. Tu finiras forcément par tomber sur elle, un de ces jours. Et puisque tu n'en as plus rien à faire d'elle, où est le problème ?

Dawson savait qu'il se faisait manipuler mais il avait plus envie de boire un verre que de discutailler avec son frère. L'orchestre jouait une chanson où il était question d'amours infidèles. Le simple fait de voir Annabelle avec Jason lui donnait envie de mordre...

Refusant de leur faire l'aumône d'un regard, il se dirigeait vers le bar quand Jason les héla pour les inviter à les rejoindre à leur table.

— Tout va bien ? demanda son ami.

Dawson commanda un whisky et une bière à la serveuse qui était apparue.

— Pourquoi ça n'irait pas bien ? répliqua-t-il en se tournant vers Annabelle qui faisait semblant de s'intéresser aux couples qui se trémoussaient sur la piste de danse.

— Ta mère s'est surpassée pour ce repas de Thanksgiving, poursuivit Jason, comme s'il n'était pas conscient des tensions entre eux. Je me suis régalé.

— Tu ne devrais pas en être étonné. Après tout, tu viens déjeuner chez elle pour Thanksgiving chaque année.

Son ami sourit.

— Dis donc, j'ai l'impression que tu t'es levé du pied gauche, ce matin, non ?

Dawson lui jeta un œil noir et le regretta aussitôt. Il se sentait stupide. Jason était son meilleur ami et il faisait pratiquement partie de la famille Rogers.

Lorsque la serveuse apporta ses boissons, il but d'un trait son whisky et en fit passer l'amertume avec une gorgée de bière.

Comme l'orchestre entamait un slow, Dawson se tourna vers Annabelle.

— Dansons, dit-il en se levant.

Elle sembla hésiter mais il lui prit la main d'autorité et il l'entraîna vers la piste.

— Dawson, qu'est-ce que tu fabriques ? demanda-t-elle, dès qu'ils commencèrent à se balancer au son de la musique.

— Je danse.

Penché vers elle, il sentit les effluves de son parfum, celui qu'il aimait. L'avait-elle mis pour ce déjeuner, pensant qu'il serait là ? Non, sûrement pas. Elle avait cru qu'il était parti chasser. Alors, avait-elle voulu séduire Jason ?

Il détestait être jaloux mais il n'arrivait pas à s'en empêcher.

— Tu me dois bien une danse, non ? ajouta-t-il.

— Pour te remercier de m'avoir fait le plein d'essence ?

Il secoua la tête.

— Pour m'avoir brisé le cœur, il y a treize ans. Ce n'est pas cher payé, n'est-ce pas ?

Annabelle perçut la douleur qui teintait la voix de Dawson, sa colère et quelque chose d'autre qu'elle ne parvint pas à définir. Ils n'avaient pas échangé un mot au cours du déjeuner après cette courte discussion dans la salle à manger avant de passer à table. Mais elle avait senti son regard sur elle pendant tout le repas.

— Je t'ai brisé le cœur ? répéta-t-elle, un peu sceptique.

Elle se remémorait sa fureur quand elle lui avait annoncé sa décision de quitter le Montana, oui. Mais à l'époque, il ne lui avait jamais dit qu'elle lui brisait le cœur en s'en allant. Il n'était même pas venu lui dire au revoir, le jour de son départ. Et elle n'avait pas eu de ses nouvelles depuis.

Il planta les yeux dans les siens.

— À ton avis ?

Son regard la transperçait. Elle déglutit avec difficulté et détourna la tête, en se disant que, treize ans plus tôt, il n'avait pas cherché à la retenir. Du coup, elle avait cru qu'il s'en remettrait vite, qu'il l'oublierait.

— Si c'est vrai, j'en suis désolée.

— Ne le sois pas. Tu avais bien fait de t'en aller, la suite l'a prouvé. Si tu étais restée ici et que tu m'avais épousé... Eh bien, comme tu me l'avais assené en partant, tu aurais eu l'impression de t'enterrer vivante. Tu n'étais pas faite pour cette existence, pour le Montana. De toute évidence, tu avais fait le bon choix.

Son sourire la blessa.

— Il ne s'agissait pas vraiment d'un choix, répondit-elle. Je sentais qu'il fallait que je parte. J'avais envie de découvrir le monde, de tenter ma chance ailleurs.

— Et tu avais raison... Regarde le chemin parcouru.

Refoulant les larmes qui brûlaient ses paupières, elle répliqua :

— Ça n'a pas été facile, tu sais.

— Mais tu as surmonté les difficultés et je n'en suis pas surpris. Je ne connais personne de plus fort ou de plus déterminé que toi.

Dans sa bouche, il s'agissait d'un compliment. Annabelle

regarda son beau visage, ses yeux bruns qui l'avaient toujours fait fondre.

— Que tu le croies ou pas, il n'a pas été simple pour moi de te quitter.

Dawson se mit à rire.

— Tu n'as pourtant pas eu l'air d'avoir beaucoup de mal à le faire, rétorqua-t-il en repoussant une mèche de ses cheveux blonds en arrière.

Sentir ses doigts sur sa peau la fit frissonner.

Plantant les yeux dans les siens, elle se souvint de tout, depuis leur premier baiser jusqu'à la dernière fois qu'ils avaient fait l'amour. Renoncer à leur histoire avait été l'épreuve la plus douloureuse qu'elle ait eue à vivre. Aurait-elle préféré qu'il se batte pour la garder ? Qu'il la supplie de rester ? En tout cas, il ne l'avait pas fait. Il l'avait laissée s'en aller sans esquisser le moindre geste pour la retenir.

Cela dit, même s'il l'avait implorée, elle serait sans doute partie quand même, se dit-elle. Mais ils ne le sauraient jamais, n'est-ce pas ?

— Dawson...

Le slow touchait à sa fin. Le regard de Dawson se posa sur sa bouche et elle sut qu'il allait l'embrasser. La douleur qui nouait son ventre s'intensifia lorsqu'il se pencha vers elle.

— Dawson.

L'étreignant plus fort, il la plaqua contre lui et captura ses lèvres.

Si la musique avait continué, Annabelle serait restée dans ses bras, emportée par l'ivresse de ce baiser. Mais le silence revint et ils se détachèrent l'un de l'autre. Et, en regardant le séduisant cow-boy qui ne l'avait pas lâchée, elle sentit le lourd poids du mensonge tomber sur ses épaules. S'il savait... Elle l'avait plaqué autrefois pour une existence dont elle rêvait depuis toujours mais qui s'était révélée terriblement décevante, au final. Elle avait voulu se faire un nom, réussir sa vie, mais elle avait échoué lamentablement...

Comme elle se dégageait de ses bras, elle mesura à quel point quitter cet homme avait été une erreur. En songeant à ce qu'elle avait perdu, elle éprouva une douleur telle qu'elle faillit éclater en sanglots. Elle comprit aussi qu'elle n'avait pas le droit de lui faire davantage de mal. Mais s'éloigner de lui lui brisait le cœur, une fois de plus. Au cours des treize dernières années, elle avait comparé tous les hommes qu'elle avait rencontrés à Dawson — et aucun ne lui arrivait à la cheville.

S'arrachant à son étreinte, elle se dirigea vers la sortie. Elle arrivait presque à la porte quand quelqu'un l'attrapa par le bras. Elle se retourna, pensant que ce serait Dawson. C'était Jason.

— Dawson vient de partir par l'arrière, dit-il, la ramenant à la table. Prenons un verre comme prévu. Cela lui donnera la possibilité de filer à l'anglaise. Il en a besoin dans l'immédiat.

Annabelle se sentait très mal à l'aise mais elle le laissa la ramener à leur table. Elle n'avait aucune envie de boire. Mais elle avait encore moins envie de se retrouver nez à nez avec Dawson sur le parking. Des larmes brûlaient ses paupières. Elle passa les doigts sur ses lèvres encore meurtries par leur baiser, s'efforçant de ne pas exploser en sanglots.

— Je n'aurais jamais dû revenir ici, dit-elle, s'emparant du verre que Jason poussait devant elle.

— Ça va s'arranger, répondit-il.

Elle secoua la tête.

— Je ne resterai pas longtemps. Une fois que cette maison sera vidée et nettoyée...

L'ampleur de ce qu'elle avait encore à faire l'accablait. Le petit orchestre s'accordait une pause mais le juke-box prenait le relais.

Jason continuait :

— Je ne peux pas te laisser faire souffrir Dawson une nouvelle fois. Il y a treize ans, ton départ l'a anéanti et je ne suis pas sûr qu'il soit assez fort pour repasser par là.

Elle comprit qu'il les avait vus s'embrasser.

— C'est lui qui m'a invitée à danser et...

Elle s'apprêtait à dire que c'était lui également qui l'avait embrassée mais cela aurait été un autre mensonge.

— Il lui a fallu des années pour se remettre de votre histoire. Tu lui as fait du mal, répéta Jason, sans méchanceté. Il avait passé des mois à économiser pour t'acheter cette bague de fiançailles...

Regrettant de ne pas pouvoir disparaître dans un trou de souris, Annabelle avala une gorgée de vin. Le breuvage avait un goût amer mais sans doute essayait-elle d'effacer ainsi le souvenir de leur baiser. Encore un mensonge. En vérité, elle aurait aimé se remémorer durant toute sa vie cette étreinte, le goût de ses lèvres, et les garder toujours.

— Je te le dis parce qu'il est mon ami et toi aussi, poursuivait Jason. Tu sais, le jour où tu es partie, je pensais que tu te rendrais compte de ce que tu laissais derrière toi et que tu reviendrais. Mais un an plus tard, j'ai vu ta photo sur un panneau publicitaire à Denver. Je me suis dit : « Bon sang, j'ai grandi avec cette fille ! » Tu nous en as jeté plein la vue, à Dawson, à moi et à toute la ville. Nous étions épatés.

Annabelle avait envie de pleurer.

— Il n'y avait pas lieu d'être épaté, crois-moi, dit-elle dans un souffle. Ne t'inquiète pas. Je partirai dès que possible. En attendant, je resterai à distance de Dawson, et je suis sûre qu'il fera de même.

Elle se leva.

— Je dois y aller. Je te remercie. Pour le verre. Et pour... tes conseils, ajouta-t-elle en lui tendant la main.

Pour lui avoir dit qu'elle avait brisé le cœur de Dawson et pour l'avoir exhortée à ne pas recommencer ?

— Je ne veux pas que tu souffres non plus, ajouta Jason. Dawson ne quittera jamais le Montana. C'est un cow-boy. Il serait mort en Californie.

Elle hocha la tête.

— Je sais.

Pourquoi n'avait-elle pas laissé Mary Sue vendre la maison

et lui envoyer l'argent ? se demandait-elle en se dirigeant vers la sortie. Pourquoi était-elle revenue ici ?

Dawson quitta le bar. Il avait besoin d'air frais et surtout, il fallait qu'il prenne ses distances. Il n'aurait jamais dû danser avec Annabelle et encore moins l'embrasser. Il maudissait son impulsivité quand il remarqua l'élégant cabriolet de la jeune femme... et un homme qui s'apprêtait à le soulever pour le poser sur une dépanneuse.

Il ne reconnut pas la compagnie de remorquage. Il savait par ailleurs que le véhicule d'Annabelle était en bon état. Et comme il avait rempli son réservoir d'essence, elle n'était certainement pas tombée en panne.

— Hé, dit-il en s'approchant. Pourquoi embarquez-vous cette voiture ?

— Ne vous mêlez pas de ça, répondit l'employé. Je fais mon boulot, c'est tout. Je ne veux pas d'ennuis. J'ai les autorisations administratives sur moi.

Il tira des feuillets de l'une des poches de sa veste.

Des autorisations administratives ? Quelles autorisations administratives ?

— Montrez-les-moi. Je connais la propriétaire de cette décapotable, déclara Dawson.

Avec un soupir, le type déplia les papiers et les lui tendit.

En les lisant, Dawson eut du mal à en croire ses yeux. Annabelle n'avait pas honoré les traites de son cabriolet. Comme elle n'avait pas donné suite non plus aux nombreuses relances des huissiers, un juge avait ordonné la saisie de son véhicule pour dédommager ses créanciers.

Dawson regarda le Mint avant de reporter son attention sur le conducteur de la dépanneuse.

— Il doit y avoir une erreur. Savez-vous qui est Annabelle Clementine ?

— Il n'y a pas d'erreur. Annabelle Clementine n'a plus un

sou et elle est incapable de rembourser ses dettes. Voilà tout ce que je sais.

Ses mots frappèrent Dawson.

— Écoutez... Chet, ajouta-t-il en voyant le nom de l'homme brodé sur sa salopette. Accordez-lui un petit délai. Je suis sûr qu'elle s'acquittera très vite des sommes dues.

— Elle a eu droit à beaucoup de délais, elle a épuisé tous ses recours et voilà pourquoi un huissier de justice m'a chargé de venir prendre sa voiture.

— Combien doit-elle ?

Chet continuait à installer des sangles sous le cabriolet.

— Dites-le-moi, insista Dawson en tirant un chèque vierge de son portefeuille. Avez-vous un stylo ?

Le dénommé Chet s'arrêta pour le dévisager pendant un long moment. Puis avec un soupir, il lui prit les papiers des mains, les feuilleta et il pointa du doigt une somme rédigée en chiffres et en lettres.

Le montant sidéra Dawson. Comment Annabelle avait-elle pu s'endetter à ce point ? Pourquoi avait-elle fait l'acquisition d'un cabriolet aussi cher si elle n'avait pas les moyens de le payer ?

Le dépanneur sourit, devant la surprise de Dawson.

— Vous avez-vous toujours envie de l'aider ?

— Oui.

Il serra les dents tout en rédigeant le chèque et le lui tendit.

— Décrochez cette voiture.

L'homme semblait hésiter.

— Je passe la nuit au motel du coin et j'encaisserai votre chèque à l'ouverture de la banque, demain matin. S'il est en bois...

— Il ne l'est pas, protesta Dawson d'un ton offusqué.

— J'espère que vous ne me ferez pas regretter de vous avoir fait confiance et que je ne serai pas obligé de courir après cette bagnole.

— Je vais ordonner à ma banque de transférer les fonds sur

mon compte dès ce soir, en ligne. Ne vous inquiétez pas. La propriétaire de cette décapotable n'ira nulle part, de toute façon.

Il devinait qu'Annabelle n'avait pas les moyens d'acheter de l'essence pour repartir. Il comprenait mieux la situation, à présent. À commencer par l'empressement d'Annabelle à mettre la maison de sa grand-mère en vente. Et sa décision de trier et d'emballer seule les affaires de son aïeule au lieu d'embaucher quelqu'un pour lui donner un coup de main.

— Mais je préfère que vous gardiez le silence sur ce petit arrangement, ajouta Dawson.

Chet lui lança un regard apitoyé.

— C'est votre argent.

Il prit le chèque, le plia avec soin et le glissa dans sa poche avant de libérer le cabriolet d'Annabelle.

Derrière lui, Dawson entendit alors une porte claquer, puis un cri :

— Attendez !

Avec un gémissement, il se retourna au moment où Annabelle sortait du bar. Elle blêmit tout en se dirigeant vers eux.

Annabelle était en plein cauchemar. En voyant sa voiture soulevée par la dépanneuse, elle avait tout de suite compris la situation. Après des mois à tout faire pour éviter les huissiers, elle avait finalement été retrouvée. Catastrophée, elle traversa le parking en courant. Elle devait à tout prix convaincre ce type de ne pas embarquer son cabriolet. Elle en avait besoin pour espérer vendre la maison de sa grand-mère.

En revanche, elle n'avait pas aperçu tout de suite Dawson, qui se tenait dans l'ombre. Quand il se retourna, son cœur se serra. Instantanément, elle se mit sur la défensive, humiliée.

— Que se passe-t-il ? demanda-t-elle, les mains sur les hanches.

— Je m'en suis occupé, déclara Dawson. Le problème est réglé.

Annabelle jeta un coup d'œil au chauffeur de la dépanneuse qui se contenta de lui adresser un sourire satisfait accompagné d'un haussement d'épaules. Devinant ce que Dawson avait fait, elle se sentit rougir de honte. Mais bientôt la colère balaya tout.

— Comment as-tu osé faire ça ? cria-t-elle en se tournant vers lui. Qui t'a permis de payer mes dettes ?

Il retira son stetson et passa la main dans ses cheveux.

— Je ne pouvais pas le laisser prendre ta voiture.

— Ce n'est pas ton affaire.

— Tu as raison.

Il remit son chapeau et leva les deux mains en signe de reddition.

— Je pensais te rendre service mais clairement...

Se désintéressant de lui, Annabelle s'adressa à l'employé.

— Il s'agit d'un malentendu avec ma banque, poursuivit-elle. Je vais les appeler pour régler le problème.

— Bien sûr.

L'homme hocha la tête avec un sourire qui lui donna envie de vomir.

— Cela ne me concerne plus, madame. Arrangez-vous avec... votre... ami, ajouta-t-il en désignant Dawson.

Elle se tourna vers ce dernier qui semblait fasciné par le bout de ses bottes. Des larmes brûlaient ses paupières mais elle s'interdit de pleurer. Le pire était arrivé. Elle n'avait pas besoin de regarder Dawson dans les yeux pour savoir qu'il avait tout compris. Maintenant, il n'ignorait plus rien de la vérité.

Et cerise sur le gâteau, il venait de la sauver... Une fois de plus. Elle ne s'était jamais sentie aussi gênée. Elle regretta de ne pouvoir disparaître sous terre, engloutie par le parking.

— Tu dois être content. Tu as ta vengeance, à présent, dit-elle d'un ton mordant.

Il leva les yeux, l'air confus, et elle poursuivit :

— J'étais tellement imbue de moi-même. Je suis partie d'ici, bille en tête, certaine que j'allais me faire un nom, trouver ailleurs la gloire et la fortune.

— Et tu l'as fait.

Elle secoua la tête en luttant contre les sanglots.

— Tu parles ! J'ai tout raté. J'ai échoué sur toute la ligne. Et me revoilà, ruinée et...

Sa voix se brisa.

Alors que la dépanneuse s'éloignait, Dawson prit Annabelle par les épaules.

— Tu n'as pas échoué.

Elle laissa échapper un rire étranglé.

— J'ai été licenciée. Pire, je suis grillée dans le milieu. Je ne retrouverai plus jamais de travail comme mannequin, plus personne ne voudra m'embaucher, à présent.

— Et alors ?

— Et alors ? répéta-t-elle, hors d'elle. Je ne sais rien faire d'autre, figure-toi.

— Rien ne t'empêche de changer de vie. Je te connais. Tu es capable de réussir dans tous les domaines. Il te suffit de le vouloir. Ne te décourage pas. Tu as besoin d'un nouveau plan de carrière. Voilà tout.

Elle essuya ses larmes.

— Pourquoi es-tu si gentil avec moi ?
— Pourquoi ne le serais-je pas ?
— Sérieusement ?
— Il y a treize ans, j'ai été fâché contre toi pendant un moment, je l'admets. J'étais anéanti quand tu es partie. Mais tu avais raison. Tu devais suivre ton rêve. Et tu l'as fait, Anna.

Elle entendit ce qui semblait être de la fierté dans sa voix. Et il l'avait appelée Anna, le petit nom qu'il lui donnait autrefois.

— Cela n'a pas marché comme tu le pensais, poursuivit-il. Et alors ?

Et alors ?

Elle détourna les yeux, la gorge serrée.

— Tu avais également raison à mon sujet. Je ne suis qu'un cow-boy. Je n'ai pas envie de parcourir le monde. Je suis heureux de chasser, de m'occuper de mes vaches, de réparer les clôtures, de travailler sur mon vieux tracteur.

— Je suis désolée, je regrette toutes les choses horribles que je t'ai dites.

— Mais non ! Cela m'a forcé à en acheter un nouveau.

Il haussa les épaules avec une petite grimace.

— Mais j'ai aussi réparé l'ancien.

Elle ne put s'empêcher de sourire.

— Je suis contente que tu n'aies pas changé, Dawson. Et je suis contente que Whitehorse n'ait pas changé non plus.

— Parce que tu sais que tu vas vendre la maison de ta grand-mère et quitter cette ville pour te lancer dans une nouvelle aventure.

Il l'affirma avec un grand sourire mais Annabelle avait de nouveau envie de pleurer.

Et si elle ne voulait plus partir ? Comment réagirait-il si elle décidait finalement de rester ? Elle aurait aimé lui poser la question mais elle en fut incapable. Les mots étaient coincés dans sa gorge.

Quand elle reprit finalement la parole, sa voix se brisa.

— Je te rembourserai jusqu'au dernier cent.

Sur cette promesse, elle tourna les talons et, avec le peu de dignité qui lui restait, elle regagna son cabriolet. Elle démarra et quitta le parking.

De retour à la maison, elle resta un moment dans le hall d'entrée, derrière la porte. Elle hésitait à aller dans la cuisine. Elle craignait de voir le sang sur le mur à l'endroit où il y avait eu ou pas une alcôve, autrefois.

Mais elle mourait de soif et elle avait besoin de boire un verre d'eau. Se forçant à se rendre dans cette pièce qui la terrifiait, elle alluma rapidement la lumière avant de se tourner vers le mur. Un rire s'échappa de sa gorge.

Elle était épuisée à force d'emballer des bibelots et de s'inquiéter, à force d'essayer d'ignorer Dawson. À force de lutter contre des émotions qui semblaient la submerger à tout propos. À force de vivre dans le mensonge.

Mais soudain, elle se souvint qu'en effet, il y avait bien une alcôve à cet endroit quand elle était petite. Elle l'avait oubliée parce que sa grand-mère y avait installé un vaisselier.

Pourquoi ne s'était-elle pas souvenue plus tôt de ce meuble ? Parce qu'il était couvert de bibelots, de plantes, de journaux. Frannie avait toujours accumulé un invraisemblable bric-à-brac chez elle.

Quand s'est-elle débarrassée de ce vaisselier ? Et pourquoi ? Pourquoi murer cet espace ? Cela n'avait aucun sens.

Annabelle frissonna. Était-il possible qu'il y ait quelque chose derrière ce mur ? Et quoi ?

C'est idiot, se dit-elle. Quiconque connaissait sa grand-mère ne pouvait la soupçonner... De quoi ?

Elle se frotta les bras, se reprochant les idées folles qui la traversaient. Dormir, voilà ce dont elle avait besoin. Demain, tout irait mieux. Cela la fit rire à nouveau parce qu'elle savait qu'il n'en serait rien. Demain, elle serait à nouveau confrontée à des cartons à remplir et à trimballer jusqu'au porche.

Et ensuite...

Déterminée à ne pas y penser, elle éteignit la lumière de la cuisine mais elle resta un moment à fixer le mur. Aucune ombre ressemblant à du sang n'apparut. C'était déjà ça.

Rob regardait la campagne que ses phares balayaient depuis des heures. Il se sentait nerveux. Whitehorse était vraiment loin de tout, perdue au fin fond du Montana. Il n'avait pas croisé d'autres véhicules depuis des kilomètres sur la voie express. Il avait cru qu'il n'arriverait jamais dans le Montana. Un jour de Thanksgiving, il lui avait été impossible de trouver une place sur un vol venant directement de Floride. Il avait été obligé d'emprunter quatre avions différents et il avait bien failli rater le dernier.

Fatigué et irritable, il n'aurait pas pu se sentir plus exaspéré par cette prétendue mission.

Maintenant, il n'était même pas sûr d'être sur la bonne route. La voiture de location était équipée d'un GPS mais il ne maîtrisait pas bien ce genre d'appareils. Heureusement, l'employé de l'agence lui avait donné une carte qui était maintenant dépliée à côté de lui sur le siège du passager.

D'après la carte, il devait continuer de rouler vers le nord. S'il arrivait au Canada, eh bien, il serait allé trop loin. Il espérait trouver une ville, une station-service, un endroit où il pourrait demander son chemin. Mais il avait parcouru des kilomètres sans voir âme qui vive. Des grands espaces, beaucoup de troupeaux, mais rien d'autre.

Finalement, alors que le soleil se levait, il aperçut une station-service. À en croire les panneaux, il devait être aux portes du village de Grass Range. Il s'arrêta, fit le plein et demanda son chemin à la caissière.

— Continuez tout droit vers le nord. Vous ne pouvez pas manquer Whitehorse, lui assura-t-elle.

— Dites-moi que cette ville est plus grande que ce trou, dit Rob.

La caissière se mit à rire.

— Oui, elle est plus grande.

— Y a-t-il un motel à Whitehorse ?

— Il y en a même quatre.

Quatre ? Eh bien, c'était mieux que rien, pensa-t-il en regagnant la voiture de location.

Il avait hâte d'arriver à Whitehorse, de découvrir que la morte n'était pas la poupée de Bernie et de rentrer à la maison. Il avait manqué Thanksgiving et, même s'il n'avait jamais aimé la dinde, il n'était pas content.

Au fur et à mesure qu'il roulait, le paysage devenait plus sauvage. Il songeait à Baby Doll, la femme qui avait trompé le grand Bernie McDougal.

Était-il possible qu'elle se soit cachée toutes ces années dans cette région, si loin de tout ? Cela ne ressemblait pas à la fille que la famille lui avait décrite. Il ne pouvait pas l'imaginer vivant dans le Montana. Dès qu'il aurait la preuve que cette Francesca Marie Clementine n'était pas Baby Doll, il sauterait dans le premier avion.

Il se détendit un peu, alluma la radio et chercha une station. Il n'en trouva qu'une.

— De la musique de ploucs, aurait dit son ami Murph.

Normalement, tous les deux travaillaient ensemble. Rob avait été surpris que son oncle veuille qu'il se débrouille seul pour cette mission. Bernie croyait vraiment que cette vieille femme avait été sa compagne et que le butin était toujours caché quelque part chez elle.

Oui, avec l'âge, son oncle devait perdre la tête.

Au moment où il atteignait la périphérie de Whitehorse, il était si fatigué qu'il n'avait plus qu'une envie : trouver un motel et dormir vingt-quatre heures d'affilée. Mais il savait que son oncle l'appellerait pour faire le point avec lui.

L'employée de la station-service avait eu raison à propos d'une chose. Whitehorse était un peu plus grande que Grass Range. Mais pas beaucoup plus. Il ne lui serait pas difficile de trouver la propriété des Clementine.

8

Les premiers rayons du soleil réveillèrent Annabelle. En se remémorant les événements de la veille, elle se couvrit la tête de son oreiller. Elle avait envie de mourir de honte. Maintenant, Dawson n'ignorait rien des difficultés dans lesquelles elle se débattait depuis des mois. Pire, il avait payé les arriérés de crédit de son cabriolet afin que celui-ci ne lui soit pas enlevé. Annabelle ne s'était jamais sentie si mortifiée.

En tout cas, elle n'avait pas la possibilité de se prélasser au lit. Elle devait se lever. Mais la perspective de passer une autre journée à trier les affaires de sa grand-mère et à empiler des bibelots dans des cartons lui arracha un gémissement. Comment en était-elle arrivée là ?

Elle préférait ne pas s'attarder sur un sujet aussi déprimant. Mieux valait se mettre au travail, pensa-t-elle en rejetant ses couvertures. Pleurnicher sur son triste sort ne servirait à rien.

La veille au soir, revenir dans cette maison avait été une épreuve. La vieille demeure lui avait semblé lugubre. Toute la nuit, le vent avait soufflé dans les branches nues des peupliers et, à l'intérieur, des craquements avaient encore accentué l'atmosphère sinistre des lieux.

Annabelle se dirigea vers la cuisine pour se préparer un café. Sans Dawson, elle n'aurait plus de voiture. D'ailleurs, sans lui, elle n'aurait même pas réussi à atteindre Whitehorse parce qu'elle n'aurait pas eu assez d'essence. Des larmes débordèrent de ses yeux mais elle les essuya d'un revers de main, honteuse de la façon dont elle s'était comportée. Comment avait-elle osé reprocher à Dawson d'avoir payé ses arriérés de crédit pour empêcher la saisie de son véhicule ? En réalité, la situation l'avait tellement humiliée qu'elle n'avait pas su réagir correctement. Se montrer cassante avec ceux qui ne cherchaient qu'à l'aider était sans doute son seul vrai talent, pensa-t-elle.

Au lieu de se faire des reproches, elle ferait mieux d'évaluer ce qu'il lui restait à jeter, se dit-elle, s'efforçant de positiver. Sa tasse à la main, elle se promena dans le salon. Elle se sentait découragée.

Mais, refusant de baisser les bras et de se laisser abattre par les difficultés, elle releva le menton. Elle allait y arriver. De toute façon, elle n'avait pas le choix. Elle finit son café avant d'aller s'habiller.

Elle se rappelait combien il lui avait été difficile de devenir mannequin. Naïvement, elle avait cru que sa beauté et son charme suffiraient à la propulser aux sommets mais elle avait vite déchanté. Elle avait dû travailler dur pour décrocher des contrats. Elle se rendit compte soudain qu'elle en parlait au passé. Sa carrière de top model était terminée. *Quel gâchis !* songea-t-elle, le cœur serré.

Secouant la tête, elle décida de se mettre au travail et de sortir Dawson de son esprit. Mais la façon dont il s'était comporté la veille était typique du personnage. Il l'avait aidée, il lui avait sauvé la mise en réglant ses dettes à sa place. Mieux, alors qu'elle lui avait donné une occasion en or de lui assener un : « Je te l'avais bien dit ! », il ne l'avait pas accablée. Comme toujours, il s'était montré gentil. Trop gentil. Elle se maudit intérieurement. Elle n'avait pas besoin de sa pitié. Elle n'avait besoin de la pitié de personne.

Penser aux problèmes financiers dans lesquels elle était engluée depuis des mois — et au fait que Dawson les avait découverts — lui nouait le ventre. Elle aurait tant voulu éviter de se retrouver dans cette situation. Il y a treize ans, elle avait quitté cette ville, déterminée à devenir une star et certaine d'y réussir... Maintenant, elle avait la preuve qu'elle ne valait rien et le seul homme qu'elle ait jamais aimé le savait, lui aussi.

Un coup frappé à la porte la fit sursauter. Un bref instant, elle imagina que Dawson venait lui rendre visite, comme si le simple fait de penser à lui suffisait à le faire apparaître.

Mais elle découvrit sous son porche une vieille femme aux cheveux gris. Elle reconnut Inez Gilbert, la voisine.

— Bonjour, madame. Que puis-je pour vous ?

— Je voulais vous prévenir que j'ai surpris un homme en train de regarder à travers vos fenêtres, hier soir...

— Vraiment ?

— Je l'ai chassé, bien entendu. Mais vous devriez garder vos stores baissés. Ces types reviennent souvent.

À la vue de la canne d'Inez, Annabelle se souvint brusquement de son visiteur de la veille.

— Dites-moi, Inez, Frannie avait-elle un petit ami ?

— Certainement pas !

— Un vieux monsieur distingué avec une canne ? insista-t-elle. Un certain Lawrence Clarkston.

— J'ai aperçu le type que vous me décrivez lorsqu'il est venu sonner chez vous, hier matin, répondit Inez. Mais je ne l'avais jamais vu auparavant. Et ce n'était pas lui qui rôdait hier sous vos fenêtres.

— Frannie n'avait donc pas de...

— Non, tonna la voisine d'un ton sans réplique. Et croyez-moi, si elle avait eu quelqu'un, je l'aurais su.

— J'en suis sûre, murmura Annabelle.

Après le départ d'Inez, elle referma la porte, songeuse. Qui donc était l'homme qui prétendait avoir été le compagnon de sa grand-mère ? Qu'espérait-il en se faisant passer pour tel ? Et plus angoissant encore, qui était l'individu qu'Inez avait surpris sous ses fenêtres, la veille au soir ?

À la vue de son reflet dans le miroir, Annabelle se promit d'aller acheter un jean à sa taille et quelques T-shirts en ville.

En attendant, elle devait se remettre au travail. Mais en

considérant le désordre de la maison, elle se dit que sa vie était dans un état aussi pitoyable et elle fondit en larmes.

Dawson n'avait pas fermé l'œil de la nuit. Peu de temps après le lever du soleil, il se rendit au ranch de sa mère. Il la trouva dans la cuisine avec son frère.

— Tu as mal dormi, visiblement, dit-elle en lui tendant une tasse de café. Veux-tu que je te prépare un petit déjeuner ?

— Merci, mais je n'ai pas faim.

— Assieds-toi, au moins. Qu'est-ce qui ne va pas ?

Il hésita, même s'il était venu parce qu'il avait besoin de lui parler. Depuis toujours, sa mère était sa confidente. Il jeta un coup d'œil à son cadet déjà assis à table.

— Préfères-tu que je parte ? demanda Luke en se levant. Alors que je sais aussi bien que toi ce qui ne va pas.

— Tu peux rester, répondit Dawson en soupirant. Mais promets-moi que rien de ce que je dirai ne sortira de cette pièce.

— Juré, craché.

Dawson ne demanda rien à sa mère. Elle savait garder un secret mieux que quiconque.

Sans préambule, Dawson déballa son sac :

— Annabelle est ruinée. Voilà pourquoi elle est revenue.

Son frère se mit à rire.

— Annabelle Clementine ruinée ? Qu'est-ce que tu racontes ? Elle fait la couverture des magazines féminins. Elle doit gagner des millions, au contraire.

— Tu lis les magazines féminins, maintenant ? demanda sa mère.

Luke rougit.

— J'en ai feuilleté quelques-uns chez Sally.

Se tournant vers son frère, il poursuivit :

— Je vais te dire ce qui se passe. Tu lui en veux toujours d'être partie, de t'avoir quitté et d'avoir réussi ailleurs. Pourquoi ne pas l'avouer ? Tu es toujours amoureux d'elle et tu essaies de te persuader qu'elle a raté sa vie parce qu'imaginer le contraire t'est insupportable.

— J'aurais dû te demander de partir, Luke, déclara Dawson.

— Ton frère ne pensait pas à mal, assura Willie. Que veux-tu dire par « ruinée » ?

— Elle n'a plus un rond, elle n'arrive plus à faire face à ses échéances.

Il leur raconta qu'il l'avait croisée, en panne d'essence au bord de la route, alors qu'elle cherchait à gagner Whitehorse.

— Et, hier soir au Mint, sa voiture a failli être enlevée parce qu'elle n'avait pas payé les traites depuis des mois.

— Que s'est-il passé ? s'exclama Willie. Comment en est-elle arrivée là ? Le sais-tu ?

— Non, mais il semble qu'elle soit revenue pour vendre la propriété de sa grand-mère au plus vite afin de se remettre à flot, répondit-il.

— Que vas-tu faire ? demanda sa mère.

— Que veux-tu que je fasse ? Je lui ai donné de l'essence, j'ai payé ses dettes pour que son cabriolet ne soit pas embarqué... Et Annabelle m'a prié de cesser de me mêler de ses affaires.

— La pauvre petite doit se sentir tellement gênée. Tu es la dernière personne à qui elle aurait demandé de l'aide.

— C'est ce qu'elle m'a dit, oui.

— Eh bien, j'ai la solution et elle est toute simple, déclara Luke, apparemment content de lui. Il va lui falloir du temps pour vendre cette baraque parce qu'elle doit d'abord vider le bazar que sa grand-mère y avait accumulé depuis des années. De plus, Mary Sue estime qu'à un mois de Noël, les acheteurs potentiels ne vont pas se bousculer au portillon. Bref, d'après moi, il est temps de lui dire ce que tu éprouves pour elle.

Dawson poussa un gémissement.

— Si j'avais encore des sentiments pour elle, ce qui n'est pas le cas, cela changerait quoi ? Je suis un cow-boy, j'élève du bétail et des chevaux dans le Montana. Et Annabelle est... ce qu'elle est, aux antipodes de mon mode de vie. Si nous avons rompu, il y a treize ans, ce n'est pas pour rien. Sans parler du fait qu'une fois qu'elle aura de l'argent, elle partira. Elle ne s'intéresse pas à moi. Plus tôt elle s'en ira, mieux ça vaudra.

— Si c'est le cas, intervint sa mère, alors tu dois l'aider.

Dawson qui s'apprêtait à se lever s'arrêta net.

— Quoi ?

— Tu veux qu'elle quitte la ville ? Tant mieux parce qu'elle le souhaite également. Donne-lui un coup de main pour vider cette maison. Sinon, qui sait combien de temps elle y restera ?

Dawson regarda sa mère.

— Si tu essaies de jouer les entremetteuses...

— Pas du tout, l'assura Willie. Je vois bien que la présence d'Annabelle à Whitehorse te rend malade. Aide-la à vendre la propriété et elle partira.

Il la dévisagea d'un air suspicieux pendant un long moment, furieux d'admettre qu'elle avait raison.

Puis il se tourna vers Luke.

— D'accord. Mais je compte sur toi pour me prêter main-forte, frérot. Retrouve-moi chez Annabelle cet après-midi avec quelques copains. Nous irons jeter ses cartons à la déchetterie.

— Hé, ne m'embarque pas dans cette histoire, se plaignit Luke. J'ai beaucoup à faire, aujourd'hui.

— Viens à 14 heures, assena Dawson d'un ton sans réplique. Après tout, c'est toi qui t'intéresses à Annabelle...

Sur ces mots, il sortit de la maison en claquant la porte.

— Tu dois aider ton frère, Luke, dit Willie en se levant pour se resservir de café.

— Personne ne peut rien pour lui. Il est amoureux et trop têtu pour l'admettre. Comme si tu l'ignorais quand tu as invité Annabelle à déjeuner pour Thanksgiving...

— Crois-tu que Dawson soit resté ici, il y a treize ans, parce qu'il pensait que j'avais besoin de lui au ranch ?

— Mais non, maman, dit Luke en l'embrassant. Dawson est un cow-boy-né. Il regrette simplement de ne pas s'être battu pour la retenir, à l'époque.

— Je ne suis pas sûre que cela aurait aidé, répondit-elle.
— Alors, il mourra vieux garçon...
— Je le crains. Certaines personnes n'ont qu'un amour dans la vie.
— Ne me fais pas croire qu'en lui suggérant de l'aider à vider sa maison, tu n'espères pas qu'ils finissent par se rendre compte qu'ils s'aiment et par se remettre ensemble, maman. Allons !
— Ne sois pas ridicule. Ai-je déjà interféré dans ta vie amoureuse ?
— Tu veux vraiment que je réponde à cette question ? répliqua-t-il.
Mais elle se contenta de rire.

9

— Que t'a dit Annabelle quand elle t'a appelée ? demanda distraitement TJ tout en marchant dans son appartement, son téléphone portable collé à l'oreille.

Parvenue devant la fenêtre, elle écarta les rideaux pour jeter un coup d'œil dans la rue. Toute la journée, elle avait travaillé sur son dernier thriller. L'intrigue, qui se déroulait à New York, sortait tout droit de son imagination mais TJ avait peur que la réalité ne rattrape la fiction.

— Rien de particulier, répondit Chloe, sa sœur, avec un soupir. Elle voulait seulement savoir pourquoi nous n'étions pas restées à la maison lorsque nous étions venues à Whitehorse pour les funérailles de Frannie.

Chloe travaillait comme journaliste d'investigation pour un grand journal et TJ entendait en arrière-fond les brouhahas de la salle de rédaction.

— Elle ne manque pas d'air ! s'exclama TJ. Nous avions bien le droit de préférer passer la nuit à l'hôtel et nous n'avons aucun compte à lui rendre. Et de toute façon, une fille qui ne daigne pas se déplacer pour l'enterrement de sa grand-mère ferait mieux de se taire. J'espère que, d'outre-tombe, Frannie va la maudire.

— Annabelle avait l'air effrayée. Pour ma part, je n'aurais dormi dans cette baraque pour rien au monde. Tu avais peur, toi aussi. Mais je n'allais pas lui dire que c'était la raison pour laquelle nous avions décidé d'aller à l'hôtel.

— Pourquoi ne le lui as-tu pas dit ?

— Qu'aurais-je dû lui dire exactement ? Je ne sais pas très bien ce que nous avons entendu à l'étage. Ou cru entendre. Peut-être avons-nous rêvé ou mal interprété des bruits anodins. Entre les obsèques de Frannie et les souvenirs provoqués par notre retour à Whitehorse, nous étions chamboulées et...

— Non, nous n'avons pas rêvé, protesta TJ. Il se passait quelque chose de bizarre là-haut. C'était peut-être le vent, une branche qui grattait les vitres ou les lattes du plancher qui grinçaient. Mais rien ne le prouvait. Et j'aurais été incapable de passer la nuit dans cette maison...

— Et s'il y avait un danger là-bas, un danger auquel risque d'être confrontée Annabelle ? demanda Chloe.

— Écoute, tu la connais aussi bien que moi. Elle réagit toujours de façon excessive. À mon avis, il n'y a pas lieu de s'inquiéter outre mesure.

Changeant brusquement de conversation, TJ demanda :

— Est-ce qu'elle t'a dit si elle avait trouvé un acheteur ?

— Non, pas encore, mais elle pense que ce sera bientôt chose faite et qu'elle quittera alors la région pour toujours. Mais tu as vu comme moi l'état de cette baraque. Il va lui falloir des semaines pour jeter le bazar accumulé par Frannie depuis cinquante ans.

— Chloe, te demandes-tu parfois pourquoi notre grand-mère a légué sa propriété à Annabelle et pas à nous ?

— Pas vraiment. Mais Annabelle a toujours été sa préférée. Et puis, si Frannie nous avait désignées, toutes les trois, comme héritières, nous nous serions écharpées sur le sujet. Nous ne nous sommes jamais entendues.

— Ce n'est pas vrai. Nous nous amusions bien ensemble, autrefois. Après le lycée, nos chemins se sont séparés, voilà tout. Quoi qu'il en soit, nous sommes toujours des sœurs et Noël approche. Et pour ma part, je suis heureuse que Frannie ait laissé la maison à Annabelle.

Chloe se mit à rire.

— Moi aussi, surtout depuis que j'ai vu le bazar qu'il y avait à l'intérieur. Frannie avait sans doute envie de lui donner une bonne leçon. Imagine la tête d'Annabelle en découvrant ce capharnaüm !

TJ se mit à glousser, elle aussi, mais Chloe sentit la douleur qui teintait sa voix quand elle répondit.

— Cette propriété ne vaut pas grand-chose, alors peu importe que nous en ayons hérité ou non, dit-elle.

Cela comptait tout de même un peu pour elles puisqu'elles s'étaient disputées avec leur sœur à propos de cet héritage et qu'elles ne lui adressaient plus la parole depuis l'ouverture du testament.

— Tu as sans doute raison.

— J'ai bien envie de retourner à Whitehorse pour Noël, poursuivit Chloe, comme si l'idée venait de la traverser. Pour faire une surprise à Annabelle. Si elle n'a pas fini de ranger la maison pour la vendre, à ce moment-là, peut-être pourrons-nous lui donner un coup de main.

— Sérieux ? Tu veux vraiment y aller ? demanda TJ.

— Tu devrais venir, toi aussi. Ça fait tellement longtemps que nous n'avons pas fêté Noël ensemble. Ça me paraît le moment idéal pour nous réconcilier toutes les trois, non ?

— Je ne sais pas, répondit TJ. Un de mes livres sortira à ce moment-là. Et mon éditeur aimerait que je fasse une tournée de dédicaces. Je vais y réfléchir et je te rappellerai. Bon, excuse-moi mais je dois te laisser, maintenant.

Après avoir raccroché, elle se remémora les bruits qu'elles avaient entendus dans la maison de leur grand-mère, le grincement des lattes, le raclement sur le plancher de ce qui ressemblait au déambulateur de Frannie...

Frissonnant à ce souvenir, elle laissa retomber le rideau. S'agissait-il du fantôme de leur grand-mère ? se demanda-t-elle.

Malheureusement, il y avait pire que des fantômes, pensa-t-elle, en vérifiant pour la énième fois que la porte de son appartement était bien fermée à clé.

Un simple coup d'œil suffit à Dawson pour comprendre qu'Annabelle avait pleuré. Que ses larmes puissent encore l'affecter le mit en colère. Il se reprochait surtout de ne pas avoir compris plus tôt à quel point elle souffrait, à quel point elle se sentait seule.

Appuyée contre le chambranle de la porte, elle le dévisagea d'un air suspicieux.

— Si tu es venu récupérer ton argent, je...

Dawson réprima un soupir.

— Mais non ! Je te l'ai déjà dit. Je ne m'inquiète pas pour l'argent.

— Je te rembourserai quand je vendrai la propriété.

— Très bien.

Il aurait préféré ne pas avoir à revenir ici mais sa mère avait raison. Plus vite Annabelle aurait vidé et nettoyé la maison, plus vite celle-ci serait mise sur le marché et vendue. Et plus vite Annabelle partirait. Il pourrait alors reprendre le cours normal de sa vie. Il était tellement pressé qu'elle s'en aille qu'il envisageait de se porter lui-même acquéreur de la vieille demeure.

Annabelle soupira.

— Qu'es-tu venu faire ici ?

Il aurait bien aimé le savoir. Quand sa mère avait suggéré qu'il aide Annabelle, tout paraissait simple. Mais se retrouver en face d'elle n'était pas anodin pour lui. Malgré les années, elle parvenait toujours à l'émouvoir par sa seule présence.

— Je voulais te proposer un coup de main pour emporter ce qu'il y a à jeter à la déchetterie.

— Je n'ai pas besoin de ta pitié.

— Écoute, Annabelle, tu n'as jamais su te montrer aimable avec ceux qui te tendaient la main, dit-il en soupirant. Il est peut-être temps que tu apprennes à le faire. Je ne te demande qu'un merci alors cessons d'en discuter et mettons-nous au travail.

Elle serra les mâchoires.

— Je refuse de faire des amabilités à des gens qui s'apitoient sur mon sort.

Il laissa échapper un petit rire.

— Tu es la dernière personne sur laquelle je serais tenté de m'apitoyer, Annabelle. Résumons-nous : tu dois vider la maison de ta grand-mère pour pouvoir la mettre en vente et quitter la ville. De mon côté, j'ai des vieilleries à déposer à la déchetterie. Je te propose donc de profiter du fait que je me rends là-bas pour me confier tes cartons. Maintenant, si tu ne veux pas de mon aide...

— Je te remercie.

Il s'adoucit. Elle avait l'air au bout du rouleau, ce matin, et il la trouvait ravissante. Ses yeux rougis de larmes lui donnaient un côté vulnérable qui le touchait.

— De rien, répondit-il calmement.

Il mourait d'envie de la toucher, de caresser ses lèvres du pouce, de repousser cette mèche de cheveux blonds de sa joue. Résister à la tentation fut difficile.

Un sourd grognement l'obligea soudain à détourner les yeux d'Annabelle. Pendant qu'ils parlaient, Sadie était entrée dans la cuisine. Les poils hérissés, les babines retroussées, la chienne montrait les crocs. Mais de là où il se tenait, Dawson ne voyait pas ce qui provoquait cette réaction.

Craignant que l'animal ne soit en train de faire une bêtise, il passa devant Annabelle pour se diriger à pas vifs vers l'arrière de la maison. Alors qu'il pénétrait à son tour dans la cuisine, il trouva Sadie devant le mur. Elle continuait à gronder, prête à bondir. Mais il ne comprenait toujours pas ce qui l'effrayait. Le mur ? Cela n'avait aucun sens.

Annabelle le rejoignit et elle frissonna devant l'étrange comportement de la chienne.

— Qu'est-ce qu'elle a ?

— Bonne question. Pour quelle raison grognerait-elle devant le mur de ta cuisine ?

— Crois-tu aux fantômes, Dawson ? demanda-t-elle d'une voix étouffée.

— Aux fantômes ? répéta-t-il en se tournant vers elle. Tu parles sérieusement ?

Annabelle secoua la tête pour en chasser cette idée folle, regrettant d'y avoir fait allusion.

— Bien sûr que non mais ce mur ne devrait pas être là.

Elle lui raconta ce que Mary Sue lui avait dit.

— Les plans ne sont pas les bons, voilà tout, répondit-il.

— C'est ce que je pensais aussi, mais maintenant...

Elle jeta un coup d'œil à l'animal.

— Ton chiot semble persuadé qu'il y a quelque chose derrière ce mur.

— Sadie ?

La chienne courut vers lui en gémissant et se recroquevilla derrière ses bottes.

Dawson regarda le mur avec perplexité.

— Je ne l'avais encore jamais vue se comporter ainsi, dit-il en fronçant les sourcils. Pourquoi ta grand-mère aurait-elle muré une alcôve ?

— C'est la question de la semaine. Ça n'a aucun sens, n'est-ce pas ? ajouta-t-elle.

Leurs regards se croisèrent et elle haussa les épaules.

— Bon, je dois me remettre au travail, dit-elle en quittant la pièce.

Elle se dirigea vers la troisième chambre, pleine à craquer d'un bric-à-brac inimaginable. Au passage, elle attrapa quelques cartons vides. Derrière elle, elle entendit Dawson parler à son chiot. Cela la fit sourire car il demandait à Sadie ce qui n'allait pas comme s'il attendait une réponse.

Dawson installa Sadie dans sa camionnette, baissant suffisamment les vitres pour pouvoir l'entendre si elle avait besoin de sortir. Il faisait frais en ce matin de novembre et une odeur de feuilles mortes flottait dans l'air.

Il ne lui fallut pas longtemps pour charger tous les cartons empilés sous le porche à l'arrière de son pick-up.

Comme Annabelle sortait avec d'autres boîtes remplies de vieilleries à jeter, il lui lança.

— J'emporte tout ça à la déchetterie puis je reviendrai en prendre d'autres.

Elle posa le carton et s'étira.

— Merci. Je m'apprêtais à préparer du café. Tu en veux une tasse avant de partir ?

Il secoua la tête.

— Je ne serai pas long.

Tandis qu'il s'éloignait, il sentit son regard sur lui. Pourquoi avait-il imaginé que ce serait facile ?

À 2 heures de l'après-midi, Annabelle avait rempli tous les cartons vides que Dawson avait rapportés. Il fut heureux de voir son frère Luke arriver au volant du camion du ranch avec quatre de ses amis.

En un clin d'œil, ils emportèrent tout ce qu'elle avait emballé dans la matinée. Dawson les accompagna pour les aider. Puis Luke repartit avec ses copains. Dawson aurait pu s'en aller, lui aussi. Il était fatigué. La journée avait été longue.

Mais au lieu de rentrer chez lui, il retourna chez Annabelle sous prétexte de lui rapporter les cartons. En réalité, l'histoire de l'alcôve murée le tourmentait. Après avoir posé les cartons pliés dans un coin du salon, il partit à la recherche d'Annabelle.

Il la trouva occupée à travailler dans l'une des chambres à l'étage. En le voyant, elle lui adressa un signe de la main d'un air fatigué. Elle semblait surprise. Sans doute avait-elle cru qu'il ne reviendrait pas.

— Préviens-moi quand tu auras fini de remplir ces cartons, dit-il. Je les porterai sous le porche pour toi.

Il redescendit à la cuisine, toujours intrigué par cette cloison. Il essaya d'imaginer pourquoi quelqu'un boucherait un renfoncement. Il ne trouva aucune raison valable de le faire. Surtout pour Frannie Clementine. Cela dit, l'ancien propriétaire était peut-être à l'origine de ces travaux.

Derrière lui, il entendit Annabelle entrer dans la pièce et se verser du café. Elle lui en proposa une tasse mais il refusa. Il avait déjà du mal à dormir. Il préférait éviter la caféine en fin de journée.

— Ce mur continue visiblement à te perturber, dit-elle avec un petit rire. Je me suis souvenue que ma grand-mère avait installé un vaisselier à cet endroit-là quand j'étais petite. Il y avait bien une alcôve, à l'origine.

— Les plans de Mary Sue étaient donc bons.

— Oui. Mais pourquoi Frannie l'aurait-elle condamnée ?

Dawson l'ignorait mais en tout cas, ce qui se trouvait derrière cette cloison dégageait une odeur que son chiot avait sentie.

— N'es-tu pas curieuse de savoir ce qu'il y a derrière ?

— Non et je refuse de casser ce mur pour le découvrir. J'ai seulement envie que cette maison soit vidée pour être mise en vente.

— En fait, maintenant que j'y pense, ma chienne a déjà eu cette réaction dans le passé, dit-il en se tournant vers Annabelle. Le jour où nous sommes tombés sur un veau que des loups avaient déchiqueté.

— Il n'y a pas de veau mort derrière cette cloison.

Il leva un sourcil surpris.

— Il y a forcément quelque chose. Sinon, pourquoi murer cette alcôve ?

— Pourquoi tout le monde essaie-t-il de me faire peur ? Il est tard, ajouta-t-elle en posant sa tasse. Nous devrions probablement arrêter pour aujourd'hui.

— Si j'étais toi, j'aimerais voir ce qu'il y a là-dedans.

— Mais tu n'es pas moi, répliqua-t-elle d'un ton cinglant.

Comme tu l'as souligné il y a des années, nous n'avons rien en commun.

Dawson sentit son ventre se nouer. C'était la première fois que l'un d'eux revenait sur cet épisode du passé.

— C'est tellement vrai, dit-il. Nous n'avons jamais voulu les mêmes choses, toi et moi. Nous n'avons jamais partagé les mêmes rêves. Et maintenant, tu souhaites uniquement vendre cette propriété au plus vite et quitter la région pour toujours.

— C'est exact.

— Je ne veux pas te retarder, dit-il avec raideur en se dirigeant vers la porte.

— En tout cas, j'ai beaucoup apprécié ton aide aujourd'hui, ajouta-t-elle en lui emboîtant le pas, consciente de sa brutalité. Merci d'avoir apporté des cartons à la déchetterie pour moi.

— Aucun problème.

— Et je n'ai pas le temps de faire des travaux dans la cuisine, voilà.

Il hocha la tête. Il avait envie de la prendre dans ses bras et de lui dire que tout irait bien. Mais en vérité, il ne le pensait pas. Quelque chose n'allait pas dans cette demeure. Peut-être n'y avait-il rien derrière ce mur. Il l'espérait, en tout cas. Mais à l'expression d'Annabelle, il devinait qu'il y avait quelque chose et qu'elle avait peur de découvrir quoi.

Et elle n'avait aucune envie qu'il la réconforte.

Il regagna son pick-up, se reprochant de se laisser submerger par des émotions si douloureuses.

Rob passa devant la propriété au moment où le dernier camion en sortait. La petite-fille de Francesca Clementine se tenait sous le porche. Elle retira le bandana qui couvrait ses cheveux blonds avant de retourner à l'intérieur pour répondre au téléphone.

Parvenu au bout de la rue, il fit demi-tour pour revenir sur ses pas. Ce qu'il avait appris sur Francesca Clementine le troublait. Et ébranlait sa certitude initiale que Bernie s'était trompé. Peut-être s'agissait-il d'une coïncidence mais Francesca avait acheté cette demeure peu après que la Baby Doll de son oncle se fut enfuie avec le butin du hold-up.

Maintenant, Rob observait la jeune blonde qui discutait au téléphone dans le salon. Apparemment, elle était seule. Il s'apprêtait à contourner la maison pour y entrer par-derrière quand une voisine sortit sous son porche. Les poings sur les hanches, elle se tourna dans sa direction, se demandant manifestement ce qu'il fabriquait. Rob maudit les petites villes. Tout le monde semblait se connaître à Whitehorse et, comme il n'était pas du coin, il était automatiquement considéré avec suspicion.

Il salua la vieille femme d'un petit signe de tête et poursuivit son chemin. Tout en marchant, il sentait son regard dans son dos. Elle l'avait vu la veille au soir lorsqu'il était venu faire du repérage. Il espérait qu'elle n'allait pas continuer à le surveiller. Comprendre que son oncle avait eu raison à propos de cette baraque et surtout de son ancienne propriétaire le motivait. Il lui fallait à tout prix se glisser à l'intérieur. Mais que faire de la petite-fille ?

Inez Gilbert avait une âme de concierge. Que cela leur plaise ou non, elle s'intéressait à ce qui se passait chez ses voisins. Et à quatre-vingt-neuf ans, elle avait pour principe de ne jamais remettre au lendemain ce qu'elle pouvait faire sur-le-champ. Non qu'elle ait eu beaucoup plus de patience lorsqu'elle était plus jeune. Mais depuis quelques années, elle refusait de perdre ne serait-ce qu'un instant de son existence avec des imbéciles. Malheureusement, leur nombre semblait en constante augmentation.

Elle se targuait d'être plus observatrice que la plupart des gens. Quand elle serait morte, personne ne pourrait dire qu'elle s'était laissé mener en bateau par qui que ce soit au cours de sa vie. À son âge, elle avait eu le temps d'étudier la nature humaine sous toutes les coutures. Un coup d'œil lui suffisait pour jauger quelqu'un et elle se trompait rarement.

Voilà pourquoi, lorsqu'elle avait vu ce type traîner dans la rue, les yeux rivés sur la maison des Clementine, son comportement lui avait tout de suite paru louche. Quelque chose dans sa façon de marcher, de scruter les alentours comme dans la manière dont il était habillé lui avait mis la puce à l'oreille. Sans parler du fait qu'elle ne l'avait jamais vu et qu'il n'était certainement pas du coin.

S'emparant de son téléphone, elle appela le bureau du shérif. L'opérateur essaya d'abord de l'envoyer promener. Comme il n'y parvenait pas, il voulut lui passer l'un des adjoints.

Mais Inez ne se laissa pas faire.

— Je tiens à parler au shérif, dit-elle. Ne m'obligez pas à me déplacer.

De guerre lasse, il la mit en communication avec McCall Crawford, une femme très respectée dans le comté. McCall avait commencé sa carrière comme adjointe au shérif mais aux dernières élections elle s'était présentée et avait récolté la majorité des suffrages, dépassant largement les candidats masculins. Inez avait mené campagne pour elle, encourageant en particulier les membres du club du troisième âge à voter en sa faveur.

— Bonjour, Inez, lança McCall quand elle l'eut en ligne. J'ai entendu dire qu'il y avait un problème dans votre quartier.

Elle n'avait pas du tout l'air fâchée du fait qu'Inez ait insisté pour ne parler qu'à elle.

— J'ai repéré un individu mal vêtu et mal rasé qui espionnait la propriété des Clementine d'une manière suspecte.

— Peut-être s'intéresse-t-il à la maison parce qu'elle est à vendre ?

Inez apprécia la manière diplomatique dont elle avait posé la question.

— Je suis au courant. J'ai évidemment remarqué le panneau

« À VENDRE » dans le jardin. Mais il ne regardait pas l'endroit comme s'il voulait l'acheter. Mais plutôt comme s'il cherchait quelqu'un. Et ce n'était pas la première fois que je le voyais rôder dans le quartier.

McCall connaissait Inez Gilbert depuis des années. La plupart de ses adjoints la considéraient comme un boulet. Mais Inez ne l'avait jamais dérangée pour rien.

— D'accord. Si vous le revoyez, Inez, appelez-moi immédiatement. Je vais demander aux opérateurs de me transmettre tous vos appels en priorité.

Inez laissa échapper un soupir satisfait.

— Ce type manigance un sale coup, croyez-moi. J'ai du nez pour ce genre de choses.

— Je sais.

McCall écouta Inez lui parler de ses intuitions pendant un moment avant de raccrocher. Comme l'un de ses adjoints passait dans le couloir, elle le héla.

— Martin, j'ai un service à vous demander, dit-elle. Chaque fois que vous partez en tournée, pourriez-vous penser à surveiller la maison des Clementine ?

— Sur Millionaire's Row ?

Elle sourit, se demandant comment ce quartier avait obtenu ce surnom.

— Voilà. Prévenez-moi si vous voyez un individu louche traîner par là-bas.

— Comptez sur moi.

Après son départ, elle décida de rentrer chez elle. Elle avait hâte de retrouver son mari et leur petite Tracey, âgée de quatre ans.

Mais, tout en fermant la porte de son bureau, elle ne put s'empêcher de songer à l'homme qu'Inez avait vu. Le comté était plutôt tranquille. Bien sûr, ses adjoints étaient confrontés de temps en temps à des problèmes susceptibles de surgir au sein de n'importe quelle communauté. Mais il y avait peu de crimes à déplorer. La plupart des appels concernaient des vols, des querelles de voisinage, des chiens qui aboyaient la nuit, des adolescents qui se rendaient coupables d'excès de vitesse ou de consommation d'alcool.

Vivre à Whitehorse était un vrai bonheur, se disait-elle tout en montant dans sa voiture.

Elle vivait à la périphérie de la ville mais par acquit de conscience elle fit un détour par Millionaire's Row. Elle avait toujours aimé les belles demeures de ce quartier avec leurs larges porches et leurs grands arbres. Certains cèdres étaient vraiment magnifiques.

À l'automne, les jardins étaient tapissés de feuilles mortes. Un mois plus tôt, à peine, en voyant des enfants y jouer, elle avait pensé à sa propre fille. Rien n'était plus amusant que de se rouler dans les tas de feuilles.

Elle ralentit en s'approchant de la propriété des Clementine. Un élégant cabriolet était garé dans l'allée. Elle avait entendu dire que l'une des petites-filles de Frannie était revenue à Whitehorse pour vendre la maison de sa grand-mère. Peut-être l'inconnu d'Inez était-il intéressé par ce domaine, pensa-t-elle.

Comme elle continuait sa route, elle vit Inez qui regardait par la fenêtre. McCall lui fit un appel de phares et agita la main. Manifestement ravie, Inez la salua à son tour.

Annabelle regarda Dawson grimper dans son pick-up et partir. À sa façon de serrer les mâchoires et à la raideur de son dos, elle devina qu'il était en colère. Parce qu'elle refusait qu'il casse le mur de sa cuisine ? Et pourquoi voulait-il faire ce genre de choses ? Par simple curiosité. Comme si elle avait du temps à perdre avec des travaux inutiles !

Elle était furieuse contre lui. Après tout, elle ne lui avait pas demandé de l'aider, encore moins de lui dire ce qu'elle devait faire.

Pourtant, au moment où elle eut cette pensée, toute son irritation s'envola. Le problème avec Dawson n'était pas cette cloison. Mais l'alchimie qui avait toujours existé entre eux, au-delà des malentendus et des incompréhensions. Se côtoyer toute la journée n'était simple ni pour elle ni pour lui.

Au bord des larmes, elle retourna dans la cuisine pour ouvrir le réfrigérateur et en inspecter le contenu.

En passant, elle jeta un coup d'œil vers le mur qui n'aurait pas dû être là.

— Qu'as-tu caché là-dedans, grand-mère ? demanda-t-elle dans la pièce déserte.

Le frigo était presque vide. Elle y avait mis quelques restes de sa dernière virée à la supérette mais rien ne la tentait. Pourtant, elle avait faim.

Consultant sa montre, elle calcula que l'établissement était ouvert pour encore vingt minutes.

Mais finalement, elle renonça à descendre en ville. Elle n'avait pas l'énergie d'aller faire des courses. Éteignant la lumière de la cuisine, elle se dirigea vers sa chambre et s'effondra sur son lit.

Dans un jour ou deux, la maison serait vidée. Il lui faudrait peut-être consacrer une journée supplémentaire à un grand nettoyage... Peut-être aussi à un coup de peinture...

Annabelle ne voulait pas y songer, pas maintenant. Elle était trop fatiguée. Malheureusement, son esprit revenait toujours à Dawson.

Sortant son téléphone portable, elle finit par se résoudre à lui passer un coup de fil. Elle fut soulagée de tomber sur sa messagerie vocale.

— Je suis désolée, Dawson. Merci pour ton aide aujourd'hui. J'ai vraiment apprécié.

Elle raccrocha.

Vêtue d'une chemise de nuit en flanelle qu'elle avait trouvée dans la commode, elle se glissa entre les draps. Si ses amies mannequins l'avaient vue maintenant, pensa-t-elle, elles n'en auraient pas cru leurs yeux. Avant de sombrer dans les bras de Morphée, sa dernière pensée, cependant, fut pour Dawson.

Plusieurs heures plus tard, elle se réveilla en sursaut. Elle tendit l'oreille, s'efforçant de comprendre ce qui l'avait tirée du sommeil. Identifiant soudain un bruit caractéristique, elle blêmit. Quelqu'un essayait de s'introduire dans la maison !

Rob jura en voyant une lumière s'allumer dans la demeure voisine. Cette vieille chipie trop curieuse finirait par le rendre fou. La veille au soir, elle l'avait fait fuir en sortant de chez elle avec un fusil de chasse.

Il recula, veillant à rester dans l'ombre. Voilà trop longtemps qu'il était en ville. Son oncle l'appelait tous les jours, lui demandant d'entrer dans la maison des Clementine sans attendre.

— Vous ne comprenez pas, avait-il essayé d'expliquer à Bernie. Il y a cette vieille femme qui habite à côté et qui…

— Ne me dis pas que tu as peur d'une vieille femme ! avait rétorqué Bernie. Dois-je y aller moi-même ?

Rob avait raccroché au milieu de la tirade de son oncle. Bernie ne savait rien de l'Amérique profonde. Chaque fois que Rob se promenait dans le quartier, les gens le dévisageaient comme une bête curieuse. Toute la journée, il avait vu des jeunes hommes défiler chez les Clementine. Ce soir, s'était-il dit, il pénétrerait dans la demeure. Le problème était que, s'il devait tuer la petite-fille, il craignait que son cadavre ne soit découvert trop rapidement. Ce qui ne lui laisserait pas beaucoup de temps pour fouiller l'endroit, d'autant que d'après ce qu'il avait vu par les fenêtres, un désordre indescriptible régnait dans la maison.

Mais il ne pouvait pas attendre indéfiniment. Peut-être la petite-fille connaissait-elle l'existence du butin et le cherchait-elle, elle aussi. Il ne voulait pas prendre le risque qu'elle le découvre en premier.

Il venait de forcer la fenêtre et il pensait qu'il n'avait plus qu'à sauter dans le salon quand, derrière lui, la voix de la voisine le fit sursauter.

— Bouge et je t'explose la tête, dit-elle.

Il sentit le canon d'un fusil dans son dos.

Il se retourna et frappa la vieille femme avec violence. La malheureuse tomba à terre. Elle ouvrit la bouche, mais avant qu'elle ne puisse crier il lui brisa la nuque d'un coup sec. Il traîna ensuite son corps jusque chez elle et se dirigea à grands pas vers les arbres qui séparaient les deux propriétés.

10

Dawson se réveilla en proie à un insupportable mal de tête. Avec un gémissement, il roula sur le côté et il se retrouva nez à nez avec Sadie. Le chiot le regarda d'un air déçu.

— J'étais soûl à ce point-là, hier soir ? demanda-t-il à l'animal.

Avec une petite plainte, Sadie se détourna.

Dawson poussa un grognement, le crâne dans un étau.

La veille, après avoir quitté la maison d'Annabelle, il pensait retourner directement au ranch. Mais en passant, il avait vu la camionnette de Jason garée devant le Mint. Il avait alors décidé de s'arrêter pour boire un verre avec lui. Ou deux. Maintenant, il ne parvenait même pas à se rappeler comment il était rentré chez lui.

En entendant quelqu'un s'activer dans sa cuisine, il sentit son cœur bondir dans sa poitrine. Qui était là ? Annabelle ? Non, certainement pas.

Comme il s'efforçait de se lever, il s'aperçut qu'il avait dormi tout habillé. Il ne savait pas si c'était plutôt bon ou mauvais signe. Dawson n'avait jamais été porté sur l'alcool et il lui était rarement arrivé de se soûler. En tout cas, quelqu'un l'avait aidé à retirer ses bottes. Ce qui signifiait qu'on l'avait reconduit chez lui, hier soir.

Il se traîna jusqu'à la cuisine, se demandant avec curiosité qui il y découvrirait. Quelle qu'elle soit, cette personne préparait du café, ce qui tombait bien parce que Dawson avait vraiment besoin d'une bonne dose de caféine.

— Jason ?

Son ami se tourna vers lui et fit la grimace.

— Tu as une sale tête.

— Et je me sens vraiment mal. Étais-je...

— Ivre mort ? Oui.

— Et je parie que je voyais tout en noir, non ?

Jason se mit à rire.

— Si tu me demandes si tu m'as parlé d'Annabelle toute la soirée, la réponse est « Oui. »

En se frottant les tempes, Dawson ressortit de la cuisine pour prendre la direction de la salle de bains.

— N'en as-tu pas assez de te comporter comme le dernier des imbéciles ? lança-t-il à son reflet dans le miroir.

— Tu parles tout seul maintenant ? ironisa Luke derrière lui. Manifestement, cela ne s'arrange pas.

— Est-ce qu'on t'a appris un jour à frapper ?

— La porte était ouverte, répliqua son frère. Tu as une sale tête.

— Merci, on me l'a déjà dit.

Il s'aspergea le visage d'eau froide et s'essuya avec une serviette.

— Que fais-tu ici si tôt, Luke ? reprit-il.

— Il est 10 heures.

Dawson ouvrit l'armoire à pharmacie, y trouva deux cachets d'aspirine et les avala.

Son frère lui sourit.

— Tu m'as appelé du bar hier soir.

Dawson sentit sa migraine empirer.

— Apparemment, tu avais des problèmes, ajouta Luke.

— Mis à part la gueule de bois, je vais très bien.

Luke leva un sourcil dubitatif.

— Alors, que se passe-t-il ? En tout cas, si tu as l'intention de retourner balancer des cartons à la déchetterie aujourd'hui, je suis désolé de te dire que ce sera sans moi.

— Tu dois venir. Débrouille-toi.

— Pourquoi t'es-tu soûlé ? le taquina son frère. Tout ne se passe pas comme tu veux avec Annabelle, c'est ça ?

Dawson lui lança un regard noir et sortit de la salle de bains pour retourner à la cuisine. Jason lui tendit une tasse de café. Il en offrit également une à Luke, qui l'accepta avec reconnaissance.

— Alors, où en es-tu avec elle ? demanda Luke en s'installant sur un tabouret.

Dawson ne prit pas la peine de répondre. Il ne lui fit même pas l'aumône d'un regard.

— Mieux vaut ne pas remettre le sujet sur le tapis, Luke, dit Jason en les rejoignant à table. Confirme-moi plutôt ce que j'ai entendu dire en ville : votre mère compte sur vous deux pour le défilé de Noël, cette année ?

Les deux frères gémirent dans un bel ensemble.

— Le cauchemar, dit Luke après avoir bu une gorgée de son café. Elle veut nous déguiser, moi en Père Noël et Dawson en elfe. Tu vois le tableau !

Dawson ne pensait qu'à une chose : au moment de Noël, Annabelle serait partie.

Annabelle ne s'attendait pas du tout à voir revenir Dawson. Lorsqu'il arriva au volant de son pick-up, elle se demanda ce qu'il fabriquait. En même temps, elle lui fut reconnaissante d'apporter de nouveaux cartons. Incapable de trouver le sommeil, elle était debout depuis l'aube et elle en avait déjà rempli cinq depuis le matin. Elle les avait empilés sous le porche.

Après l'avoir agressé verbalement, la veille, à propos de ce maudit mur d'alcôve, elle avait cru que Dawson jetterait l'éponge. Certes, elle lui avait présenté des excuses sur le répondeur de son téléphone mais elle était persuadée qu'elle ne le reverrait pas de sitôt. Sa présence la rendait d'autant plus méfiante quant à la raison pour laquelle il l'aidait.

Le manque de sommeil lui donnait la migraine. Toute la

nuit, la vieille demeure avait été bruyante. À un moment, Annabelle avait même cru entendre quelqu'un entrer. Mais quand elle avait fait le tour des pièces, elle n'avait vu personne. Par la suite, elle s'était levée plusieurs fois au cours de la nuit sans remarquer quoi que ce soit d'anormal. Elle en avait conclu qu'elle avait confondu le bruit des branches grattant les vitres sous le vent avec celui d'un pied-de-biche sur une porte. Pourtant, alors qu'elle se tenait à la fenêtre, elle aurait juré apercevoir une ombre se faufiler entre les arbres qui séparaient la propriété de la maison voisine. S'agissait-il de l'homme qu'Inez Gilbert avait vu rôder ?

Elle avait scruté l'obscurité pendant un long moment mais la silhouette sombre n'était pas réapparue. Malgré tout, elle était descendue au rez-de-chaussée pour vérifier que les portes et les fenêtres étaient toutes bien fermées.

Dawson entassa des cartons vides dans le salon. Il n'avait pas remarqué la présence d'Annabelle et il sursauta quand, relevant le nez, il la découvrit sous le porche.

Il avait l'air d'avoir passé une mauvaise nuit, lui aussi, se dit-elle.

Il lui adressa un signe de la tête avant de retourner vers son pick-up. Peu après, Jason et d'autres cow-boys qu'elle ne connaissait pas arrivèrent en camion et sautèrent à terre. Ils se présentèrent à Annabelle avant de lui demander comment lui être utiles.

Exténuée comme elle l'était, elle n'avait pas l'intention de repousser leur aide.

— J'aimerais que vous descendiez des meubles qu'il faudra ensuite déposer chez le brocanteur, leur dit-elle. Il s'agit de têtes de lit, de tables de chevet et d'armoires.

Ils montèrent à l'étage pendant qu'elle continuait à empaqueter les affaires à jeter. Elle avait espéré trouver quelques instants pour parler seule à seul avec Dawson mais, tout en transportant les cartons pleins jusqu'à son pick-up, il gardait la tête baissée. Visiblement, il semblait pressé de finir le travail et de s'en aller.

À un moment, pourtant, alors que Jason et ses camarades étaient partis emporter les meubles, elle vit Dawson qui profitait d'une petite pause pour boire à sa gourde à l'extérieur.

— Pourquoi ne prends-tu pas d'eau au robinet ? demanda-t-elle. Elle sera plus fraîche.

— Tout va bien, répondit-il.

— Pourtant, tu n'as pas l'air en grande forme, répliqua-t-elle avant de pouvoir s'en empêcher.

— J'ai peut-être un peu trop bu, hier soir.

Annabelle en fut étonnée.

— Te soûler ne te ressemble pas. En tout cas, cela ne ressemble pas au Dawson Rogers que je connaissais.

— Voilà sans doute pourquoi il ne m'a pas fallu longtemps pour être soûl…

Il sourit pour la première fois de la journée.

— Je ne m'attendais pas à te voir revenir, ajouta-t-elle.

— Et en partant, hier, je ne le pensais pas moi-même, reconnut-il en riant.

Son regard croisa le sien.

— Je n'ai écouté ton message que ce matin.

— Je suis désolée pour hier.

— Tu n'as aucune raison de l'être. Nous étions tous les deux fatigués et je n'avais pas à me mêler de tes affaires.

Elle jeta un coup d'œil vers la maison.

— Moi aussi, je suis curieuse de savoir ce qui se cache derrière ce mur. Probablement des tonnes de poussière, ajouta-t-elle avec un petit rire. À mon avis, nous serions tous les deux déçus si nous le cassions.

— Probablement, répondit-il, bien qu'il soit certain du contraire.

La poussière n'avait jamais provoqué cette réaction chez Sadie.

— Peut-être vaut-il mieux ignorer ce qui est derrière cette

cloison et pourquoi ta grand-mère avait muré l'alcôve, ajouta-t-il. Cela restera un mystère.

Jusqu'à ce que le prochain propriétaire décide de détruire la cloison et découvre... Quoi ?

Quand Jason et ses amis revinrent, ils se remirent au travail. Ils continuèrent toute la journée. Jason avait acheté des hamburgers pour le déjeuner.

La nuit tombait lorsque lui et les cow-boys qu'il l'avait accompagné décidèrent de rentrer chez eux après avoir chargé les derniers cartons. Annabelle les remercia de leur aide et les regarda partir. Elle se retrouvait donc seule avec Dawson.

Il se tourna vers elle :

— Pourquoi ne ferais-je pas un saut à la supérette pour acheter quelque chose pour le dîner ? proposa-t-il.

Quand il avait jeté un coup d'œil dans son réfrigérateur, il avait constaté que celui-ci était quasi-vide. Étant mannequin, Annabelle ne devait pas manger beaucoup mais il craignait surtout qu'elle n'ait rien parce qu'elle était à court d'argent.

Elle commença par refuser mais, repoussant ses protestations, il se hâta vers l'établissement avant qu'il ne ferme.

Il était tard. Très peu de voitures étaient garées sur le parking lorsque Dawson s'y engagea. Il était épuisé et il savait que cette fatigue n'avait rien à voir avec l'effort physique qu'il avait fourni toute la journée ni même avec sa gueule de bois.

Comme il sillonnait les rayons, une voix familière le héla :

— Dawson ! Tu es donc revenu de ta chasse.

Amy. Il se souvint brutalement qu'il lui avait promis de la rappeler à son retour. Pendant un moment, il ne trouva rien à répondre.

Ils sortaient ensemble depuis près d'un an. Il ne s'agissait ni d'un amour fou ni d'une grande passion mais plutôt d'une amitié un peu particulière.

En vérité, Dawson n'y avait pas beaucoup réfléchi. Ils

s'étaient vus, revus et ils continuaient à se fréquenter sans se poser de questions, sans rien se promettre. C'était d'ailleurs ce qui avait plu à Dawson dans cette histoire. Leurs relations lui semblaient simples. Amy n'était certainement pas la femme de sa vie mais il l'aimait bien et c'était réciproque...

— Désolé, j'ai peur d'avoir oublié de te téléphoner, dit-il avec honnêteté en se tournant vers elle. Cela m'était sorti de l'esprit.

Elle leva un sourcil surpris.

— Sorti de l'esprit ?

Divorcée depuis quelques années, Amy Baker travaillait à la quincaillerie locale. Comme lui, elle s'était arrêtée à la supérette pour faire quelques courses.

Amy l'observait avec attention comme si elle cherchait quelque chose sur son visage. Dawson n'avait pas de mal à deviner quoi. Si elle avait entendu parler du retour d'Annabelle Clementine, elle se demandait sans doute, comme beaucoup d'autres personnes, ce qui se passait entre eux. Certes, il ne lui avait jamais beaucoup parlé d'Annabelle. Mais il savait que des gens s'en étaient chargés. À Whitehorse, il était difficile d'avoir un cœur brisé sans que tout le comté ne soit au courant.

À la vue de son expression, il se sentit coupable et une colère sourde monta en lui. Amy et lui avaient noué une relation libre, sans engagement. Il n'avait donc aucune raison de culpabiliser.

— Comment s'est passé ton Thanksgiving ? demanda-t-il, se souvenant qu'elle avait prévu d'aller chez sa tante près de la frontière canadienne.

Il cherchait surtout à changer de sujet.

— Très bien, répondit-elle sèchement avant de s'éloigner pour aller peser des oranges.

Il réprima un gémissement.

Jetant un coup d'œil autour de lui, il comprit qu'il valait mieux éviter ce genre de discussions au rayon des produits frais. À Whitehorse, tout ce qui se disait au supermarché ou au bureau de poste se répandait ensuite dans toute la région comme une traînée de poudre. Les rumeurs y prenaient naissance et s'y colportaient.

— Je t'appellerai plus tard, lui dit-il.

Elle hocha la tête sans se retourner.

Il paya les cuisses de poulet, la salade de haricots, les petits pains et le pack de bières qu'il avait pris pour partager un morceau avec Annabelle, se répétant qu'il n'avait rien à se reprocher.

Mais lorsqu'il revint dans la maison des Clementine, il était de mauvaise humeur.

Annabelle le sentit tout de suite.

— Ton chiot a fait pipi sur le siège de ton pick-up ? demanda-t-elle en posant ce qu'il avait acheté sur la table de la cuisine.

Il secoua la tête. Il n'allait certainement pas lui parler d'Amy. Il regretta de ne pas être parti avec Jason. Qu'est-ce qui l'avait poussé à suggérer d'aller chercher quelque chose pour le dîner ? Il n'avait pas envie de laisser Annabelle mourir de faim, voilà tout.

— Fais comme chez toi. Je vais me changer, dit-elle avant de quitter la pièce.

Se changer ? Comptait-elle mettre une tenue plus sexy ? En suggérant de dîner avec elle, lui avait-il donné l'impression qu'il souhaitait davantage ? Maintenant, il se mordait les doigts de ne pas avoir suivi son instinct et de ne pas être rentré directement chez lui.

Annabelle se demandait ce qui s'était passé à la supérette. En tout cas, à en juger par le changement d'humeur de Dawson, un événement désagréable s'y était produit. Elle devinait qu'il regrettait de lui avoir proposé d'aller chercher quelque chose pour le dîner. Cela dit, elle lui en était reconnaissante. Elle avait senti les fragrances du poulet dès qu'il avait franchi la porte et elle s'était mise aussitôt à saliver.

Tout en retirant ses vêtements sales, elle se reprocha de ne pas avoir profité de son absence pour prendre une douche. Au lieu de quoi, elle avait continué à travailler, à empaqueter des bibelots. Elle avait tellement envie d'en finir, tellement hâte de vendre cette maison. Cet objectif occupait toutes ses pensées, sauf quand Dawson était là.

— Je suis contente que tu aies acheté des cuisses de poulet, dit-elle depuis la chambre alors qu'elle finissait de s'habiller.

Elle n'obtint pas de réponse mais elle ne s'en inquiéta pas. Elle était certaine qu'il avait également pris de la salade de haricots, des petits pains et de la bière. Autrefois, il choisissait toujours ce menu quand ils partaient pique-niquer dans la montagne. Dawson était un homme d'habitude. À l'époque, cela la rendait folle. Maintenant, elle le trouvait... merveilleux et adorable. Et elle regrettait de l'avoir quitté, il y a treize ans.

Ce matin, il était venu l'aider, alors qu'il n'était visiblement pas dans son assiette et qu'il souffrait d'une gueule de bois. Là encore, c'était du Dawson tout craché. Il n'était pas du genre à se dorloter, à prendre un jour de repos lorsqu'il y avait du travail à faire. Qu'il soit revenu lui donner un coup de main avait fait battre son cœur plus vite. Mais elle culpabilisait aussi. En quittant Whitehorse, elle l'avait fait souffrir et maintenant, au lieu de le lui faire payer, il se mettait en quatre pour l'aider.

Pour que tu t'en ailles le plus vite possible, se rappela-t-elle. *Il veut que tu partes.*

L'autre jour, quand elle avait croisé en ville une vieille amie du lycée, Annabelle lui avait demandé si Dawson avait quelqu'un dans sa vie.

— J'ai entendu dire qu'il voyait Amy Baker depuis un moment, lui avait-elle répondu. Mais je n'ai pas l'impression que ce soit très sérieux. Pourquoi ? Tu n'es pas retombée amoureuse de lui, n'est-ce pas ?

— Non, bien sûr que non. Je suis revenue uniquement pour vendre la maison. Quant à Dawson et moi... La foudre ne frappe jamais deux fois au même endroit, n'est-ce pas ?

— Faux, avait répliqué son amie en riant. Pourquoi ? Il y a de l'orage dans l'air ?

Lorsque Annabelle revint dans la cuisine, Dawson leva la tête, l'air surpris. Il battit des paupières, regarda ce qu'elle portait et parut se détendre.

— Tu t'es changée, dit-il d'un ton presque embarrassé.

Elle fronça les sourcils.

— Est-ce un problème ?

Elle avait mis le T-shirt et le jean qu'elle avait achetés à Whitehorse.

Les plats qu'il avait apportés étaient sur la table. Elle vit qu'il avait ouvert une canette de bière. Il la sirotait tout en jetant un coup d'œil au contenu de la boîte en fer-blanc qu'elle avait laissée sur la desserte, quelques jours auparavant. Dawson étudiait les photos et lisait les coupures de journaux qu'il avait trouvées à l'intérieur.

Quand Annabelle s'assit en face de lui, il poussa les barquettes vers elle.

— Sers-toi, dit-il.

Il cessa de s'intéresser aux articles pour dîner. Tous deux savourèrent leur repas dans un silence agréable.

— Que comptes-tu faire de ça ? demanda-t-il après un moment en désignant la boîte en fer-blanc.

— Je n'ai pas vraiment regardé ce qu'elle contenait. Je l'ai découverte sous le plancher de ma chambre. J'ai jeté un œil sur les photos et je n'ai reconnu personne. Il s'agit sans doute des premiers habitants de cette maison...

— Tu crois ? Regarde celle-ci.

Annabelle prit le cliché en noir et blanc qu'il lui tendait. Il représentait quatre personnes attablées dans un night-club. Deux femmes et deux hommes, visiblement sur leur trente et un.

Comme elle le reposait sans commentaire, Dawson insista :

— Tu as vu ? demanda-t-il avec un signe de tête en direction de la photo.

— Vu quoi ? Je n'ai rien remarqué de spécial.

Elle était fatiguée et la bière la rendait léthargique. Elle préférait finir tranquillement son dîner plutôt que d'étudier de vieilles photographies sur lesquelles figuraient des gens qu'elle ne connaissait pas.

— Regarde, répéta-t-il, tapotant du doigt le visage de la plus jolie des deux femmes.

Avec un soupir, Annabelle se força à examiner cette dernière avec plus d'attention. Il s'agissait d'une petite blonde aux cheveux longs et à la silhouette voluptueuse.

Mais à la vue de ses yeux clairs, elle sentit les battements de son cœur s'accélérer.

— Frannie ?

Dawson eut un petit rire.

— Elle était ravissante dans sa jeunesse, non ?
— Ce n'est sûrement pas elle. Cette inconnue est blonde.
— Blonde comme toi, sa petite-fille.
— Mais Frannie a toujours eu les cheveux roux.
— Eh bien, à une époque, ils étaient blonds.

Annabelle regarda la photo. C'était bien Frannie. Elle ne l'avait pas reconnue tout de suite parce qu'elle lui semblait très différente de la grand-mère dont elle avait gardé le souvenir. Et elle était habillée différemment.

Elle n'avait jamais vu Frannie maquillée. Mais sur le cliché en noir et blanc, elle avait les yeux faits et du rouge à lèvres.

Découvrir Frannie si jeune — et si sexy — fut un choc pour Annabelle. La petite blonde sur la photo souriait à un bel homme vêtu d'un costume à fines rayures.

Annabelle en fut attendrie. Frannie avait l'air heureuse. Et qui était ce beau brun ? Son prétendu mari ? Annabelle avait été choquée de découvrir que Frannie n'avait jamais été mariée, en réalité. Alors, qui était ce mystérieux inconnu ? Le père de son fils ? Se pouvait-il qu'il soit le grand-père d'Annabelle ?

Elle se demanda si le mensonge de Frannie au sujet d'un époux qui n'avait jamais existé n'était pas l'une des raisons pour lesquelles elles ne voyaient jamais leur grand-mère lorsqu'elles étaient petites. Ses sœurs et elle n'avaient fait sa connaissance qu'après la mort tragique de leurs parents. Frannie avait alors insisté auprès des autorités pour que ses petites-filles viennent vivre avec elle à Whitehorse.

— L'homme qui est avec Frannie sur la photo est encore plus intéressant, poursuivit Dawson.

Il passa le dos de la main sur une vieille coupure jaunie pour la défroisser.

— À en croire cet article, il s'appelait Bernard McDougal, alias Bernie the Hawk. C'était un gangster.

— Quoi ?

Annabelle parcourut rapidement le papier.

— Et il a été arrêté pour un hold-up qui est resté dans les annales ! s'exclama-t-elle, de plus en plus sidérée. Le casse du siècle, à en croire ce journal.

— Il a été arrêté mais relâché, faute de preuves, déclara Dawson. Les bijoux n'ont jamais été retrouvés.

Il reprit le cliché.

— En tout cas, je suis prêt à parier qu'ils étaient amoureux, tous les deux, dit-il. Regarde la façon dont il dévore ta grand-mère des yeux.

— On peut faire dire beaucoup de choses à une simple photo.

Pourtant, au fond d'elle-même, Annabelle savait qu'il avait raison. Elle se souvint soudain d'une photo d'elle et de Dawson, prise le soir du bal de promo. Une photo qu'elle avait gardée. La manière dont Dawson la regardait comme la façon dont elle lui souriait prouvaient l'amour fou qui les unissait.

Elle se demanda soudain s'il se souvenait de ce cliché. Et s'il en avait un tirage. Une boule se forma dans sa gorge.

Mais il poursuivait en riant :

— Ta grand-mère était la copine d'un gangster. Qui l'aurait soupçonné ?

Il lui sourit tout en s'emparant de la canette de bière qu'ils partageaient, tout comme autrefois quand ils étaient amants. Lorsque leurs mains se frôlèrent, Annabelle voulut écarter la sienne mais il la retint, entrelaçant leurs doigts. Son sourire avait disparu. Ses yeux s'assombrirent.

Annabelle sentit son cœur s'accélérer dans sa poitrine tandis qu'elle se perdait dans la chaleur de son regard. Ses lèvres s'entrouvrirent. En état d'hypnose, elle fixa la bouche de Dawson. Le sang battait si fort à ses oreilles qu'elle n'entendait rien d'autre. Elle comprit qu'il allait l'embrasser.

Elle retint son souffle, se remémorant leurs baisers d'autrefois. Elle avait envie qu'il l'embrasse à pleine bouche comme il l'avait fait sur la piste de danse, l'autre soir, au Mint.

Comme il se penchait vers elle, elle ferma les paupières.

Mais brusquement, il lâcha sa main. Repoussant sa chaise, il se leva.

— Excuse-moi, je dois y aller, dit-il d'une voix rauque.

— Dawson...

Elle voulait ce baiser, elle en avait besoin, et pourtant, tout en se mettant sur pied à son tour, elle reconnut que l'embrasser aurait été une erreur.

Jason ne l'avait-il pas exhortée à s'interdire de faire quoi que ce soit qui pourrait faire souffrir Dawson ? Annabelle n'avait pas l'intention de lui faire du mal. Et dès que cette maison serait vendue, elle s'en irait.

Alors pourquoi avait-elle envie de pleurer ?

De retour au ranch, Dawson s'insulta copieusement tout en allumant un feu et en nourrissant Sadie. Le chiot s'endormit rapidement devant les flammes sans se soucier de son maître qui arpentait la pièce, furieux contre lui-même.

Il aurait dû être fatigué après avoir chargé et déchargé tant de cartons toute la journée. Mais il se sentait comme une pile électrique.

Entendant un bruit de moteur, il se dirigea vers la fenêtre et écarta les rideaux. Lorsqu'il vit Amy se garer et sortir de sa voiture, il poussa un juron. Il ne manquait plus que ça !

Il alla lui ouvrir avant qu'elle n'ait le temps de frapper.

— J'en avais marre d'attendre ton coup de fil, dit-elle en s'arrêtant au pied du perron. Alors, j'ai préféré venir.

— Je suis désolé. J'ai été occupé.

— Je l'ai entendu dire, oui.

Elle jeta un coup d'œil dans la maison et ajouta :

— Elle est là ?

Il ne lui demanda pas de qui elle parlait.

— Non. Elle n'est jamais venue ici.

Amy hocha la tête et monta les marches.

— J'ai pensé que nous devrions discuter.

Elle ne lui donna pas la possibilité de répondre qu'il était fatigué et qu'il n'était pas d'humeur à ça. Clairement, elle s'en fichait.

Et en la suivant à l'intérieur, Dawson prit conscience qu'il lui devait en effet une explication. Ce qui le surprit, leur relation n'ayant jamais été sérieuse. Du moins, pour lui.

Quand elle se retourna et qu'il vit des larmes dans ses yeux, il fut sidéré. C'était la nuit des surprises. Clairement, Amy avait une idée de leur histoire très différente de la sienne.

Il se remémora l'avertissement de sa mère.

— Ne fais pas souffrir cette fille, lui avait-elle dit quand ils avaient commencé à se fréquenter.

— Elle sait que ce n'est pas sérieux entre nous, avait-il répliqué.

Willie avait levé les yeux au ciel.

— C'est devenu sérieux pour elle depuis que tu l'as fourrée dans ton lit.

— C'est *mon* lit, avait-il protesté. Arrête d'essayer de me caser.

— Je ne cherche pas à le faire. Et je ne crois pas que tu devrais épouser Amy. Si j'ai un conseil à te donner, c'est de te marier avec une femme sans qui tu serais incapable de vivre.

Mal à l'aise, il n'avait pas répondu parce qu'une seule personne correspondait à cette description.

Maintenant, en regardant Amy, il comprenait que Willie

avait eu raison, comme toujours. Il avait cru qu'Amy savait aussi bien que lui que leurs relations ne les mèneraient nulle part. Il s'était trompé.

— Amy, je suis désolé de ne pas t'avoir appelée.

— Ce n'est pas parce que tu ne m'as pas téléphoné que je suis venue, dit-elle. Même si tu m'avais promis de le faire.

— Tu as raison. Il est arrivé quelque chose dans ma vie.

Amy laissa échapper un rire amer.

— Quelque chose ? Ne veux-tu pas dire quelqu'un, plutôt ?

— Écoute, ce n'est pas ce que tu crois.

— Et je crois quoi, d'après toi ? Ta chérie du lycée, ton premier amour, la fille qui t'avait brisé le cœur en quittant Whitehorse, il y a treize ans, est revenue.

— Elle s'appelle Annabelle et...

— Oh ! je connais son nom, ne t'inquiète pas, grogna Amy. Annabelle Clementine. Top model de son état, pas moins. En revanche, je n'imaginais pas que, si elle réapparaissait un jour, tu lâcherais tout pour courir, ventre à terre, te remettre avec elle.

— Ce n'est pas ce qui s'est passé mais...

— Je refuse de parler d'elle, coupa Amy en secouant la tête.

Elle promena les yeux dans la pièce pendant un moment. Elle semblait avoir du mal à retenir ses sanglots.

Dawson enfonça les mains dans ses poches.

— Écoute, Amy, je ne veux pas te faire souffrir. Tu sais que je t'aime beaucoup.

Une larme coula sur la joue d'Amy mais il poursuivit :

— J'aime bien être avec toi.

— Mais tu ne m'aimes pas.

Il grimaça, de plus en plus mal à l'aise.

— Je croyais que tu ressentais la même chose... Que tu m'aimais bien... sans plus.

— Tu n'as jamais pensé que je pourrais en vouloir davantage ?

— Je n'avais rien d'autre à te donner, répondit-il, se détestant de l'avouer.

Sa mère avait essayé de le prévenir. Il aurait dû le voir venir. Mais il n'avait pas pensé à la suite, à l'avenir. Depuis le départ d'Annabelle, il vivait au jour le jour.

— Je n'ai jamais souhaité te faire du mal, répéta-t-il.

— Alors tu t'es remis avec elle.

— Seigneur, non ! dit-il, surpris qu'elle ait imaginé une chose pareille.

— Alors que se passe-t-il ? Que fais-tu avec elle ?

— Je l'aide à vider et à nettoyer la maison de sa grand-mère pour qu'elle puisse la vendre et quitter la ville.

Amy le regardait fixement.

— Tu y crois vraiment ?

— C'est la vérité.

Avec un rire amer, elle secoua la tête.

— Et après ?

— Et après, rien.

— Tu vas la laisser partir ?

Ce fut au tour de Dawson de rire.

— Tu ne « laisses » pas une femme comme Annabelle Clementine faire quoi que ce soit. Depuis toujours, cette fille fait ce qu'elle veut, quand elle veut, et il vaut mieux s'écarter de son chemin avant qu'elle ne t'écrase en passant.

La surprise se peignit sur le visage d'Amy.

— À t'entendre, on jurerait que tu ne l'aimes pas.

Il y réfléchit un moment.

— Parfois, j'ai envie de l'étrangler, répondit-il enfin. D'autres fois...

— Tu es toujours amoureux d'elle.

Il voulut le nier, mais elle le coupa.

— Tu n'as jamais tourné la page, toutes ces années, n'est-ce pas ? Tu attendais juste qu'elle revienne...

— Non, répliqua-t-il en secouant la tête d'un air décidé. Je n'ai jamais pensé qu'elle reviendrait. Pourquoi l'aurais-je attendue ? Il faudrait être le dernier des imbéciles pour espérer qu'elle...

Amy n'en croyait manifestement pas un mot.

— C'est elle l'élue, celle que tu aimeras jusqu'à la fin de tes jours. Celle à qui tu compareras toujours toutes les autres femmes qui, du coup, n'auront jamais aucune chance. Est-il possible que tu ne l'aies pas encore compris ?

Il avait l'impression d'avoir été aveuglé.

— Écoute, tu te trompes. Je n'ai...

— Arrête de te mentir à toi-même et pire, à moi. Nous sommes amis, n'est-ce pas ?

Il opina, soulagé qu'elle ait cessé de pleurer.

— Alors, je vais te donner un conseil d'amie, Dawson. Si tu l'aimes, ne la laisse pas partir. Bats-toi pour la retenir. Avoue-lui tes sentiments.

Il se mit à rire.

— Je l'ai fait, il y a treize ans.

— Recommence. Avec un peu plus de conviction, cette fois. Si tu ne le fais pas, alors tu n'es pas l'homme que j'imaginais.

Et sur ces mots, elle tourna les talons et sortit, le laissant planté dans son salon.

Amy ne mesurait pas à quel point elle se trompait.

— Annabelle ne m'aime pas, dit-il en refermant la porte derrière elle. Elle ne m'a jamais aimé. En tout cas, pas assez, pas comme j'aurais voulu qu'elle m'aime.

Comme il l'entendait démarrer et s'éloigner, il maudit intérieurement Annabelle d'être revenue pour bousiller sa vie une nouvelle fois.

11

Après le départ de Dawson, Annabelle renversa le contenu de la boîte en fer-blanc sur la table de la cuisine. Maintenant qu'elle avait reconnu sa grand-mère sur une photo, elle n'eut aucune difficulté à la retrouver sur d'autres. Bernie, le gangster, figurait également sur nombre d'entre elles, parfois en compagnie de ses « associés ».

Autrefois, Frannie leur racontait souvent des histoires scandaleuses de sa jeunesse. Pour Annabelle et ses sœurs, il s'agissait de fables, sorties tout droit de l'imagination fertile de leur aïeule.

Mais, apparemment, il y avait une part de vérité dans ces récits — et plus même que ce qu'Annabelle était prête à accepter. Tout en jetant un œil aux coupures de presse, elle se rappela soudain où elle avait trouvé la boîte. Était-ce une coïncidence que sa grand-mère l'ait cachée dans la chambre qu'Annabelle occupait autrefois ? Frannie imaginait-elle qu'elle s'installerait dans cette pièce quand elle reviendrait pour vendre la maison ?

En tout cas, si les lattes du plancher avaient été décollées et si quelque chose avait été dissimulé dessous lorsque Annabelle était enfant ou adolescente, elle l'aurait vu. Elle en était certaine. Ce qui signifiait que sa grand-mère y avait caché cette boîte plus tard. Frannie avait voulu qu'Annabelle hérite de sa propriété et découvre ces coupures de presse et ces photos. Elles contenaient un message.

Mais Annabelle ne saisissait vraiment pas lequel. Le nom de Frannie ne figurait nulle part dans les écrits qui accompagnaient les photos. Sous l'une d'elles, une légende la désignait comme « Baby Doll ». Qu'est-ce que cela signifiait ? Peut-être s'agissait-il d'une autre femme qui ressemblait beaucoup à sa grand-mère.

Mais dans ce cas, pourquoi Frannie aurait-elle conservé ces clichés et ces articles de journaux ?

En lisant ces derniers, Annabelle eut vite la conviction que Frannie avait été impliquée dans les combines louches et dangereuses du gangster Bernie McDougal. Les hommes que sa grand-mère fréquentait dans sa jeunesse étaient des criminels. Était-il possible qu'elle l'ait ignoré, à l'époque ?

Annabelle en doutait. Frannie n'avait jamais été une idiote. Elle avait certainement su à qui elle avait affaire et à quoi ces types étaient mêlés. En se remémorant Frannie telle qu'elle l'avait connue — une femme minuscule à la voix douce —, elle se rendait compte que personne à Whitehorse n'avait jamais soupçonné le passé et certains aspects de la véritable personnalité de sa grand-mère.

D'après les coupures de presse, Bernie McDougal et ses associés avaient organisé l'attaque d'une exposition, l'exposition Marco Polo. Ils s'étaient emparés d'un trésor d'une valeur inestimable. De nombreux journalistes avaient qualifié le vol de « Casse du siècle ». Mais faute de preuves, la police avait dû relâcher l'amoureux de Frannie. Le butin n'avait jamais été retrouvé. Mais ce qui glaça Annabelle fut de comprendre que Frannie avait acheté cette maison moins d'un an plus tard.

Annabelle se souvint que Frannie leur avait dit qu'elle avait acquis cette propriété grâce à l'assurance-vie que son défunt époux avait souscrite en sa faveur. À l'époque, Frannie était enceinte et peu de temps après avoir emménagé à Whitehorse, elle avait donné naissance à son fils — le futur père d'Annabelle et de ses sœurs —, Walter Clementine.

Maintenant, Annabelle savait que sa grand-mère avait

inventé de toutes pièces ce soi-disant mari. En réalité, elle n'avait jamais été mariée. Mais alors, qui avait été le père du bébé ? Avec précaution, elle remit les coupures de presse et les photos dans la boîte en fer-blanc. Tout en regardant le mur qui condamnait l'ancienne alcôve, elle comprit qu'elle avait découvert l'un des secrets de sa grand-mère. Mais que Frannie en avait certainement d'autres, beaucoup d'autres...

Que son aïeule ait connu ces hommes, ces gangsters, ne faisait plus aucun doute... Cette prise de conscience la fit frémir. Pire, Frannie avait laissé ces articles, ces photos, pour Annabelle. Pourquoi ? Que voulait-elle lui dire ? Essayait-elle de la prévenir d'un danger ?

Des bruits de pas sous son porche interrompirent ses pensées. Un instant plus tard, la sonnette retentit. Annabelle glissa à la hâte la boîte en fer-blanc dans l'un des placards de la cuisine. Elle avait presque peur de découvrir qui se tenait derrière la porte.

Comme elle risquait un œil à travers les rideaux de la fenêtre du salon, elle reconnut Mary Sue qui lui adressa un petit signe de la main. Avec un soupir de soulagement, Annabelle alla lui ouvrir.

— Tout va bien ? demanda Mary Sue avec méfiance.

— Très bien.

— Tu avais une expression tellement bizarre en regardant par la fenêtre que je me suis posé la question.

— Tu m'as surprise, voilà tout. Alors, es-tu venue m'annoncer que les acheteurs potentiels se battaient pour visiter la maison ? Ou qu'une personne au moins semblait intéressée ?

Mary Sue secoua la tête.

— Je suis seulement passée voir comment tu t'en tirais. J'ai entendu dire que Dawson et ses amis étaient venus te donner un coup de main. Tu as donc dû avancer.

Personne n'ignorait rien des faits et gestes de ses voisins dans cette ville, songea Annabelle tout en s'écartant pour laisser entrer Mary Sue.

Non sans une certaine fierté, elle lui montra le travail accompli.

— Toutes les chambres ont été vidées à l'exception de la mienne. J'ai fini de ranger et de nettoyer l'une des salles de bains. L'autre est en cours...

— Il reste encore beaucoup de choses à jeter, dit Mary Sue à la vue du bric-à-brac entassé dans le salon.

— Tout ce que tu vois doit être vendu ou donné. J'ai appelé le brocanteur qui passera dans la semaine prendre ce qui pourrait l'intéresser.

— Tu as bien progressé, je le reconnais, poursuivit Mary Sue. Mais, idéalement, il faudrait repeindre les chambres, ajouta-t-elle en voyant les taches sur les murs.

Annabelle soupira.

— Tu es venue uniquement pour critiquer ?

Mary Sue parut surprise.

— Tu as l'impression que c'est ce que je fais ?

— Non, excuse-moi. Je suis juste fatiguée.

Mary Sue le serait aussi si elle avait travaillé jour et nuit pour débarrasser les pièces de ce capharnaüm. Et Annabelle préférait ne pas imaginer sa tête si elle découvrait qu'en plus d'une maison pleine de vieilleries, sa grand-mère lui avait légué une boîte remplie de secrets troublants.

Annabelle lui lança un regard impatient.

— Alors ? Est-ce que quelqu'un est intéressé par cette propriété ?

Mary Sue secoua la tête.

— Avec Noël qui approche, ce n'est pas la bonne période.

Annabelle poussa un gémissement. Avant d'avoir la possibilité de raccompagner Mary Sue jusqu'au porche, elle dut l'écouter lui faire d'autres suggestions pour rendre la vieille demeure plus attrayante aux yeux d'acheteurs potentiels.

Quand elle put enfin refermer la porte derrière elle, elle poussa un soupir de soulagement. C'est alors qu'elle aperçut une voiture de couleur sombre garée de l'autre côté de la rue.

Elle se rendit compte que ce n'était pas la première fois qu'elle la voyait là.

En revanche, elle n'avait encore jamais remarqué que quelqu'un était assis au volant derrière les vitres teintées.

Dawson avait l'habitude de se balader à cheval lorsqu'il voulait se changer les idées. Malheureusement, ce jour-là, sa promenade équestre ne produisit pas l'effet escompté. Il ne cessait de penser à sa visite chez sa mère, la veille, et à ce qu'elle lui avait dit à propos d'Annabelle. Comme si cette dernière n'encombrait pas déjà assez son esprit !

Mais il avait pris une décision, une décision que même Willie soutiendrait, pensait-il en revenant au galop chez lui.

— Nous avons aidé Annabelle à vider sa maison, lui dit-il, mais tu avais raison, cela ne suffit pas.

À peine eut-il prononcé ces mots que Willie retira son tablier en disant :

— Alors, qu'attendons-nous pour aller lui donner un coup de main ? Avant de partir, je vais empaqueter quelques plats et demander à ton frère de nous prêter main-forte. Peut-être pourriez-vous faire appel à quelques amis en renfort tous les deux.

En le voyant hésiter, elle ajouta :

— C'est ce que tu veux, non ? Jason m'a dit que tu n'avais pas ménagé tes efforts pour aider Annabelle à préparer la maison pour la vente afin qu'elle puisse partir.

— C'était l'idée, non ?

Sa mère passa plusieurs coups de fil pour rameuter une poignée d'hommes valides.

— J'ai déjà contribué à l'opération, hier, protesta Luke quand elle le chassa de son lit.

— Oui et je t'en remercie. Mais aujourd'hui, nous y allons pour tout lessiver et commencer à peindre, répliqua-t-elle.

Toutes les bonnes volontés sont bienvenues. Demande donc à quelques copains de venir chez les Clementine nous aider.

Luke gémit.

— Si je les appelle si tôt, ils vont me tuer.

— Dis-leur que s'ils ne nous retrouvent pas là-bas dans les meilleurs délais, ta mère va les...

— D'accord, d'accord. J'ai compris.

Il rejeta ses couvertures, puis les ramena rapidement sur lui.

— Pourrais-je avoir un peu d'intimité ?

— Comme si tu avais quelque chose à cacher, plaisanta Dawson depuis la porte.

Il n'avait aucune idée de la manière dont Annabelle les recevrait en les voyant débarquer en nombre mais il n'avait pas à s'inquiéter.

Lorsqu'ils arrivèrent, Annabelle ouvrit la porte, l'air à la fois surprise et méfiante. Elle avait déjà rempli une douzaine de cartons et les avait empilés sous le porche.

— Willie ?

Sa mère bondit du camion, les bras chargés de victuailles.

— Où est la cuisine ? demanda-t-elle.

Annabelle se tourna vers Dawson pour obtenir des éclaircissements. Comme s'il pouvait empêcher sa mère de n'en faire qu'à sa tête, lorsqu'elle avait décidé quelque chose.

Quand il atteignit le porche, Willie l'avait déjà trouvée toute seule.

— J'ai besoin de tes clés pour déplacer ta voiture, dit-il à Annabelle.

À la vue de deux autres camionnettes qui remontaient l'allée, pleines de jeunes hommes et de cartons, Annabelle parut stupéfaite. Luke en descendit le premier, un seau de produits de nettoyage dans les bras.

D'un pas d'automate, Annabelle retourna chercher son trousseau à l'intérieur. Lorsqu'elle le lui tendit, Dawson vit briller dans ses grands yeux bleus de la surprise et quelque chose d'autre. De la reconnaissance ? En tout cas, rien de plus, il en était sûr. L'autre soir, sur le parking du Mint, après l'avoir embrassée, elle lui avait demandé de ne pas se mêler de ses affaires. Pourtant, la veille, elle avait semblé vouloir aller plus loin quand il avait failli capturer ses lèvres pour un nouveau baiser. Heureusement, il avait repris ses esprits à temps.

En réalité, il ne comprenait pas très bien ce qui s'était passé entre eux, la veille au soir. Certes, il avait sans doute eu tort de ne pas garder ses distances alors qu'Annabelle l'avait prié de la laisser tranquille. Malgré ses résolutions, il en avait été incapable. Mais elle non plus ne semblait pas très claire sur ce qu'elle attendait de lui.

— Dawson..., commença-t-elle.
— Annabelle ? cria sa mère de l'intérieur.

Annabelle qui semblait sur le point d'ajouter quelque chose retourna dans la maison alors que Willie lui demandait par où ils devaient commencer.

Par la suite, occupé à transporter les derniers cartons à la déchetterie, Dawson ne vit pas beaucoup Annabelle. Willie avait mis les copains de Luke au travail. Ils remplissaient consciencieusement des boîtes de vieux journaux et magazines puis ils les empilaient sous le porche. Si quelqu'un était capable de mettre une armée en rangs de bataille, c'était bien sa mère.

Vers midi, ils firent une pause pour déjeuner. Les deux chambres d'amis et une salle de bains avaient été nettoyées. Willie demanda à Luke et à ses camarades d'en lessiver les murs avant de les peindre.

Comme Annabelle semblait surprise, Willie expliqua :

— J'ai appelé Mary Sue pour lui demander son avis sur la couleur idéale pour les chambres. Et elle a conseillé du blanc. Par chance, j'avais plusieurs pots de peinture blanche dans mon garage. Je les ai apportés. J'espère que cela ne te dérange pas.

Dawson se doutait qu'Annabelle ne croyait pas plus que lui que sa mère avait des pots de peinture en réserve.

— Je ne peux pas vous dire à quel point je vous suis reconnaissante pour tout ce que vous faites pour moi, balbutia

Annabelle. Je ne sais pas comment vous remercier, ajouta-t-elle, au bord des larmes.

Willie l'embrassa avec simplicité.

— Inutile de remercier. Tu fais pratiquement partie de la famille.

Sa mère lança à Dawson un regard qui disait qu'Annabelle aurait fait totalement partie de la famille s'il s'était comporté autrement.

Il baissa la tête et soupira. Willie pensait qu'il aurait dû retenir Annabelle, il y a treize ans. Se battre pour la garder. Peut-être avait-elle raison. Pourtant, au fond de lui, il était certain que rien ni personne n'aurait pu empêcher Annabelle de partir. Et certainement pas lui.

Annabelle surprit le regard qui passa entre la mère et le fils. Dawson paraissait mal à l'aise. Il prit le sandwich que Willie lui tendait et il sortit le manger dehors plutôt que dans la cuisine.

Annabelle le rejoignit sous le porche.

Elle s'assit à côté de lui, laissant ses jambes se balancer dans le vide, comme elle le faisait quand ils étaient gosses.

— Je suis sûre que tu es à l'origine de ce guet-apens, dit-elle.

Il secoua la tête.

— Non, c'est ma mère. Tu sais comment elle est. Elle adore aider les gens.

— Et par chance, elle avait dans son garage des pots de peinture blanche dont elle voulait se débarrasser.

Il lui sourit.

— Je lui avais expliqué à quel point tu avais envie de vendre la maison, alors...

Annabelle laissa son regard se perdre au loin, vers les arbres qui bordaient la rivière Milk. Malgré un été caniculaire et un automne clément, le jardin était encore luxuriant. Mais les températures commençaient à baisser drastiquement.

Bientôt, le froid et la neige s'installeraient. Elle espérait qu'elle serait partie d'ici là.

Dawson se tourna vers elle :

— Tu tiens le coup ? demanda-t-il.

Elle sourit, sachant à quoi elle ressemblait, attifée dans les vêtements hideux de son aïeule, les cheveux sous un bandana, sentant la poussière.

— J'arrive à voir le plancher de presque toutes les pièces, maintenant. Alors je me sens mieux.

— Et à propos de ta grand-mère, des photos et des coupures de journaux ?

Annabelle secoua la tête.

— Je n'arrive toujours pas à y croire. Frannie nous racontait parfois des histoires sur les fêtes auxquelles elle se rendait quand elle avait dix-sept ans. Elle nous disait que les hommes la couvraient de cadeaux, lui achetaient des fourrures et des diamants...

Elle rit.

— Nous n'en croyions pas un mot. Nous nous disions qu'elle avait beaucoup d'imagination. Regarde comment elle vivait ici à Whitehorse. Et je t'assure qu'il n'y avait ni de fourrures ni diamants dans cette maison.

— Je partagerais ton avis si je n'avais pas vu les photos.

Elle tira sur le sweat-shirt hideux qu'elle portait.

— La plupart des vêtements que j'ai trouvés dans ses placards ressemblaient à cette horreur. Frannie ne possédait même pas de voiture et ce qui restait sur son compte bancaire servira tout juste à payer les droits de succession. Cette propriété était tout ce qu'elle possédait quand elle est morte.

La chaleur du regard de Dawson lui fit du bien.

— Ta grand-mère possédait bien davantage. Tout le monde l'aimait à Whitehorse. Elle était riche de ses amis. Pour elle, c'était plus important que les fourrures et les diamants, dit-il en se levant.

147

— Tu veux dire que les valeurs humaines de Frannie étaient supérieures aux miennes.

Il la regarda, interloqué.

— Pas du tout. Je ne cherchais pas à vous comparer toutes les deux.

— Hier soir...

— Je n'aurais pas dû t'embrasser, dit-il rapidement avant de détourner la tête. Tu as été très claire à propos de tes sentiments pour moi, pour cette ville et pour le Montana en général.

Vraiment ?

— Je ne suis plus très sûre de ce que je ressens à propos de beaucoup de choses, répliqua-t-elle.

Willie appela Annabelle depuis la porte.

— Je pensais commencer à nettoyer les placards de cuisine à moins qu'il y ait quelque chose que tu préfères faire en priorité.

— Non, c'est formidable, répondit Annabelle en se levant tandis que Dawson sautait du porche. Je vais vous aider.

Dawson se surprenait souvent à admirer sa mère. La regarder en action était un spectacle qui valait le détour. Au cours de l'après-midi, elle s'activa à tout récurer et elle organisa le travail de l'équipe. À la fin de la journée, la maison sentait les produits d'entretien et la peinture, ce qui était beaucoup mieux que la poussière et le moisi.

— Demain, nous repeindrons la cuisine et nous finirons les chambres, dit-elle. Je vous attends tous ici en fin d'après-midi pour nous aider.

Les amis de Luke lui assurèrent qu'ils seraient là. Dawson ne connaissait personne d'assez stupide pour s'opposer à la volonté de Willie. Sa mère commandait le respect.

Annabelle commença à protester mais Willie la coupa en disant :

— J'apporterai un gâteau au chocolat.

Comme si quelqu'un avait besoin d'encouragements supplémentaires.

Les cow-boys sourirent. Le gâteau au chocolat de Willie était une légende.

Dawson n'avait pas dit deux mots à Annabelle depuis leur conversation sous le porche. Le brocanteur était venu chercher ce qui l'intéressait, le reste avait été transporté à la déchetterie. Lorsque tout fut retiré de la maison, à l'exception d'une chaise, du lit et de l'armoire de l'ancienne chambre d'Annabelle ainsi que la table et les chaises de la cuisine, ils décidèrent d'arrêter pour la journée.

Tout le monde commença à partir. Quand Dawson proposa à sa mère de s'installer dans son pick-up, puisque tous deux étaient arrivés ensemble, elle déclina d'un geste sa suggestion.

— Je rentre avec Luke. De ton côté, regarde s'il y a encore quelque chose à faire pour aider Annabelle.

Comme s'il était dupe de ses manigances !

Annabelle non plus ne l'était pas.

— Merci, mais tu en as fait plus qu'assez, Dawson, dit-elle après avoir embrassé Willie.

Une fois seuls dans la maison, Annabelle et Dawson se retrouvèrent dans un silence qui paraissait soudain presque incongru.

Annabelle prit finalement la parole :

— Merci infiniment. Il m'aurait fallu des semaines pour accomplir tout ça...

Sa voix se brisa.

Dawson haussa les épaules.

— Tu avais besoin d'aide. Et dans le Montana, les gens ont l'habitude de donner un coup de main à leurs voisins.

Préférant ne pas s'attarder, il toucha son chapeau et s'en alla, décidé à aller boire une bière au Mint.

— À demain, dit-il par-dessus son épaule.

12

— Tu fais quoi, Annabelle, en ce moment ?

Annabelle se demanda pourquoi Mary Sue l'appelait et surtout pourquoi elle lui posait une question aussi stupide. En arrière-plan, elle entendait de la musique et un brouhaha de voix.

— Je suis au Mint Bar avec des amies du lycée, poursuivit Mary Sue. Et elles se demandaient si tu n'aurais pas envie de venir nous rejoindre pour prendre un verre... et parler du bon vieux temps.

Vu son manque d'enthousiasme, Annabelle avait un peu l'impression que ses « amies » avaient braqué un pistolet sur la tempe de Mary Sue pour la forcer à lui téléphoner.

— Si tu en as envie, bien entendu, et si tu n'as rien de mieux à faire...

— Je prends une douche et j'arrive.

— Super. À tout de suite.

À peine eut-elle raccroché qu'Annabelle hésita à rappeler son ancienne camarade de classe pour annuler. Pourquoi avait-elle accepté sa proposition ? D'un autre côté, avait-elle vraiment mieux à faire ? En réalité, elle était épuisée et elle n'aspirait qu'à aller se coucher. Mais avec un soupir, elle gagna la salle de bains. À quand remontait la dernière fois qu'elle était sortie boire un verre avec des amies ? Elle ne s'en souvenait pas.

Un quart d'heure plus tard, elle s'installait au volant. Un verre de vin lui ferait du bien. Ensuite, retour à la maison et au lit.

Dès qu'elle poussa la porte du Mint, Annabelle repéra Mary Sue en compagnie de plusieurs jeunes femmes qu'elle n'était pas sûre de réussir à identifier. Au lycée, Mary Sue et Annabelle évoluaient dans des cercles différents. Mais l'établissement était si petit que tous les élèves se connaissaient, au moins de vue.

Elles se mirent à discuter des sujets habituels entre filles — des hommes, des mères et du travail. Heureusement, aucune ne l'interrogea sur les raisons de son retour. Mary Sue leur avait sans doute recommandé de s'en abstenir. Annabelle commençait à se détendre quand elle aperçut Dawson tout seul au bar devant une bière.

Comme il levait la tête, Dawson vit Annabelle dans le reflet du miroir accroché au-dessus du bar. Il jura dans sa barbe. Que faisait-elle ici ? L'avait-elle suivi ?

Il pivota sur son haut tabouret et il fut surpris de constater qu'elle s'était douchée et changée, contrairement à lui. Elle était assise avec un groupe de femmes de Whitehorse, des femmes avec qui elle n'avait jamais sympathisé autrefois. Pourtant, elles bavardaient avec animation comme de vieilles amies. Allez comprendre !

Il reporta son attention sur sa chope, déterminé à ne pas laisser Annabelle gâcher son plaisir de déguster une bière bien fraîche.

Alors qu'il la sirotait tranquillement, une altercation dans son dos le poussa à se retourner de nouveau. Stupéfait, il découvrit Annabelle aux prises avec un homme. Ce dernier, qui avait manifestement trop bu, exigeait une danse. Il la tirait par le bras pour la forcer à se lever.

— Pourquoi ne veux-tu pas danser avec moi ? Je ne suis pas assez bien pour toi, peut-être ? Maintenant que mademoiselle joue les stars et fait la une des magazines, elle snobe les péquenauds avec qui elle a grandi, c'est ça ?

Annabelle tentait de lui expliquer qu'elle était venue prendre un verre avec des amies et qu'elle n'avait pas envie de danser.

— Merci de m'inviter mais je suis vraiment fatiguée.
— Fatiguée ? Tu parles ! Allez, viens !

Dawson posa sa bière, descendit de son tabouret et se dirigea vers eux. Le fauteur de troubles ne lui était pas inconnu. Il s'agissait de Clyde Brown, un cow-boy du nord.

Il lui mit une main sur l'épaule.

— Laisse la dame tranquille, dit-il.
— La dame ? Où vois-tu une dame ?

Prenant Annabelle par la taille, Clyde l'entraînait vers la piste de danse.

— Lâche-la, répéta calmement Dawson, craignant que la dispute ne finisse mal.

Il était venu au Mint pour se détendre. Pas pour s'expliquer avec un ivrogne.

— Reste en dehors de tout ça, Rogers, gronda Clyde. Conseil d'ami.

Et sur ces mots, Clyde repoussa brutalement Annabelle qui, surprise, trébucha en arrière et s'effondra sur une table, renversant les verres au passage. Mais sans s'en soucier, Clyde se retourna vers Dawson pour lui envoyer son poing en pleine figure.

Dawson para le coup et saisit Clyde par le col.

— Je ne veux pas me battre avec toi, vieux. Alors, ne...
— Elle ne vaut pas la peine de se battre pour elle, c'est ça ?

Sans laisser à Dawson la possibilité de répondre, Clyde se libéra de son emprise et le frappa sur le nez avant d'encaisser un uppercut en retour.

En les voyant en venir aux mains, les amis du cow-boy qui discutaient au bar se levèrent comme un seul homme pour se joindre à la bagarre.

13

Le visage rouge d'humiliation, Annabelle reprit le chemin de la maison de sa grand-mère. Elle n'avait jamais imaginé en hériter, et soudain elle en voulait à son aïeule de la lui avoir léguée. Certes, elle avait besoin de l'argent qu'elle en tirerait mais dans l'immédiat, elle s'en fichait.

En fait, plus elle y pensait, plus elle était convaincue que Frannie avait fait exprès d'y stocker des années durant tout ce bric-à-brac pour obliger sa petite-fille à rester à Whitehorse le plus longtemps possible. Cela dit, Annabelle ne comprenait pas pour quelle raison Frannie voulait qu'elle joue les prolongations dans ce trou perdu au fin fond du Montana.

Alors qu'elle approchait de la propriété, elle se rendit compte qu'elle n'avait aucune envie de rentrer. Au lieu de s'y arrêter, elle poursuivit son chemin. Elle n'avait pas de destination précise, elle roulait au hasard. Au fond d'elle-même, elle se reprochait de gaspiller son précieux carburant mais au point où elle en était, ce genre de considération lui semblait à présent sans importance.

La nuit était noire. Il n'y avait personne sur la route. Elle conduisait droit devant, sans réfléchir, elle aurait voulu ne jamais avoir à faire demi-tour. Elle ignorait où elle irait après avoir vendu la maison, ce qu'elle ferait. Et ces incertitudes la minaient.

À la vue du panneau « Reservoir Nelson », elle comprit qu'elle arrivait au lac. Il scintillait sous le clair de lune au milieu des ténèbres. Elle se gara et sortit de la voiture pour faire quelques pas le long de la rive. En songeant à l'immense gâchis qu'était sa vie, elle fut un instant tentée de se jeter dans l'eau glacée et de couler à pic. Mais elle recouvra vite ses esprits. Quelles que soient les épreuves et les difficultés, elle avait toujours gardé l'envie de vivre chevillée au corps.

Elle pensa à Dawson, qui devait toujours être au bar, à donner et à prendre des coups — à cause d'elle. Elle revit l'expression peinte sur son visage quand le dénommé Clyde lui avait demandé si elle valait la peine de se battre pour elle.

Elle chassa cette image de sa mémoire, encore gênée. Dawson en était venu aux mains pour la défendre. Pour se porter à sa rescousse. Une fois de plus.

Secouant la tête, elle respira l'air frais de la nuit. Lorsque la situation avait dégénéré en bagarre générale, Mary Sue l'avait entraînée vers la sortie. Sur la route, Annabelle avait croisé une voiture de patrouille, sirènes hurlantes, qui se dirigeait vers le Mint.

Pourvu que quelqu'un lui fasse bientôt une offre pour la propriété de sa grand-mère. Maintenant, elle ne l'espérait plus uniquement parce qu'elle était ruinée et qu'elle avait besoin de se renflouer. Elle prenait conscience qu'elle devait quitter cette ville au plus vite et rompre tous ses liens avec Dawson avant de gâcher sa vie. Peut-être serait-il arrêté à cause d'elle. Si c'était le cas, elle n'avait même pas de quoi le faire libérer sous caution. Elle lui devait de l'argent. Avant de partir, elle tenait à le rembourser pour avoir payé pour elle les traites sur sa voiture.

Soudain frigorifiée par le froid de novembre, elle retourna à son cabriolet. Le seul fait de penser à Dawson la rendait malade. Pourquoi fallait-il qu'il soit si gentil avec elle ? Elle l'avait fait souffrir autrefois. Pourquoi, à présent, ne se comportait-il pas comme un salaud afin qu'elle ne regrette pas d'avoir rompu et d'avoir quitté Whitehorse ?

Sur le chemin du retour, elle se rappela que la maison serait bientôt prête à être mise en vente, grâce à Dawson et à sa famille. Demain, la plupart des chambres seraient terminées et Mary Sue n'aurait plus de raison de ne pas faire visiter la propriété à d'éventuels acheteurs.

Alors qu'elle s'engageait dans l'allée et que ses phares balayaient la façade de la vieille demeure, Annabelle sentit soudain la respiration lui manquer et un frisson lui parcourir l'échine. Il y avait quelqu'un à l'intérieur ! Elle pressa la pédale de frein, les yeux écarquillés de frayeur. Éteignant en vitesse ses phares, elle resta à l'arrêt dans l'obscurité, se demandant si, sous le coup des émotions dont elle était la proie, elle se faisait des idées ou si quelqu'un s'était bien introduit dans l'ancienne maison de Frannie.

Une silhouette passa devant la fenêtre du salon.

Annabelle enclencha la marche arrière et repartit en sens inverse. Au bout de l'allée, elle manœuvra rapidement pour faire demi-tour. Mais comme elle s'apprêtait à prendre la fuite, des phares l'éblouirent. Des crissements de freins lui firent comprendre qu'elle avait évité de justesse une collision avec un véhicule qui s'apprêtait à entrer dans la propriété.

Quelqu'un ouvrit sa portière et Dawson apparut.

— Que fabriques-tu, Annabelle ? cria-t-il. Tu es ivre ou quoi ?

Bondissant de l'habitacle, elle se jeta dans ses bras. Elle tremblait de tous ses membres.

— Il y a quelqu'un dans la maison, balbutia-t-elle.

— As-tu perdu la tête ? s'écria-t-il en arrachant les clés du contact. Où as-tu appris à reculer sans regarder derrière toi ? ajouta-t-il avant d'enregistrer ce qu'elle venait de lui dire.

Elle était livide.

— J'ai vu quelqu'un, répéta-t-elle. Dans le salon.

Il se tourna vers la vieille demeure.

— Reste ici.

Elle hocha la tête, les yeux écarquillés.

Dawson hésita à bouger les véhicules qui se trouvaient en travers de l'allée, mais s'il y avait vraiment quelqu'un à l'intérieur, l'urgence était ailleurs...

Il avait toujours le trousseau d'Annabelle à la main.

— Quelle est la clé de la maison ?
— Celle-ci.
— Retourne t'installer au chaud dans ta voiture et ne bouge pas.
— Peut-être faudrait-il appeler la police.
— Je viens d'écoper d'un long sermon du shérif, alors je ne préfère pas, merci.
— Bon, mais fais attention à toi.

S'inquiétait-elle vraiment pour lui ? Il s'était battu contre quatre cow-boys à cause d'elle et il s'était plutôt bien défendu. Même si la sollicitude d'Annabelle était touchante, Dawson se doutait qu'elle aurait montré la même avec n'importe qui d'autre s'apprêtant à surprendre un intrus chez elle.

Aussi discrètement que possible, il longea le porche jusqu'à la porte d'entrée. Tendant l'oreille, il écouta un moment avant de glisser la clé dans la serrure. Lentement, il tourna la poignée.

Lorsqu'il poussa le battant, une odeur de peinture fraîche chatouilla ses narines. Il s'immobilisa, aux aguets, laissant ses yeux s'adapter à la pénombre mais il n'entendit rien.

S'il y avait vraiment eu quelqu'un dans la maison, il s'était enfui depuis longtemps, se dit-il. L'intrus avait sans doute aperçu les phares d'Annabelle quand elle s'était engagée sur la propriété.

Ne voulant pas prendre le moindre risque, Dawson passa de pièce en pièce pour s'assurer qu'il n'y avait personne. Il inspecta la porte de derrière, toujours verrouillée — tout comme la porte d'entrée. Il vérifia les fenêtres, toutes bien closes.

Il traversa le salon, se rendit dans la cuisine et alluma le plafonnier. Encore une fois, rien ne montrait que quelqu'un s'était introduit dans la vieille demeure.

Comme il se retrouvait face au mur dissimulant l'alcôve,

il se remémora la réaction de Sadie. Il s'accroupissait pour inspecter les lambris quand il entendit un bruit derrière lui.

D'un bond, il se retourna et découvrit Annabelle sur le pas de la porte. Elle avait toujours l'air terrifiée. Son regard croisa le sien. Il secoua la tête. Il n'était même pas surpris qu'elle ne soit pas restée dans la voiture comme il le lui avait demandé.

— Il est parti ? demanda-t-elle.

— Je n'ai rien vu indiquant que quelqu'un soit entré ici. Les portes et fenêtres sont fermées, aucune n'a été forcée. Apparemment, rien n'a été déplacé.

Annabelle se frotta les tempes.

— J'ai vu quelqu'un, j'en suis certaine.

Manifestement, elle espérait qu'il lui dirait que c'était possible. Elle regarda son visage orné d'un œil au beurre noir et d'une plaie sur la joue.

Il esquissa une grimace.

— En tout cas, rien ne révèle une éventuelle intrusion.

Elle se frotta les bras.

— Tu penses donc que j'ai tout imaginé.

Il ne répondit rien. Il parut s'intéresser au bout de ses bottes avant de la regarder en face.

— Je suis sûr que tu *crois* avoir vu quelque chose mais…

— Pourquoi es-tu revenu ? demanda-t-elle soudain.

Déstabilisé par sa soudaine colère, il n'en avait plus aucune idée.

— Après ce qui s'était passé au bar, je me suis dit… Je voulais m'assurer que tout allait bien. Je vais déplacer ta voiture.

Elle répondit quelque chose qu'il n'entendit pas. Lorsqu'il passa devant elle, un soupçon de son parfum chatouilla ses narines. Il avait le même effet sur lui qu'il y a treize ans. Troublé, il accéléra le pas pour sortir au plus vite, avant de faire ou de dire quelque chose d'idiot.

— Je te rapporte tes clés tout de suite, annonça-t-il, espérant que l'air frais le remettrait d'aplomb.

Mais il s'aperçut alors qu'Annabelle avait elle-même garé

correctement son cabriolet dans l'allée. Seul son pick-up était toujours en travers de la voie.

En l'entendant derrière lui, il lança par-dessus son épaule :

— Verrouille bien derrière moi.

Il faillit lui dire de ne pas hésiter à l'appeler si elle avait peur de quelque chose mais il se l'interdit à temps.

— Préviens le shérif si tu vois encore quelqu'un rôder près de la maison. Ou à l'intérieur.

Il arrivait devant son pick-up quand il entendit la porte de la maison claquer. Il se retourna et vit Annabelle passer devant les fenêtres. Il comprit qu'elle pleurait.

Il en fut ébranlé, et aussitôt ses instincts protecteurs se réveillèrent.

— Merde, Anna, dit-il dans un souffle. Cela ne peut pas continuer ainsi.

Lorsqu'une lumière jaillit dans son ancienne chambre, il sentit une sourde douleur l'envahir.

Il fallait qu'elle parte, qu'elle quitte Whitehorse. Qu'elle vende sa maison. À tout prix.

Sinon... Elle allait lui briser le cœur une nouvelle fois.

Mais sans doute était-il déjà trop tard.

Annabelle savait qu'elle n'avait pas rêvé. En arrivant dans la propriété, au bout de l'allée, elle avait vu un homme dans le salon. Il ne s'agissait pas du fantôme de sa grand-mère, même si, pendant un moment, sa silhouette avait paru auréolée d'une lumière blanche. Peut-être s'agissait-il d'un jeu de lumière, du reflet de ses phares. En tout cas, elle ne croyait pas aux fantômes.

À son tour, elle passa de pièce en pièce, inspectant chaque placard et chaque cagibi, vérifiant elle-même les fenêtres et les portes, allumant toutes les lampes. Dawson avait raison. La vieille demeure était vide. Toutes les issues étaient bien verrouillées.

Il ne l'avait pas crue. Pire, quand elle était entrée dans la maison, elle l'avait trouvé en train d'examiner ce stupide mur de la cuisine. Pensait-il que l'intrus s'était échappé par l'alcôve ? Elle se demandait bien comment il aurait fait !

Exaspérée et fatiguée, elle se balançait d'un pied sur l'autre, hésitant à laisser toutes les lumières de la maison allumées pendant la nuit. Elle avait honte de l'avouer mais elle ne se sentait pas rassurée. Furieuse de se comporter en poule mouillée, elle traversa la vieille demeure en sens inverse pour tout éteindre. Puis elle regagna sa chambre.

Elle se culpabilisait toujours à cause de Dawson. Il avait passé toute la journée à ranger et à repeindre les chambres, il l'avait tirée d'un mauvais pas au Mint Bar, il était revenu ici s'assurer qu'elle allait bien, il avait eu le courage d'entrer dans la maison pour regarder si quelqu'un s'y trouvait...

Il ne cessait de la sauver. Il devait en avoir assez. Ne lui avait-il pas dit que s'il l'aidait à arranger cette baraque c'était uniquement pour se débarrasser d'elle au plus vite ?

Eh bien, plus vite elle la vendrait, mieux cela vaudrait pour eux deux, se dit-elle en entrant dans sa chambre.

Elle se figea.

Les lattes du plancher sous lesquelles elle avait découvert la boîte en fer-blanc avec les photos et les coupures de journaux de Frannie avaient été soulevées. Elle en était certaine.

Son cœur commença à battre à grands coups dans sa poitrine tandis qu'elle promenait les yeux dans la pièce. D'autres choses avaient été déplacées.

La gorge serrée, elle se rendit compte que quelqu'un avait également bougé son lit.

14

Annabelle resta pétrifiée, le cœur battant. Elle n'avait pas rêvé. Quelqu'un était bien entré dans la maison. Dawson avait peut-être déplacé le lit pour voir si quelqu'un s'était glissé dessous mais il n'aurait jamais soulevé les lattes du plancher.

Revenant sur ses pas, elle remit les lattes en place. Mais en s'approchant du lit, elle s'aperçut que le parquet était éraflé par endroits. Quelqu'un l'avait bien poussé et les pieds avaient raclé le bois.

Lentement, elle se pencha pour regarder dessous.

Elle ne vit d'abord que des amas de poussière. Elle fut soulagée de voir que personne n'était caché là jusqu'au moment où elle remarqua quelque chose qui lui fit froid dans le dos : un morceau de tissu était coincé sous l'une des lattes du parquet.

Une autre cachette secrète, Frannie ?

Elle se redressa et elle se mit en devoir de soulever le lit. Il était en bois massif et très lourd. Mais petit à petit elle parvint à le déplacer.

Elle constata alors qu'à cet endroit le plancher avait été creusé, sculpté comme... comme pour former une poignée. Elle ne tarda pas à comprendre de quoi il s'agissait.

Une trappe.

Au moment de l'ouvrir, elle se demanda soudain si son idée était très judicieuse. Et si l'homme qu'elle avait vu se promener dans la maison s'y était caché ? En proie à un brusque regain d'angoisse, elle s'empara de son téléphone. Sa première pensée fut d'appeler le bureau du shérif. Sa deuxième de prévenir Dawson.

Annabelle se reprocha aussitôt d'avoir une nouvelle fois besoin d'aide. N'était-elle donc pas capable de se débrouiller toute seule ? Glissant l'appareil dans sa poche, elle se rendit dans la cuisine. Willie avait vidé et nettoyé tous les placards mais elles avaient décidé d'un commun accord de ne pas toucher à l'un des tiroirs. En effet, il contenait toutes sortes de clés, de vis, de boulons, d'écrous et d'outils dont ils pourraient avoir besoin avant d'avoir fini les travaux.

Elle y trouva un marteau et une lampe de poche. Lorsqu'elle retourna dans la chambre, la trappe était exactement comme elle l'avait laissée. Si l'intrus s'y était glissé quand Dawson était entré dans la maison, il n'avait pas essayé de s'enfuir pendant qu'elle était dans la cuisine car le morceau de tissu était toujours coincé sous une latte du plancher.

Attrapant la poignée, Annabelle la souleva. La trappe était lourde mais elle parvint à l'ouvrir et à la maintenir ouverte grâce au morceau de bois qui était fixé au battant.

Avec précaution, elle promena le faisceau de la lampe de poche dans le trou béant, surprise de découvrir plusieurs marches qui descendaient dans le noir. Qu'y avait-il en bas ? Le morceau de tissu tomba dans le vide en virevoltant. Annabelle se pencha et aperçut ce qui ressemblait à un souterrain.

Glacée de peur, elle tendit l'oreille, se demandant si quelqu'un se trouvait à l'intérieur.

Oh ! Frannie, à quoi étais-tu mêlée ?

Elle pensa à Dawson décrivant Frannie comme une sainte. Les saintes cachaient-elles des trappes sous les lits ? Creusaient-elles des passages secrets sous leurs maisons ?

Annabelle n'avait aucune envie de s'aventurer là-dedans en pleine nuit. Peut-être n'en aurait-elle jamais envie, d'ailleurs, même à la lumière du jour. Mais en tout cas, ce soir, elle était trop fatiguée. Lentement, elle referma la trappe.

Elle redescendit dans la cuisine, prit des clous dans le tiroir et une planche trouvée dans un coin.

De retour dans la chambre, elle fixa la pièce de bois sur le plancher. Un travail grossier mais efficace.

Si quelqu'un était dans ce souterrain, il n'en sortirait pas. Pas cette nuit.

Elle s'occuperait de sa découverte plus tard.

Demain.

15

Le lendemain, Annabelle attendit toute la journée l'occasion de s'entretenir en tête à tête avec Dawson pour lui parler de la trappe. Sa découverte lui prouverait qu'elle ne s'était pas trompée, la veille au soir, qu'elle n'avait pas réagi de façon excessive, qu'elle n'avait pas essayé d'attirer son attention. Ou quoi qu'il ait pu penser.

Il arriva avec sa mère et avec Luke, tous trois armés de rouleaux et de pinceaux. Cinq hommes les rejoignirent bientôt. Ils se mirent tous au travail sous les ordres de Willie qui menait son monde à la baguette. Des bâches de protection furent étalées sur les parquets, des pots de peinture ouverts, des éponges, des brosses et des pinceaux distribués et, très vite, les murs retrouvèrent une nouvelle jeunesse.

Pendant ce temps, Annabelle et Willie nettoyèrent les placards de la cuisine. Dawson avait emporté le dernier carton de bibelots à la déchetterie. Il ne restait que ce dont Annabelle aurait besoin pour vivre jusqu'à la vente de la maison.

Willie lui avait proposé de vider la commode et l'armoire de sa chambre mais Annabelle avait refusé, assurant qu'elle aurait tout le loisir de s'en occuper plus tard. En vérité, ces affaires étaient les derniers biens de Frannie. Elle avait également gardé le vase dans lequel sa grand-mère mettait sa petite monnaie autrefois ainsi que quelques ornements de Noël.

— Raconte-moi ta vie de top model, dit Willie tout en lessivant les étagères. Comment était-ce ?

Elle semblait sincèrement intéressée.

Annabelle rinça son éponge avant de répondre.

— Personne ne s'en doute mais être mannequin demande énormément de travail. Les gens imaginent que les filles ne font que sourire à l'objectif en se tournant dans un sens puis dans l'autre pour faire admirer leurs vêtements. Mais en réalité, il faut parfois rester des heures dans le froid ou en pleine chaleur pendant les réglages… Et ce n'est pas le plus dur.

Elle s'interrompit, craignant d'en dire davantage. Mais Willie la regardait, attendant visiblement la suite.

— Une top model ne mange jamais à sa faim mais elle finit par s'y habituer. Elle doit faire régulièrement du sport pour garder la forme. Et veiller à ne sortir que bien habillée, bien coiffée et bien maquillée, au cas où quelqu'un la prendrait en photo à l'aide de son téléphone portable et vendrait le cliché aux tabloïds. Les mannequins sont toujours en représentation sauf lorsqu'elles sont seules chez elles.

— Je suppose que ce n'était pas le pire, déclara Willie.

Annabelle laissa échapper un rire amer.

— Non. Le pire, ce sont les hommes chargés de mener à bien les carrières des top models… Ou de les briser. Ils abusent trop souvent de leur pouvoir. C'est si facile. De nouvelles recrues arrivent de partout, en permanence. Souvent très jeunes, elles ont les dents longues et elles sont avides de succès et de gloire. Elles rêvent de prendre votre place. Les pressions sont énormes. Au début, ce métier me paraissait merveilleux, c'était un rêve devenu réalité. Je rencontrais des gens célèbres, j'étais conviée à de grandes fêtes et j'étais très bien payée. Et, pourquoi le cacher, j'adorais voir mon visage sur les couvertures des magazines.

Elle secoua la tête.

— Mais je n'ai pas tardé à découvrir l'envers du décor. Rien n'est vrai dans ce milieu. Les photos sont toutes retouchées. Les filles que vous voyez sur les affiches publicitaires n'existent pas, en réalité. Photoshop est toujours passé par là.

Elle reprit son souffle, sidérée d'en avoir autant dit, surtout à la mère de Dawson.

— Comptes-tu retourner là-bas après avoir vendu la maison ? demanda Willie.

— Je n'ai pas le choix, répondit Annabelle, la gorge serrée. Je ne travaillerai plus jamais au niveau que j'avais atteint, il y a encore quelques mois, mais je ne sais rien faire d'autre.

Willie secoua la tête.

— On a toujours le choix. Certains sont plus difficiles que d'autres, voilà tout. J'ai l'impression que tu te sens prise au piège. Tu ne l'es pas. Tu es toujours libre de changer ton fusil d'épaule, n'en doute pas. En revanche, ne t'accroche pas au premier canot de sauvetage qui passe si tu ne veux pas te retrouver piégée d'une autre manière...

Luke surgit alors, les interrompant, pour annoncer que les chambres étaient toutes terminées.

Mais Annabelle avait bien reçu le message. Le fils aîné de Willie n'était pas un prix de consolation. Elle ne devait pas compter sur Dawson pour se sortir de ses difficultés. Il y a treize ans, elle avait laissé passer sa chance et maintenant, il était trop tard.

Après un déjeuner sur le pouce, Annabelle et Willie entreprirent de peindre les frises des salles de bains. Elles travaillaient en silence. Willie lui avait dit ce qu'elle avait à dire et elle estimait sans doute qu'il n'y avait rien à ajouter. Annabelle ne lui reprochait pas l'avertissement qu'elle lui avait donné.

Dans l'après-midi, plusieurs membres de l'équipe durent partir, laissant Dawson et Luke repeindre la cuisine.

— Je n'en reviens pas de voir à quel point cette maison est différente ! s'exclama Willie en passant d'une pièce à l'autre.

Elle s'arrêta devant celle où dormait Annabelle.

— Tu es sûre de ne pas vouloir vider et peindre cette

chambre aujourd'hui ? Déplacer le lit ne demanderait qu'un instant aux garçons et...

— Je m'en occuperai moi-même plus tard, l'interrompit Annabelle. Mais j'apprécie tout ce que vous avez fait pour moi, ajouta-t-elle très vite.

Willie lui tapota le bras.

— Chérie, nous avons été heureux de t'aider. Maintenant, tu vas pouvoir mettre la propriété en vente.

Annabelle hocha la tête, craignant de fondre en larmes si elle tentait de parler. Il y avait tellement de choses qu'elle aurait aimé lui dire. Willie l'avait aidée alors qu'elle avait fait souffrir son fils, autrefois. Mais peut-être souhaitait-elle, elle aussi, qu'Annabelle s'en aille au plus vite... Qu'elle s'en aille avant de faire davantage de mal à Dawson.

Une fois le travail fini, Dawson avait hâte de partir mais sa mère semblait traîner des pieds. La maison avait vraiment meilleure figure, à présent. La seule chambre qui n'avait pas été repeinte était celle d'Annabelle qui préférait s'en charger elle-même.

Sans doute avait-elle envie qu'ils prennent congé pour se retrouver seule chez elle. Pour sa part, Dawson était prêt à plier bagage. Comme à chaque fois qu'il était près d'elle, la présence d'Annabelle le troublait intensément. Ces tensions l'épuisaient. Il était temps que chacun d'eux retrouve le cours de sa vie.

Il venait de soulever la glacière de sa mère et se dirigeait vers la porte, quand Annabelle l'arrêta :

— Dawson, pourrais-je te dire un mot ?

Il savait qu'il devait ressembler à un lapin pris dans les phares.

— En privé ?

— Je rentre avec Luke, annonça rapidement Willie. J'ai besoin de lui parler, de toute façon.

Elle partit avant que Dawson ait la possibilité de protester.

Lorsqu'il se retrouva seul avec Annabelle, il lui lança avec lassitude :

— Si c'est à propos d'hier soir...

— Je voudrais te montrer quelque chose, dit-elle en l'entraînant vers sa chambre.

Il la regarda un moment avec perplexité avant de lui emboîter le pas. Sur le seuil de la pièce, il s'immobilisa et un bref instant il se demanda si Annabelle l'avait conduit là pour... Quoi ? Pour tenter de le séduire ?

Mais elle poussa le lit de toutes ses forces jusqu'à ce qu'il heurte le mur.

Surpris, Dawson battit des paupières. Qu'est-ce que...

Il écarquilla les yeux.

— Pourquoi as-tu cloué une planche sur le parquet ? demanda-t-il.

Avait-elle perdu la tête ?

Il découvrit alors la poignée sculptée dans le plancher et comprit de quoi il s'agissait.

— Qu'est-ce que cela signifie ? demanda-t-il en se rapprochant. Savais-tu qu'il y avait une trappe à cet endroit-là ?

— Pas avant-hier soir, je l'ai vue quand je suis retournée dans ma chambre et que j'ai remarqué que mon lit avait été déplacé.

Cherchait-elle de nouveau à lui faire croire que quelqu'un était entré chez elle ?

— Te souviens-tu de la boîte en fer-blanc que j'avais trouvée sous le plancher ? Je me suis aperçue que les lattes qui dissimulaient cette cachette avaient été soulevées et n'avaient pas été remises à leur place. J'ai compris alors que quelqu'un était bien venu ici en mon absence. Et quand je me suis agenouillée, j'ai repéré des marques sur le parquet, des éraflures, là où les pieds du lit l'avaient raclé.

Dawson dut reconnaître qu'elle était observatrice. La veille au soir, lorsqu'il avait parcouru la maison à la recherche d'un intrus, il n'avait rien vu de tout ça.

Mais il y avait certainement une explication toute simple à la présence de cette ouverture.

— Il s'agit sans doute d'un accès au vide sanitaire. As-tu...
— J'ai jeté un coup d'œil, mais non, je n'y suis pas descendue. En revanche, *quelqu'un* l'a fait. J'ai trouvé un morceau de tissu accroché à l'une des lattes.

Stupéfait, Dawson regarda la trappe.

Mais Annabelle poursuivait :

— Ce n'est pas tout. J'avais rangé la boîte en fer-blanc contenant les photos de ma grand-mère et les coupures de journaux dans un tiroir de la cuisine. Eh bien, elle a disparu.

Il leva les yeux vers elle.

— Quelqu'un est bien entré chez toi mais il n'est pas passé par une porte ou par une fenêtre. Désolé de ne pas t'avoir crue, hier soir.

Elle hocha la tête, sans insister.

Il fallut un moment à Dawson pour retirer les clous. Il les remit à Annabelle qui, en échange, lui tendit une lampe de poche. Celle-ci n'était pas très puissante, mais il ne pensait pas qu'il irait loin. Il avait déjà vu des trappes similaires qui permettaient d'accéder au vide sanitaire, sous une maison.

Voilà pourquoi il fut surpris quand, promenant le faisceau lumineux, il découvrit des marches qui s'enfonçaient dans la pénombre jusqu'à un souterrain.

— Je descends voir...
— Je t'accompagne.

Le regard déterminé, elle serrait les mâchoires.

Il grimaça.

— Il y a sûrement des araignées là-dedans, dit-il. Peut-être même des souris ou Dieu sait quoi d'autre.

Annabelle frissonna mais elle répéta :

— Je t'accompagne.
— Si tu veux mais tu ne diras pas que je n'avais pas prévenu.

Dawson s'aventura dans l'escalier de bois d'un pas prudent. Les marches étaient larges. Dès qu'il atteignit le sol, il se retourna pour tendre la main à Annabelle. Malgré son aide, elle trébucha et finit dans ses bras.

— Si c'est ce que tu désirais, nous aurions pu rester dans ta chambre, dit-il en riant.

— Très drôle.

Comme il éclairait les alentours, il découvrit un long tunnel. Il se tourna vers Annabelle.

— J'aimerais voir où il mène. Reste derrière moi.

Une odeur d'humidité chatouillait leurs narines.

Annabelle saisit Dawson par la ceinture. Comme elle tentait de regarder par-dessus ses larges épaules, une toile d'araignée lui caressa le visage. Réprimant un cri de terreur, elle l'écarta avec dégoût.

— Es-tu sûre d'avoir envie de continuer ? demanda-t-il, amusé.

— Sûre et certaine.

— Fais attention à ta tête, dit-il en reprenant sa marche.

Le souterrain semblait se prolonger au-delà des fondations de la vieille demeure. Il ne s'agissait donc pas du vide sanitaire. Maintenant, ils devaient se mettre à quatre pattes ou même ramper par endroits pour avancer.

Dawson s'arrêta soudain.

— Je ne suis pas sûr qu'il soit judicieux d'aller tous les deux plus loin, Annabelle. Nous n'avons aucune idée de la solidité de la structure de cette galerie. Si tout s'effondre...

Elle voulut protester mais il l'en empêcha d'un geste.

— L'un de nous doit pouvoir appeler à l'aide si l'autre ne revient pas. Que préfères-tu ? Continuer seule pour voir où mène ce souterrain ? Ou... Ou retourner dans la chambre ?

Même si Annabelle détestait l'admettre, Dawson avait raison. Si le tunnel s'écroulait sur eux, ils seraient enterrés vivants.

Dawson poursuivait.

— Retourne sur tes pas et, une fois revenue dans la maison,

donne-moi cinq minutes. Si je ne suis pas de retour à ce moment-là, appelle les secours. Cela signifiera qu'une partie du souterrain s'est effondrée sur moi.

— Peut-être ne devrais-tu pas...

— Ne t'inquiète pas. Et de ton côté, es-tu capable de retrouver ton chemin ?

La gorge serrée, elle hocha la tête et elle se mit en marche. Il faisait noir comme dans un four. Elle tendit les bras, s'appuyant aux fondations pour se diriger. Des toiles d'araignées lui effleuraient les mains. À un moment, elle trébucha et faillit s'étaler de tout son long par terre. Elle se demanda soudain si des rats avaient élu domicile dans cette galerie...

Les yeux rivés sur le carré de lumière qu'elle distinguait au loin, elle poursuivit sa progression. Quand elle atteignit le petit escalier qui montait dans sa chambre, elle se retourna pour regarder en arrière. Tout était plongé dans le noir. Elle ne voyait même plus le faisceau de la lampe de poche.

Elle grimpa rapidement les marches, attrapa son téléphone portable et régla la minuterie pour qu'il sonne cinq minutes plus tard. C'est alors qu'elle aperçut l'énorme araignée qui se promenait sur son sweat-shirt.

Annabelle ne s'était jamais déshabillée aussi vite de sa vie. Ouvrant la fenêtre, elle jeta ses vêtements dehors. Elle sentait encore des toiles d'araignées dans ses cheveux. Téléphone en main, elle traversa le couloir jusqu'à la salle de bains. Elle posa l'appareil sur le lavabo et se précipita dans la cabine de douche. Actionnant les robinets, elle laissa l'eau chaude emporter la saleté, la poussière et les toiles d'araignées. L'alarme se déclencherait dans quelques minutes. Si Dawson n'était pas revenu...

Dawson suivit le tunnel, remarquant des empreintes de pas fraîches dans le sol. Annabelle avait raison. Quelqu'un avait récemment emprunté cette galerie secrète, ce qui expliquait comment il avait réussi à entrer dans la maison sans forcer les serrures.

Alors qu'il promenait le faisceau de la lampe de poche autour de lui, son esprit carburait à plein régime. Depuis combien de temps ce passage existait-il ? Les premiers propriétaires de la maison l'avaient-ils creusé ? Pour quelle raison ?

Il avait lu des histoires sur les souterrains. Au Mexique, il y a des années, de riches familles espagnoles en avaient percé sous leurs demeures pour pouvoir s'enfuir avec leur argent en cas d'attaque de hors-la-loi. Mais de quoi quelqu'un de Whitehorse pouvait-il avoir peur ? Que pouvait craindre une vieille dame comme Frannie Clementine ? Avait-elle besoin d'un endroit où se cacher ?

Il pensa aux coupures de journaux et à l'alcôve murée. *Frannie, quels secrets aviez-vous ?* s'interrogeait-il. *Et surtout, pourquoi avoir légué cette propriété à Annabelle ? Y avait-il quelque chose que vous vouliez qu'elle seule découvre ?*

Sous le faisceau de sa lampe-torche, il découvrit un escalier au bout du tunnel. Il grimpa les marches pour parvenir à une autre trappe. Il la souleva avec prudence et se rendit compte que le passage souterrain permettait de relier la maison au vieux garage en ruine. Quelqu'un avait entassé plusieurs sacs de sable sur l'ouverture. Pour la dissimuler ?

Quand l'alarme de son téléphone sonna, Annabelle sortit rapidement de la douche. Elle s'apprêtait à appeler le shérif pour demander de l'aide quand la porte de la salle de bains s'ouvrit. Elle poussa un cri et, d'un bond, retourna dans la cabine, couvrant sa nudité avec le rideau en plastique.

— Es-tu consciente que le rideau est transparent ? dit Dawson en traversant la pièce pour éteindre la sonnerie de son téléphone.

— Tu m'as fait peur, dit-elle. J'étais prêt à contacter la police pour qu'on se lance à ta recherche. Tu aurais pu frapper.

— Je l'ai fait. Quand j'ai vu tes vêtements éparpillés dans le jardin, je me suis inquiété.

— Il y avait une araignée sur mon sweat...

Il hocha la tête, la regardant toujours. Certes, il fixait ses yeux. Mais, visiblement, il s'amusait.

— Eh bien ? demanda-t-elle.

— Le tunnel débouche dans le vieux garage. Quelqu'un a posé plusieurs sacs de sable sur la trappe... pour dissimuler cet accès, manifestement.

— Je ne t'interrogeais pas à ce sujet. Je te demandais si tu allais quitter la salle de bains et me laisser m'habiller.

Il promena les yeux autour de lui.

— Apparemment, tu as oublié d'apporter des vêtements. Une chance que le tunnel ne me soit pas tombé dessus.

Elle pencha la tête vers lui.

— Vas-tu me laisser ? Un gentleman sortirait.

Il se mit à rire.

— Toi et moi sommes au-delà de ce genre de considérations, Anna.

À ce surnom, le cœur d'Annabelle s'affola dans sa poitrine. Dawson l'appelait ainsi autrefois quand ils étaient seuls, dans l'intimité, surtout.

Sans la quitter des yeux, il lui tendit une serviette.

Le rythme cardiaque d'Annabelle s'accéléra encore tandis qu'un désir impérieux la traversait. À son regard brûlant, elle devinait qu'il se souvenait de tout ce qu'ils avaient partagé jusqu'au dernier baiser, la dernière caresse, la dernière fois qu'ils avaient fait l'amour.

Elle lâcha le rideau de douche pour nouer la serviette autour d'elle. Quand elle releva la tête, le regard de Dawson avait changé.

16

Rob remontait la rivière Milk qui longeait l'arrière de la propriété de Frannie Clementine.

Après s'être attaqué à la vieille voisine, il avait compris qu'il ne devait pas s'éterniser dans le quartier. Non seulement sa mort ne resterait pas longtemps inaperçue mais il se rendait compte que beaucoup d'autres femmes de la ville passaient leur temps à la fenêtre à épier leurs voisins.

La veille au soir, il avait ouvert la boîte en fer-blanc et trouvé les photos et les coupures de journaux. Si au départ, il avait douté que Francesca Clementine ait bien été la maîtresse de son oncle, il en était certain, à présent. Il lui fallait absolument pénétrer dans sa maison mais celle-ci bourdonnait d'activité. Avec l'aide de ses amis, la petite-fille la vidait.

Il avait suivi l'un des camions et compris, catastrophé, que tout allait à la déchetterie, à l'exception de quelques vieux meubles qu'un brocanteur était venu chercher. Et si la petite-fille n'avait pas mesuré la valeur de ce qu'elle jetait ?

Ce n'était pas possible. Elle n'aurait pas bazardé des pierres précieuses inestimables. Comme le pensait Bernie, le trésor était sans doute toujours dans la demeure, caché quelque part.

Rob était pressé d'en finir. Son motel était convenable mais son luxueux appartement de New York lui manquait. Surtout, il faisait de plus en plus froid dans le Montana. Loin de son confort habituel, il devenait nerveux et irritable. Il avait toujours détesté la campagne.

Un épais brouillard plongeait les alentours dans une atmosphère surréaliste. La nature était couverte de givre. Rob glissait sur l'herbe gelée. S'il tombait dans la rivière glacée, il tuerait quelqu'un aujourd'hui, se promit-il.

La veille au soir, lorsqu'il avait découvert une trappe dans le vieux garage en ruine, il avait cru avoir gagné le jackpot. Il était descendu dans le souterrain et, en le suivant, il s'était retrouvé dans l'une des chambres de la maison. Il avait eu beaucoup de mal à ouvrir le battant, bloqué par le lit posé au-dessus.

À sa grande déception, la vieille demeure s'était avérée sans intérêt parce qu'aux trois quarts vide. En revanche, il avait trouvé la boîte avec des photos et des coupures de journaux qui avaient confirmé ce qu'il savait déjà. Cependant, il n'avait vu aucune trace du butin.

Mais alors, quelle était la raison d'être de ce tunnel ? Rob ne pensait pas que le trésor y soit caché. Baby Doll avait sans doute fait creuser ce passage secret pour pouvoir s'échapper au cas où quelqu'un découvrirait qui elle était, ce qu'elle avait fait et l'importance de ce qu'elle avait volé.

Parvenu à l'arrière de la maison, il observa la propriété pendant un long moment, réfléchissant à la meilleure manière d'opérer. Les hommes qui avaient aidé la blonde à vider les pièces ne tarderaient sans doute pas à s'en aller.

La petite-fille serait seule. Enfin. Dans un premier temps, il devrait lui faire dire ce qu'elle savait. Puis la faire disparaître. Il se débarrasserait de son cadavre en le tirant dans le tunnel avant de fouiller la demeure.

Au départ, il avait été sûr et certain que la femme dont son oncle avait découpé l'avis de décès n'était pas Baby Doll. Par la suite, il avait peu à peu acquis la certitude que cette Francesca Clementine avait bien été la maîtresse de Bernie mais il s'était alors persuadé qu'elle avait dilapidé le butin. La découverte du souterrain avait tout changé. Il y voyait la preuve que Frannie Clementine avait bien conservé les pierres précieuses. Et voilà pourquoi elle avait mis au point le moyen de s'enfuir avec le trésor au cas où Bernie retrouverait sa trace. Elle n'était pas idiote.

C'est parce qu'elle était intelligente que Baby Doll avait acheté cette propriété et vécu grâce à l'argent dérobé. En revanche, elle n'avait jamais pris le risque de vendre les bijoux. Elle avait dû deviner que Bernie était à l'affût, attendant que l'un des joyaux refasse surface. La plupart des pierres précieuses étaient uniques, signées, et donc identifiables par n'importe quel collectionneur. Le butin du casse de l'exposition Marco Polo était donc toujours dans cette maison. Restait à remettre la main dessus…

— Tu comprends le sens de tout ça, n'est-ce pas ? demanda Dawson, penché vers Annabelle.

Le cœur battant, elle planta les yeux dans les siens. Se réveiller dans les bras de Dawson lui avait paru naturel et tellement juste. Elle l'aimait toujours. Elle n'avait jamais cessé de l'aimer.

Ce qui ne voulait pas dire qu'elle savait ce qu'elle souhaitait pour le reste de sa vie. Elle se remémora l'avertissement de Willie.

Mais Dawson poursuivait :
— Et surtout, tu sais ce que nous devons faire, à présent.

À quoi faisait-il allusion ? Une dizaine d'éventualités la traversèrent. Croyait-il qu'ils étaient de nouveau ensemble parce qu'ils avaient refait l'amour et qu'ils avaient passé la nuit dans les bras l'un de l'autre ? Imaginait-il qu'ils allaient reprendre leurs relations là où ils les avaient laissées, il y a treize ans ?

De son côté, elle était en plein brouillard.

Il sourit avant d'affirmer :
— Il faut casser ce mur dans la cuisine. Maintenant, nous n'avons plus le choix.

Annabelle le dévisagea avec incrédulité. Visiblement, Dawson était à mille lieues de ses propres préoccupations.

Il dut voir son soulagement sur son visage parce que le sien s'assombrit comme pour dire : « C'est bon, Anna. J'ai bien compris que tu n'avais pas envie de te remettre avec moi. Ce n'est plus un sujet d'actualité. »

Annabelle hésita à lui crier que ce n'était pas vrai. Qu'elle n'avait jamais aimé quelqu'un comme elle l'aimait lui. Mais tout était si compliqué. Elle refusait de considérer Dawson comme une bouée de sauvetage, comme le moyen le plus simple de se sortir de ses ennuis financiers. Pire, elle craignait qu'il se demande un jour si elle s'était remise avec lui pour cette raison.

Dawson avait senti la panique d'Annabelle quand ils s'étaient réveillés dans les bras l'un de l'autre. La passion était toujours là, l'alchimie aussi, et même l'amour. La nuit dernière l'avait prouvé. Mais ces ingrédients n'étaient pas suffisants pour la convaincre de rester dans le Montana avec lui. Depuis treize ans, elle menait une existence de rêve. Comment pourrait-elle s'imaginer devenir la femme d'un cow-boy après avoir vécu des années comme une star en Californie ?

Avait-il vraiment cru que la nuit dernière changerait la donne ?

— Anna, ta grand-mère avait des secrets. Entre les photos, les coupures de presse et le souterrain, il n'est plus possible d'en douter. Pour tout comprendre, nous devons détruire ce mur.

Quand Annabelle avait éclaté de rire, Dawson avait deviné, le cœur serré, qu'elle était soulagée qu'il parle de Frannie et non de leur couple. De toute évidence, la nuit dernière n'avait pas eu la même signification pour elle que pour lui. Cela dit, il ne regrettait rien. Ils s'étaient aimés, ils avaient eu du plaisir ensemble. En la prenant dans ses bras, il s'était douté que leurs retrouvailles ne déboucheraient sur rien. Mais une nuit était mieux que rien.

— Il est temps de découvrir la vérité, déclara Dawson tout en sortant du lit pour enfiler ses vêtements.

Ils n'allaient donc pas discuter de cette nuit, comprit Annabelle. Apparemment, pour lui, leurs retrouvailles charnelles ne changeaient rien, ne signifiaient rien. Elle allait vendre cette maison et quitter la région pour ne jamais y revenir, songea-t-elle, le cœur serré.

Mais il poursuivait :

— Si ta grand-mère avait fait construire ce souterrain, c'est qu'elle avait quelque chose à cacher.

Totalement désemparée, Annabelle le regarda s'habiller. Elle hésita à le retenir, à lui expliquer...

— Peut-être que les premiers propriétaires de la maison...

— Sûrement pas. Cette chambre était la tienne, autrefois. Cette trappe était-elle sous le lit, à l'époque ?

Elle secoua la tête. De même, quand elle était enfant, une alcôve se trouvait dans la cuisine, une alcôve qui avait été murée depuis lors. Mais Annabelle renâclait à le reconnaître parce qu'elle n'avait pas envie de découvrir les secrets de sa grand-mère. Frannie lui avait légué sa propriété pour une bonne raison. Et pas uniquement parce qu'elle était sa petite-fille préférée. Elle commençait à le comprendre.

— Nous parlons de Frannie, dit-elle en se levant à son tour. Tu te souviens d'elle, non ? Elle était gentille, serviable, douce...

— Je me souviens très bien d'elle mais n'oublie pas son passé. Avant de débarquer dans le Montana, elle était la copine d'un gangster.

— Nous n'en savons rien, protesta-t-elle. Ce n'est pas parce qu'elle apparaît aux côtés de ce type sur des photos que...

Elle savait qu'elle se raccrochait à de faux espoirs.

Elle regarda Dawson. Il était si beau qu'elle en avait le souffle coupé. Grand, fort, large d'épaules, viril. Mais également tendre et digne de confiance.

— Tu es déterminé à casser cette cloison, n'est-ce pas ?

— Bien sûr. Écoute, je sais que tu as peur mais...

Il ne mesurait pas à quel point il avait raison. Elle déglutit avec difficulté mais elle finit par hocher la tête.

— D'accord.

— Il nous faut casser ce mur, répéta Dawson. Découvrir ce qu'il y a derrière. Peut-être rien, d'ailleurs.

— Tu ne le crois pas.

— C'est vrai. Je suis sûr qu'il y a quelque chose. Tous ces secrets… Murer l'alcôve semble une drôle d'idée, reconnais-le…

— Oui.

— Je promets de tout réparer ensuite. S'il n'y a rien derrière, tu auras gagné une alcôve. Ce qui donnera une valeur supplémentaire à la maison.

Annabelle se tourna vers lui.

— Et s'il y a quelque chose qui ne devrait pas y être ?

— Mieux vaut le savoir maintenant, non ?

Soudain effrayée, Annabelle se dirigea vers la cuisine.

Elle se souvenait du vaisselier qui avait longtemps trôné dans l'alcôve… Ce qui signifiait que Frannie avait fermé cette dernière au cours des dernières treize années, lorsqu'elle-même était loin.

— J'ai une masse dans mon camion, poursuivit Dawson derrière elle. Et une lampe de poche plus puissante.

Annabelle hocha la tête pendant qu'il se précipitait vers son pick-up. Elle regardait le mur. Dans la lumière du matin, il paraissait banal, insignifiant. Mais ce qu'ils allaient découvrir derrière la terrifiait.

Oh ! Frannie, combien de secrets avais-tu ?

Plus important encore, elle se demandait ce que Frannie attendait d'elle…

Dawson revint rapidement. Il lui tendit le marteau.

— À toi l'honneur, dit-il.

— Non, merci.

Elle ne voulait pas savoir ce qu'il y avait derrière. Elle avait déjà appris beaucoup de choses perturbantes sur Frannie et elle craignait d'en découvrir davantage encore.

Dawson recula et balança sa masse, faisant un énorme trou dans la cloison. Il frappa à nouveau, agrandissant la brèche. La troisième fois, le mur s'effondra assez pour qu'ils puissent voir à travers.

Posant l'outil, il ramassa la lampe-torche qu'il avait apportée de sa camionnette. Il jeta un coup d'œil à Annabelle et lança :

— Prête ?

Il n'était plus possible de revenir en arrière, maintenant. Annabelle se dirigea vers le trou que Dawson éclairait.

Une odeur pestilentielle les prit à la gorge.

Dawson laissa échapper un juron. Pétrifiée, Annabelle ne parvenait plus à parler.

Oh ! Frannie, qu'as-tu fait ?

17

Le shérif McCall Crawford entra dans la cuisine. Elle n'était encore jamais venue chez Frannie Clementine, qui n'invitait pas souvent, même si elle était toujours prête à aider les autres. En revanche, McCall avait appris par la rumeur publique qu'à sa mort, sa maison était pleine à craquer d'un bric-à-brac indescriptible. Un vrai capharnaüm.

— C'est ici, dit Dawson Rogers en montrant d'un geste le trou dans le mur.

Annabelle Clementine, livide et visiblement effrayée, était adossée contre l'évier, les bras croisés.

McCall se demanda si Dawson et Annabelle s'étaient remis ensemble. Le retour de la top model à Whitehorse avait provoqué beaucoup de ragots dans le comté. Les spéculations allaient bon train.

Elle prit la lampe de poche que Dawson lui tendait et s'avança vers la brèche. Elle y promena le faisceau lumineux.

Quand Dawson l'avait appelée pour lui annoncer qu'ils avaient trouvé quelque chose qu'elle devrait venir voir, McCall ignorait à quoi s'attendre.

Elle découvrit des lambeaux de plastique moisi dans lequel un corps était enveloppé.

McCall se tourna vers la petite-fille.

— Avez-vous une idée de l'identité du mort ? demanda-t-elle.

Annabelle secoua la tête. Elle semblait en état de choc.

— Aucune.

McCall se tourna vers Dawson.
— Et vous ?
— Non plus.
— Pour quelle raison avez-vous décidé de regarder derrière ce mur ? reprit le shérif.

Quand Dawson lui eut expliqué le comportement étrange de son chiot devant la cloison, elle poursuivit :
— À l'origine, il y avait donc une alcôve que votre grand-mère a murée, c'est cela ?
— Et à présent, je comprends mieux pourquoi, dit Dawson en prenant la main d'Annabelle.

De nouveau, McCall se demanda où en étaient leurs relations actuelles. Comme tout le monde, elle savait qu'Annabelle lui avait brisé le cœur en quittant la ville, une dizaine d'années plus tôt.

Comme elle jetait un œil par la fenêtre, elle s'aperçut que plusieurs voisins s'étaient rassemblés devant la maison. Elle se rendit compte soudain qu'il manquait quelqu'un.
— Est-ce que vous avez vu Inez récemment ? demanda-t-elle.

Dawson se tourna vers Annabelle qui semblait anéantie.
— Tu ne peux pas rester ici ce soir, dit-il.

Il se sentait coupable. Il l'avait poussée à détruire le mur, alors qu'elle ne le souhaitait pas. Avait-il l'intuition qu'ils y trouveraient un cadavre ? Non. En réalité, il avait espéré découvrir les joyaux dérobés lors du casse de l'exposition Marco Polo. Depuis qu'ils avaient appris l'existence de ces pierres précieuses dans les coupures de presse laissées par Frannie, il ne cessait d'y penser.
— J'ai une chambre d'amis chez moi, ajouta-t-il.
— En tout cas, vous ne pouvez pas rester ici, déclara McCall. J'aimerais d'ailleurs que vous partiez tout de suite et que vous ne reveniez pas avant que nous ayons fini. Il nous faudra sans doute deux ou trois jours.

Elle se tourna vers l'adjoint qui franchissait la porte.

— Auriez-vous la gentillesse d'aller faire un saut dans la maison voisine vous assurer qu'Inez va bien ?

Qu'Inez ne soit pas déjà venue aux nouvelles l'inquiétait. Dawson prit la main d'Anna. Elle était glacée.

— Viens, dit-il. Le shérif veut qu'on évacue les lieux.

— Qui était-ce ? demanda Annabelle en montrant l'ancienne alcôve.

— Nous ne le saurons pas avant un moment, déclara McCall.

Tel un automate, Annabelle suivit Dawson vers son pick-up. La rue était remplie de badauds. Certains demandèrent à Dawson ce qui se passait. Sans répondre, il aida Annabelle à s'asseoir puis il s'installa au volant.

Anna regardait tous les gens qui discutaient entre eux.

— Tout le monde va savoir ce que Frannie a fait.

Il hésita à lui faire remarquer que rien ne prouvait que Frannie ait tué cet individu. Mais il devinait qu'elle ne le croirait pas. Depuis qu'ils avaient vu les photos de sa grand-mère avec le gangster, ils n'étaient plus sûrs de rien.

Il prit la direction de son ranch. Le visage défait, Annabelle fixait la route. Elle semblait au bord des larmes.

— Je suis désolé, dit-il. Je n'aurais jamais dû ouvrir ce mur.

— Frannie l'a certainement assassiné avant de cacher son cadavre dans l'alcôve et de condamner celle-ci, poursuivit-elle comme s'il n'avait rien dit. Voilà pourquoi elle m'a légué la maison et pas à mes sœurs.

Dawson n'était pas sûr qu'il y ait un rapport de cause à effet.

— Mais qu'espérait-elle ? Que dois-je faire de cette histoire ? poursuivait Annabelle. En tout cas, elle voulait que je connaisse son passé, elle tenait à me révéler les mystères de sa vie, y compris ce que nous avons trouvé derrière le mur.

— Je doute que ta grand-mère ait souhaité que tu découvres ce cadavre, dit Dawson.

— Pourquoi ai-je l'impression qu'il s'agit d'un avertissement ?

La nouvelle de la macabre découverte se répandit dans la ville comme une traînée de poudre. Où qu'il aille, Rob en entendait parler. À en croire les ragots, le corps d'un homme avait été trouvé dans la maison — mais, à sa connaissance, ni bijoux ni pierres précieuses.

De retour dans sa chambre de motel, il appela son oncle pour le mettre au courant.

— Ont-ils identifié ce type ? demanda Bernie.

Bizarrement, il ne semblait pas surpris de la tournure des événements.

— Pas encore. Pourquoi ? Pensez-vous le connaître ?

— Cela se pourrait, répondit finalement Bernie.

— Quelqu'un que vous aviez envoyé à la recherche de Baby Doll ?

— J'ai envoyé beaucoup de gens à sa recherche. Mickey Frazer, par exemple. Te souviens-tu de lui ?

— Attendez. Il a disparu il y a quoi, quinze ans ? Les copains pensaient qu'il s'était fait descendre par les Italiens.

Son oncle eut un petit rire.

— J'ai peut-être lancé cette rumeur à l'époque puisqu'il était toujours en bisbille avec eux.

— Mais comment son cadavre se serait-il retrouvé dans le mur d'une maison de Whitehorse, au fin fond du Montana ?

— Tu veux mon avis ? Il avait découvert la planque de Baby Doll et elle l'a tué avant qu'il ne puisse me prévenir. Puis elle l'a emmuré pour faire disparaître son corps. Mais qu'a-t-elle fait des bijoux ?

— En tout cas, ce n'est pas le moment de fouiller la propriété. Elle grouille de flics, se plaignit Rob.

Il se garda d'expliquer à son oncle que ces derniers avaient envahi le quartier en partie à cause de la mort de la voisine, une certaine Inez Gilbert. Elle avait été découverte dans l'escalier de sa cave, la nuque brisée.

— S'il reste une partie du butin, il est dans cette maison et je veux le récupérer, compris ? reprit Bernie.

Rob comprenait parfaitement.

— Comment voulez-vous que j'effectue des recherches ? Les adjoints du shérif sont encore occupés à sortir les restes de Mickey de cette alcôve. Si les pierres y étaient cachées… Eh bien, elles n'y sont plus.

— Baby Doll ne les aurait jamais mises avec le cadavre. Non, elle les a forcément planquées ailleurs. Rappelle-toi, c'était une femme intelligente.

— Je ne pige pas quelque chose, dit Rob. Pourquoi avait-elle volé ces joyaux si elle ne comptait pas les vendre ou les fourguer à un quelconque receleur ?

— Sans doute souhaitait-elle ainsi m'épargner un séjour en prison. Les Feds n'ayant pas retrouvé ce trésor, ils n'ont jamais pu prouver que je l'avais dérobé. Ils avaient retourné toute la ville dans l'espoir de mettre la main dessus. Ils y seraient parvenus si Baby Doll ne s'était pas enfuie avec le butin. Peut-être pensait-elle qu'elle me rendait service.

— Oui, vous avez raison. C'est très probable.

— À toi de retrouver ces pierres, maintenant.

Et sur ces mots, son oncle lui raccrocha au nez.

Furieux, Rob poussa un juron. Mais une pensée le traversa soudain. Dès que les flics auraient débarrassé le plancher, rien ne l'empêcherait plus de fouiller la vieille demeure. La petite-fille de Baby Doll n'aurait sans doute plus envie d'y vivre, à présent. Et surtout, il savait comment y entrer et en sortir sans se faire remarquer.

Il n'avait plus qu'à attendre que les policiers s'en aillent et lui laissent le champ libre, se dit-il, galvanisé par cette perspective.

— Le cadavre a-t-il été identifié ? demanda le procureur général Rand Bateman en passant devant le bureau du shérif.

— Frannie nous a facilité la tâche. Le mort avait son portefeuille sur lui. Il s'agissait d'un certain Michael James

Frazer. D'après ce que j'ai découvert, il faisait partie de la mafia irlandaise de New York.

— Avez-vous une idée de la cause de son décès ?

— D'après le légiste, il a été poignardé.

— Incroyable !

— Et ce n'est pas tout ! Avez-vous entendu parler du casse Marco Polo ?

— Du tout.

— Il y a cinquante-six ans, ce braquage avait fait la une de tous les journaux, de nombreux journalistes le qualifiant de « casse du siècle ». Plusieurs bandits avaient été arrêtés ou tués au cours du hold-up. Un seul s'en était bien tiré, un certain Bernard McDougal, alias « Bernie the Hawk », un chef de la mafia irlandaise. À l'époque, nos collègues l'avaient soupçonné d'être le cerveau de l'affaire mais ils n'avaient pas réussi à le prouver.

— Que vient faire Frannie Clementine là-dedans ? Quel est le rapport entre cette histoire et elle ?

McCall se recala sur sa chaise.

— Le lien est justement Michael « Mickey » Frazer. S'il avait vécu, ce Frazer aurait soixante-dix ans aujourd'hui. Mais surtout, il travaillait pour Bernard McDougal. Faute de preuves, Bernie n'a jamais été reconnu coupable du casse de l'exposition Marco Polo. De plus, les pierres précieuses dérobées n'ont jamais refait surface. Et maintenant, nous découvrons l'un de ses anciens sbires emmuré chez Frannie Clementine. Le légiste pense qu'il était là depuis dix ou quinze ans.

Rand jura dans sa barbe.

— Le cadavre n'était donc pas dans la maison quand Frannie l'a achetée...

McCall secoua la tête.

— Nous avons retrouvé dans l'alcôve des journaux qu'elle avait utilisés pour éponger le sang. Ils dataient d'une vingtaine d'années. Frannie était déjà propriétaire de cette demeure, à l'époque. Même si elle n'a pas personnellement mis le corps dans l'alcôve avant de la condamner, elle savait forcément qu'il y avait quelque chose à l'intérieur.

Rand prit une chaise et s'assit.

— J'ai bien connu Frannie Clementine. Elle se rendait à l'office tous les dimanches, nous l'invitions souvent à dîner. Je n'arrive pas à croire qu'elle soit mêlée à une affaire pareille. Qu'en dit la petite-fille ?

— Annabelle est sous le choc. Je suis sûre qu'elle ne s'attendait pas à trouver un cadavre là-dedans mais j'aimerais savoir ce qui les a poussés à détruire le mur.

— « Les » ?

— Dawson Rogers était avec elle. Il m'a dit que son chiot avait senti quelque chose, que l'animal semblait effrayé par la cloison. Comme Annabelle préparait la maison pour la mettre en vente et qu'elle s'était rendu compte que l'ancienne alcôve avait été fermée, ils ont eu la curiosité de casser le mur pour voir ce qu'il y avait derrière.

— Comment Frannie a-t-elle pu garder si longtemps un secret pareil ?

— Comme le cadavre était enveloppé dans plusieurs feuilles de plastique, il n'y aurait pas dû y avoir d'odeur. Mais le corps en décomposition a fini par pourrir le plastique qui n'était plus étanche.

— Et la voisine ? La dénommée Inez Gilbert ? demanda-t-il, comme s'il voulait changer de sujet.

— Apparemment, elle aurait fait une mauvaise chute dans l'escalier de sa cave et elle se serait brisé la nuque.

Pourtant, McCall avait l'intuition que la mort d'Inez n'avait rien d'accidentel. Ses adjoints l'avaient retrouvée vêtue de son manteau et chaussée de ses bottes, comme si elle avait été dehors. En outre, ils n'avaient pu remettre la main sur son fusil de chasse.

Dawson se réveilla avant l'aube, inquiet pour Annabelle. Lorsqu'il se rendit dans la chambre d'amis, celle-ci était vide. Il finit par la découvrir dans son bureau, assise devant l'ordinateur.

Elle se tourna vers lui.

— Je pensais que ça ne te dérangerait pas, dit-elle.

— Cela ne me dérange pas. Que regardes-tu à cette heure-ci ?

— Quand elle m'a appelée, tout à l'heure, le shérif m'a demandé si j'avais déjà entendu parler d'un dénommé Michael « Mickey » Frazer.

Dawson entra dans la pièce.

— Est-ce le nom du type dont nous avons trouvé le cadavre derrière le mur ?

— Exactement. McCall a découvert l'histoire du casse de l'exposition Marco Polo. Mickey Frazer travaillait pour Bernie McDougal. Par contre, elle n'a pas fait le rapprochement entre Frannie et Bernie. Sans les photos, elle aura du mal à comprendre… Faut-il le lui dire ? Tout le monde va déjà savoir que Frannie était une meurtrière. Est-il indispensable de leur apprendre qu'elle était également la poule d'un gangster ?

— Anna…

Il mourait d'envie de la réconforter mais il essayait de garder ses distances. Faire l'amour, l'autre soir, avait été une erreur — en tout cas, il était certain qu'Annabelle le pensait.

Elle se moucha.

— Pire, je ne mesure pas l'implication de ma grand-mère dans toute cette histoire, poursuivit-elle entre deux sanglots. Elle a sans doute tué ce type avant d'emmurer son cadavre. Les pierres précieuses du casse de Marco Polo représentaient une fortune mais les braqueurs avaient également volé une belle somme d'argent, la recette de la journée. Or l'exposition Marco Polo faisait un tabac à l'époque. Bref, les truands ont embarqué des milliers de dollars. Et moi qui pensais que Frannie avait vécu toutes ces années grâce à l'assurance-vie que son mari avait souscrite à son bénéfice.

— Anna, tu ne...

— Sans doute avait-elle participé au braquage. Elle vivait à New York à ce moment-là. Cela dit, le hold-up n'est rien comparé au meurtre et au fait de cacher un cadavre dans sa maison.

Dawson lui tendit la main.

— Le jour se lève. Sortons d'ici. Pourquoi n'irions-nous pas faire un tour pour nous changer les idées ? Je vais seller les chevaux.

Le soleil, d'un superbe rouge ardent, brillait au-dessus de la prairie, dans un ciel sans nuages. Annabelle huma avec délice les parfums d'automne. Elle frissonnait dans l'air froid du petit matin mais elle était heureuse de monter à cheval. Et d'oublier un moment ses ennuis.

L'automne était toujours magnifique dans le Montana. Annabelle mesura à quel point le rythme des saisons lui avait manqué comme beaucoup d'autres choses. À force de se démener dans l'espoir de réussir et de se faire un nom, elle avait oublié de vivre et de profiter de la beauté de la nature.

Elle reporta son attention sur Dawson. Il était si à l'aise sur une selle qu'il semblait ne faire qu'un avec sa monture. Lui aussi lui avait manqué, se dit-elle, le cœur serré. Il était toujours aussi séduisant et les années lui avaient donné une assurance qu'il n'avait pas autrefois. Dawson Rogers savait qui il était, ce qu'il voulait et il était heureux de son sort.

Annabelle s'efforça de refouler les larmes qui brûlaient ses paupières.

Tout en chevauchant à côté d'elle, il lui lança :

— Tout ira bien. Dès que les adjoints du shérif auront fini de travailler dans la maison, je te ferai une cuisine neuve. Tu pourras vendre la propriété et...

— Dawson, dit-elle d'une voix brisée. Je me moque de tout ça.

Touché par sa détresse, il descendit de son cheval pour la prendre dans ses bras. Lorsque, blottie contre lui, Annabelle explosa en sanglots, il lui caressa les cheveux en lui murmurant des mots apaisants.

À travers ses larmes, elle ne put s'empêcher de lui sourire. Dawson avait toujours été là pour elle. Toujours.

— Je t'aime, dit-elle, incapable de s'en empêcher. Je t'aime tellement.

— Je t'aime aussi, répondit-il d'une voix rauque d'émotion.

— L'autre jour, quand nous avons fait l'amour...

— Tu n'as pas besoin de m'expliquer, l'interrompit-il. Je sais. Nous nous sommes laissé emporter. Je ne regrette rien, mais faire l'amour n'a rien changé entre nous, je l'ai bien compris.

Rien ?

— Rentrons, reprit-il. Le shérif va nous appeler, je le sens.

Elle le dévisagea avec désespoir. Elle avait tant à lui dire.

— Je voudrais te...

— Non, ne dis rien, la coupa-t-il en lui tendant les rênes. Je sais que tu apprécies mon aide. Inutile de me remercier. Les amis sont là pour ça.

De nouveau, elle sentit son cœur se briser. Dawson pensait qu'elle était encore sous le choc de ce qu'ils avaient découvert chez sa grand-mère. Mais c'était lui qui la bouleversait. Elle prenait conscience qu'il incarnait tout ce qu'elle attendait d'un homme.

Se hissant en selle, elle demanda :

— Y a-t-il quelqu'un dans ta vie, Dawson ?

Il sembla hésiter mais il répondit :

— J'ai beaucoup vu Amy Baker, ces derniers temps. Rentrons au galop, ajouta-t-il. J'ai faim et je vais nous confectionner un bon petit déjeuner. Tu aimes toujours les toasts grillés ?

Dawson ne s'était jamais considéré comme un lâche mais il n'avait pas voulu laisser Annabelle lui dire ce qu'elle s'apprêtait à lui confier. Il n'aurait pas supporté qu'elle lui avoue que faire l'amour avec lui ne signifiait rien à ses yeux. Ou qu'elle retournerait en Californie, une fois la propriété vendue.

Il savait qu'elle n'avait envie de vivre ni dans le Montana ni avec lui... En tout cas, il l'avait compris depuis longtemps, même si, au fond de son cœur, il ne pouvait s'empêcher d'espérer. Pourtant, à la façon dont elle le regardait parfois, il aurait juré que... Mais non, elle était seulement un peu perturbée par les épreuves qu'elle venait de traverser. En tout cas, il ne voulait pas qu'elle prenne une décision sur le coup de l'émotion pour la regretter par la suite. Il n'avait pas envie qu'elle reste avec lui pour de mauvaises raisons, non plus. Honnêtement, il ignorait ce qui serait bien pour elle et il doutait qu'elle-même le sache.

De retour au ranch, il l'envoya à l'intérieur pendant qu'il s'occupait des chevaux. La serrer dans ses bras, tout à l'heure, lui avait donné envie de lui faire l'amour en pleine nature. Il la désirait tellement...

Il repoussa cette pensée avec l'énergie du désespoir. Une fois sa maison vendue, Annabelle s'en irait, se répétait-il. Mais quand il pensait à son départ, il avait envie de mourir.

— Te voilà, Dawson, lança sa mère derrière lui. Ça va ? ajouta-t-elle en s'approchant de lui.

Lorsqu'elle vit son visage ravagé, elle comprit tout. Elle avait toujours su lire en lui comme à livre ouvert.

— Oh ! Dawson !

Il secoua la tête, avalant la boule dans sa gorge.

— Ça ira.

— J'ai entendu parler de ce qui s'était passé chez Annabelle. Elle est chez toi ?

— Ce n'est pas ce que tu crois. Je l'ai installée dans la chambre d'amis.

Il n'avait jamais vu sa mère pleurer, mais là, elle semblait sur le point de fondre en larmes. Il l'enlaça tendrement.

— Dès que le shérif l'autorisera à retourner là-bas, je réparerai la cuisine, et ensuite elle mettra sa propriété en vente.

— Qui voudra l'acheter, maintenant ?

Il y avait pensé. Annabelle aussi, sûrement.

— Moi, peut-être.

— Pourquoi pas ? Tu pourras la louer, je suppose. Tu es donc si impatient qu'Annabelle s'en aille ?

— C'est une question de survie. Je n'ai pas le choix.

— Sans doute pas, en effet.

Willie en avait l'air aussi triste que lui.

Annabelle avait vu Willie se diriger vers l'écurie où Dawson était en train de desseller les chevaux. Elle les observa de loin pendant un moment avant d'entrer dans la salle de bains. Elle considéra son reflet dans le miroir. L'air frais de novembre avait rosi ses joues. Ses yeux n'étaient pas aussi rouges qu'elle le craignait. Elle avait tellement pleuré… Mais comme d'habitude, Dawson s'était montré gentil et compréhensif. Sa tendresse lui brisait le cœur.

La sonnerie de son téléphone portable retentit et, en voyant le nom s'afficher sur l'écran, elle fronça les sourcils, surprise. Clarissa ? Clarissa était l'un des mannequins avec qui elle avait travaillé autrefois. Elle fut tentée de ne pas répondre. Depuis son départ, elle n'avait plus aucun contact avec ses anciennes collègues. Clarissa était nouvelle. Très jeune, elle commençait à peine dans le métier.

Mais, au dernier moment, la curiosité l'emporta.

— Allô ?

— Annabelle, je suis tellement contente de t'avoir au bout du fil ! Es-tu au courant de ce qui s'est passé ?

— À quel sujet ?

— Au sujet de Chambers. Après avoir entendu parler de ce qui t'était arrivé, beaucoup de filles de l'agence ont porté plainte, à leur tour. Au début, elles avaient peur de le dénoncer mais très vite elles ont toutes tenu à le faire. Chambers a été arrêté hier pour violence et agressions sexuelles. Il ne pourra plus s'en prendre à personne désormais. Grâce à toi.

Annabelle avait du mal à en croire ses oreilles. Lorsqu'elle avait intenté une action en justice contre Gordon Chambers, elle ne pensait pas avoir la moindre chance d'aboutir. Gordon possédait la plus grande agence de mannequins de Californie. Il avait le pouvoir de briser la carrière de ceux et celles qui le contrariaient. Annabelle avait repoussé ses avances. S'il lui fallait coucher avec lui pour devenir top model, elle ne voulait plus l'être.

Elle lui avait dit son écœurement avant de porter plainte. Chambers l'avait immédiatement radiée de son agence et mise au ban de la profession. Annabelle se doutait qu'il avait la capacité de lui nuire mais pas à ce point.

— J'ai d'autres bonnes nouvelles, poursuivit Clarissa. Je suis tombée sur Thomas Darrington, l'autre jour. Il a demandé si je t'avais vue. Apparemment, il avait entendu parler de ce qui s'était passé entre Gordon et toi. Bref, il m'a dit qu'il aimerait que tu deviennes son mannequin vedette pour une campagne d'envergure qui débutera en janvier. Ma vieille, tu vas récolter des contrats à la pelle, maintenant. Beaucoup de top models ont eu le même problème avec Gordon mais toi, tu ne t'es pas laissée faire et tu l'as fait tomber.

Annabelle ne l'avait pas fait tomber. Elle avait seulement été la première à dénoncer ses agissements. Elle prit une profonde inspiration. Son cœur battait la chamade. Maintenant, elle avait la possibilité de reprendre sa carrière de mannequin là où elle l'avait laissée. Si elle retournait en Californie, elle aurait du travail. Elle appréciait beaucoup Thomas Darrington. C'était un type bien, très professionnel, et il lui faisait une offre qui ne se refusait pas. À présent, elle avait une chance de retrouver son ancienne vie. À en croire Clarissa, Darrington l'attendait.

— Tu devrais passer un coup de fil à Thomas, insista son amie. Il semblait avoir hâte de te voir.

Annabelle trouva un bloc-notes sur le bureau de Dawson et nota le numéro.

— Merci de m'avoir prévenue.

— J'avais peur que tu n'en entendes pas parler, répondit Clarissa. Tu étais si gentille avec moi quand tant d'autres me mettaient des bâtons dans les roues... En tout cas, j'espère que tu reviendras. De plus, je connais une top model qui cherche une colocataire, si cela t'intéresse.

Annabelle raccrocha et regarda le numéro qu'elle avait écrit sur le papier. À côté, elle avait griffonné « Thomas », « Travail mannequin ». Elle avait encore du mal à croire à ce revirement inattendu. Après tant de mois à broyer du noir, à se répéter qu'elle avait échoué sur toute la ligne et qu'elle ne valait rien, voir enfin la lumière au bout du tunnel lui faisait un bien fou.

En entendant Dawson l'appeler de la cuisine, elle fourra le feuillet dans la poche de son jean. Malgré l'immense joie qu'elle venait d'éprouver, elle sentit son cœur se serrer.

Pouvait-elle vraiment revenir en arrière ? Abandonner une nouvelle fois Dawson ?

— Annabelle ?

Le simple son de sa voix lui fit fermer les yeux. Elle l'aimait. Mais Dawson était un cow-boy. Il ne partirait jamais du Montana. Si elle s'en allait, si elle le quittait à nouveau, tout serait définitivement fini entre eux.

18

Dawson remarqua le changement d'Annabelle dès qu'elle les rejoignit dans la cuisine. Willie leur expliquait qu'à son avis, il ne faudrait plus très longtemps pour que la maison de Frannie soit prête à être mise en vente.

Annabelle hocha la tête mais elle resta silencieuse. Elle semblait la proie d'une profonde tristesse, d'une sorte de résignation. Dawson se félicita de l'avoir empêchée de parler quand ils se baladaient à cheval. Il se doutait qu'elle s'apprêtait à lui dire qu'elle partirait dès que la propriété serait vendue.

Il proposa à sa mère de partager leur petit déjeuner. Il n'avait pas envie d'être seul avec Annabelle.

Tout en se restaurant, ils discutaient des fêtes de Noël à venir lorsque la sonnerie du téléphone portable d'Annabelle retentit. Elle jeta un coup d'œil sur l'écran comme si elle s'attendait à un appel. À son froncement de sourcils, il devina que ce n'était pas celui qu'elle attendait.

Avec un mot d'excuse, elle se leva et s'éloigna de quelques pas. Willie et Dawson firent semblant de ne pas écouter mais ils comprirent que le shérif lui annonçait qu'ils avaient fini de travailler dans la maison et qu'elle était autorisée à y retourner.

Sa mère demanda à Dawson à voix basse :

— Tu vas l'aider à tout ranger ?

Il hocha la tête comme Annabelle revenait s'asseoir.

— Chérie, tu as laissé tomber quelque chose, dit Willie en se penchant pour ramasser un papier.

Comme elle tendait le feuillet à Annabelle, Dawson ne put s'empêcher de lire ce qui y était écrit. S'il avait espéré qu'elle renoncerait à retourner en Californie, il comprit qu'il s'était trompé.

Annabelle enfonça rapidement le papier dans sa poche avant de planter les yeux dans les siens. Elle soutint son regard un moment. Mais, alors qu'elle s'apprêtait à dire quelque chose, Willie reprit la parole :

— Que veux-tu faire dans ta cuisine, Annabelle ? Refermer l'alcôve ou l'aménager ? Que préfères-tu ?

— Vous en avez assez fait tous les deux.

— Par principe, nous finissons toujours ce que nous avons commencé, n'est-ce pas, Dawson ?

Dawson regardait Anna et il sentait son cœur se briser de nouveau. Accablé, il se maudit d'être retombé amoureux d'elle. En réalité, il n'avait jamais cessé de l'aimer.

— Je vais m'en occuper tout de suite.

Comme il se levait pour débarrasser, Annabelle l'imita.

— Laisse-moi t'aider, dit-elle.

— Non, non, je m'en charge.

— Oui, laisse-le faire, renchérit Willie. Et viens avec moi. Nous allons retourner chez toi voir ce qu'il reste à faire.

Comme toutes deux sortaient de la pièce, Dawson entendit sa mère chuchoter à Annabelle :

— Dawson a besoin d'être un peu seul. Laissons-le tranquille pendant un moment, d'accord ?

Annabelle se sentait coupable. Dawson avait vu ce qu'elle avait griffonné sur le papier. Elle avait envie de lui dire qu'elle n'avait rien décidé, qu'elle hésitait, qu'elle ne savait pas ce qu'elle voulait et que l'idée de le quitter à nouveau la rendait malade. Mais elle refusait de jouer avec lui, de lui faire part de ses doutes. Il avait assez souffert à cause d'elle. Tant qu'elle n'aurait pas pris de décision, elle s'interdisait de lui donner de faux espoirs.

Sans un mot, elle quitta la cuisine avec Willie.

Pendant tout le trajet, toutes deux restèrent silencieuses, mais en arrivant Willie se tourna vers Annabelle.

— As-tu envie d'en parler ? demanda-t-elle.

— Comme vous l'avez certainement compris, un directeur d'agence m'a proposé du travail en Californie. J'admets que son offre me fait plaisir. J'étais tellement sûre de devoir mettre une croix sur ma carrière de top model.

— C'est donc une bonne nouvelle.

Annabelle lui expliqua pourquoi elle était partie et ce qui s'était passé.

Choquée, Willie s'exclama en secouant la tête :

— Comment un type peut-il se comporter ainsi ? C'est abominable.

— Oui mais les autres mannequins de l'agence m'ont soutenue et elles ont dénoncé à leur tour ses agissements. Il fait désormais l'objet de plaintes pour harcèlement.

— Tu n'as donc plus aucune raison de ne pas reprendre la vie que tu menais là-bas.

— Il y en a une, vous le savez bien, répondit Annabelle. L'idée de quitter de nouveau Dawson m'est insupportable...

Elle détourna la tête, les larmes aux yeux.

Willie la regarda en face.

— Tu l'aimes.

— De tout mon cœur. Je l'ai toujours aimé. Mais j'avais besoin de voler de mes propres ailes, de voir de quoi j'étais capable loin de Whitehorse.

— Et maintenant, de quoi as-tu envie ? demanda Willie.

Mais avant qu'Annabelle ne puisse le dire, elles virent Mary Sue sortir de sa voiture et leur faire signe.

Annabelle fut soulagée de ne pas avoir à répondre à Willie. Elle ne savait pas très bien ce qu'elle voulait, elle ne savait plus où elle en était.

Mary Sue s'approcha d'elle :

— Le shérif m'a appris qu'elle t'avait autorisée à retourner chez toi, Annabelle. Maintenant, il faut sans doute nettoyer la maison et faire le point. C'est pourquoi je suis là.

— J'arrive.

Comme elle ouvrait sa portière, Willie la retint par le bras.

— Décide de la suite de ton histoire avec Dawson en fonction de toi. Si tu restais pour de mauvaises raisons, pour ne pas lui faire de peine, par exemple, tu serais vite malheureuse et lui aussi. J'aimerais seulement que vous soyez tous les deux heureux, ajouta-t-elle avec un sourire triste.

Après avoir fini la vaisselle, Dawson prit la direction de la propriété des Clementine. Il n'avait aucune idée du temps qu'il lui faudrait pour restaurer la cuisine de Frannie. Mais il avait l'intention de s'en occuper rapidement en espérant qu'un acheteur se présenterait dès la fin des travaux. Au pire, il se porterait lui-même acquéreur.

Il se gara devant la maison au moment où Annabelle y entrait avec Willie et Mary Sue. Il se hâta de les rejoindre, cherchant à leur épargner le spectacle de sa cuisine dévastée.

Pourtant, il n'avait pas à s'en inquiéter. Apparemment, McCall avait demandé à quelqu'un de tout nettoyer.

Comme Annabelle considérait ce qu'il restait de la cloison d'un air pensif, il demanda :

— Préfères-tu revoir l'alcôve d'origine ou la condamner ?

— Je préfère garder l'alcôve mais je ne veux pas te demander de...

— Tu ne m'as rien demandé. Je vais prendre mes outils dans mon camion et achever de casser ce mur. Cela ne prendra pas longtemps. Ensuite, j'arracherai le vieux lino. À ta place, je le remplacerais par un beau parquet. Tu ne regretteras pas cette dépense qui facilitera la vente de la maison, crois-moi.

— Je te fais confiance. Je te dois déjà tant.

— De toute façon, l'argent ne sera bientôt plus un problème. Dès que tu retravailleras, tu auras de nouveau les moyens.

Willie et Mary Sue entrèrent à ce moment dans la cuisine, empêchant Annabelle de répondre. Comme Mary Sue complimentait Dawson pour son travail, Willie lui proposa de lui montrer le reste de la maison. Et toutes deux quittèrent la pièce.

Un peu sonnée par les événements des derniers jours, Annabelle enfonça les mains dans les poches, se demandant où elle en était, ce qu'elle devait faire.

Mais déjà Dawson revenait avec ses outils.

— J'ai appelé le menuisier, qui m'a promis de passer dans la journée pour livrer des lattes de parquet.

Elle hocha la tête, le regardant attacher sa ceinture à outils. Il n'aurait pas pu être plus sexy, pensa-t-elle en sortant de la cuisine pour ne pas le déranger.

À l'étage, Willie et Mary Sue faisaient le tour du propriétaire tout en parlant de personnes de Whitehorse qu'elles connaissaient.

Annabelle se dirigea vers sa chambre, la seule pièce de la maison qui n'avait pas encore été vidée, nettoyée et repeinte.

Elle ferma la porte et appela Chloe.

— Salut, dit-elle quand sa sœur répondit.

— Qu'est-ce qui ne va pas ?

Annabelle laissa échapper un rire nerveux.

— Tu devines un problème au seul son de ma voix ?

— Je te connais, tu t'en souviens ?

— En tout cas, tu as raison. Il s'est passé quelque chose.

Elle lui parla de l'alcôve condamnée et de ce qu'ils avaient trouvé à l'intérieur.

Chloe fut abasourdie.

— Un cadavre dans la cuisine ? Tu plaisantes, j'espère !

— J'ai bien peur que non. Peux-tu mettre TJ au courant ? D'après ce que le shérif m'a raconté, ce type a été assassiné, enveloppé dans du plastique et caché dans l'alcôve, il y a une dizaine d'années. Nous avions toutes quitté la maison, à ce moment-là.

— Ne me dis pas que Frannie aurait tué cet homme ! cria sa sœur.

Annabelle songea aux photos, aux articles qu'elle avait trouvés dans la boîte en fer-blanc. Tôt ou tard, l'affaire allait sortir, les médias en feraient leurs choux gras. Mieux valait que ses sœurs apprennent la vérité par elle et non par les journaux.

Lorsqu'elle eut fini de narrer toute l'histoire à Chloe, sa sœur refusait toujours de la croire.

— Notre grand-mère aurait été la petite amie d'un gangster, d'un mafieux qui aurait été l'auteur d'un casse et Frannie se serait enfuie avec le butin ? Ce n'est pas possible !

— Malheureusement, si.

— Qu'est-ce que j'entends derrière toi ? Quel est ce bruit ?

— Dawson est dans la cuisine en train d'enlever le reste du mur et de poser un nouveau plancher.

— À quoi bon ? Maintenant, plus personne ne voudra acheter cette propriété.

Sa sœur avait sans doute raison.

— En attendant qu'un acheteur se présente, je vais peut-être retourner en Californie, poursuivit Annabelle. Un directeur d'agence m'a offert un très bon travail de mannequin... Sauf si je décide de rester dans le Montana, ajouta-t-elle en se mordillant les lèvres.

— J'ignorais que tu l'envisageais... En tout cas, reste au moins jusqu'à Noël. TJ et moi venons à Whitehorse ! Nous avons déjà pris nos billets. Nous voulions te faire une surprise ! T'aider à ranger et fêter Noël ensemble.

— Ce serait formidable.

Émue, Annabelle avait du mal à retenir ses larmes.

— Rien ne pourrait me faire plus plaisir, Chloe. Je dois te laisser, ajouta-t-elle comme quelqu'un frappait à la porte. Mais je te rappellerai bientôt.

Quand Annabelle ouvrit, elle trouva Willie sur le seuil de sa chambre :

— Je dérange ?

Elle secoua la tête.

— C'était ma sœur, Chloe. TJ et elle viennent passer Noël avec moi.

— C'est merveilleux. Je suis contente pour toi. En attendant, Dawson me disait qu'il irait plus vite si tu t'installais chez moi, au ranch, jusqu'à ce qu'il ait fini.

— Merci beaucoup, mais je préfère rester ici, répondit-elle en souriant. Frannie m'a laissé cette maison parce qu'elle me savait capable de gérer la situation.

— Je vais rentrer, alors, dit Willie. Si tu changes d'avis...

— Merci encore pour tout, répondit Annabelle.

— De rien, dit Willie avant de partir.

Dawson fut surpris de voir apparaître Annabelle.

— Je pensais que ma mère t'inviterait chez elle.

— Elle me l'a proposé mais je préfère être ici.

Il n'eut pas l'air heureux de l'apprendre.

— Les travaux dans la cuisine vont être bruyants et poussiéreux.

— Ce n'est pas grave. À part ça, mes sœurs arrivent pour Noël.

— Alors tu restes jusqu'en janvier ? s'exclama-t-il, de plus en plus étonné. Et qu'en est-il de l'offre d'emploi que tu as reçue ?

— Je ne suis pas sûre de l'accepter, de toute façon. Je dois d'abord vendre la propriété.

— Elle trouvera peut-être rapidement preneur. Et alors, plus rien ne te retiendra à Whitehorse.

Préférant ne pas répondre, elle hocha la tête et sortit de la pièce.

Rob apprit par les potins locaux que les adjoints du shérif avaient quitté la maison de Francesca Clementine, une fois leur enquête terminée. Apparemment, ils n'avaient rien trouvé d'intéressant.

Baby Doll s'était sûrement débarrassée du butin, il y a des lustres, se disait-il. Sans doute avait-elle vendu les pierres précieuses à un collectionneur privé.

Pourtant, son oncle était certain que si elle les avait fourguées à quelqu'un, l'acheteur s'en serait vanté et Bernie aurait fini par le savoir.

Il était donc plus probable qu'elle les avait gardées. Et planquées quelque part comme elle avait caché le corps du pauvre Mickey.

Baby Doll s'était bien moquée de Bernie. Après lui avoir volé le butin du casse, elle avait fui New York pour s'installer dans ce trou perdu en racontant aux gens du coin qu'elle était veuve. Encore un mensonge. Parce qu'en réalité, elle n'aurait pas pu trouver si vite un mari, tomber enceinte et perdre son époux. Pas en si peu de temps... À moins que...

Il fronça les sourcils. D'après les ragots, Francesca Clementine avait donné naissance à un garçon peu après son arrivée à Whitehorse. Elle n'avait jamais travaillé, se contentant d'élever son fils, puis ses petites-filles quand celles-ci s'étaient brutalement retrouvées orphelines.

Rob compta sur ses doigts et il poussa un juron.

Depuis plus de cinquante ans, son oncle se demandait pourquoi sa poupée l'avait quitté et s'était enfuie comme ça. Il refit ses calculs pour s'assurer qu'il ne faisait pas erreur puis il s'empara de son téléphone.

— Vous n'allez pas être content, dit-il avant d'exposer à Bernie le fruit de ses réflexions. Mais je crois que j'ai tout compris.

— J'arrête pour aujourd'hui, déclara Dawson en retirant sa ceinture à outils.

Levant le nez, il vit Annabelle appuyée contre le chambranle. Elle regardait la cuisine d'un œil admiratif.

— Je n'en reviens pas que tu aies travaillé si vite, dit-elle.

— Es-tu sûre que tu ne feras pas de cauchemars, cette nuit ? demanda-t-il.

— Non. C'est drôle mais cette maison me faisait bien plus peur avec ce mur. Maintenant qu'il n'est plus là et ce qu'il y avait derrière non plus, je me sens mieux.

— Pourtant, l'endroit a été le théâtre d'un meurtre, dit Dawson.

— Nous ne saurons sans doute jamais ce qui s'est passé. Tout est lié à ce hold-up, aux pierres précieuses volées lors de l'exposition sur Marco Polo. J'espère que Frannie a tué ce type en état de légitime défense, pour nous protéger toutes. Elle fuyait peut-être son petit ami gangster... C'est marrant. Elle me semblait si heureuse, comme si elle avait fait la paix avec son passé.

— En tout cas, elle n'a pas à rougir de la façon dont elle vous a élevées et tout le monde l'aimait beaucoup à Whitehorse.

— Maintenant que les gens ont appris qu'elle cachait un cadavre dans sa cuisine, leur opinion va sans doute changer.

— Non, ils se souviendront de tout ce que ta grand-mère a fait pour la communauté, j'en suis sûr.

— Je l'espère.

Comme Dawson restait à la regarder — à la dévorer des yeux, plutôt —, Annabelle sentit un désir violent s'emparer d'elle.

Il le devina sans doute parce qu'il se redressa.

— Je dois y aller, dit-il.

Elle hocha la tête. Elle prolongerait son séjour jusqu'à Noël. Cela lui donnerait le temps de savoir ce qu'elle voulait et ce qu'il souhaitait... Avec un soupir, elle le regarda s'éloigner puis elle ferma la porte de la maison.

— Je me demandais si tu reviendrais au ranch ce soir, dit Willie alors que Dawson entrait dans sa cuisine.

— Pourquoi ne serais-je pas revenu ? répondit-il en se

penchant pour voir ce qui mijotait dans la marmite. Tu as préparé un chili ?

Willie baissa le feu et elle se tourna vers lui.

— Je m'inquiète pour toi.

— Ça ira.

— Je crois qu'Annabelle n'a plus tellement envie de partir, poursuivit-elle en soupirant, comme s'il lui était difficile de le lui dire.

— Pourquoi imagines-tu une chose pareille ?

— À mon âge, tu sais, l'expérience aidant, la nature humaine n'a plus beaucoup de secrets. Annabelle ne sait tout simplement pas comment t'expliquer qu'elle préférerait rester. Elle ne veut pas te prendre pour une bouée de sauvetage, ni surtout que tu penses qu'elle se sert de toi pour régler ses problèmes. La situation est bloquée alors que vous souhaitez tous les deux la même chose. C'est peut-être dommage, non ?

Il secoua la tête.

— Ne le prends pas mal mais tu te trompes du tout au tout, maman. Annabelle ne m'aime pas.

Comme il se détournait, elle le rattrapa par le bras.

— Peut-être est-il temps que tu fasses quelque chose, un genre de grand geste, comme dans les films, afin de lui faire savoir ce que tu ressens pour elle.

Dawson eut un petit rire.

— Elle sait très bien ce que je ressens pour elle, maman.

Elle le lâcha.

— Tu veux une assiette de chili ?

— Merci mais je n'ai pas faim.

Il s'en alla pour regagner sa propre maison, sachant que sans Anna, celle-ci lui semblerait vide et qu'il y serait malheureux.

Annabelle se réveilla en sursaut, tirée des bras de Morphée par un bruit inhabituel. Elle tendit l'oreille. Pendant un moment, elle craignit que quelqu'un ne soit en train de soulever la trappe sous son lit mais Dawson en avait bloqué l'ouverture avec une planche et des clous. Personne ne pourrait entrer dans la maison en passant par le souterrain.

Une lumière étrange perçait les rideaux. Les sourcils froncés, elle se leva pour se rendre à la fenêtre. Le premier blizzard de la saison soufflait sur la campagne, constata-t-elle. Les températures s'étaient nettement rafraîchies, les vitres étaient tapissées de givre et de gros flocons de neige tourbillonnaient dans la nuit.

Après un été indien plus long que la normale, l'hiver était brutalement arrivé pendant qu'elle dormait.

Annabelle se recoucha en frissonnant. Elle tenta de se persuader que seul le vent l'avait réveillée. Blottie sous ses couvertures, elle essaya de se rendormir jusqu'au moment où elle entendit un bruit qui la glaça. Son cœur se mit à battre la chamade. Quelqu'un forçait la porte d'entrée !

Rob pensait que son oncle serait furieux d'apprendre le fruit de ses déductions mais Bernie parut surtout étonné.

— Elle était enceinte ? De moi ? Elle portait mon enfant quand elle s'est enfuie ?

— Si vous savez compter, cela ne fait aucun doute.

— J'ai donc eu un fils dont j'ignorais tout ? Où est-il maintenant ?

— À ce que j'ai entendu dire, il a trouvé la mort il y a quelques années dans un accident de voiture avec sa femme. À l'époque, la dernière de leurs filles avait quatre ou cinq ans.

— C'est donc ma petite-fille qui a hérité de la maison, poursuivit son oncle. Ma petite-fille... C'est incroyable ! Et dire que ma poupée m'avait caché sa grossesse...

— Alors, que voulez-vous que je fasse, maintenant ?

— Ce que je t'ai toujours dit de faire. Retrouve le magot. Mais je t'interdis de toucher un cheveu de ma petite-fille. Compris ?

Rob n'en revenait pas que Bernie soit devenu si sentimental en vieillissant.

— Mais si elle me surprend à fouiller chez elle ?
— Tu te débrouilleras. Mais ne lui fais aucun mal.

Rob raccrocha avec un juron. Comme il quittait le motel, il s'aperçut qu'une tempête de neige s'était abattue sur la ville pendant la nuit. Décidément, il n'avait pas de chance. Mais il ne pouvait tergiverser plus longtemps. Il lui fallait agir. Il était grand temps de reprendre ses recherches et d'aboutir. Il espérait que la petite-fille de Bernie aurait renoncé à vivre dans la vieille demeure après y avoir découvert un cadavre.

Sortant du lit, Annabelle se précipita pour verrouiller la porte d'entrée. Elle allumait la lumière et elle traversait le salon quand elle entendit des pas derrière elle. Elle se retourna, surprise de se retrouver face à Lawrence Clarkston, le vieil homme à la canne qui avait prétendu avoir été le petit ami de Frannie.

Elle le regarda, très étonnée de le découvrir dans son living. Et plus étonnée encore de voir le pistolet qu'il pointait sur elle.

— Où sont les bijoux ? lança-t-il. Je sais que votre grand-mère les avait encore lorsqu'elle est morte. Elle avait dépensé l'argent du butin mais elle avait gardé les pierres précieuses.

Annabelle poussa un gémissement.

— J'ignore tout de ces bijoux, je n'ai vu aucun joyau. Mais comment êtes-vous au courant de cette histoire ?

— Mon frère avait retrouvé la trace de Baby Doll. Elle avait changé d'État, de mode de vie, d'apparence, mais il était parvenu à la localiser. Mais quand il s'est présenté chez elle pour l'obliger à lui remettre ce qui restait du magot, elle l'a tué ! Malheureusement, il ne m'avait pas dit où Baby Doll s'était réfugiée. L'imbécile espérait garder les joyaux pour lui. Il les aurait écoulés discrètement sans rien dire à Bernie. J'avais essayé de l'en dissuader. En vain, évidemment. Mais il n'a pas réussi à mener son projet à bien. Il s'est fait descendre par la petite amie de Bernie ! Comme un débutant, ajouta-t-il avec mépris.

— Il avait dû pourtant vous donner des détails puisque vous vous êtes présenté à ma porte, il y a quelques jours... Et avant la découverte du cadavre, dit Annabelle.

Elle ne savait pas qui ou quoi croire. Ce Lawrence Clarkston lui avait déjà menti une fois.

— Ce n'est pas lui qui m'a conduit jusqu'ici. J'ai fait profil bas pendant des années. Mais je gardais Bernie à l'œil. Je me doutais qu'il ne renoncerait jamais à chercher Baby Doll et le butin. Quand j'ai appris qu'il vivait désormais dans une maison de retraite, j'y ai pris, moi aussi, une chambre. Pour l'espionner. Il ne me connaît pas mais moi, je le connais.

Pendant qu'il lui racontait toute l'histoire, Annabelle réfléchit à toute vitesse, cherchant le moyen de lui échapper, de s'enfuir. La porte n'était pas loin mais aurait-elle la possibilité de l'atteindre ? Elle en doutait.

— Mickey n'était pas très malin, poursuivait Clarkston. J'ai longtemps cru qu'il avait récupéré les bijoux et filé à l'étranger. Mais voir le *Milk River Courrier* dans la corbeille de Bernie m'a mis la puce à l'oreille. J'ai consulté le journal en ligne et j'ai découvert la photo que Bernie avait découpée. Dès que j'ai vu le portrait de votre grand-mère, j'ai compris.

Il sourit.

— Bernie l'avait évidemment reconnue, lui aussi. Votre grand-mère était ravissante. Mais elle s'était bien moquée de Bernie. Saviez-vous qu'elle ne lui avait jamais dit son nom ? Il la surnommait Baby Doll. En tout cas, le vieux a envoyé Robby, son neveu, chercher les joyaux. Mais ces bijoux me reviennent de droit. Alors donnez-les-moi et je m'en vais.

Annabelle lui répétait qu'elle ne savait rien quand un bruit de verre cassé les fit sursauter.

Lawrence jura.

— Restez ici, ordonna-t-il.

Comme il se dirigeait vers sa chambre, Annabelle en profita

pour courir vers la porte. Elle s'apprêtait à s'élancer dehors lorsqu'une silhouette sombre surgit du porche devant elle. Le nouveau venu avait dû jeter une pierre sur l'une des fenêtres pour détourner l'attention de Clarkston. L'individu qui se dressait devant elle la repoussa brutalement à l'intérieur de la maison. Il venait de claquer la porte derrière lui quand Lawrence revint dans le salon, l'arme au poing. Il fit feu.

Sans hésiter, le deuxième homme riposta. Et comme Lawrence Clarkston s'effondrait sous les yeux horrifiés d'Annabelle, il s'exclama :

— Larry le Loser ? Que fait-il ici, celui-là ?

Tout s'était passé si vite qu'Annabelle n'avait pas eu le temps de bouger. Mais quand elle tenta de gagner discrètement la porte, le type pointa son pistolet sur elle.

— Votre grand-mère avait causé beaucoup d'ennuis à mon oncle. Il s'était laissé envoûter par sa beauté mais ce ne sera pas mon cas, je vous préviens. À la moindre entourloupe, je vous descends.

— Votre oncle ?

Il s'agissait sans doute de Robby, le neveu de Bernie que Lawrence avait mentionné.

— Bernie, oui. Vous avez compris qu'il était votre grand-père, n'est-ce pas ?

— Mon grand-père, oui.

— Alors, filez-moi ce qui reste du butin et je m'arrache.

— Comme je viens de l'expliquer à ce vieil homme, j'ignore tout de ce trésor.

— Depuis que vous avez récupéré cette maison, vous avez jeté beaucoup de choses à la déchetterie. Êtes-vous sûre de ne pas avoir balancé des perles, des diamants, des émeraudes ?

— Grands dieux, non ! De toute façon, Frannie ne portait jamais de bijoux, pas même des bijoux fantaisie.

— Elle n'en portait jamais ? dit-il en ricanant. Vous plaisantez, je suppose. À une époque, Bernie la couvrait d'or et de pierres précieuses. Le jour de son anniversaire, il lui avait offert une émeraude qui lui avait coûté une petite fortune. Et elle se serait débarrassée de tous ses cadeaux ? J'ai du mal à le croire.

— Pourtant, je ne l'ai jamais vue avec des bijoux, jamais.

— Eh bien, nous allons les chercher ensemble...

« Faire un geste, un grand geste, comme dans les films. » Dawson ne pouvait sortir cette phrase de sa tête. Qu'est-ce que sa mère attendait exactement de lui ? Devait-il se présenter chez Annabelle comme la dernière fois, avec une bague de fiançailles et un bouquet de roses ? À l'époque, cela ne l'avait pas mené bien loin... Au lieu de se jeter à son cou avec des larmes de joie comme il l'avait espéré, elle était partie...

Non, les grands gestes ne changeraient rien à la donne. Annabelle ne l'aimait pas, il devait l'accepter. Mais tout en roulant au milieu des flocons, il ne cessait de penser à elle. Il se reprochait de l'avoir laissée seule dans cette maison. Bien sûr, il ne croyait pas aux fantômes. Et Annabelle non plus, il en était certain.

Pourtant, une angoisse sourde le taraudait. Aussi, quand il arriva devant chez lui, il décida de ne pas s'arrêter et de retourner chez Annabelle. Il était tard parce que, après avoir parlé à sa mère, il avait travaillé un moment sur son vieux tracteur.

À présent, la tempête de neige se déchaînait autour de lui. Les flocons tombaient en rideau si dru qu'il avait du mal à distinguer la route. Il était la proie d'un mauvais pressentiment.

Dans le lointain, il apercevait les lumières de Whitehorse. Annabelle serait sans doute au lit et profondément endormie, à cette heure-ci.

Pourtant, il accéléra encore. Il n'était plus très loin maintenant.

Rob observa Annabelle avec attention. Elle disait la vérité, il le sentait. Il avait appris que cette femme avait été top model jusqu'à ce qu'elle connaisse des moments difficiles et revienne à Whitehorse pour vendre la maison de sa grand-mère.

— Écoutez, je vais appeler mon oncle pour le mettre au courant. Le fait que vous soyez sa chair et son sang et la petite-fille de Baby Doll a tout changé pour lui. Pour vous aussi, j'imagine. Alors vous devez être honnête avec moi, d'accord ?

Annabelle réfléchissait à toute vitesse.

— Vous avez trouvé le souterrain, dit-elle par déduction. J'imagine que vous l'avez déjà fouillé. Je ne connais pas d'autres cachettes, je vous le promets. J'ignorais tout de la jeunesse de ma grand-mère à New York. Découvrir qu'elle avait aimé un gangster, volé des bijoux et tué un homme m'a fait un choc...

Avant de pouvoir répondre, Rob entendit un bruit derrière lui. Il se retourna mais trop tard. Lawrence Clarkston, qu'il croyait avoir tué, s'était relevé et il avait tiré une épée dissimulée dans sa canne. Il la lui passa à travers le corps avec une force surprenante pour un homme de son âge.

Rob s'effondra sur le sol.

— Bernie me vengera, Larry, dit-il dans un dernier souffle.

Terrifiée, Annabelle se précipita vers la porte, mais le vieillard fut plus rapide. Il bondit sur elle et l'attrapa par les cheveux.

— Vous allez me dire où est planqué le butin, gronda-t-il, parce que moi, je me fiche que vous soyez la petite-fille de Bernie et je vous buterai si vous ne me remettez pas le trésor.

Apparemment, il avait surpris sa conversation avec Rob.

— Allons dans votre chambre, ordonna-t-il. Les bijoux y sont-ils ?

— Il n'y a pas de bijoux dans cette maison. Nulle part.

— C'est ce que nous verrons, répondit Lawrence Clarkston en la poussant en avant. Peut-être faudra-t-il vous aider à vous rafraîchir la mémoire.

Larry ouvrit l'armoire. Tout en gardant un œil sur Annabelle, il se mit à arracher les vêtements de Frannie de leurs cintres, à jeter les affreux sweat-shirts sur le sol.

Annabelle tenta de profiter de son inattention pour s'enfuir.

Mais il la rattrapa et la traîna avec violence vers la chambre. Tirant sur les stores pour en arracher le cordon, il lui attacha les mains dans le dos.

Il était brutal et elle cria :

— Vous me faites mal !

— Et ce n'est que le début. Je n'hésiterai pas à vous tuer, compris ? Je veux ces bijoux. Vous étiez la préférée de votre grand-mère. Elle vous a forcément confié où elle les avait cachés. Dites-le-moi !

En arrivant devant la propriété des Clementine, Dawson vit les lumières allumées dans la chambre d'Annabelle et dans le salon. Il poussa un soupir de soulagement. Il ne pouvait pas expliquer ce qui lui avait fait si peur. Son mauvais pressentiment ne reposait donc sur rien. Se précipitant vers la maison, il frappa à la porte. Elle allait penser qu'il était fou. Qu'il espérait revenir dans sa vie. Ou Dieu sait quoi. Mais il s'en fichait. Il devait la voir, s'assurer qu'elle allait bien.

La lumière dans la chambre s'éteignit.

— Oh ! non, dit-il en cognant plus fort. Ouvre-moi, Anna ! Je ne m'en irai pas !

Quelques instants plus tard, la porte s'entrouvrit et le visage pâle d'Annabelle apparut.

— Que veux-tu ? demanda-t-elle d'une voix tremblante.

Il remarqua qu'une marque rouge ornait l'une de ses joues.

— J'avais seulement envie de m'assurer que tout allait bien. Je sais que ça a l'air dingue mais... Puis-je entrer ?

Elle secoua la tête.

— Non. Va-t'en, s'il te plaît.

Alors qu'elle s'apprêtait à refermer le battant, le mauvais pressentiment qui torturait Dawson s'aggrava. Il la bouscula et pénétra dans le salon sans lui laisser la possibilité de discuter.

Il découvrit alors avec stupeur un vieillard qui menaçait Annabelle de son arme.

— Fermez cette porte et avancez, ordonna ce dernier. Si vous tentez de jouer les héros, je la bute.

Un homme, le corps transpercé d'une épée, gisait sur le plancher. La gorge de Dawson se serra.

Il lança à Annabelle.

— Que se passe-t-il ?

— Il pense que Frannie avait caché les bijoux du casse quelque part dans la maison et que je sais où ils sont, répondit-elle.

Pourquoi Dawson n'était-il pas parti comme elle le lui avait demandé ? Maintenant, il allait mourir à cause d'elle.

— C'est ridicule, répliqua Dawson. Elle n'était même pas au courant de ce hold-up ni de la relation amoureuse de sa grand-mère avec Bernie McDougal.

— Et vous allez sans doute me dire qu'elle ignorait que mon frère avait été assassiné et emmuré dans la cuisine ?

— C'est moi qui ai voulu détruire le mur pour voir ce qu'il y avait derrière. Laissez-la partir. Elle ne sait rien.

— Peut-être, je m'en moque. Mais, si vous ne voulez pas qu'elle meure, vous ferez exactement ce que je vous dis.

Et Larry fit signe à Dawson de traverser le salon et de prendre la direction de sa chambre.

Annabelle ne se faisait aucune illusion. Lawrence Clarkston ne leur laisserait certainement pas la vie sauve s'il ne trouvait rien. Ni même s'il découvrait les bijoux.

Dawson ouvrait la marche, Annabelle sur les talons. Larry les suivait, la poussant devant lui. Remarquant qu'il avait baissé son arme, elle décida d'en profiter.

Sans crier gare, elle se retourna brusquement et lui envoya un coup de genou dans le bas-ventre. Comme il se recroquevillait sur lui-même avec un cri de douleur, Dawson se précipita vers Robby. Il arracha l'épée et se jeta sur Lawrence Clarkston pour lui enfoncer la lame dans les reins.

Larry s'effondra sur le sol.

Dawson lui prit son arme et la pointa sur lui.

Tout s'était passé si vite qu'Annabelle se sentait sonnée,

en proie à un mélange de peur et de soulagement. Était-ce vraiment fini ? Ou d'autres hommes allaient-ils surgir, exigeant à leur tour leur part du butin ?

Dawson appela le shérif. Puis il prit Annabelle dans ses bras et il la serra contre lui jusqu'à l'arrivée des adjoints.

19

Annabelle se réveilla et sentit une langue chaude et râpeuse sur sa joue. Elle battit des paupières et éclata de rire à la vue du chiot de Dawson qui venait lui dire bonjour en lui léchant le visage.

Dawson se précipita dans la pièce.

— Sadie, non ! cria-t-il. Voilà des heures qu'elle essaie d'entrer dans ta chambre. Je pensais que j'avais refermé la porte mais... Comment te sens-tu ?

— Bien, grâce à toi.

— Tant mieux parce que je t'ai préparé un petit déjeuner spécial.

Il prit la chienne dans ses bras et sortit.

Annabelle chercha ses vêtements et poussa un gémissement en se rendant compte que, la veille au soir, elle avait enfilé par mégarde un sweat-shirt de Frannie sur son jean. Tout en s'habillant, elle pensait à sa grand-mère.

Lui ressemblait-elle vraiment ? Frannie était une battante. Et elle aussi, d'une certaine façon.

— Que cela sent bon ! s'exclama-t-elle en entrant dans la cuisine de Dawson.

— Tu dois avoir faim. Il est presque midi.

Annabelle n'en revenait pas d'avoir dormi si longtemps.

La veille au soir, Dawson l'avait ramenée chez lui et il l'avait aidée à se mettre au lit. Elle avait voulu le remercier mais il avait déjà refermé la porte. Puis elle avait sombré dans le sommeil jusqu'au moment où Sadie avait sauté sur son lit.

— Tu m'as sauvé la vie, la nuit dernière, Dawson, dit-elle d'une voix brisée. Si tu n'étais pas revenu pour voir comment j'allais...

— Pour une fois, mon instinct ne s'est pas trompé, dit-il avant de reporter son attention sur ses fourneaux.

Une délicieuse odeur de pancakes flottait dans l'air. Dawson avait toujours été excellent cuisinier. Avec Willie, il avait été à bonne école.

— Toi non plus tu ne t'es pas trompé, il y a treize ans, dit-elle. J'avais envie de t'épouser. La bague, les roses... J'étais sous le charme. Mais c'était trop tôt, je ne pouvais pas.

Il hocha la tête, le visage grave.

— J'ai fini par le comprendre. Tu avais besoin de découvrir le monde, de voler de tes propres ailes. C'était incroyablement égoïste de ma part de te demander de renoncer à tes rêves pour moi.

— En tout cas, maintenant que je l'ai vu de près, je sais que l'univers des mannequins n'est pas fait pour moi et je n'y retournerai pas. Mais toi, que veux-tu faire ? Tu m'as dit que tu sortais avec Amy, ces derniers temps mais...

— Anna, tu ne peux pas prendre une décision de cette importance si vite. Après tout ce qui s'est passé, tu as besoin de recouvrer tes esprits, de réfléchir...

— Je ne changerai pas d'avis, crois-moi. Je vais te piquer à Amy parce que j'ai l'intention de vivre le restant de mes jours avec toi, Dawson.

Il secoua la tête.

— Anna...

— L'autre nuit, quand nous nous sommes retrouvés après avoir découvert le souterrain, j'étais perdue, je ne savais plus où j'en étais, ce que je voulais. Mais maintenant, je le sais. Je t'aime, Dawson. Je t'attendrai le temps qu'il faudra. Chacun son tour. Je vais garder la maison de Frannie et trouver un emploi à Whitehorse. J'ai entendu dire que le gérant de la supérette cherchait une nouvelle caissière. Et si je ne fais pas l'affaire, je...

Interrompant ce flot de paroles, Dawson prit son visage entre ses grandes mains et il l'embrassa. Elle oublia alors les pancakes, sa faim, ses projets... Elle oublia tout sauf la joie d'être à nouveau dans les bras de cet homme merveilleux.

Il l'emporta dans sa chambre et ils firent l'amour passionnément avant de recommencer plus tendrement. Lorsqu'ils se blottirent enfin dans les bras l'un de l'autre, Annabelle savait qu'elle aimait Dawson au-delà de tout. Il était sa vie.

Quand ils redescendirent dans la cuisine, Willie s'y trouvait. Elle se précipita vers son fils pour l'embrasser avec force.

— Lorsque je te conseillais de faire un grand geste, dit-elle, je ne voulais pas dire que tu devais te faire tuer.

— En tout cas, j'ai décroché le cocotier, répondit-il en souriant.

— Oh ! vous les garçons, vous me ferez mourir ! dit Willie. Elle se dirigea vers Annabelle et l'étreignit.

— Tu restes à Whitehorse, si je comprends bien.

— Je ne peux pas vivre sans Dawson, je le sais maintenant.

Willie leur sourit.

— Je suis tellement contente que vous vous en soyez tirés sains et saufs, tous les deux.

— Le cauchemar est terminé, déclara Dawson.

— J'aimerais que ce soit vrai mais tant que les bijoux du hold-up n'auront pas été retrouvés, rien ne sera vraiment fini, dit Annabelle. Nous ne sommes même pas sûrs que Frannie les ait volés. Mon grand-père en est persuadé parce que sa Baby Doll avait disparu sans explication en même temps que le butin. Il les cherche depuis plus de cinquante ans. Je doute qu'il y renonce, maintenant.

Annabelle se rendit compte soudain que Willie ne l'écoutait

pas. Elle contemplait son sweat-shirt hideux d'un air émerveillé qui lui parut incompréhensible.

— D'où sors-tu ce vêtement ?

— Je l'ai trouvé chez ma grand-mère. Elle a une commode remplie d'horreurs du même genre.

— J'en suis sûre. Je n'ai jamais rien vu de tel. J'ai remarqué que celui que tu portais l'autre jour était orné d'un clown. Que représente celui-ci ?

— Une licorne, répondit Annabelle.

— Je peux ? demanda Willie en soulevant l'une des pierres vertes qui entouraient la licorne. Cela fait un moment que je n'avais pas vu d'émeraude mais je jurerais que ce petit caillou en est une.

— Quoi ? s'exclamèrent Dawson et Anna à l'unisson.

Un grand sourire éclaira le visage de Willie.

— Je crois que nous avons trouvé les pierres précieuses. Frannie se doutait que de nombreux gangsters voudraient les récupérer, et les chercheraient chez elle, alors elle a eu l'idée de les cacher d'une manière originale, au vu et au su de tous.

Dawson regarda Anna.

— Maman a raison. Tu disais qu'il y en avait une douzaine dans ses placards ?

Annabelle hocha la tête, incrédule.

— Nous devons appeler le shérif.

— Es-tu sûre de vouloir garder la maison ? demanda Dawson comme ils installaient le dernier meuble dans la chambre d'amis.

Heureusement, ils avaient pu en récupérer une grande partie chez le brocanteur.

— Mes sœurs reviennent à Whitehorse pour Noël. Je préfère les accueillir ici. C'est dans cette demeure que nous avons grandi.

— J'avais l'intention d'acheter la propriété, de toute façon, avoua-t-il en la prenant dans ses bras pour l'embrasser.
— Tu n'es pas fatigué de me rendre service en permanence ?
— Pas du tout.

Comme quelqu'un frappait à la porte, ils se regardèrent. Que se passait-il encore ?

Un coursier se tenait sous le porche. Il lui tendit une grande enveloppe.

Annabelle revint à l'intérieur et la montra à Dawson.

— Elle vient de New York, de Bernie, à mon avis. J'ose l'ouvrir, tu crois ?

En se remémorant l'alcôve murée, elle sut qu'il était inutile de lui poser la question. Elle connaissait déjà sa réponse. Son futur mari était encore plus curieux qu'elle.

Elle trouva à l'intérieur une autre enveloppe sur laquelle étaient griffonnées quelques lignes.

J'étais l'une des infirmières de Bernie McDougal. Avant de mourir, il m'a demandé de m'assurer que cette lettre vous parviendrait. J'ai bien sûr respecté ses dernières volontés.

Annabelle lut alors les mots que son grand-père lui avait adressés.

Ma chère petite-fille,
Je suis désolé de n'avoir jamais eu la possibilité de te rencontrer. Mais je voulais que tu saches que j'ai aimé ta grand-mère à la folie. Quoi qu'elle ait pu faire, c'était pour protéger l'enfant qu'elle portait et plus tard, ses trois petites-filles, je l'ai compris maintenant.

Mon neveu m'a dit que tu étais le portrait craché de ma Baby Doll. Tu es donc ravissante et tu as dû hériter aussi de son caractère.

Je te souhaite une longue et belle vie. Tu n'as plus rien à craindre, à présent.

Bernie, ton grand-père.

Annabelle tendit la lettre à Dawson, les larmes aux yeux et se rassit à côté de lui.

— Tu devrais peut-être t'inquiéter des gènes que j'ai hérités de mes grands-parents paternels ?

Il rit et l'attira à lui.

— Je m'en arrangerai.

Elle se blottit contre cet homme merveilleux qui avait toujours été là pour elle et sur qui elle savait pouvoir compter. Dans ses bras, elle se sentait bien comme nulle part ailleurs.

Ses sœurs seraient bientôt là. Elles passeraient un merveilleux Noël dans cette maison.

Dehors, la neige continuait de tomber. Elles auraient droit à un Noël blanc, pensa-t-elle, ravie.

Annabelle n'avait qu'un regret. Que Frannie ne soit plus là pour le fêter avec elles. Mais au fond, leur grand-mère serait présente à leurs côtés par l'esprit et par le cœur.

NICHOLE SEVERN

Protection forcée

Traduction française de
CHRISTIANE COZZOLINO

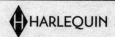

Titre original :
RULES IN BLACKMAIL

Ce roman a déjà été publié en 2019.

© 2018, Natascha Jaffa.
© 2019, 2024, HarperCollins France pour la traduction française.

1

— Vous avez cinq secondes, et pas une de plus, pour me dire ce que vous faites là. Sinon je tire ! prévint Sullivan Bishop, le doigt sur la détente de son pistolet.

— Je ne suis pas armée.

La femme qu'il avait en ligne de mire leva les deux mains à hauteur des épaules et s'immobilisa. Sullivan ne s'y fia pas. Il était payé pour savoir que les jolies femmes étaient aussi les plus sournoises. Or la belle brune qui s'était introduite dans son bureau avait un visage d'ange. La connaissant, il ne pouvait croire qu'elle n'était pas armée.

— Je dois vous parler. J'ai pensé que votre bureau était l'endroit le plus approprié, déclara-t-elle.

Solidement campé sur ses deux jambes, le cœur battant à tout rompre, Sullivan serra son Glock un peu plus fort. Il y avait des mois, presque une année, qu'il n'avait pas eu la moindre pensée pour Jane Reise, procureur militaire dont la réputation n'était plus à faire. Quoi qu'il en soit, on n'entrait pas dans son agence, Blackhawk Security, comme dans un moulin.

Jane allait devoir s'expliquer.

— Et vous avez aussi pensé que le meilleur moyen de me parler était de vous introduire dans l'agence en dehors des heures d'ouverture ? Comment diable avez-vous fait ?

Tout en parlant, Sullivan se rapprochait d'elle subrepticement. Son agence proposait ce qu'il y avait de mieux en matière de sécurité : des caméras de vidéosurveillance jusqu'aux détecteurs de mouvements, en passant par les capteurs de chaleur corporelle et autres dispositifs encore plus sophistiqués. Quelles que soient les exigences de ses clients, Blackhawk Security y répondait. Qu'il s'agisse d'assurer une protection rapprochée, d'enquêter ou encore de mettre ses moyens logistiques à disposition du gouvernement et de participer à des opérations de sauvetage, l'agence pouvait tout faire.

Mais là, en l'occurrence, Sullivan sentait bien que Jane n'était pas venue pour faire sécuriser son domicile.

— Me croirez-vous si je vous disais que je suis venue louer vos services ?

Elle passa la langue sur sa lèvre inférieure, qu'elle avait très charnue. Baissant les bras, elle balaya la pièce du regard et s'avança de quelques pas. Le clair de lune, qui entrait par la baie vitrée donnant sur le centre-ville d'Anchorage, éclaboussait la moitié de son visage et faisait ressortir l'éclat de ses yeux noisette. Ayant longuement étudié son dossier, il savait à quoi elle ressemblait. Sauf qu'en chair et en os elle était encore plus belle que sur les photos qu'il avait eues sous les yeux. Elle paraissait tendue, cependant, et elle avait les traits tirés.

— Vous plaisantez, je suppose ?

C'était forcément une blague. Se plantant devant elle, Sullivan laissa échapper un rire gras. Puis il baissa son pistolet mais il ne se risquerait pas à le ranger avant d'avoir acquis la certitude qu'elle n'était pas armée.

— Je suis la dernière personne au monde qui accepterait de vous aider.

Jane regarda autour d'elle à nouveau, évitant soigneusement de poser les yeux sur lui. Même dans la pénombre, Sullivan aurait juré qu'elle avait blêmi.

— Je ne voulais pas...

Elle se racla la gorge et se ressaisit après avoir brièvement perdu contenance.

— Après ce qu'il s'est passé, je comprendrais que vous me riiez au nez et me jetiez dehors, continua-t-elle, mais en dehors de vous, je ne sais pas vers qui me tourner. La police n'a pas la moindre piste et l'armée n'est pas au courant. C'est préférable. Du moins pour l'instant.

— Au courant de quoi ?

Allumant la lumière, Sullivan vit ce qu'elle avait cherché à cacher en se terrant au fond de la pièce. Éblouie par les néons, elle cligna des paupières. Elle avait de grands cernes sous les yeux et les joues très creusées. Par rapport aux photos qu'il avait vues, elle semblait avoir beaucoup maigri — littéralement fondu — et perdu non seulement du poids mais aussi une bonne partie de la masse musculaire acquise dans l'armée. Son T-shirt blanc et son pantalon de coton noir accentuaient son extrême pâleur mais n'enlevaient rien à sa beauté. Il y avait cependant quelque chose qui clochait. Sullivan ne reconnaissait pas la femme qui, un an plus tôt, avait fait condamner son frère.

— On me surveille, dit-elle.

Le coin de sa bouche se tordit, comme si elle mordillait l'intérieur de sa joue. Puis ses épaules se soulevèrent tandis qu'elle prenait une grande inspiration.

— On me harcèle.

La peur qui filtrait dans sa voix lui donna un coup au cœur — quel homme aurait pu y rester insensible ? — mais Sullivan garda le silence. C'était une tactique utilisée dans le contre-espionnage. Le fait de ne rien dire incitait bien souvent la cible à parler. Si elle mentait, il s'en apercevrait car elle jetterait des coups d'œil sur la gauche ou croiserait les bras sur sa poitrine.

— Je sais qu'ils se sont introduits chez moi et qu'ils sont entrés dans ma voiture. Peut-être ailleurs, aussi.

Elle repoussa une courte mèche de cheveux bruns derrière son oreille, soudain fragile et vulnérable. Il ne restait rien de la femme au caractère bien trempé qu'il avait vue sur les photos et la vidéo du procès.

— Si l'armée l'apprenait, au mieux, elle restreindrait mon habilitation au secret défense, au pire, je perdrais mon emploi.

J'ai passé un coup de téléphone anonyme à la police et je lui ai expliqué ce qu'il se passait, mais...

— Ils ont d'autres chats à fouetter, j'imagine.

Il savait comment fonctionnait la police d'Anchorage. Tant qu'on n'avait pas attenté à la vie de Jane, les flics ne feraient rien. Ils étaient débordés. Voilà pourquoi Sullivan avait créé Blackhawk Security. Outre qu'elle fournissait des services d'enquête au gouvernement et aux particuliers, son équipe protégeait les victimes de harcèlement que la police ne pouvait pas — ou ne voulait pas — prendre en charge. Mais dans le cas de Jane...

Elle ne mentait pas — autant qu'il pût en juger — mais il n'avait pas plus envie que la police de la protéger.

— Vous avez des preuves ?

Acquiesçant d'un rapide coup de menton, elle sortit son téléphone de la poche de sa veste et l'alluma. En quelques clics, elle trouva ce qu'elle cherchait.

— Tenez, regardez ce que j'ai découvert hier matin, dit-elle en lui tendant le téléphone. Une photo de moi endormie dans mon lit. Elle a été prise il y a deux jours, aux environs de minuit.

Lorsqu'il saisit le téléphone, son index effleura sa main, qui lui parut glacée. Observant avec attention la photo qui s'affichait à l'écran, Sullivan sentit la colère gronder en lui. Comment pouvait-on faire une chose pareille ? Prendre en photo quelqu'un à son insu ? Harceler et terroriser une femme ?

— Savez-vous qui aurait pu faire ça ? demanda-t-il.

— Non, je n'en ai pas la moindre idée, répondit-elle en secouant la tête. Je vis seule.

S'il ne s'agissait pas d'un simple cambriolage, tout portait à croire que la jeune femme était effectivement victime de harcèlement. Lui rendant le téléphone, Sullivan fit bien attention à ce que ses doigts n'entrent pas en contact avec les siens. Le fait qu'elle se soit introduite dans son agence ultra-sécurisée lui avait mis la rate au court-bouillon ; il n'avait pas besoin d'un souci supplémentaire.

— Qui a les clés de chez vous ? Un ex-petit ami qui aurait du mal à tourner la page, par exemple ?

Elle secoua la tête, à nouveau.

— Euh, non, je ne vois vraiment pas. Je n'ai pas d'ex-petit ami. En tout cas, pas depuis que je suis entrée dans l'armée.

Pas depuis cinq ans, autrement dit.

— Et du côté des affaires que vous avez traitées ? Quelqu'un, peut-être, qui serait mécontent de la manière dont vous vous êtes occupée de son cas ?

Quelqu'un *d'autre que lui*, bien sûr.

Elle se mordilla les lèvres.

— Pas que je sache, mais tous les dossiers des affaires qui m'ont été confiées sont chez moi, si vous voulez y jeter un coup d'œil.

Jamais de la vie. Il fourra le Glock dans son holster d'épaule, à peu près rassuré sur les intentions de la jeune femme. Bien que coupable de s'être introduite dans l'agence au mépris des dispositifs de sécurité, Jane ne représentait pas vraiment une menace. Du moins à ce stade.

— Non, ce ne sera pas nécessaire.

— Comme vous voulez. On fait quoi, du coup ?

Elle fit rouler ses épaules mais resta où elle était. A prudente distance de lui. Savait-elle à quel point il lui en voulait pour ce qui était arrivé à son frère et craignait-elle sa réaction ? Il l'espérait secrètement. Elle avait poursuivi des dizaines de bons et loyaux soldats et elle osait venir solliciter son aide ? Avait-elle perdu la tête ?

C'était à cause d'elle que son frère s'était suicidé. Le capitaine Jane Reise pouvait aller au diable. Il ne lèverait pas le petit doigt pour l'aider.

Se tournant vers son bureau, il s'empara d'un bloc-notes et d'un stylo.

— Je vous donne les coordonnées d'un concurrent. Adressez-vous à lui. Il saura quoi faire. Et sortez d'ici.

— Si je suis venue, c'est parce que j'ai besoin de *votre* aide.

Dans son ton filtrèrent l'assurance et l'autorité de la célèbre magistrate dont Sullivan avait lu les états de service. Les effluves de vanille du parfum qui émanait de son interlocutrice l'envahirent. Il retint son souffle.

— Blackhawk Security est bien là pour ça, non ? Pour aider les gens ? continua-t-elle.

— Oui, répondit Sullivan en arrachant la page du bloc-notes et en la lui tendant.

Puis il se détourna de ce regard bien trop perspicace et gagna la sortie. Ouvrant la porte, il invita la jeune femme à sortir.

— Mais pas vous, assena-t-il.

Les bras croisés sur la poitrine, le menton levé, Jane s'adossa au bureau. Il comprit que se débarrasser d'elle n'allait pas être facile.

— Je ne bougerai pas d'ici tant que vous n'aurez pas accepté de m'aider.

— Sortez immédiatement, ou je vais devoir employer la manière forte.

Il se voyait déjà la charger sur son épaule et la jeter dehors. Ce projet était loin de lui déplaire, il devait bien l'avouer. Elle devait être légère comme une plume et elle sentait si bon…

Il refoula bien vite cette idée pour le moins perturbante. Non, il ne se laisserait pas convaincre. Elle aurait beau le supplier, il demeurerait inflexible. L'imitant, il croisa les bras sur sa poitrine.

— Sortez !

— Je vous paierai, déclara-t-elle en s'écartant du bureau. Au prix fort. Demandez-moi ce que vous voulez.

— Ce n'est pas une question d'argent.

Lâchant la porte, qu'il tenait grande ouverte, Sullivan revint se planter devant elle.

Nullement intimidée, elle adopta une attitude de défi encore plus marquée.

Habituée à être confrontée à de fortes têtes, elle n'était pas du genre à capituler. Le hic, c'était que plus elle se montrait déterminée et plus il la trouvait sexy. Mais il ne serait pas assez bête pour s'y laisser prendre.

Campés l'un devant l'autre, comme deux coqs prêts à s'affronter, ils se jaugeaient du regard. Sullivan esquissa un petit sourire et posa ses mains à plat sur le bureau, emprisonnant la jeune femme entre ses bras tendus.

— L'argent mis à part, y a-t-il autre chose que vous seriez prête à me donner ?

Entrouvrant les lèvres, elle exhala un profond soupir. Elle le scruta de la tête aux pieds mais n'essaya pas de se dégager. Plantant son regard implacable droit dans le sien, elle répliqua :

— Je vous paierai en espèces sonnantes et trébuchantes, lieutenant Bishop. Pas autrement.

— Je vous conseille donc de partir avant que je n'appelle votre supérieur hiérarchique et ne vous fasse radier du barreau pour avoir harcelé la famille d'une de vos victimes.

Sur ces mots, Sullivan s'écarta du bureau et se dirigea vers la porte, mettant entre elle, son fichu parfum et lui, le plus de distance possible.

— Je peux vous obliger à m'aider, déclara-t-elle tout à trac.

Exaspéré, il s'immobilisa. Comment diable fallait-il le lui dire pour qu'elle comprenne ? Il fit volte-face. Si c'était la guerre qu'elle voulait, elle allait l'avoir ! Il n'aurait aucun scrupule à anéantir la garce qui avait détruit sa famille. Il se pourrait même qu'il y prenne un certain plaisir.

— Je suis impatient de voir ça.

— Très bien, dit Jane en se grandissant, comme pour mieux le dominer. Je sais *qui* vous êtes. Et je connais vos secrets.

— Vous ne savez rien du tout !

Sullivan Bishop semblait bien plus... *imposant* que tout à l'heure, quand il l'avait coincée contre le bureau et se dressait devant elle comme un mur, menaçant de l'écraser. Une haine farouche se lisait dans ses yeux bleus.

Jane déglutit. Qu'est-ce qui lui avait pris de faire du chantage à un homme comme lui ? Le P-DG de Blackhawk Security n'était pas seulement à la tête d'une équipe d'anciens militaires ultra-entraînés ; il en était un *lui-même*. Ex-commando de marine, il était capable de tout. Et elle, pauvre inconsciente, elle venait de le menacer de révéler ce qu'il s'était toujours employé à cacher...

Lorsque à nouveau il lui tomba dessus et que, penché sur elle — si près qu'elle reçut en pleine figure une bouffée de son after-shave —, il se mit à l'invectiver, Jane sentit les petits cheveux se dresser sur sa nuque. Peut-être allait-il, comme il le lui promettait, lui faire regretter ses menaces, mais avait-elle eu le choix ? Elle ne cilla pas, bien décidée à aller jusqu'au bout, malgré tout. Car Sullivan était le meilleur et elle avait besoin de lui. D'une manière ou d'une autre.

— Je sais que Sullivan Bishop n'est pas votre vrai nom.

En le voyant bander ses muscles, elle crut qu'il allait la frapper. Elle s'efforça néanmoins de rester calme mais ne put s'empêcher de se rencogner encore un peu plus contre le bureau.

— Vos plus gros clients, notamment l'armée, mais également une partie de ceux qui sont classés top secret, aimeraient sans doute savoir pourquoi vous avez changé de nom, continua Jane.

— C'est du chantage ? rugit-il, hors de lui.

Elle vit les veines de ses bras gonfler dangereusement tandis qu'il s'appuyait de tout son poids sur le bureau et enserrait Jane plus étroitement.

— Êtes-vous certaine de vouloir vous engager dans cette voie, capitaine Reise ? Cela risque fort de mal finir.

— Je suis prête à tout pour rester en vie.

Un frisson lui remonta l'échine mais Jane n'en laissa rien paraître. Elle n'en pouvait plus : les coups de téléphone anonymes, l'impression d'être épiée en permanence, la photo d'elle en train de dormir prise avec son propre téléphone — tout cela avait assez duré. Et ce n'était pas tout. Un incident encore plus inquiétant s'était produit plusieurs semaines auparavant.

— Avez-vous déjà été traqué comme un animal, lieutenant Bishop ?

À ces mots, il se détendit et, bien que toujours captive de ses deux bras, Jane put respirer plus librement. Puis il s'écarta, la libérant enfin.

— Oui.

— Vous savez donc ce qu'on ressent quand on passe son temps à regarder par-dessus son épaule et qu'on a l'impression d'être à la merci d'un psychopathe et de ne plus pouvoir rien contrôler.

Elle avait froid, maintenant que Sullivan s'était éloigné d'elle, et ses mains s'étaient mises à trembler.

— Quand on se dit qu'on est en sursis et que d'une seconde à l'autre on risque d'être tué.

Elle vit se creuser les rides qui entouraient sa bouche aux lèvres bien dessinées. Son expression était impénétrable mais à en juger par sa posture, la colère était retombée.

— Comment vous en êtes-vous sorti ? demanda-t-elle.

Il poussa un profond soupir.

— Je suis entouré de personnes de confiance capables de me couvrir en toutes circonstances.

Elle acquiesça d'un hochement de tête. C'était ce qu'il lui fallait. La raison pour laquelle elle était venue. Sullivan avait la réputation de s'investir totalement dans ses missions de protection, alors même si elle prenait un risque en se fiant à un homme qu'elle faisait chanter, elle l'espérait à la hauteur de sa réputation.

— Moi, je n'ai que vous. Je ne peux compter sur personne d'autre. De sorte que s'il faut avoir recours au chantage pour vous obliger à m'aider, eh bien, soit !

Un silence oppressant se fit dans la pièce tandis qu'il la scrutait longuement. Jane se sentit rougir. Que voyait-il ? Une femme sans défense ? Ou la femme responsable de la mort de son frère ?

— Je vous concède vingt-quatre heures de mon temps,

lâcha-t-il soudain. Puis je vous laisserai à votre petite vie morne et sans consistance. Et vous, vous disparaîtrez de la mienne à tout jamais !

Jane songea qu'il n'était pas différent des autres, que ce soit de ses pairs dans l'armée, des hommes et des femmes qu'elle poursuivait en justice pour protéger les citoyens de ce pays, ou bien encore de son chef. Sans doute n'avait-elle pas volé sa réputation de garce impitoyable. Son métier exigeait d'elle une rigueur absolue, un flegme total. Et voilà que pour la première fois, et contre toute logique, l'image qu'elle renvoyait à Sullivan Bishop la dérangeait. Dieu sait pourtant qu'elle se fichait pas mal de ce qu'il pensait d'elle. De ce que tout le monde pensait d'elle.

Décroisant les bras et s'avançant vers lui, elle demanda :

— Vous acceptez, si je comprends bien ?

— Je n'ai pas vraiment le choix, il me semble, répliqua-t-il sèchement. Puisque vous avez recours au chantage.

Il passa derrière son bureau. Un instant fascinée par son dos puissant, dont elle voyait jouer les muscles à chaque mouvement qu'il faisait, Jane tenta de reporter son attention sur le pistolet qui se balançait dans son holster d'épaule. Comment un homme aussi dangereux pouvait-il être aussi séduisant ? songea-t-elle, incapable de détourner les yeux de sa taille déliée, de ses jambes solides, du trident tatoué sur le haut d'un de ces biceps.

— Nous prenons ma voiture, déclara-t-il d'un ton sans appel.

— Pour aller où ? s'enquit Jane.

— Chez vous. Je préviendrai mon équipe pendant le trajet.

Il prit son Glock, vérifia que le chargeur était plein et fit glisser une balle dans la culasse. Ses gestes étaient rapides et précis. Puis il leva vers elle son regard pénétrant.

— L'un de mes hommes a longtemps travaillé dans la police scientifique. Si votre harceleur est entré chez vous, mon gars trouvera ses empreintes et le tour sera joué.

Elle ne demandait qu'à le croire. Mais était-ce vraiment aussi simple que ça ?

— C'est-à-dire ? Que ferez-vous une fois que vous aurez les empreintes ?

Sullivan refit le tour de son bureau et vint se planter devant elle, lui bouchant la vue spectaculaire qu'offrait la baie vitrée sur le massif des Chugach. Tout contre elle, il la toisa du haut de son mètre quatre-vingt-dix. Mais il ne cherchait plus à l'intimider. Il gagna rapidement la porte, visiblement pressé d'en finir.

— Vous aurez alors la preuve de ce que vous affirmez et vous pourrez aller trouver la police.

— Quoi ? bredouilla-t-elle, consternée, en lui emboîtant le pas.

Posant une main sur son bras musculeux, elle le fit se retourner vers elle. Il pivota docilement sur les talons ; elle n'aurait jamais eu la force de faire bouger pareil colosse. Elle était au bout du rouleau et ne voulait pas repartir bredouille. Sa permission se terminait dans une semaine mais elle n'était pas plus avancée que trois mois auparavant : elle ne savait toujours pas *qui* la harcelait.

— Me suis-je bien fait comprendre ? dit-elle en rivant son regard dans les yeux bleu outremer de Sullivan. Si *vous* ne m'aidez pas à identifier la personne qui me pourrit la vie depuis plusieurs mois, je vais raconter au gouvernement et à vos clients tout ce que je sais sur vous. Et sur votre famille.

Il se pencha vers elle, l'obligeant presque à reculer. Son visage n'était qu'à quelques centimètres de celui de Jane.

— Pour que les choses soient parfaitement claires de mon côté aussi, sachez que je ne consentirai à vous aider que si nous suivons scrupuleusement mon plan car je n'ai pas envie de vous consacrer plus de temps que nécessaire.

Jane en resta coite. Sans attendre sa réponse, il s'avança vers la porte.

— Allons-y, dit-il.

Dans quoi s'était-elle embarquée ? songea-t-elle. Elle aurait dû se douter que Sullivan la détestait. Mais avait-elle une autre solution ? Elle le suivit jusqu'à l'ascenseur et s'engouffra dans la cabine derrière lui. Dans un silence hostile, ils descendirent au parking. Sortant le premier de l'ascenseur, il la guida à travers le parking désert jusqu'à un SUV noir.

Un frisson lui parcourut l'échine. Ce sentiment d'insécurité, cette angoisse lui étaient devenues familières, hélas. Le cœur battant, elle jeta un coup d'œil derrière elle. Il faisait sombre et à cette heure-ci, il n'y avait plus personne. Tous les salariés de l'agence étaient rentrés chez eux. Elle s'en était assurée. Il ne restait plus que Sullivan et deux ou trois gardiens de nuit. Mais *lui* aussi était là, en train de l'épier. Elle le sentait.

— Jane.

La voix grave de Sullivan agit comme un baume sur ses nerfs à vif. À tel point qu'elle finit par se demander si elle ne se faisait pas des idées. C'était impossible qu'on l'ait suivie jusqu'ici. Elle avait pris moult précautions. Elle ne se sentait pas tranquille, cependant.

— J'arrive, dit-elle en hâtant le pas.

Sullivan ouvrit la portière du côté conducteur et balaya le parking du regard tandis qu'elle prenait place sur le siège passager. Une fois dans la voiture, Jane se détendit. Personne ne l'avait suivie. Elle allait finir par devenir paranoïaque, à force.

Sullivan referma sa portière et mit le contact. Sa présence à côté d'elle acheva de la rassurer. À la sortie du parking, après avoir abaissé sa vitre et scanné sa carte magnétique, il prit vers le nord, traversant une zone d'entrepôts et de voies ferrées qu'il semblait bien connaître.

Le SUV progressait lentement dans les rues du centre-ville d'Anchorage, faisant gicler sous ses roues des gerbes de neige fondue. Bien au chaud dans l'habitacle, Jane sentait se dissiper enfin l'angoisse qui l'étreignait, comme un étau de glace, depuis plusieurs semaines. La chaleur qui irradiait de Sullivan contribuait également à ce sentiment de bien-être. Ce type était un radiateur ambulant, songea-t-elle en l'observant du coin de l'œil. Comment faisait-il pour dégager autant de chaleur alors qu'il était en jean et en T-shirt ?

— Je me doute de ce que vous avez entendu à mon propos, dit-elle en se redressant sur son siège, prise soudain d'un besoin irrépressible de se justifier auprès du P-DG de Blackhawk Security. Malgré le surnom qu'on m'a donné en Afghanistan, je ne suis pas aussi redoutable que vous le pensez. Je n'avais pas l'intention de fouiller dans votre passé, vous savez. Je voulais juste...

— Laissons cela pour l'instant, la coupa-t-il, une main sur le volant.

Il ne daigna pas lui jeter le moindre regard et n'avait visiblement pas envie de parler. Sur le pont qui franchissait la Knik Arm, en grande partie gelée, il accéléra.

— D'accord, murmura-t-elle, résignée à faire le trajet en silence. Je ne m'attendais pas à ce qu'il y ait autant de circulation.

Il neigeait un peu, mais rien de bien méchant. À Anchorage, à cette époque de l'année, les tempêtes de neige étaient chose courante. Les flocons qui tourbillonnaient gracieusement dans l'air lui rappelèrent les hivers de son enfance, à Seattle.

Un horrible crissement de pneus la tira brutalement de sa douce rêverie. Tournant la tête vers la vitre, elle fut éblouie par les phares d'un camion, qui approchait dangereusement. Par pur réflexe, elle s'éloigna de la portière. Une fraction de seconde avant que le camion percute le SUV du côté passager.

2

Le rugissement d'un moteur de camion le fit revenir à lui.
— Reise ?

Il avait mal. Au crâne. Partout. Et il voyait tout trouble. Clignant des paupières pour accommoder, il passa la main sur sa joue gauche et constata qu'il saignait. Encore à moitié sonné, il vérifia qu'il n'avait pas d'autres blessures. Bon sang, ils avaient fait un tonneau !

Complètement explosé, le pare-brise ne lui permettait pas de voir le conducteur du camion qui les avait percutés. Y avait-il des morts ? Des blessés ?

Vite, Sullivan détacha sa ceinture. Il s'affala sur le toit du SUV, parsemé d'éclats de verre qui lui entaillèrent cruellement les mains et les genoux. Réprimant un cri de douleur, il se retourna tant bien que mal vers Jane, toujours attachée sur son siège. Etait-elle consciente ? Il enjamba la console centrale.
— Capitaine Reise, vous m'entendez ?

Elle ne réagit pas. Sullivan n'arrivait pas à voir si elle était blessée. Il fallait qu'ils sortent au plus vite du véhicule accidenté.

Il commença par la détacher, en prenant soin de la tenir pour lui éviter de retomber sur le toit du SUV retourné. Elle aussi saignait car elle avait une profonde entaille à la tempe droite. Tandis que d'une main il comprimait la blessure, de l'autre il vérifia le pouls de la jeune femme, au creux de son cou gracile. Son pouls était ténu mais bien là.

Une odeur âcre de caoutchouc brûlé et de gaz d'échappement

lui donna brusquement envie de tousser. Il se pencha pour regarder par la fenêtre du côté passager. La dépanneuse jaune s'apprêtait à leur foncer dessus à nouveau.

— La bonne blague !

Mû par un puissant instinct de survie, il attrapa Jane à bras-le-corps et la tira de toutes ses forces pour la faire passer avec lui par la fenêtre du côté conducteur. Ils parvinrent à s'extraire du véhicule mais, entraînés par leur élan, ils dévalèrent le talus surplombant la Knik Arm.

Etroitement enlacés, ils roulèrent dans la neige et la boue. Sullivan crut qu'ils allaient finir dans l'eau glacée de la rivière mais par chance, un arbre les arrêta dans leur course effrénée. Allongé sur la jeune femme, il l'examina à nouveau, mais la tâche était malaisée car il soufflait comme un phoque et voyait double.

Le cœur battant, il prit appui sur ses paumes pour la laisser respirer.

— Capitaine Reise, réveillez-vous. Il faut qu'on...

Sullivan leva les yeux vers le pont. Dans un fracas assourdissant, la dépanneuse venait de percuter le SUV une seconde fois. Les phares du SUV clignotèrent deux ou trois fois, juste avant qu'il dégringole à son tour dans le talus. Sullivan et Jane se trouvaient en plein dans sa trajectoire. Sans réfléchir, il agrippa Jane par le bras et la fit prestement rouler sur la droite dans la neige et les broussailles. Lancé à toute vitesse, le SUV les dépassa et plongea dans la rivière gelée, brisant les quinze centimètres de glace flottant à la surface.

Bon sang ! Il ne s'agissait pas d'un vulgaire accident de voiture. Et d'un simple cas de harcèlement. Jane avait failli être tuée. Elle n'avait donc rien inventé, en conclut Sullivan en exhalant un soupir. Son souffle forma devant sa bouche une épaisse volute.

— Allez, Jane, on ne peut pas rester ici. Il faut qu'on bouge.

Tiens ! songea-t-il, interloqué. Depuis quand l'appelait-il par son prénom ?

Un crissement de pneus se fit à nouveau entendre juste au-dessus d'eux. La dépanneuse allait repartir comme elle était venue. Ni vu ni connu.

Si seulement il avait vu le conducteur...

Comme il s'apprêtait à remonter le talus à toute vitesse pour essayer d'apercevoir la plaque d'immatriculation du véhicule, Jane remua et gémit dans ses bras. Ses lèvres s'entrouvrirent. Des lèvres roses et charnues. Puis ses paupières se soulevèrent mais son regard était perdu dans le vague. Il intercepta la main qu'elle leva vers son visage.

— Que... s'est-il passé ? Ma tête...

Elle s'efforça de le fixer.

— J'ai rêvé, ou bien vous m'avez appelée Jane et non capitaine Reise ?

Il déglutit, embarrassé.

— Vous vous êtes assommée en vous cognant contre la fenêtre quand le camion nous est rentré dedans. Vous avez dû mal entendre.

Il repoussa une mèche de cheveux pour mieux voir sa blessure. Elle ferma les yeux, détendue. Autant qu'il puisse en juger, elle n'avait rien de grave mais elle était encore sous le choc. Elle venait d'échapper à une tentative de meurtre. Rien de moins. Ils auraient pu être tués tous les deux.

Sullivan n'eut soudain plus du tout envie de confier l'affaire à la police d'Anchorage. Il se chargerait lui-même de retrouver le salopard qui les avait percutés.

— Que s'est-il passé ?

De ses yeux noisette, elle balaya la berge. Lorsqu'elle vit le SUV accidenté, elle se redressa d'un bond sur son séant.

— On a essayé de nous tuer !

Inutile de nier l'évidence. Non content de la traquer jusque chez elle, son harceleur avait en quelque sorte passé la vitesse supérieure.

— Cela m'en a tout l'air. Êtes-vous en mesure de vous lever ?

D'un hochement de tête, elle répondit par l'affirmative.

Elle se mit debout mais elle dut s'agripper à lui. Au contact de sa main, il ressentit comme une brûlure sur son bras nu, exposé à un froid de plus en plus mordant.

— Il va bientôt faire nuit, remarqua-t-il en jetant un coup d'œil autour de lui.

Ils n'étaient pas très loin du centre-ville mais il ne se risquerait pas à la ramener à l'agence, où elle avait de toute évidence été suivie. Planqué à proximité de Blackhawk Security, son harceleur les avait probablement épiés avant de les prendre en chasse. Qui qu'il soit, ce salaud semblait déterminé à la tuer, quitte à faire des victimes collatérales. Sullivan ne pouvait donc pas non plus la ramener chez elle.

— Il faut qu'on s'en aille, déclara-t-il.
— Pour aller où ?

Elle claquait des dents. Les bras croisés sur la poitrine, elle jeta un regard désolé au SUV à moitié englouti.

— J'ai pourtant fait attention en allant à l'agence. Je ne comprends pas...

Levant les yeux vers lui, elle ajouta d'un ton paniqué :
— Il veut me tuer.

Touché par son désarroi, Sullivan la prit spontanément dans ses bras. Elle faisait une tête de moins que lui, mais cette différence de taille ne l'empêcha pas de se blottir contre lui. Bien au contraire. Ce constat déplut à Sullivan qui ne pouvait faire abstraction du fait que cette femme qu'il tentait de réconforter avait détruit sa famille. Et qu'elle le faisait chanter pour l'obliger à la protéger.

Force lui était d'admettre que bien que vulnérable et terrorisée Jane ne manquait pas d'aplomb. N'empêche que même si son métier de procureur général dans l'armée ne devait pas lui valoir que des amis, elle ne méritait pas d'être traquée comme du gibier.

Elle tremblait comme une feuille — à cause du choc, probablement. Elle sentait bon et après avoir inhalé malgré lui l'odeur infecte du caoutchouc brûlé et des gaz d'échappement, il ne put s'empêcher de respirer son parfum délicat. Mais conscient de devoir bouger, il finit par la lâcher.

— Nous le retrouverons, Jane. Je vous le promets.

Peu pressée de s'écarter de lui, elle posa les deux mains à plat sur son torse et leva vers lui ses grands yeux noisette.

— Merci.

Il bouillait intérieurement d'avoir cédé à son chantage. Et ce n'était pas parce qu'elle venait d'échapper de justesse à la mort qu'il allait oublier que c'était à cause d'elle que son frère s'était suicidé. Jamais il ne le lui pardonnerait.

— De m'avoir extraite du SUV, s'empressa-t-elle de préciser.

Elle avait une estafilade, quelques égratignures, des traînées de sang séché et une ecchymose sur le visage. Une mèche de cheveux barrait sa joue mais il s'abstint de la lui remettre en place.

— Vous auriez pu m'abandonner à mon sort pour échapper au chantage que je vous fais. Je vous sais gré de m'avoir sauvé la vie.

Il demeura impassible. D'un simple coup de fil, Jane Reise pouvait lui faire perdre son agence et tout ce qu'elle représentait pour lui. Cette menace, il allait devoir la garder bien présente dans son esprit.

— Oui, mais bon, le psychopathe qui veut votre peau a essayé de me tuer, moi aussi, et vous seule pouvez me conduire jusqu'à lui.

Sullivan s'écarta ostensiblement de la jeune femme. C'était une dure à cuire et elle venait encore de le montrer. N'empêche qu'il dut serrer les poings pour s'empêcher de la réconforter car il la sentait malgré tout pas mal ébranlée. Après ce qu'elle avait fait à son frère, et le chantage qu'elle lui faisait à lui, Jane ne méritait cependant aucune compassion de sa part. Il saurait résister.

— Je comprends, dit-elle d'une petite voix, comme si elle avait la gorge trop serrée pour parler.

Enfonçant les mains dans les poches de sa veste, elle jeta un coup d'œil autour d'elle.

— Pas la peine d'appeler une remorqueuse ; votre SUV est irrécupérable.

Un craquement sinistre vint ponctuer ces paroles ; le SUV continuait de s'enfoncer dans la rivière. Dans moins de cinq minutes, il aurait disparu au fond du golfe d'Alaska. Pataugeant dans vingt centimètres de neige gadoueuse, Sullivan rejoignit le véhicule, Jane sur ses talons. Il souleva le hayon, écarta le double-fonds et fourragea dans le coffre.

— Nous allons devoir marcher. Prenez ça, dit-il en jetant à Jane le plus léger des deux sacs marin qu'il venait d'extraire du coffre, in extremis.

Il prit la grosse veste de treillis et l'autre sac. Comme n'importe quel ancien commando, et n'importe qui habitant en Alaska, il ne partait jamais sans un équipement de survie complet.

Elle ouvrit la fermeture à glissière du sac.

— Waouh ! De la nourriture et des armes. Vous me plaisez décidément beaucoup, lieutenant Bishop.

Elle plaisantait, bien sûr. N'empêche que le compliment le laissa quelques secondes pantois.

— Attendez de voir ce qu'il y a dans le mien, répliqua-t-il. Pour ne rien vous cacher, nous avons de quoi tenir au moins trois jours.

Il ne prit pas la peine de refermer le hayon. Des automobilistes passant dans le coin allaient sans doute prévenir la police. Quoi qu'il en soit, il valait mieux que Jane et lui ne s'attardent pas davantage sur les lieux, au cas où il prendrait à l'idée du cinglé qui les avait percutés de revenir s'assurer qu'ils étaient bien morts.

— Nous allons prendre la direction nord-est, dit-il en pointant du doigt la forêt. Il va falloir marcher cinq petits kilomètres. Vous êtes prête ?

— Où allons-nous ?

Elle rabattit sur sa tête la capuche de sa parka. Sage précaution.

En Alaska, mieux valait bien se couvrir quand on était dehors. Avec le froid et la neige, le risque d'hypothermie était bien réel.

Sullivan enfila sa grosse veste de treillis qu'il ferma soigneusement. Puis à son tour, il s'encapuchonna car le vent était glacial.

— Là où personne ne viendra nous chercher, répondit-il.

Sullivan l'avait appelée Jane, tout à l'heure. Et non capitaine Reise. Bien que complètement groggy, elle l'avait entendu distinctement l'appeler par son prénom. Au son de sa belle voix grave, elle était brusquement revenue à elle. Pourquoi s'était-il soucié d'elle ? Alors qu'il ne lui devait rien. Et qu'elle le faisait chanter !

Il ouvrait le chemin, élaguant avec l'un des couteaux de son attirail les branches qui leur barraient le passage. Le faisceau de sa lampe torche sculptait d'ombres les traits de son visage. Jane avait les pieds mouillés et son pantalon était trempé. Depuis combien de temps crapahutaient-ils ainsi ? À vue de nez, au moins deux heures. Cinq kilomètres, ce n'était pas le bout du monde, mais dans la neige et avec le froid qu'il faisait, elle n'en pouvait plus. Sans compter qu'il faisait nuit noire, à présent, et que cela compliquait encore leur progression. Elle ne sentait plus ses orteils et ses doigts ne valaient guère mieux. Mais elle ne se plaignait pas, portée par l'espoir d'arriver sous peu à destination. Ils ne devaient plus être très loin, se répétait-elle comme un mantra, tous les vingt ou trente pas. Comme un automate, elle continuait d'avancer malgré la fatigue, ses pieds gelés et ses vêtements mouillés. Plus vite ils seraient à l'abri, mieux cela vaudrait.

— Je parie que vous n'aviez encore jamais été amené à crapahuter avec un client dans ces contrées hostiles pour échapper à un psychopathe ? dit-elle, histoire de ne plus penser à ses doigts de pied gelés.

— Pari gagné !

Puissant et chaleureux, le rire de gorge de Sullivan l'ébranla jusqu'à la moelle. D'un geste ample, il écarta une énorme branche qui se dressait devant elle.

— Je réserve généralement ce genre d'escapade aux gens que je suis censé traquer.

— Êtes-vous en train de me dire que votre boulot consiste à tuer des gens ?

À peine l'avait-elle posée qu'elle regrettait sa question stupide. Elle tenta tant bien que mal de se rattraper.

— Au moment du procès, j'ai eu connaissance de vos états de service dans l'armée. Je sais que vous êtes un ex-commando de marine. Un des meilleurs. Vous pouvez donc jouer franc-jeu avec moi.

— Un commando reste un commando, quoi qu'il arrive. On a ça dans le sang. Cela fait partie de notre vie. C'est ce qui nous définit.

Il y avait du défi dans sa voix et dans ses yeux bleus rivés sur elle. Sans crier gare, il agrippa Jane par le bras et la plaqua contre lui. Sullivan Bishop était incontestablement un homme dangereux. Un ennemi redoutable. Elle savait à qui elle avait affaire lorsqu'elle l'avait menacé de révéler ses secrets au grand jour s'il refusait de l'aider. Mais à cet instant précis, son instinct lui soufflait qu'elle ne risquait strictement rien. Il ne lui ferait aucun mal, elle le sentait.

— Compte tenu de votre métier, continua-t-il, vous devez savoir, mieux que personne, que pour combattre les méchants, il faut les affronter sur leur propre terrain. Celui de la violence.

Jane prit une grande inspiration. Puis une deuxième. Elle manquait cruellement d'air. Levant les yeux vers lui, elle remarqua la balafre toute fraîche qui lui barrait la joue. S'il se donnait tout ce mal pour la protéger, c'était parce qu'il espérait qu'elle le conduirait jusqu'à l'homme qui avait tenté de les tuer. Rien de plus. Il ne s'en était pas caché. Alors pourquoi se mettait-elle dans des états pareils dès qu'il s'approchait tout près d'elle ?

— Et c'est toujours le cas ? demanda-t-elle.
— Que voulez-vous dire ?

Ses traits virils s'étaient figés et ses yeux étrécis.

— Vous traquez toujours des gens ?

Un silence se fit. Éloquent. Jane sentit son cœur se serrer. Sullivan était un tueur. Prisonnière de son regard céruléen, si tourmenté et pourtant incroyablement magnétique, elle aurait aimé l'oublier. Malgré la neige qui dégringolait des branches au-dessus d'eux, et le froid de plus en plus mordant, il ne semblait pas disposé à la lâcher.

— Dans le cas contraire, vous seriez-vous adressée à moi ? répliqua-t-il d'un ton sec avant de s'écarter enfin d'elle et de lui tourner le dos pour se remettre en route.

— Je vous ai demandé de retrouver l'homme qui me harcèle, pas de le tuer. Dans mon esprit, il s'agissait de le livrer à la police.

Pourquoi avait-elle l'impression de sentir encore ses doigts brûlants sur son bras ? Comme s'ils avaient laissé leur empreinte dans sa chair ? Elle n'avait aucune raison de s'enflammer de la sorte. Surtout avec ce froid de canard. Tout en s'efforçant de marcher dans ses pas, de garder la cadence, elle l'observait furtivement, admirant la musculature de son dos, qu'elle voyait jouer sous le treillis à chaque pas, et sa belle assurance, comme s'il n'avait rien à craindre de personne.

— Je suis désolée. Je ne voulais pas...

Elle ne voulait pas quoi, au juste ? S'immiscer dans sa vie ? Mettre en cause la légitimité de ses missions spéciales à l'étranger et sur le territoire américain ?

Il continuait d'avancer en défrichant consciencieusement le chemin. Au bout d'un moment, il finit tout de même par s'arrêter. Lorsqu'il se retourna, elle le vit vaciller sur ses jambes. Elle n'était visiblement pas la seule à être fatiguée.

— Aucune importance, assura-t-il en la dévisageant.

— Je trouve admirable ce que vous avez fait pour ce pays, bredouilla-t-elle. Et ce que vous faites encore aujourd'hui. Je suis sûre que tout le monde, ici, vous est très reconnaissant.

Au bord de l'asphyxie, elle aspira un grand bol d'air frais. En dépit de la température glaciale, elle avait l'impression d'avoir le visage en feu quand il la regardait comme ça. Comme si elle était une menace. Ne sachant plus où se mettre, elle enjamba un tas de branches cassées et faillit perdre l'équilibre. Bizarrement, ce faux pas eut pour effet de dissiper entre eux tout malentendu et de les rapprocher. Ils devaient se serrer les coudes dans l'adversité. Exit le chantage ! Exit le cinglé qui avait essayé de les écraser avec sa dépanneuse ! Il n'y avait même plus de spécialiste de la sécurité et de cliente apeurée. Ils étaient juste deux personnes s'efforçant de survivre dans cet environnement hostile. Ensemble.

— Il n'y a aucune raison pour que vous fassiez tout le boulot, déclara-t-elle. Je peux défricher, moi aussi.

— Si le cœur vous en dit...

Il semblait avoir du mal à articuler. À reprendre son souffle, même. Tout commando qu'il était, il devait souffrir du froid, lui aussi.

— Ça va ? demanda-t-elle, brusquement inquiète car son instinct lui soufflait que quelque chose ne tournait pas rond. Hé ! Sullivan ?

Sur les cinq kilomètres annoncés, ils en avaient parcouru au moins quatre et Jane en avait plein les pattes. Elle s'empressa cependant de le rejoindre.

Elle n'était plus qu'à quelques pas de lui lorsqu'elle le vit s'écrouler.

— Sullivan ! s'écria-t-elle, affolée, en lâchant son sac pour courir jusqu'à lui.

Ses pieds étaient comme deux blocs de glace mais mue par une volonté inflexible, elle parvint à combler en un temps record la distance qui la séparait de son guide. Accroupie à côté de lui, elle prit son pouls et constata avec effroi qu'il était extrêmement faible.

— Oh ! non, pas ça ! Allez, mon vieux, réveillez-vous !

Approchant son oreille de sa bouche, elle s'assura qu'il respirait encore.

— Au secours ! cria-t-elle à tout hasard car il était très peu probable qu'en pleine forêt quelqu'un l'entende.

Sullivan Bishop était un ex-commando, que diable ! Il ne pouvait pas lui faire un coup pareil. Pas lui. Mieux que personne, il était armé pour affronter des situations extrêmes. Elle sentit son propre cœur partir en vrille. Il fallait faire quelque chose. Vite, elle ouvrit le sac qui avait chu à côté de lui et se mit à fouiller dedans frénétiquement. De la nourriture, des armes. Pourvu que...

— Bingo !

Victorieuse, elle en extirpa une trousse de secours. À cause de ses doigts gourds, elle batailla pour ouvrir la pochette contenant la couverture de survie, qu'elle s'empressa d'étaler sur Sullivan. Les chaufferettes pour les mains et les pieds lui donnèrent moins de fil à retordre mais tout cela ne suffirait pas, hélas, à le ranimer. Elle le scruta. Il avait les paupières closes et ses lèvres d'ordinaire si sensuelles étaient blêmes et tendues comme un élastique. Il fallait de toute urgence faire remonter sa température corporelle.

— Je vous interdis de mourir, vous m'entendez ? Sans vous, je n'ai aucune chance de m'en sortir. Alors vous allez réagir au son de ma voix et revenir à vous. Parce que franchement j'aimerais mieux ne pas avoir à vous porter.

Levant les yeux, Jane scruta les alentours. Droit devant eux, il y avait un semblant de clairière. Et de l'autre côté, cachée dans les arbres, elle apercevait une espèce de chalet. La planque de Sullivan ! Du moins l'espérait-elle. Au pire, ils trouveraient là un toit pour se mettre à l'abri pendant que les propriétaires appelleraient les secours.

— **Il va falloir que je vous traîne jusque là-bas, si je comprends bien ?**

Sans attendre sa réponse, elle l'agrippa tant bien que mal par son treillis et le traîna dans la neige en direction de la clairière. Au bout d'une centaine de mètres, elle le lâcha, épuisée, et fit une pause pour reprendre son souffle. Les entraînements imposés par l'armée ne l'avaient manifestement pas préparée à ça. Cela étant, il fallait reconnaître que le P-DG de Blackhawk Security n'était pas un poids plume.

— Allez, Sullivan. Faites un petit effort, quoi !

Résignée à le traîner jusqu'au bout, elle se remit en route, tout entière concentrée sur son objectif, avançant ou plutôt reculant, pas à pas. Enfin, alors qu'elle n'y croyait plus, ses talons heurtèrent la contremarche du seuil du chalet. Elle essaya d'ouvrir la porte. Fermée à clé. Elle tambourina des deux poings contre le battant, à l'affût d'un bruit de pas, d'une voix, mais il n'y avait personne, apparemment. Elle partit alors en quête d'une pierre, ou de quelque chose qui lui permît d'entrer. En furetant dans les fourrés, elle fit une étrange découverte : une clé accrochée à une branche d'arbre. À son grand soulagement, cette clé se révéla être celle du chalet.

Il régnait à l'intérieur une température agréable qui lui valut presque instantanément des fourmis dans les doigts. Mais elle n'avait pas le temps de se réchauffer. Elle courut chercher Sullivan, qu'elle attrapa sous les bras et, dans un dernier effort, traîna à l'intérieur. Il fallait à présent qu'elle fasse du feu.

— On y est presque. Tenez bon !

Se débarrassant de sa parka, elle fonça vers la cheminée et entreprit de faire une flambée. Par chance, le bois était sec. Le feu partit du premier coup. Il n'était pas très vaillant mais suffisant dans un premier temps. Elle devait à présent déshabiller Sullivan. Avec ses vêtements mouillés, jamais il n'arriverait à se réchauffer. Idem pour elle. Forte de cette pensée, Jane commença par se dévêtir en gardant un œil sur Sullivan, qui semblait détendu. Puis ce fut son tour à lui.

— Désolé, mon vieux. Vous allez me détester encore plus quand vous allez revenir à vous, mais tant pis.

En un tournemain, il se retrouva nu comme un ver.

— C'est le seul moyen de vous sauver la vie.

3

Il souffrait comme un damné.

La chaleur qui se répandait dans ses avant-bras, son cou et son visage, déclenchait en lui de vives douleurs. Il y avait bien longtemps qu'il n'avait pas vécu un tel enfer. Il avait quitté la marine depuis plus d'un an mais il continuait de s'entraîner comme s'il y était encore. Il devait pouvoir faire face, quelle que soit la mission qui lui était confiée. Même si elle impliquait qu'il souffre des premiers stades de l'hypothermie. Bon sang ! il aurait dû se montrer plus avisé. En grommelant, il ouvrit un œil. Un feu crépitait dans la cheminée juste devant lui.

Il savait où il était ; c'était déjà ça. Le chalet était plutôt spartiate en termes de confort : on y trouvait un lit, un cabinet de toilette, un petit séjour et une kitchenette. Il venait s'y ressourcer quand il avait besoin de solitude, quand il ne supportait plus les gens, ou la ville, ou les deux. Ici, il n'avait pas de voisins, et personne d'autre que lui ne connaissant cet endroit, qu'il avait fait enregistrer sous le nom de jeune fille de sa mère, on ne risquait pas de lui tomber dessus à l'improviste. C'était la planque idéale. Dans ce chalet, perdu au milieu de nulle part, Jane et lui seraient en sécurité. Mais comment diable était-il arrivé là ?

Il leva la tête et se rendit compte qu'il n'était pas seul sous la couverture.

Étendue à côté de lui, dans une débauche de peau chaude et douce, Jane dormait à poings fermés, la tête blottie contre son bras droit. Il n'en croyait pas ses yeux. Il dut lui caresser l'épaule pour s'assurer qu'il ne rêvait pas. Elle était bien là, en chair et en os. Mais la raison de sa présence à ses côtés, dans son antre secret, lui demeurait obscure. À moins que... Une clarté se fit dans son esprit embrumé et il se rappela l'air paniqué de la jeune femme juste avant qu'il s'évanouisse. Mais comment avait-elle fait pour le traîner jusqu'ici ?

Il allait devoir attendre qu'elle se réveille pour l'interroger sur cet exploit. À en juger par le clair de lune qui entrait à flots par l'unique fenêtre, il n'avait pas dû rester inconscient plus d'une heure ou deux. Il s'en voulait de s'être laissé avoir par le froid, comme un bleu. Mais sans ce malaise stupide, Jane ne serait pas blottie contre lui, irradiant vers lui sa chaleur corporelle et les grisants effluves de vanille de son parfum. Sullivan respira profondément pour s'en repaître et les garder en lui le plus longtemps possible. Son rythme cardiaque ralentit et une délicieuse langueur s'empara de lui. Il ferma les paupières, prêt à enfouir son visage dans la chevelure de Jane pour s'accorder une nouvelle bouffée.

Non, pas question. Ce n'était ni le moment ni la bonne personne pour ce genre de fariboles.

Il se décolla du dos de Jane qui, si elle se réveillait maintenant, ne pourrait ignorer l'émoi qu'elle suscitait en lui. S'il parvenait à garder plus ou moins la tête froide, son corps, en revanche, était nettement moins docile et réagissait de manière incontrôlable au contact de Jane, couchée nue contre lui. Balayant la pièce du regard, il repéra ses vêtements étendus sur un fil près de la cheminée. Il s'était sorti de situations très délicates lorsqu'il était dans la marine. Il allait bien trouver un moyen de se lever sans réveiller la jeune femme.

Tout doucement, il se redressa à demi et dégagea son bras droit. Jane émit un petit gémissement sourd incroyablement sexy. Il se figea, submergé par une émotion primitive qui le prit de court. Il venait d'échapper deux fois à la mort en l'espace de quelques heures, mais son seul désir, en cet instant, était de l'entendre à nouveau gémir.

Elle se blottit contre lui, passant une jambe par-dessus les siennes, comme si elle avait senti qu'il était sur le point de se lever. En soupirant, il se rallongea contre elle.

— Vous êtes réveillée, j'ai l'impression ?

Elle se retourna et lui décocha un sourire à faire se damner tous les saints du paradis. Troublé par son regard de braise, il sentit sa gorge se serrer et un frisson lui parcourir l'échine. À ses pupilles dilatées, à l'éclat de ses yeux, il était prêt à jurer qu'elle le désirait. À moins que l'hypothermie ne lui ait gravement brouillé le jugement.

— J'avais hâte de voir votre réaction quand vous découvririez à votre réveil qu'une femme nue était allongée à côté de vous sous la couverture.

— J'espère ne pas vous avoir déçue.

Dans l'état où il se trouvait, Sullivan s'étonnait lui-même de pouvoir parler normalement, d'une voix aussi calme et posée. Gêné par sa nudité et par son érection intempestive, il s'écarta un peu de Jane.

— Absolument pas. Et en guise de bonus, j'ai pu vous voir nu.

Son sourire malicieux faillit lui faire perdre le peu de contrôle qu'il lui restait. Pas gênée, Jane prit appui sur son torse pour s'asseoir sur son séant. Puis elle se mit debout en emportant la couverture avec elle. Saisi par le froid ambiant, il frissonna.

— Mais n'allez surtout pas vous faire des idées, hein ? Cela n'avait rien de sexuel. Il s'agissait juste de vous éviter de mourir d'hypothermie.

À chaque pas qu'elle faisait, ses longues jambes fuselées apparaissaient entre les plis de la couverture drapée autour d'elle. Le feu qui flambait dans la cheminée rendait encore plus étincelant le vernis rouge sur les ongles de ses orteils.

Cette femme qui avait poussé son frère au suicide, l'année dernière, il l'aurait plutôt vue avec du vernis noir, assorti à la couleur de son âme.

Cela étant, Jane ne venait-elle pas de lui sauver la vie ? Même si dans les faits elle se servait de lui pour retrouver son harceleur, il lui devait une fière chandelle. Réputée être sans pitié avec les accusés dans sa croisade en faveur de la justice, la Terreur des tribunaux militaires remontait un peu dans son estime, malgré tout.

La juger lui était d'autant plus difficile qu'il y avait des tas de choses qu'il ignorait d'elle. Ce qui était sûr, en tout cas, c'était que sans Jane il serait mort de froid en pleine forêt. Aussi préférait-il voir en elle une femme en danger, une femme qui se trouvait à la merci d'un psychopathe, plutôt qu'une garce susceptible de lui jouer un mauvais tour au moment où il s'y attendrait le moins.

Elle lui sourit par-dessus son épaule en décrochant les vêtements qu'elle avait mis à sécher.

Tirant pudiquement un oreiller sur son bas-ventre, Sullivan se racla la gorge.

— Merci de m'avoir sauvé la vie, dans la forêt. Vous avez dû en baver des ronds de chapeau pour me traîner jusqu'ici.

— Eh bien, comme ça, nous sommes quittes ! déclara-t-elle avant de filer vers le cabinet de toilette dont elle referma soigneusement la porte derrière elle.

Le cliquetis du loquet qu'elle venait de tirer acheva de le convaincre qu'elle n'avait pas l'intention de partager avec lui la moindre once d'intimité.

Il ne se passerait rien entre eux. Ni maintenant ni jamais. Jane avait beau lui avoir sauvé la vie, elle restait cette femme impitoyable qu'elle avait toujours été, cette magistrate sans cœur qui avait fait condamner son frère. C'était à cause d'elle que son frère s'était donné la mort, et ça, jamais il ne le lui pardonnerait. Sans compter que Jane était une cliente et que les agents de Blackhawk Security n'étaient pas censés nouer des relations intimes avec leurs clients. Et cela valait aussi pour le P-DG.

Ce qui lui fit penser qu'il n'avait pas encore parlé à son

équipe de cette nouvelle affaire. Parce que, chantage ou pas, il allait retrouver le salaud qui terrorisait Jane et qui avait détruit son SUV.

Fort de cette résolution, il se leva et s'habilla en vitesse. Il sut gré à Jane d'avoir fait sécher ses vêtements au coin du feu car ils étaient tout chauds. Comment avait-il pu se laisser surprendre par l'hypothermie ? Cette question l'obsédait. Il n'ignorait pourtant pas que pour s'en protéger il était indispensable de rester au sec et au chaud. D'habitude, il veillait à ne pas marcher trop vite pour éviter de transpirer. Comment avait-il pu oublier des principes aussi élémentaires ? Où avait-il la tête ?

Le cliquetis du loquet de la porte du cabinet de toilette le tira de ses réflexions. Levant les yeux, il vit Jane reparaître. Et comprit, non sans un certain soulagement, ce qu'il s'était passé tout à l'heure, dans la forêt. Après avoir échappé de justesse à la dépanneuse qui avait tenté de les écraser, il avait eu à cœur de mettre Jane à l'abri le plus vite possible. Grosse erreur de sa part. Jane avait plus de ressource que ne le laissait penser sa frêle silhouette. Elle était parfaitement capable de prendre soin d'elle — en lui sauvant la vie par-dessus le marché ! Mis à part quelques bobos sans gravité, elle était fraîche comme une rose.

— C'est sympa, ici, dit-elle, toute guillerette. Mais au niveau sécurité, ça laisse un peu à désirer. La clé accrochée à une branche ? Franchement, pour un spécialiste de la sécurité, vous ne vous êtes pas beaucoup foulé.

— Pourquoi se compliquer la vie quand on peut faire simple ? Un cambrioleur va perdre du temps à chercher une alarme ou un autre dispositif de sécurité, et avec un peu de chance, il va peut-être même finir par renoncer à entrer, faute de les avoir trouvés.

Jane accueillit ces explications avec un nouveau sourire dévastateur auquel il ne put s'empêcher de répondre. Sans la quitter des yeux, il fit sauter dans sa main un téléphone jetable qu'il venait d'extirper d'un des tiroirs du bureau. L'esprit bien plus clair, à présent, il essayait de comprendre l'enchaînement des événements depuis qu'elle avait fait irruption dans les locaux de Blackhawk Security, en début de soirée. Pourquoi lui ? ne cessait-il de se demander. Pourquoi maintenant ?

— Que faites-vous ici, Jane ?

Elle pouffa.

— Eh bien, je pouvais difficilement vous abandonner ici, tout seul, après…

— OK, mais il ne s'agit pas de ça, l'interrompit-il en s'avançant vers elle. Ce que je veux savoir, c'est pourquoi vous êtes venue me trouver, *moi*. Vous auriez pu vous adresser à quelqu'un d'autre. À Anchorage, ce ne sont pas les gardes du corps et les détectives privés qui manquent. En y mettant le prix, vous auriez pu vous offrir les services de n'importe lequel d'entre eux.

Il s'immobilisa à moins de trente centimètres de Jane qu'il fixait toujours, à l'affût d'une hésitation, d'une défaillance dans ses yeux noisette.

— Alors pourquoi moi plutôt qu'un autre ?

— C'est pourtant évident, non ?

Elle voulut reculer mais elle heurta le mur jouxtant la porte d'entrée.

— Je détenais des informations compromettantes sur vous et votre famille, et je savais que je pourrais m'en servir pour vous obliger à m'aider. Dans l'affaire, cela me faisait économiser une grosse somme d'argent.

Sullivan sentit une bouffée de chaleur lui monter au visage. Jane croisa tranquillement les bras sur sa poitrine mais son pouls, à la base du cou, battait fort et par à-coups. Elle lui racontait des bobards. Et, en y repensant, il se rendit compte qu'elle n'avait joué la carte du chantage qu'après qu'il eut refusé, par deux fois, d'accéder à sa demande.

— Vous mentez.

Elle blêmit, ce qui, d'après les constatations qu'il avait

faites dans son bureau, était chez elle très révélateur. Puis elle jeta autour d'elle des regards de biche aux abois cernée par la meute. Etait-ce de la nervosité ? De la gêne ? Difficile à dire car en un clin d'œil son expression redevint indéchiffrable.

— Qu'attendez-vous de moi ? insista-t-il, bien décidé à ne pas la laisser se cacher une fois de plus derrière ce masque dur.

— Après ce qu'il s'est passé sur la route, je vous dois la vérité, admit-elle sans détour. Aussi idiot que cela puisse paraître, je n'avais personne d'autre à qui faire confiance.

Elle passa la langue sur sa lèvre inférieure mais Sullivan s'efforça de ne pas s'en émouvoir car tout ce qu'il voulait présentement, c'était des réponses à ses questions. Il avait risqué sa vie pour elle — pas moins de deux fois — aussi estimait-il qu'il était en droit de savoir pourquoi elle l'avait mis dans ce pétrin.

— Si je me suis adressée à vous, continua-t-elle en penchant légèrement la tête sur le côté, c'est parce que j'ai vu comment vous vous comportiez avec Marrok pendant le procès. Vous sembliez si protecteur, si attentionné. Alors hier, quand j'ai découvert que j'avais été prise en photo pendant mon sommeil avec mon propre téléphone, j'ai pensé que c'était exactement ce dont j'avais besoin en ce moment.

Plantant son regard dans le sien, elle exhala un profond soupir et déclara :

— J'ai pensé que j'avais besoin de *vous*.

— Il faut que je mette mon équipe au courant.

Sa belle voix grave la troublait jusqu'au tréfonds mais Sullivan se détourna pour passer son coup de téléphone. Sans même lui faire l'aumône d'un regard.

Les nerfs à vif, elle l'observa du coin de l'œil, remarquant son air fatigué tandis qu'il parlait au téléphone, s'exprimant à voix basse et répondant par monosyllabes. À l'armée, elle savait ce que c'était. Il y avait toujours un risque que quelqu'un les espionne. Il fallait constamment se méfier des mouchards, des micros paraboliques. Et comme ils n'avaient pas la moindre idée de qui pouvait lui en vouloir, des mobiles de cette personne, et des moyens logistiques dont elle disposait, Sullivan et elle préféraient prendre un maximum de précautions.

Jane entra dans la kitchenette. Elle avait l'estomac dans les talons et ne se souvenait même pas à quand remontait son dernier repas. Son ventre gargouilla. Lorsque Sullivan, à qui rien n'échappait, se tourna vers elle, alerté par ce bruit incongru, elle aurait voulu disparaître dans un trou de souris. En quête de quelque chose à se mettre sous la dent, elle ouvrit les placards mais ceux-ci étaient désespérément vides. Il ne devait pas venir souvent, songea-t-elle en passant machinalement le doigt sur le dessus du comptoir en granite, couvert de poussière.

— Vincent, mon enquêteur judiciaire, va aller chez vous, l'informa Sullivan, en reposant son téléphone. Je lui ai recommandé de ne pas y aller seul, au cas où votre psychopathe se risquerait à nouveau sur les lieux. S'il trouve quelque chose, il me rappellera, mais ça peut être dans une heure comme ça peut être demain. Tout dépend de ce qu'il va découvrir.

— D'accord. On fait quoi, en attendant ?

N'ayant que peu dormi, ou pas dormi du tout dans le cas de Sullivan, ils étaient l'un et l'autre épuisés, mais Jane ne se voyait pas rester sans rien faire alors que l'homme qui avait tenté de les tuer était dans la nature, sans doute prêt à recommencer à la première occasion. Il y avait sûrement quelque chose dans ses dossiers, dans ce qu'elle avait fait pour l'armée, qui pouvait les mettre sur la voie et leur permettre de le démasquer.

— Nous allons nous pencher sérieusement sur les affaires que vous avez traitées récemment, répondit Sullivan en se glissant sur le tabouret de bar, de l'autre côté du comptoir, qui s'élevait entre eux comme une barrière.

Sage précaution, songea Jane, échaudée par les moments

pour le moins embarrassants qu'ils avaient passés sous la couverture, devant la cheminée. Collé à elle, Sullivan avait vite recouvré ses esprits et sa vitalité, à en juger par la manière dont son corps avait réagi à cette promiscuité forcée. Mais ce que Jane avait trouvé encore plus troublant, c'était la manière dont pour se convaincre de sa présence il lui avait effleuré l'épaule, du bout des doigts. Cette caresse l'avait mise dans tous ses états. Ce qui n'était pas très étonnant, dans la mesure où sa vie sentimentale était depuis longtemps au point mort. Aurait-elle pu prendre pour du désir ce qui n'était en réalité qu'un simple besoin de contact humain ? Non, impossible. Il y avait des lustres qu'elle n'avait pas ressenti cette merveilleuse vague de chaleur au creux de son ventre. Le seul fait d'y repenser lui donnait envie de combler la distance qui les séparait pour éprouver à nouveau, même de manière très fugitive, cette sensation grisante.

Sauf que Sullivan, lui, ne ressentait rien pour elle. Son érection n'était en aucune façon une manifestation de désir. Il aurait réagi de la même façon avec n'importe quelle autre femme allongée nue contre lui. Jane savait que quoi qu'ils partagent — et que même s'ils finissaient par bien s'entendre —, Sullivan ne cesserait jamais de lui reprocher la mort de son frère. C'était ainsi et elle n'y pouvait rien.

— J'ai demandé à un autre de mes hommes de passer prendre les dossiers chez vous et de nous les apporter, dit-il.

Jane sentit son cœur se gonfler de reconnaissance. Il pouvait arriver à Sullivan de se montrer imprévoyant, en dépit de sa formation de commando, mais sur une enquête, il ne laissait jamais passer le moindre indice, d'après ce qu'elle avait lu à son sujet.

— Vous avez bien fait. Je les ai déjà étudiés mais si quelque chose m'a échappé, vous le verrez peut-être tout de suite.

L'estomac de Jane gargouilla à nouveau.

— Il faut que vous mangiez un bout et que vous vous

reposiez un peu avant l'arrivée d'Elliot avec les dossiers, déclara Sullivan en se levant.

Elle eut l'impression que sa haute stature et sa large carrure transfiguraient l'espace. La cheminée, avec son feu de bois flambant et crépitant à l'intérieur, disparut brusquement de son champ de vision. Elle ne voyait plus que des pectoraux et des biceps. Sa bouche devint anormalement sèche.

— Je ne viens pas très souvent, malheureusement, continua-t-il. Alors en dehors de quelques rations de survie traînant dans le fond des placards, je crains que nous ne trouvions pas grand-chose à nous mettre sous la dent. Mais dans nos sacs, il y a de quoi tenir au moins trois jours. Où les avez-vous fourrés, au fait ? Je vais nous préparer quelque chose en deux temps trois mouvements, vous allez voir.

Jane, qui se réjouissait déjà de passer à table, s'assombrit.

— Zut ! s'exclama-t-elle en se donnant une tape sur le front. Je les ai laissés dehors. Je vous ai traîné jusqu'ici et après, ils me sont complètement sortis de l'esprit.

— Ce n'est pas grave, assura-t-il en s'avançant vers elle.

Beaucoup plus grand qu'elle, il dut se pencher pour la regarder droit dans les yeux. Il la prit aux épaules. Bien que troublée jusqu'au vertige, Jane ne bougea pas.

— Vous avez paré au plus urgent, continua-t-il. Vous m'avez sauvé la vie. Les sacs, je m'en charge. Ils ne sont pas très loin, je suppose ?

Il fallut plusieurs secondes à Jane, qui retenait son souffle, pour recouvrer ses esprits et répondre.

— Non, je les ai laissés à la lisière de la forêt. Il n'a pas neigé assez pour recouvrir mes traces de pas. Si vous les suivez, vous devriez tomber dessus.

— D'accord. À mon retour, nous appellerons la police d'Anchorage pour qu'elle transmette à toutes les patrouilles le signalement de la dépanneuse qui nous est rentrée dedans.

Il la lâcha enfin et se dirigea vers les affaires qu'elle avait mises à sécher au coin du feu. Lorsqu'elle le vit enfiler son holster d'épaule sous son treillis, Jane frissonna. Puis il glissa une main sous le plateau du bureau, derrière le support de clavier, et en extirpa un Glock. Il libéra le barillet pour vérifier la chambre. Avec des gestes rapides et précis, comme s'il avait fait ça toute sa vie, ce qui n'était pas loin d'être le cas, il rechargea le pistolet.

— J'en ai pour cinq minutes, dit-il en s'assurant que sa lampe torche fonctionnait. Si jamais je ne reviens pas, prenez le téléphone jetable et utilisez la fonction de rappel du dernier numéro. Vous tomberez directement sur Elliot. Il ne doit plus être très loin. Il foncera à la rescousse, en cas de besoin.

Jane acquiesça d'un hochement de tête mais elle n'en menait pas large. Elle tendit le doigt vers le Glock.

— Vous n'en auriez pas un autre, par hasard ? Juste au cas où.

Sullivan ne serait pas absent longtemps, certes, mais après le coup de la dépanneuse qui les avait percutés sur le pont, il fallait s'attendre à tout. Se sachant à la merci d'un psychopathe, Jane préférait prendre un maximum de précautions.

Il esquissa un sourire et fila dans la chambre. Trois secondes plus tard, il reparut avec un autre Glock, qu'il lui tendit.

— C'était mon arme de service quand j'étais commando, et c'est mon pistolet préféré. Si vous êtes amenée à tirer à l'extérieur, quelle qu'en soit la raison, veillez bien à ce qu'il n'y ait pas de neige dans le canon et n'oubliez pas de le réchauffer un peu. Sinon, il pourrait vous exploser dans les mains.

— Je vous rappelle que j'ai pris des cours de tir, moi aussi. Je connais les précautions à prendre par temps froid.

Comme pour lui en faire la démonstration, Jane imita les gestes qu'elle lui avait vu faire un instant plus tôt. Elle chargea le revolver en un tournemain. Sceptique tout d'abord, Sullivan la fixa bientôt d'un air sombre, farouche, qui la décontenança.

— De toute façon, bredouilla-t-elle, vous ne partez pas longtemps. Je suis une grande fille ; je peux bien rester seule quelques minutes.

Sans un mot, les yeux toujours rivés sur elle, il glissa son Glock dans son holster d'épaule puis il tourna les talons et sortit.

Encore toute chamboulée, Jane fixa longtemps la porte qu'il venait de refermer derrière lui. Plus aucun doute ne subsistait dans son esprit. A la manière dont il l'avait regardée, à la manière dont il l'avait tenue, tout à l'heure, il était évident que Sullivan voulait lui extorquer les renseignements qu'elle détenait sur lui, ces renseignements qu'elle avait eu tant de mal à se procurer et qui prouvaient qu'il se cachait derrière un faux nom. Malgré le soin qu'il avait pris à enterrer son passé, elle avait découvert la vérité. Elle avait aussi deviné, à la seconde où elle la lui avait balancée au visage, qu'il allait lui faire payer très cher le chantage auquel elle le soumettait.

Sa vengeance risquait d'être terrible. Mais en quoi consisterait-elle ? se demanda Jane, soudain tout émoustillée. Et s'il avait décidé de l'exciter et de la laisser se consumer de désir jusqu'à ce qu'elle lâche tout ce qu'elle savait sur lui et sur sa famille ?

Appuyée contre le comptoir, le revolver de Sullivan dans la main, Jane réfléchissait. Tout bien pesé, elle n'avait rien contre ce genre de torture. Surtout si elle lui était infligée par un grand costaud qui avait été commando dans la marine. Elle imaginait déjà comment tout cela se terminerait. Le désir fulgurant, le corps-à-corps qui en résulterait, puis l'explosion de...

Ouverte à la volée, la porte du chalet claqua contre le mur. Machinalement, Jane leva son arme et visa, prête à tirer. Son cœur battait si fort qu'elle avait l'impression qu'il allait lui remonter dans la gorge. Lorsqu'elle vit la tête de Sullivan apparaître dans l'encadrement, elle laissa retomber son bras. Elle avait failli lui tirer dessus.

— Vous m'avez flanqué une de ces frousses ! Vous entrez toujours aussi délicatement ?

Il secoua ses bottes sur le pas de la porte puis fonça vers le téléphone jetable qu'il avait laissé sur le comptoir. Lorsqu'il l'effleura au passage, Jane frémit, sensible cette fois non pas à

la chaleur mais à la tension qui émanait de toute sa personne. Elle devina qu'il y avait un problème. Portant le téléphone à son oreille, Sullivan planta son regard outremer dans le sien. Frappée par son air farouche, elle recula d'un pas.
— Les sacs ont disparu.

4

Les armes, les munitions, les vivres et tout le reste avaient disparu. Sullivan bouillonnait de rage. Le mystérieux psychopathe qui traquait Jane inlassablement avait encore frappé. Elliot Dunham, son détective privé, décrocha à la première sonnerie.

— Dunham à votre écoute !

Sullivan jeta un coup d'œil à sa montre.

— Tu es encore loin ?
— J'arrive dans cinq minutes.
— Je t'en donne trois. Cet enfoiré a retrouvé notre trace.
— Je suis là dans deux minutes.

Le vrombissement d'un moteur de voiture lancé à plein régime résonna dans l'écouteur. Avec Elliot, qui était l'un des meilleurs éléments de son équipe, les ordres et les consignes étaient superflus. Sullivan savait qu'il pouvait compter sur lui. Il l'avait rencontré en Irak, peu après avoir quitté la marine, et l'avait arraché à sa condition misérable d'escroc à la petite semaine. Elliot avait le chic pour dénicher et récupérer les renseignements les plus sensibles, pour fouiller dans la vie des gens et mettre au jour leurs secrets les mieux gardés. Comme un pit-bull avec un os, Elliot ne lâchait jamais. Outre cette ténacité peu commune, sans doute acquise dans son premier métier, il était doté d'une intelligence bien supérieure à la moyenne qui le poussait constamment à se dépasser. Sa mission accomplie, il disparaissait le temps de se régénérer.

Le recruter n'avait pas été très compliqué. Mais d'un simple coup de téléphone, Sullivan pouvait le renvoyer en Irak, où il croupirait au fond d'une geôle.

Sullivan appela ensuite le commissariat d'Anchorage pour signaler la dépanneuse qui avait tenté de les précipiter dans le golfe d'Alaska.

Puis il reposa le téléphone sur le comptoir et se passa une main sur le visage.

— Elliot va-t-il nous apporter de quoi manger ? demanda Jane, les bras croisés sur sa poitrine menue.

Elle avait les épaules rentrées en dedans, comme si elle se sentait épiée. Ce qui semblait bien être le cas.

Cette sensation désagréable, il l'éprouvait aussi. Dans quelques minutes, Jane et lui pourraient examiner les dossiers de ses affaires et peut-être y découvrir le nom du cinglé qui l'avait prise pour cible. Il ne leur resterait plus ensuite qu'à décider de la marche à suivre.

— J'ai demandé à mes hommes d'apporter des armes, des munitions et des vivres pour plusieurs jours, au cas où nous serions confinés ici plus longtemps que prévu.

— Vous croyez qu'il nous a suivis jusqu'ici et qu'il est en train de nous épier ?

Sa voix tremblait un peu. Elle était terrifiée. Mais il reconnaissait lui-même qu'il y avait bien de quoi.

La personne qui avait volé leurs sacs n'avait laissé derrière elle aucune empreinte, pas la moindre trace de pas dans la neige. Cela témoignait d'une habileté peu commune. Une habileté que Sullivan possédait lui aussi, son père leur ayant appris, à son frère et à lui, à chasser en forêt sans jamais se faire repérer. Cet enseignement remontait à de nombreuses années en arrière, bien avant que son père ne devienne ce tueur en série qui avait fait la une des journaux. Mais présentement, Sullivan avait l'impression d'être la proie plutôt que le chasseur.

Une sonnerie mélodieuse le tira de ses sombres pensées.

Levant les yeux, il vit Jane sortir son téléphone portable de sa poche. Fronçant les sourcils, elle le porta à son oreille.

— Allô ?

Il n'entendait pas la voix de son interlocuteur ; il était trop loin. Bien que sa mission de protection eût rendu légitime sa curiosité, il préférait ne pas lui mettre trop la pression. *J'ai besoin de vous*, lui avait-elle dit. Ces quelques mots résonnaient constamment en lui.

— Qui est à l'appareil ? demanda Jane d'une voix blanche.

Sullivan se précipita vers elle et lui prit le téléphone des mains. Il mit le haut-parleur et tint l'appareil entre eux deux.

— Qui est-ce ? demanda-t-il à son tour.

— Il ne pourra rien pour vous, Jane, murmura l'inconnu à l'autre bout de la ligne.

Ce salaud avait l'outrecuidance de l'appeler par son prénom ! s'indigna Sullivan, intérieurement.

— Vous allez devoir payer pour ce que vous avez fait.

Les doigts crispés sur le téléphone, Sullivan apprit par cœur le numéro qui s'affichait à l'écran. L'inconnu parlait si bas qu'il était impossible de déceler le moindre accent susceptible de trahir ses origines.

— Ne vous avisez pas de vous approcher d'elle ou je vous mets en pièces ! rugit Sullivan. Vous avez tenté de la tuer mais je ne vous laisserai pas recommencer. Est-ce bien clair ?

Les yeux rivés sur le visage décomposé de Jane, il ajouta d'un ton encore plus menaçant :

— Ne rappelez pas. Laissez Jane tranquille.

Sur ce, il voulut raccrocher.

— Toujours dans le rôle du protecteur... *Sullivan*, dit alors l'inconnu avant d'éclater de rire.

Réprimant un frisson, Sullivan mit fin à la conversation. Il s'ensuivit un grand silence que seul le crépitement des bûches dans la cheminée venait troubler.

Mais ce moment de flottement ne dura pas. En moins de

cinq secondes, il avait pris le téléphone jetable et appelé à l'agence la responsable de la sécurité des réseaux.

— Elizabeth, je veux que vous localisiez l'appel dont je vais vous donner le numéro.

Il le lui dicta.

— C'est très urgent. Je compte sur vous.

— Je m'en occupe tout de suite, patron, promit l'ancienne analyste de l'agence de renseignement américaine.

Il raccrocha et tendit une main secourable vers Jane qui, blanche comme un linge, les yeux écarquillés, le souffle court, semblait être sur le point de défaillir de peur.

— Jane...

Mais en un clin d'œil, elle se ressaisit ; il laissa retomber sa main.

— Il est là, tout près. Il me surveille, dit-elle d'une voix sifflante. La preuve : il sait que vous êtes avec moi.

Ils auraient dû s'y attendre. Ce genre d'individu était tellement obsédé par sa proie qu'il ne s'en éloignait jamais beaucoup. C'était probablement lui qui leur avait pris leurs sacs. Elle savait qu'elle risquait gros en se lançant dans cette aventure mais Sullivan s'abstint de le lui rappeler. Il tenait à ce qu'elle garde son sang-froid.

— Vous m'avez engagé parce que je suis le meilleur dans mon domaine et donc le plus apte à vous protéger. Vous n'avez rien à craindre de cet individu. Je ne le laisserai pas vous faire du mal. Je vous en donne ma parole.

— Merci.

Elle leva un peu le menton et se haussa sur la pointe des pieds comme si elle allait l'embrasser. Il n'en fallut pas plus à Sullivan pour s'enflammer comme une torche et s'imaginer en train de s'emparer voracement de sa jolie bouche. Bon sang ! Pourquoi était-il aussi peu maître de ses pulsions dès qu'elle était près de lui ?

Trois coups frappés à la porte du chalet l'arrachèrent à ses réflexions. Il fit prestement passer Jane derrière lui et sortit son Glock. Un tueur ne prendrait sans doute pas la peine de frapper à la porte avant d'entrer, mais avec un psychopathe, on ne pouvait jamais savoir.

— Et moi qui m'attendais à devoir tirer dans tous les coins ! s'exclama Elliot Dunham en ouvrant la porte à la volée.

Un large sourire illuminait son visage noir de barbe, mais ses yeux gris avaient une expression dure. Rangeant son arme sous sa veste de treillis, il referma la porte d'un coup de pied.

— Tout va bien, déclara-t-il. Le périmètre est dégagé et ma chemise neuve préservée des éclaboussures de sang.

— Quelle chance ! s'exclama Sullivan avec un sourire. On en aurait entendu parler toute la soirée. Tu as apporté les dossiers ?

— Ils sont dans la bagnole. J'ai aussi pris des munitions et de quoi grignoter. Mais pour venir jusqu'ici, quelle galère ça a été avec tous ces abrutis qui conduisent n'importe comment !

L'ancien escroc devenu détective privé parut soudain s'apercevoir de la présence de Jane, derrière Sullivan.

— Vous devez être Jane. On ne peut pas dire que votre photo vous avantage.

— Vous au moins, vous savez parler aux femmes, répliqua Jane du tac au tac.

— J'adore les femmes qui ont de l'humour, déclara Elliot en la gratifiant d'un sourire.

Sullivan posa une main sur l'épaule du détective. Il appréciait moyennement que celui-ci fasse du charme à leur nouvelle cliente.

— Et si tu allais chercher les dossiers au lieu de faire le joli cœur ?

— Tout de suite, patron.

Après avoir esquissé un petit salut à l'intention de Jane, Elliot fit volte-face et sortit.

Un carillon retentit, signalant l'arrivée d'un texto. Sullivan s'empara du téléphone prépayé, lut le message puis jeta l'appareil par terre et l'écrasa sous la semelle de ses boots, pulvérisant l'écran.

— L'appel n'a pas pu être tracé, dit-il. Il n'a pas duré assez longtemps.

— Et c'est pour ça que vous piétinez votre téléphone ? railla Jane, amusée.

— On n'est jamais trop prudent.

En vérité, il anticipait. Si jamais l'enquête tournait mal et si l'homme qui traquait Jane s'en prenait également à lui, il ne voulait pas qu'on puisse remonter jusqu'à son équipe.

— Il est spécial, votre détective privé, fit remarquer la jeune femme en se dirigeant vers la salle de séjour.

Au passage, son bras effleura celui de Sullivan, qui ne put réprimer un tressaillement que Jane, heureusement, ne remarqua pas. Debout devant la cheminée, bien droite, elle semblait avoir repris du poil de la bête, malgré les épreuves qu'elle venait de traverser, épreuves dont rendaient compte les ecchymoses et les éraflures sur son visage, que les flammes rendaient plus visibles. Malgré aussi — surtout — la cible qu'elle avait dans le dos. Mais elle se méfiait de lui. De tout le monde, apparemment.

— Elliot est le meilleur détective privé du pays, déclara Sullivan en faisant un pas vers Jane.

L'air de rien, il se rapprochait d'elle. Il devait se tenir prêt à parer à toute éventualité car son harceleur était capable de tirer sur elle à travers la fenêtre.

— C'est un ancien escroc, précisa-t-il. Il est capable de percer à jour n'importe qui. D'exhumer les secrets les mieux gardés. Et grâce à son intelligence hors norme, Elliot a toujours plusieurs longueurs d'avance. Il va trouver qui vous a prise pour cible.

— Et s'il ne trouve pas ?

Se tournant vers lui, elle lui offrit un sourire las. Ses épaules s'affaissèrent comme si elle n'avait soudain plus la force de rester debout.

— Je me suis usé les yeux à lire et relire ces dossiers. Je les connais par cœur. Et aucun suspect potentiel n'a attiré mon attention.

Se massant les tempes du bout des doigts, elle murmura comme pour elle-même :

— Quand retrouverai-je une vie normale ?

— Ecoutez, Jane, dit-il en mettant dans sa voix, son regard, l'expression de son visage, toute la sincérité dont il était capable. Je ne fais jamais de promesses à la légère. Et bien que vous m'ayez fait du chantage pour que j'accepte de vous protéger, je suis prêt à tout pour tenir mes engagements. Alors faites-moi confiance : nous allons démasquer ce cinglé et faire en sorte qu'il vous laisse tranquille.

Elle hocha la tête.

— Je ne demande qu'à vous croire.

— Tant mieux.

Et dire que quatre heures plus tôt il avait essayé de la jeter hors de son bureau ! songea Sullivan, effaré par un tel revirement de situation. Dans l'intervalle, il lui avait sauvé la vie puis elle lui avait rendu la pareille. Et il allait maintenant veiller personnellement sur elle. Même s'il la tenait pour responsable de la mort de Marrok.

— Vous tenez à peine debout. Pourquoi n'allez-vous pas vous allonger un moment ? Je vous réveillerai si nous trouvons quelque chose.

Jane acquiesça. Ses yeux semblaient moins éteints que tout à l'heure.

— J'espère que vous aurez préparé quelque chose à manger.

En riant, il la regarda entrer dans la chambre. La vision de ses longues jambes sortant de sous la couverture devant la cheminée lui traversa l'esprit. Et lui mit le ventre en feu. Il continua de fixer rêveusement l'entrée de la chambre jusqu'à ce qu'il sente dans son dos le poids d'un regard insistant. *Elliot !* Comme un gamin pris la main dans le pot de confiture, Sullivan ne savait plus où se mettre.

— Il y a longtemps que tu es là ? demanda-t-il.

— Assez longtemps pour me rendre compte que tu es sur le point d'enfreindre ton propre règlement.

Après avoir posé sur le bureau le carton qui contenait les dossiers de Jane et son ordinateur portable, Elliott leva les mains en signe de reddition.

— D'accord, j'aurais mieux fait de me taire. Mais ce n'est pas une raison pour me fusiller du regard.

Sullivan n'avait aucune envie de discuter de ça avec lui. Ni avec qui que ce soit. Pas plus maintenant qu'à un autre moment.

— Alors ? Qu'as-tu trouvé dans ces dossiers ?

— Le fait que le type ait effacé ses traces après avoir volé vos sacs a considérablement restreint le nombre de suspects potentiels. Parce que c'est une technique que tout le monde n'a pas. Dans l'entourage de Jane, à l'armée, je ne vois que deux personnes qui pourraient correspondre.

Elliott sortit du carton trois dossiers qu'il lui tendit.

— Ta petite amie a pris énormément de notes sur les affaires qu'elle a traitées. Et ça, je peux te dire que ça m'a drôlement facilité la tâche.

Sa petite amie ? songea Sullivan. Certainement pas ! Mais il s'abstint de contrarier le détective et prit les dossiers qu'il s'empressa d'ouvrir. Il parcourut des yeux lesdites notes, prises à la main. Il y en avait effectivement beaucoup, mais elles étaient précises et pertinentes. Sans fioritures. Le seul trait de fantaisie résidait dans les Post-it roses et violets collés un peu partout. C'était inattendu, tout comme le vernis rouge sang sur les ongles de ses orteils. Empêchant *in extremis* ses pensées de dériver, Sullivan lut le nom qui figurait sur le dossier. Sergent Marrok Warren.

Un flot de bile lui remonta dans la gorge.

— Alors lui, c'est un gros morceau, dit Elliot en croisant les bras sur sa poitrine. Il y a juste un petit problème. Jane l'a poursuivi pour agression sexuelle sur trois jeunes recrues, mais...

— Il est mort, le coupa Sullivan.

C'était écrit en rouge sur le dossier. Tendu comme un arc, Sullivan jeta le dossier dans le carton. Elliot ne s'était pas trompé : Marrok aurait très bien pu voler les sacs sans laisser dans la neige la moindre trace, mais Sullivan l'avait enterré dix mois plus tôt, presque jour pour jour.

— Oui, mais justement. Si je l'ai sélectionné quand même, c'est à cause de son père.

Elliot tira un sachet de cacahuètes de la poche de son treillis.

— Le Bûcheron d'Anchorage, ça te dit quelque chose ? Il a tué douze personnes. À coups de hache. Le sergent Warren étant mort, un proche parent pourrait chercher à le venger en s'en prenant à Jane, peut-être un de ces dingues qui vouent au Bûcheron un véritable culte. Je me demande bien à quoi...

Les doigts crispés sur les dossiers, Sullivan luttait pour recouvrer son calme.

— Qui d'autre ? demanda-t-il.

— En second, répondit le détective privé qui semblait ne pas avoir remarqué l'électricité qui était dans l'air, nous avons le commandant Patrick Barnes, le chef de Jane. Il connaît son emploi du temps, ses habitudes, et il a accès à tous ses dossiers. C'est lui qui lui a accordé une permission, il y a un peu plus de deux mois.

— Le commandant Barnes n'a rien à voir avec tout ça, décréta d'un ton sans réplique une voix familière.

Sullivan se retourna et vit Jane qui sortait de la chambre. Il posa les dossiers sur le bureau.

— Vous étiez censée vous reposer.

— Impossible de me détendre. Et puis, c'est sur mon affaire que vous travaillez, alors la moindre des choses, c'est que je vous donne un coup de main.

S'approchant, Jane prit le dossier du commandant Barnes et y jeta un rapide coup d'œil. Puis elle le reposa sur celui de Marrok Warren.

— Si je suis encore en vie aujourd'hui, c'est à lui que je le dois. Barnes m'a plaquée au sol lorsqu'une bombe a explosé devant mon bureau en Afghanistan, il y a deux mois. Il ne l'aurait certainement pas fait s'il avait voulu me tuer. Et puis, il n'a pas de mobile.

— Très bien. En ce cas, il faut chercher en dehors de l'armée. Le dernier nom qui m'ait interpellé est Christopher Menas.

Elliot tendit le dossier à Jane puis lança un regard à Sullivan, comme s'il quêtait son approbation.

— Il s'est distingué à la chasse mais c'est à peu près tout ce que j'ai sur lui, en dehors de son casier judiciaire. Je n'ai pas trouvé de diplômes, d'états de service professionnel ou militaire, rien qui indique qu'il ait changé de nom. Ni non plus de certificat de décès. Menas a tout bonnement disparu des écrans radar après son défaut de comparution, mais compte tenu du différend qui vous a opposée à lui, Jane, je le considère comme suspect.

— Je n'en reviens pas, murmura Jane en fixant le nom sur le dossier, l'air effaré. Christopher... Il m'était complètement sorti de l'esprit.

— Jane ? dit Sullivan en se rapprochant de la jeune femme, au mépris des sonnettes d'alarme qui carillonnaient dans sa tête. Qu'en pensez-vous ?

S'arrachant à la contemplation morbide du dossier, elle leva les yeux vers lui.

— C'est lui, j'en suis sûre !

Christopher Menas.

Son visage, ses yeux marron dépourvus de chaleur, son teint bistre lui apparaissaient par flashs successifs. Jane se dressa sur son séant, pantelante, au beau milieu de la nuit. Elle avait été follement amoureuse du quart-arrière de l'équipe de foot de l'université de Washington. Et tout cela n'avait été qu'une mascarade.

La porte de la chambre étant fermée, elle n'y voyait rien mais elle aurait pu jurer qu'elle n'était pas seule. Du coin de l'œil, elle perçut un mouvement. Il y avait un homme dans sa chambre ! Elle glissa la main sous son oreiller pour attraper

269

le Glock que Sullivan lui avait prêté lorsqu'elle était allée se coucher.

— C'est moi, vous n'avez rien à craindre.

Sullivan ! Une chaise grinça à sa gauche puis le matelas se creusa quand il s'assit au bord du lit. Jane lâcha le revolver et se détendit. Il alluma la lampe de chevet.

— Parlez-moi de Christopher Menas.

— Quoi ? dit Jane, encore mal réveillée et éblouie par la lumière. Mais quelle heure est-il ?

— Il fait presque jour. Vous parliez dans votre sommeil. Je n'ai pas tout saisi, mais il était question de Christopher Menas.

Ce nom la tétanisa. La voix de Sullivan était douce, cajoleuse.

— J'ai lu le rapport de police le concernant. Alors que vous sortiez ensemble, il s'est rendu coupable d'agression sexuelle sur deux étudiantes. Vos deux colocataires, si je ne m'abuse. Puis il a cherché à s'en prendre à vous.

Un frisson la parcourut. Pourquoi cette vieille histoire revenait-elle sur le tapis ? Elle avait tourné la page, elle s'était engagée dans l'armée et avait pris son destin en main. Elle avait fait une croix sur cet épisode de sa vie, sur Christopher et tout ce qui le lui rappelait.

— Est-ce la raison pour laquelle vous avez poursuivi mon frère avec un tel acharnement ? Marrok a payé le fait que votre petit copain de fac s'en était sorti blanc comme neige, c'est ça ?

Sullivan la fixait durement, les mâchoires tellement crispées qu'un muscle tremblait sur sa joue. Jane s'obligea à affronter son regard.

— Êtes-vous en train de m'accuser de corruption, ou dites-vous cela seulement parce que j'ai poursuivi votre frère pour agression sexuelle ?

Elle s'en voulut de l'avoir rembarré aussi méchamment. Toutes ces questions, il était normal qu'il les lui pose. C'était son travail. Si elle lui avait demandé de l'aide, et si elle était allée jusqu'à lui faire du chantage pour l'obtenir, c'était justement parce que son travail, Sullivan le faisait bien. Si c'était

Christopher qui la harcelait, qui avait tenté de les tuer, Sullivan ferait en sorte que cette fois il soit condamné.

— Je vais tout vous raconter, dit-elle, mais je vous assure que cela n'a rien à voir avec vous ou avec votre frère.

— Comment voulez-vous que je vous fasse confiance ? Alors que vos accusations ont poussé Marrok à se suicider ? Alors que vous me faites du chantage pour m'obliger à vous aider ? Alors que vous écartez sciemment une piste vraisemblable ?

— Comment cela ? Je n'ai jamais...

— Vous avez affirmé ne pas avoir d'ex-petit ami susceptible de vous avoir gardé rancune. Or je vous rappelle que c'est vous qui avez dénoncé Menas à la police. Vous saviez qu'il n'avait pas comparu au tribunal, mais à aucun moment vous n'avez pensé que votre harceleur, ça pouvait être lui ?

Il se passa une main dans les cheveux. La colère qu'il avait si soigneusement maîtrisée jusque-là menaçait d'éclater.

— Bon sang, Jane ! J'aurais pu mettre des hommes sur sa piste juste avant de quitter l'agence et nous n'aurions peut-être pas frôlé la mort dans un accident de voiture, ni crapahuté dans les bois pendant des heures. Si vous aviez parlé, rien de tout cela ne serait arrivé.

— Qu'est-ce qui vous prouve que c'est bien lui la cause de tout ça ? Vous n'avez pas vu le chauffeur de la dépanneuse qui nous a percutés, et l'homme qui a volé les sacs n'a laissé aucune trace.

Jane sauta à bas du lit. Elle se félicita d'être restée en pantalon. D'habitude, elle dormait en T-shirt et en culotte.

Cette histoire ne tenait pas debout. Pourquoi son ex-petit ami s'en prendrait-il à elle, après tout ce temps ? Il y avait eu prescription, aussi ne risquait-il plus rien. Et puis, il n'avait jamais fait de prison. De quoi pourrait-il bien vouloir se venger ?

— C'est vous qui avez dit que c'était lui ! répliqua Sullivan.

Elle ne sut que répondre. Il lui paraissait si improbable que Christopher resurgisse dans sa vie après toutes ces années...

— La police d'Anchorage a retrouvé la dépanneuse. En ville,

derrière une station-service. Mon expert scientifique a collaboré avec la police et confirmé que la peinture noire prélevée sur l'aile du véhicule provient bien du SUV. Cette dépanneuse, Jane, elle est enregistrée au nom de Christopher Menas.

À ces mots, Jane sentit l'air se bloquer dans sa gorge. Le doute n'était plus permis. Christopher était à Anchorage. Pour la traquer. Serrant les dents, elle enfila ses boots. Si elle était entrée dans l'armée, c'était à cause de lui. Pour apprendre à se défendre contre des salopards de son espèce. Christopher ne lui faisait plus peur. Elle allait lui montrer de quel bois elle se chauffait.

— Eh bien, dit-elle en se dirigeant vers la porte d'un pas de grenadier, qu'attendons-nous ? On y va ?

— On va où ? demanda Sullivan.

Pour un ex-commando de la marine, il n'était pas très réactif.

— Chez Christopher, pardi ! Il a forcément une planque dans le coin. Sinon, il ne pourrait pas surveiller mes faits et gestes.

— Nous ne pouvons pas débarquer chez lui comme ça, Jane.

Sullivan la prit par le bras mais elle se dégagea, agacée par cette drôle de manie qu'il avait de la toucher à la moindre occasion.

— Nous ne sommes pas la police. Nous n'avons pas de mandat. La seule chose que nous puissions faire, c'est de le faire surveiller pendant un jour ou deux. Ensuite, nous aviserons.

En d'autres circonstances, elle aurait accepté. En tant que magistrate, elle avait prêté serment. Elle était censée respecter les règles, mais cette affaire la touchait de bien plus près qu'elle ne l'avait pensé.

— Je n'ai pas deux jours à perdre. Tout cela a déjà bien trop duré. C'est *maintenant* que je veux pouvoir à nouveau vivre normalement.

Ouvrant la porte toute grande, elle fonça vers Elliot, qui dormait sur le canapé.

— J'ai besoin de vos clés de voiture.

Elliot s'assit en bâillant et en se frottant les yeux.

— Bien le bonjour à vous aussi, dit-il.

Jane ne releva pas l'allusion à son impolitesse.

— Les clés, insista-t-elle en tendant la main. *S'il vous plaît*.

— Je suppose que tu lui as dit pour la dépanneuse, lança Elliot par-dessus son épaule, à l'adresse de Sullivan. Je vous souhaite une belle virée, mon chou. Appelez-moi en cas de besoin.

Elle lui arracha les clés des mains.

— Allez, mon vieux, dit Sullivan en attrapant Elliot par sa veste et en le forçant à se lever. Si nous y allons, tu viens aussi.

— Le temps presse. Christopher est malin. Il a abandonné la dépanneuse exprès pour qu'on puisse remonter jusqu'à lui, mais il ne va sûrement pas nous attendre.

Jane prit une grande inspiration pour se remettre les idées en place, puis elle rendit les clés de la voiture à Elliot. Lorsqu'ils sortirent du chalet, le froid la gifla et lui coupa le souffle. Cela ne freina en rien ses ardeurs : ils devaient coincer Christopher avant qu'il ne file. Le mieux était de lui tomber dessus par surprise, mais il ferait jour bientôt ; ils devaient agir vite.

Dès qu'ils furent à l'abri dans le pick-up, Elliot enclencha la marche arrière.

— On est censés faire quoi, exactement ? demanda-t-il, les mains à plat sur le volant.

— C'est vous, le détective privé, s'impatienta Jane, assise à l'arrière. Je suppose que vous savez où se cache Christopher Menas. Nous allons le trouver et nous l'interrogeons.

— Et s'il est armé ? objecta Sullivan en se tournant vers elle.

— Pourquoi croyez-vous que je vous ai engagé ?

Jane avait bien conscience que son agressivité à l'égard de Sullivan ne contribuait pas à détendre l'atmosphère, mais elle ne digérerait pas qu'il l'ait accusée de s'être acharnée sur son frère lorsqu'il était passé en cour martiale. Certes, les charges qui pesaient contre Marrok étaient presque identiques à celles qui avaient été retenues contre Christopher, mais elle avait toujours veillé à bien cloisonner et à se montrer impartiale. Elle ne pourrait pas exercer ce métier si elle laissait ses émotions prendre le dessus. D'où ce maudit surnom. Elle se devait d'être impassible.

Pour quelqu'un qui prétendait être à l'abri des émotions et des passions, elle faisait fort ! songea-t-elle en soupirant intérieurement.

Ils prirent la route d'Anchorage, et bien que Jane fût loin d'être sereine, s'attendant à tout moment à voir foncer sur eux une dépanneuse meurtrière, ils regagnèrent la ville sans encombre. D'après Elliot, Christopher Menas louait un appartement non loin du lac Taku. Il leur fallut moins de trente minutes pour y arriver. Le détective privé se gara à deux pâtés de maisons de l'endroit où habitait Christopher.

La résidence de deux étages, avec ses balcons de bois clair et ses murs crépis en blanc, présentait plutôt bien. Des arbres et des pelouses agrémentaient l'ensemble. Mais dès qu'elle posa un pied sur le trottoir, Jane sentit une sourde appréhension s'emparer d'elle.

— Allons-y. Son appartement est le 310.

Sullivan marchait à côté d'elle. L'assurance, la stature et la musculature de son garde-du-corps redonnèrent confiance à la jeune femme.

— Puis-je vous rappeler que ce n'est pas une bonne idée ? dit-il lorsqu'ils arrivèrent devant le numéro 310, en rez-de-jardin. Nous ne savons pas ce qui nous attend derrière cette porte.

Elle s'en moquait totalement.

— Je veux que ça s'arrête. Une bonne fois pour toutes.

Derrière eux, Elliot commençait à s'impatienter. Il portait un bélier sur l'épaule, pour le cas où il leur faudrait employer les grands moyens pour entrer dans l'appartement.

Jane soupira. Tout cela lui paraissait tellement surréaliste. Cela faisait des années qu'elle n'avait pas pensé à Christopher Menas. Et la voilà qui débarquait chez lui pour lui demander pourquoi il essayait de la tuer.

Sullivan se plaça entre elle et la porte, prêt à lui servir de bouclier si ça tournait mal. Elle avait encore peine à croire qu'il pensait vraiment ce qu'il lui avait dit au chalet, tout à l'heure. Après toutes les épreuves qu'ils avaient traversées au cours de ces dernières heures, après qu'elle lui eut sauvé la vie, il ne pouvait pas avoir une aussi piètre opinion d'elle.

Sullivan cogna à la porte. Puis il recula d'un pas et sortit son arme. Elliot fit de même.

Personne ne répondit. Il n'y avait aucun bruit à l'intérieur.

Jane commençait à craindre qu'ils ne soient venus pour rien. Il faisait à peine jour. Christopher aurait pu avoir l'obligeance de les attendre.

Sullivan cogna plus fort, sans davantage de résultat.

— Vous êtes sûre que c'est bien ce que vous voulez ? demanda-t-il à Jane. Il est encore temps de faire machine arrière et d'aborder les choses autrement ?

Faire machine arrière ? Hors de question ! Si elle était venue jusque-là, ce n'était pas pour se dégonfler au dernier moment.

— J'en suis sûre et certaine.

— D'accord. On va défoncer la porte puisque vous y tenez, mais après, il ne faudra pas venir nous le reprocher, madame le procureur.

S'écartant de devant la porte, il fit signe à Elliot de s'approcher.

— À toi de jouer !

— Quand nous serons à l'intérieur, ne touchez à rien, surtout. Mais il faudra faire vite. Quelqu'un va sûrement appeler la police.

En deux coups de bélier, et moins d'une minute, la porte fut défoncée.

— Allons-y, dit Sullivan en entrant le premier, son Glock à la main, paré à toute éventualité.

La boule au ventre, Jane lui emboîta le pas. Elle appréhendait de se retrouver nez à nez avec Christopher Menas, qu'elle n'avait pas vu depuis presque dix ans.

De la pointe du coude, Sullivan pressa l'interrupteur. À première vue, tout était normal. Il n'y avait ni odeur de décomposition dans l'air, ni tapis couverts de taches de sang. Le trois-pièces était décoré dans le style typique du Sud-Ouest américain — d'où Christopher était originaire — et ne donnait pas l'impression d'avoir été quitté dans la précipitation. Leur suspect n'avait, semblait-il, aucunement l'intention de s'en aller.

— Vous êtes sûr que c'est là qu'il habite ? demanda Jane, craignant soudain qu'ils ne se soient trompés d'adresse. Rien, ici, ne trahit la présence d'un psychopathe.

Fouillant la cuisine, Sullivan utilisa une serviette en papier pour ouvrir les tiroirs et fourrager dans les paperasses et les factures. Il montra à Jane une carte de visite tandis qu'Elliot se dirigeait vers les chambres.

— Nous sommes à la bonne adresse.

Elle lui prit la carte des mains.

— Remorquage Menas. Tiens ! Comment se fait-il qu'Elliot n'ait pas eu connaissance de ce détail ?

Jane passa en revue tout le reste de l'appartement. Il devait y avoir quelque chose, quelque part, qui la désignait comme cible. D'après les profileurs avec lesquels il lui arrivait de travailler, les maniaques collectionnaient presque toujours des objets appartenant à leurs victimes. Des sortes de trophées. Mais autant qu'elle puisse en juger, il n'y avait rien de ce genre chez Christopher. Et si c'était quelqu'un d'autre qui la harcelait ? Mais qui ? Le seul élément de preuve qu'ils avaient contre lui était la dépanneuse enregistrée à son nom.

— Il faudrait qu'il soit vraiment débile pour nous percuter avec sa propre dépanneuse, fit-elle soudain remarquer.

— En effet, concéda Sullivan en plantant ses fascinants yeux bleus dans les siens.

Elle avait le cœur qui battait comme un tambour quand il la fixait aussi intensément, comme s'il cherchait à percer en elle un mystère.

— On a cherché à nous attirer ici, et nous avons sauté dans le piège à pieds joints ! dit-il. Quand il vous a appelée, avez-vous reconnu sa voix au téléphone ?

— Il murmurait, alors difficile à dire. Et puis, ça fait si longtemps que je n'ai plus de contacts avec lui, que je ne suis pas sûre d'être capable de la reconnaître.

Repensant à ce qu'il venait de dire, elle se tourna vers lui.

— Vous croyez que Christopher est victime d'un coup monté ?

— Ça n'en a pas l'air, déclara Elliot en faisant irruption dans la salle de séjour. Venez voir un peu par là.

— Qu'est-ce qu'il y a ? demanda-t-elle, affolée, en suivant le détective privé.

Une dizaine de scénarios, plus macabres les uns que les autres, lui traversèrent l'esprit tandis qu'elle longeait le couloir conduisant à la chambre du fond. Sur le pas de la porte, elle se figea. La mâchoire lui en tomba et le souffle lui manqua. Un vertige la saisit.

— C'est complètement dingue ! s'exclama Sullivan, faisant écho à ses propres pensées, en entrant dans la chambre.

Agrippée au chambranle, Jane secoua la tête, anéantie.

— Nous sommes bien chez lui. Aucun doute possible.

5

De quelque côté qu'il se tourne, Jane était partout.

— Il y a au moins une centaine de photos de moi, dans cette chambre, dit Jane d'une voix chevrotante.

Dans un élan de compassion, Sullivan faillit lui tendre une main secourable mais il se retint. Ce n'était pas le moment de s'apitoyer. Sur la photo qu'elle avait trouvée dans son téléphone, Jane dormait. Celles qui ornaient les quatre murs de la chambre la montraient en train de manger. De siéger au tribunal. Et même de se doucher ! La vie de la jeune femme au cours de ces trois derniers mois s'étalait sous leurs yeux. Ce type était complètement cinglé. Obsédé par Jane, il l'avait traquée sans relâche, aussi bien chez elle qu'au-dehors, vampirisant sa vie.

Tétanisée, au point qu'il se demanda si elle respirait encore, elle contemplait les photos sans rien dire. Cette fois, il ne put s'empêcher de s'approcher d'elle, la main tendue.

— Jane...
— Il a violé mon intimité. Il a...

Comme une carpe au bord de l'asphyxie, elle ouvrit la bouche pour inspirer un grand coup. Puis elle déglutit et, une main sur la bouche, sortit précipitamment, laissant derrière elle un sillage vanillé.

— Je crois que je vais vomir, lança-t-elle depuis le couloir.

Deux secondes plus tard, il entendit une porte claquer et ferma les paupières pour mieux se concentrer sur sa respiration. À lui aussi cette intrusion dans la vie privée de la jeune femme donnait la nausée. Mais son instinct de protecteur dominant, la rage le disputait en lui au dégoût. Christopher Menas était un homme mort. Sullivan allait lui faire passer l'envie de prendre des photos de Jane.

— Elliot, fais ce que tu as à faire et allons-nous-en.

Il fallait emmener Jane loin d'ici. La police allait sans doute débarquer d'une minute à l'autre. Les coups de bélier dans la porte avaient dû alerter les voisins. Si Jane attirait l'attention de la police sur elle, l'armée l'apprendrait immédiatement et limiterait son habilitation au secret défense, allant peut-être même jusqu'à se débarrasser d'elle. Arme au poing, il se dirigea vers la salle de bains, attentif au moindre bruit, au plus léger déplacement d'air. Avec un suspect capable d'effacer ses traces de pas dans la neige, en pleine forêt, il fallait s'attendre à tout. Menas avait probablement plus d'un tour dans son sac aussi Sullivan préférait-il se tenir sur ses gardes. Car il y allait de la vie de Jane.

— Jane ? appela-t-il après avoir frappé trois petits coups à la porte de la salle de bains.

Pas de réponse.

Il prit peur et, une main sur la poignée, faillit ouvrir la porte.

— Tout va bien ?

Toujours rien.

Reculant d'un bon mètre, ses deux mains crispées sur la crosse de son Glock tendu devant lui, il s'apprêta à balancer un grand coup de pied dans la porte.

— Bon, eh bien, j'entre !

La porte s'ouvrit d'un coup et Jane apparut, dévastée. D'un revers de main, elle s'empressa de faire disparaître les traces de larmes sur ses joues. En un clin d'œil, elle se recomposa un masque d'impassibilité, affichant son visage habituel, à l'expression lisse, dénuée de toute émotion.

— Tout va bien. J'avais juste besoin d'une minute.

— Ne me faites plus jamais ce coup-là, Jane, dit-il en relâchant la pression de ses doigts sur le pistolet.

Il se devait d'être fort, de se montrer rassurant. Il lui appartenait de l'empêcher de s'effondrer. Cela faisait partie de sa mission. Et tant pis s'il enfreignait le règlement.

S'approchant tout doucement, pas trop près pour ne pas l'effaroucher, il écrasa une larme sur sa joue du bout du doigt. Il hésitait encore, n'osait pas, mais cette fois, il ne s'écarta pas. Lorsqu'elle se blottit contre lui, il posa son menton sur le sommet de son crâne.

— Je suis désolé que vous soyez tombée sur ces photos. Vous ne méritiez pas cette nouvelle épreuve.

C'était la première fois qu'il était totalement sincère avec elle. La chaleur qui émanait d'elle le gagnait peu à peu, s'infiltrant sous sa peau, jusque dans ses muscles et dans ses os. La tension disparaissait ; il n'aspirait plus qu'à une chose, en cet instant : la ramener au chalet pour la soustraire à la folie de Menas. Les obsédés dans son genre, prêts à tuer l'objet de leurs fantasmes, ne renonçaient pas facilement. Elle n'en avait pas fini avec lui...

Sullivan renifla puis inspira à fond. Ça sentait... la fumée.

— Vous sentez cette odeur ? demanda Jane au même moment en s'écartant de lui.

— Elliot.

Le cœur étreint par la peur, il prit la main de Jane dans la sienne et entraîna la jeune femme le long du couloir. Une épaisse fumée noire s'échappait de dessous la porte de la chambre du fond. L'avait-il refermée derrière lui, tout à l'heure ? Il l'ouvrit d'un coup de pied. D'énormes flammes léchaient les murs sur lesquels étaient accrochées les photos de Jane. De son bras replié, il se protégea le visage et les yeux mais avec toute cette fumée, impossible de voir quoi que ce soit.

— Elliot !

— Sullivan, regardez ! s'écria Jane en lui montrant un des angles de la pièce.

Avant qu'il puisse l'en empêcher, elle s'élança à travers les flammes qui dévoraient l'encadrement de la porte.

— Jane, revenez !

Il voulut la rattraper par sa parka mais la manqua d'un ou deux centimètres. Elle ne pouvait pas tirer Elliot de là sans aide. Il y avait des flammes partout et le rugissement du brasier les empêchait de s'entendre. Renonçant à la raisonner, Sullivan se baissa et entra à son tour dans la pièce en feu.

— Jane, où êtes-vous ? Elliot ?
— Par ici.

Une quinte de toux l'attira au fond de la pièce. Le crépitement des flammes couvrait presque le son de sa voix, mais grâce à sa toux, il parvint à la localiser.

— Jane.

L'attrapant par le bras, il la poussa vers la porte. La fumée lui irritait les yeux et les poumons. Il se mit lui aussi à tousser comme un perdu.

— Sortez, bon sang ! Allez m'attendre dehors.

Elliot était évanoui près du mur ouest. Sullivan le chargea sur son épaule et s'élança à travers les flammes qui avaient envahi toute la chambre, évitant de peu un morceau de plafond qui s'était détaché.

Une fois dehors, il aspira l'air goulûment. Il tenait à peine debout ; ses muscles manquaient cruellement d'oxygène et Elliot pesait son poids. Jane, les yeux exorbités, se précipita à la rescousse, les saisissant à bras-le-corps lui et son chargement. Ils tombèrent les uns sur les autres, bras et jambes mêlés. Tandis qu'ils s'efforçaient de retrouver leur respiration, la sirène des pompiers déchira la nuit. En moins de sept minutes, les valeureux soldats du feu furent à pied d'œuvre pour lutter contre l'incendie, qui s'était propagé dans tout l'immeuble, comme Sullivan put bientôt le constater.

— Est-ce qu'il y a...

Une quinte de toux l'empêcha d'aller au bout de sa phrase. Il préférait ne pas penser aux conséquences éventuelles de l'incendie, qui n'avait de toute évidence rien d'involontaire. Christopher Menas savait qu'ils allaient venir chez lui. Il avait mis le feu à l'appartement pour faire disparaître les preuves qui s'y trouvaient. Et accessoirement, pour leur faire du mal. Pour faire du mal à Jane.

— Dès que je suis ressortie de la chambre, j'ai déclenché l'alarme incendie, expliqua Jane en cajolant la tête d'Elliot, calée sur ses genoux.

Elle avait de la suie sur le visage en plus des égratignures et des bleus dus à l'accident de voiture, mais cela n'enlevait rien à sa beauté. Mais encore plus que sa beauté, c'était son courage et sa présence d'esprit qui impressionnaient Sullivan. Jane n'avait pas hésité à braver l'incendie pour sauver Elliot, puis elle s'était empressée de déclencher l'alarme incendie.

Toujours inconscient, Elliot avait une vilaine entaille au-dessus de la tempe droite. Il l'avait échappé belle. Bon sang ! Dire qu'ils s'étaient précipités dans le piège que leur avait tendu Menas...

Ils auraient pu y rester tous les trois, songea Sullivan en secouant la tête. En regardant Jane, qu'il avait crue presque indemne, il s'aperçut qu'elle saignait, elle aussi.

— Vous êtes blessée ?

Elle lui montra son bras.

— Rien de grave. Avec quelques points de suture, ça devrait pouvoir s'arranger. Mais ça m'embête pour la parka. Je l'aimais vraiment beaucoup.

Des crissements de pneus et des gyrophares annoncèrent l'arrivée des secours. Sullivan prit la main de Jane dans la sienne. Il ne voulait pas qu'on les sépare.

Des ambulanciers se précipitèrent vers eux et hissèrent Elliot sur une civière. Sullivan avait pris soin de confisquer son téléphone à son détective privé car il ne voulait pas que la police le mette sous scellés avant d'avoir pu regarder les photos dont ce cinglé de Christopher Menas avait couvert les murs d'une des pièces de son appartement. Et au diable la rétention de preuves !

Elliot était entre de bonnes mains. Il n'avait plus rien à

craindre de Menas. Sullivan aurait aimé avoir la même certitude à propos de Jane. Mais tout ce qu'il savait, c'était qu'ils ne pouvaient pas rester là. Menas les surveillait.

— On y va ? suggéra-t-il. Vous allez pouvoir marcher ?

— Si je dis non, me jetterez-vous sur votre épaule comme vous l'avez fait avec Elliot ? demanda-t-elle en se relevant péniblement. Tout va bien, rassurez-vous. Et à vrai dire, je ne suis pas fâchée que toutes ces photos aient été détruites.

— Vous n'avez pas hésité à entrer dans la pièce en feu pour porter secours à Elliot, et vous m'obligez, une fois de plus, à vous témoigner toute ma reconnaissance.

Sullivan se releva à son tour, repoussant un des ambulanciers qui tentait de l'examiner. Il allait bien et n'avait pas besoin de soins. Il avait inhalé un peu de fumée, mais ce n'était pas la première fois et il n'en était pas mort.

Deux voitures de police arrivèrent tandis que Sullivan envoyait un texto à son équipe tout un gardant un œil sur Jane, qu'on avait fait monter à l'arrière d'une ambulance pour lui prodiguer les premiers soins. Puis il se dirigea vers les policiers pour faire sa déposition. Une enquête serait ouverte, bien entendu, mais il était hors de question de leur parler d'autre chose que de l'incendie. La police avait refusé de prendre au sérieux les allégations de Jane. C'était donc à lui, maintenant, qu'il appartenait d'arrêter Menas. Et personne ne viendrait marcher sur ses plates-bandes.

Moins de cinq minutes plus tard, un SUV de Blackhawk security arriva à son tour sur les lieux. Sullivan vit descendre du véhicule son expert en armement, un grand costaud bronzé très athlétique. Anthony Harris inspecta tranquillement la scène. Ses lunettes de soleil et sa barbe masquaient son expression, mais Sullivan devina qu'il évaluait la situation afin de prévenir toute nouvelle attaque. L'ex-ranger ne se laissait jamais surprendre.

— Je t'emmène ? demanda-t-il à Sullivan.

— Venez, Jane, on y va, dit Sullivan en écartant les ambulanciers pour se frayer un chemin jusqu'à la jeune femme.

Elle prit sans hésitation la main qu'il lui tendait. Il l'aida à se lever et à descendre de l'ambulance. Avec Menas dans les parages, elle n'était pas en sécurité. Ce n'était pas une poignée d'ambulanciers et de policiers qui allaient faire reculer le psychopathe. Il fallait partir.

Sa détermination devait se lire sur son visage car personne ne chercha à les retenir. Jane n'opposa elle-même aucune résistance, ce qui fut pour lui un grand soulagement. Serrant sa main dans la sienne, il la guida vers le SUV. Après ce qu'elle venait encore d'endurer, il avait très envie de la prendre dans ses bras et de la réconforter, comme il l'avait fait tout à l'heure, avant que le feu ravage totalement l'appartement. Il avait allègrement enfreint les règles qu'il s'était fixées mais peu lui importait. À ce moment-là, seule Jane comptait à ses yeux.

Il la fit entrer à l'arrière du SUV, avant d'y grimper à son tour tandis qu'Anthony prenait le volant.

— C'est parti !

— Où allons-nous ? Christopher savait que la dépanneuse nous conduirait jusqu'à lui. Il nous attendait, dit Jane d'une petite voix en scrutant anxieusement les abords de la résidence, en partie dévastée par l'incendie.

— Nous allons nous planquer. Le reste de mon équipe va nous rejoindre. Je l'ai prévenue.

Ils roulaient dans le centre-ville à vive allure, malgré les gerbes d'eau qui giclaient sous les roues et fouettaient les bas de caisse du véhicule. Mine de rien, pour ne pas inquiéter davantage la jeune femme, Sullivan scrutait les toits, une main posée sur son Glock qu'il se tenait prêt à dégainer en cas de besoin.

— Essayez de voir le bon côté des choses, dit-il pour détendre l'atmosphère. Vous n'avez pas eu à traîner quelqu'un dehors, vous !

Le rire de Jane dissipa un peu la tension qu'il ressentait

aussi. Il respira plus librement mais s'en voulut de prendre autant à cœur le bien-être de sa cliente.

— Nous sommes arrivés, tout le monde descend ! déclara Anthony en franchissant le portail électrique du parking de l'agence.

Quatre voitures étaient déjà garées là, à proximité de l'ascenseur.

Sullivan se retourna vers Jane qui, une main sur la portière, s'apprêtait à descendre du SUV.

— Ecoutez-moi bien, dit-il en plantant son regard dans ses beaux yeux noisette. Vous allez marcher derrière moi. En cas de danger, courez jusqu'à la sortie de secours et surtout, ne vous retournez pas.

— D'accord.

Il dut se faire violence pour ne pas remettre en place la mèche de cheveux qui lui barrait la joue. Il devait à tout prix résister au désir qu'il avait de la toucher. Nouer une relation avec une cliente — avec *elle* — ne ferait que compliquer un peu plus les choses. C'était un risque qu'il n'était pas prêt à prendre. Et ce pour deux raisons. D'une part parce qu'il compromettrait sa propre sécurité, et de l'autre parce qu'il bafouerait la mémoire de son frère.

— Et vous ? demanda-t-elle.

Chassant toute pensée susceptible de le distraire de sa mission de protection, Sullivan s'empressa de la rassurer.

— Ne vous en faites pas pour moi. Je n'ai rien à craindre.

— C'est vite dit ! répliqua-t-elle en souriant. Rappelez-vous ce qu'il s'est passé dans la forêt en allant au chalet.

— Je savais que vous me reparleriez de cet épisode malheureux.

Redevenue sérieuse, elle posa une main sur son bras juste au moment où il allait descendre du SUV. Il se figea, en proie à un grand émoi.

— Promettez-moi quelque chose, dit-elle.

Une main sur la portière, l'autre sur la crosse de son pistolet, Sullivan fronça les sourcils.

— Tout ce que vous voulez.

Il déglutit, se demandant ce qu'elle allait encore exiger de lui.

— En tant que magistrate, j'ai juré de respecter la loi. Promettez-moi que nous allons livrer ce type à la justice.

— C'est une promesse que je ne peux pas vous faire, Jane.

Il sauta à bas du SUV. Il était maître de *ses* agissements mais il n'avait aucun pouvoir sur le destin des uns et des autres. S'il était écrit que Christopher Menas irait directement au cimetière plutôt que de passer par la case prison, Sullivan n'y pouvait rien.

Il prit la tête des opérations, Jane lui emboîtant le pas tandis qu'Anthony fermait le cortège. L'ascenseur se trouvait à quelques pas et était le seul moyen d'accéder à l'agence depuis le parking. Blackhawk Security était l'un des bâtiments les plus sécurisés au monde. Ce qui n'avait pas empêché Jane d'entrer dans son bureau, la veille, sans déclencher la moindre alarme...

Mais comment diable avait-elle bien pu faire ? se demandait Sullivan, très intrigué. Et par quels stratagèmes était-elle parvenue à découvrir sa véritable identité ?

Les souvenirs étaient parfois la pire torture qui soit.

Assise sur le canapé, la tête dans les mains et les genoux repliés sur la poitrine, Jane patientait devant la salle de conférences de Blackhawk Security. Il y avait plus de deux heures que Sullivan et son équipe discutaient du meilleur plan à adopter pour capturer Menas. Elle avait demandé à participer à la réunion mais Sullivan s'était montré inflexible : seuls ses agents avaient voix au chapitre.

Les photos affichées sur les murs de la chambre de Christopher — ces photos qu'il avait prises d'elle à son insu — lui revenaient constamment en mémoire, l'obsédant jusqu'au vertige.

Elle ferma les yeux, en proie à un malaise grandissant. Des voix d'hommes filtrant à travers les portes en verre de la salle de conférences attirèrent son attention. La réunion était-elle enfin terminée ?

Soudain, la porte s'ouvrit et une jeune femme apparut, si mince et si éthérée qu'on eût dit une apparition. Blonde, avec des cheveux longs, portant des talons aiguilles et une jupe crayon, elle prit le couloir à pas menus après avoir adressé un petit sourire triste à Jane.

Remarquant les dossiers qu'elle avait dans les mains, Jane faillit lui demander ce qu'il était ressorti de la réunion, mais la jeune femme blonde paraissait si pressée et si contrariée qu'elle n'osa pas.

Quatre ou cinq hommes sortirent tranquillement à sa suite. Jane n'en connaissait aucun, en dehors d'Anthony, cette montagne de muscles qui se cachait derrière des lunettes de soleil. Une autre femme sortit à son tour. Celle-ci avait des cheveux châtains coupés au carré juste au-dessus des épaules, et des traits un peu grossiers. Il devait s'agir d'Elisabeth, l'experte que Sullivan avait appelée pour tenter de retracer l'appel que Jane avait reçu sur son portable peu après leur arrivée au chalet. Le dernier à sortir fut un homme à l'allure athlétique et à la peau bronzée. Il se dirigea droit sur elle.

— Jane, dit Sullivan, qui attendait sur le pas de la porte que tout le monde soit sorti, je te présente Vincent Kalani, notre expert en criminalistique.

— Ravi de faire enfin votre connaissance.

Son accent hawaïen et sa solide poignée de main mirent tout de suite Jane en confiance. Il avait relevé le col de son caban, mais on apercevait quand même ses tatouages, de grandes volutes noires qui partaient du cou et couvraient probablement une grande partie de sa poitrine.

— J'ai l'impression de vous avoir déjà rencontrée, dit-il après l'avoir scrutée de la tête aux pieds.

Son regard n'avait rien de concupiscent. Il exprimait simplement de la curiosité.

— Ah bon ?

Troublée malgré tout, Jane croisa les bras sur sa poitrine.

— C'est Vincent qui est allé chez vous pour collecter des preuves. Pour avoir longtemps travaillé pour la police new-yorkaise, il connaît bien ces cas de harcèlement, expliqua Sullivan en se rapprochant d'elle et en posant une main sur le bas de son dos. Va-s'y, Vincent, dis-lui ce que tu as trouvé.

— Eh bien, en dehors des rouleaux de pâte à cookies aux pépites de chocolat planqués dans le bac à légumes du réfrigérateur, strictement rien.

— Comment ça, *strictement rien* ? s'indigna Jane. Je n'ai pourtant rien inventé. Ce cinglé est bel et bien entré chez moi. J'en ai la preuve dans mon téléphone...

— Il ne subsiste aucune trace de son passage, déclara Vincent, impassible, en lui tendant un mince dossier. Ni empreintes, ni cheveux, ni poils, ni fibres : absolument rien.

— C'est impossible, voyons !

Elle referma le dossier après y avoir jeté un bref coup d'œil. Le découragement le disputait en elle à la colère. Le regard appuyé de Vincent quand il lui avait serré la main prenait maintenant tout son sens. Il mettait en doute ses allégations.

Lui rendant le rapport, elle leva les yeux vers lui.

— Vous ne me croyez pas, déclara-t-elle.

Aux éclats de voix entendus tout à l'heure, elle avait compris que son cas faisait débat, certains membres de l'équipe la prenant sans doute pour une affabulatrice. Et Sullivan ? La croyait-il ? Ou bien croyait-il Vincent ?

— Et vous ? demanda-t-elle en se tournant vers lui. Je suppose que vous avez lu ce rapport. Après tout ce qu'il s'est passé au cours des dernières trente-six heures, l'accident de voiture, l'incendie, quel est votre sentiment ?

— Je ne peux faire abstraction du fait que vous ayez passé sous silence le suspect principal. Forcé est d'admettre qu'en l'état actuel des choses, dit-il en regardant le rapport de Vincent, rien ne prouve que Christopher Menas vous harcèle. La dépanneuse et les photos ont pu être utilisées pour le piéger et faire croire à sa culpabilité. Quelqu'un peut vouloir se venger de lui puisqu'il n'a jamais comparu pour les agressions sexuelles dont il s'est rendu coupable, il y a dix ans.

Ce *quelqu'un*, c'était elle, bien sûr. Un coup de couteau en plein cœur ne lui aurait pas fait plus de mal que ces perfides sous-entendus sortant de la bouche de Sullivan. Par miracle, elle parvint à sauver la face mais elle sentait qu'elle ne pourrait faire illusion bien longtemps.

— Je vois, dit-elle d'un ton le plus neutre possible. D'après vous, j'ai engagé quelqu'un pour nous rentrer dedans sur le pont ? J'ai pris moi-même toutes ces photos et les ai placardées sur les murs de sa chambre ? Et j'ai mis le feu à l'appartement pendant qu'Elliot et vous regardiez ailleurs, c'est bien ça ?

— Ecoutez, mademoiselle Reise, dit Vincent. Vous êtes une femme intelligente, brillante même, comme le prouvent vos diplômes de droit et vos états de service dans l'armée. Vous pourriez très bien avoir mis sur pied un plan qui vous permette de vous venger d'un homme qui n'aurait pas payé pour ses crimes.

Il fit un pas vers elle, sans doute pour essayer de l'intimider du haut de son mètre quatre-vingt-quinze. Mais elle ne cilla pas. On ne l'avait pas surnommée la Terreur des tribunaux militaires pour rien.

— Est-ce la raison pour laquelle vous vous êtes adressée à Blackhawk Security ? demanda Vincent.

— C'est *capitaine* Reise, rectifia Jane en relevant fièrement le menton. Et je ne vois vraiment pas de quoi vous voulez parler. J'ai déjà dit à Sullivan pourquoi j'étais venue le trouver. Lui seul est capable d'arrêter le maniaque qui me harcèle.

— Je crois savoir qu'il y a une autre raison, dit Vincent en fourrant les mains dans les poches de son caban. Comme Sullivan vient de nous l'expliquer en réunion, au procès de Marrok Warren en cour martiale, vous étiez, en tant que procureur général, la plus déterminée à le faire condamner. Mais vous n'avez pas supporté que Sullivan vous tienne pour responsable de la mort de son frère, aussi êtes-vous aujourd'hui en train d'essayer de vous faire passer pour une victime. À moins que le fait que vous ayez emménagé à Anchorage peu de temps après que Sullivan a démissionné de la marine ne soit qu'une simple coïncidence ?

Jane dut serrer les dents pour empêcher sa mâchoire de trembler. Ils n'avaient rien compris. Marrok n'avait rien à voir là-dedans. Pas plus que les griefs que Sullivan pouvait avoir contre elle. C'était de sa survie qu'il s'agissait. Se tournant vers Sullivan, elle mobilisa ses toutes dernières forces pour lui dire ce qu'elle pensait de lui et de sa façon de faire. Elle le regarda droit dans les yeux, ces yeux bleu outremer dans lesquels, sotte qu'elle était, elle avait eu envie de se perdre.

— Si c'est en accusant les victimes que vous faites tourner votre agence de sécurité, eh bien, j'ai eu tort de m'adresser à vous !

Sur ces mots, elle se dirigea d'un pas décidé vers l'ascenseur, à l'autre extrémité du couloir. À mi-chemin, elle s'immobilisa à côté d'un ficus factice et lança par-dessus son épaule :

— Épluchez mes relevés téléphoniques, mes e-mails ou mes relevés bancaires, enfin, tout ce que vous voudrez, et faites-moi signe quand vous aurez trouvé qui est l'enfoiré qui essaie de me tuer !

Cette tirade ayant apparemment sorti Sullivan de sa léthargie, elle ralentit un peu le pas.

— Où allez-vous ? demanda-t-il en lui courant après.

— Je ne vais pas restée là à attendre que l'homme qui me traque sans relâche m'ait retrouvée, répondit-elle en s'engouffrant dans la cabine d'ascenseur. Cela fait plus de vingt-quatre heures que je n'ai ni dormi ni mangé. Alors je rentre chez moi. Seule. Je vous interdis de me suivre.

Elle appuya sur le bouton du rez-de-chaussée et garda obstinément les yeux fixés sur les diodes lumineuses jusqu'à ce que la porte se referme et qu'elle puisse enfin laisser couler ses larmes.

6

Jane n'y était strictement pour rien.

Il l'avait compris à la seconde où elle avait autorisé son équipe à accéder à ses relevés bancaires et relevés de communications téléphoniques, et à fouiller dans son ordinateur portable. Vincent avait poussé le bouchon un peu trop loin, mais enquêter à fond sur la jeune femme avait été le seul moyen de l'éliminer définitivement de la liste des suspects. Il y avait dans cette affaire beaucoup trop de coïncidences, de fausses pistes et de questions sans réponses. Comment Menas pouvait-il être aussi bien informé de leurs moindres faits et gestes ? Lorsqu'il les avait attendus au feu à l'entrée du pont pour les percuter, comment avait-il su quel itinéraire ils emprunteraient ? Et le chalet au milieu des bois, qui le lui avait indiqué ? Comment s'y était-il pris pour les piéger comme des bleus dans l'appartement ?

Etouffant un grognement de frustration, Sullivan cogna trois coups à la porte munie d'un judas. Dès qu'il avait franchi le seuil de la salle de conférences, il avait tenu à signifier à son équipe qu'il n'était pas là pour interroger Jane. Mais les indices — ou plutôt l'absence d'indices — en disaient long. Ils avaient affaire à un professionnel.

La porte s'ouvrit brusquement. Et l'espace d'un instant, le temps se figea. Jane était décidément une très belle femme.

— Je vous avais interdit de me suivre, dit-elle en appuyant contre le battant son corps mince et athlétique.

— Puis-je entrer ?

Il avait très envie de la toucher, de s'assurer qu'elle ne lui tenait pas rancune et que le climat de confiance qu'ils avaient instauré au cours des deux derniers jours était intact.

Elle ne fit pas mine de s'écarter pour le laisser entrer.

— Laissez-moi deviner, dit-elle en croisant les bras sur sa poitrine, attirant l'attention sur le fait qu'elle ne portait pas de soutien-gorge. Vous êtes venu me dire que vous avez la preuve que j'ai tout manigancé dans le seul but de me venger de Christopher Menas. C'est bien ça ?

— Je suis désolé que les soupçons se soient portés sur vous, déclara-t-il, sincèrement navré. Mais c'est officiel : vous ne figurez plus sur la liste des suspects. Vous ne serez plus embêtée.

Hochant la tête, Jane s'écarta enfin. S'obligeant à garder la tête froide, il passa devant elle et se mit à chercher des yeux d'éventuels signes d'effraction. Mais ni la fenêtre ni la baie vitrée ne semblaient avoir été forcées. Jane avait pris soin de tout verrouiller. Avec ses trois chambres et deux salles de bains pleines de couleurs et décorées avec goût, la maison qu'elle louait contrastait avec le dénuement monastique de son propre bungalow et de son bureau. L'odeur de son parfum imprégnait l'air. Toute la maison embaumait la vanille. Il fit volte-face, bien décidé à lui dire ce qu'il était venu lui dire et à partir avant de céder à la tentation de rester.

— Si cela peut vous rassurer, j'ai demandé à Elisabeth de vérifier vos déclarations et tout s'est révélé exact, dit-il.

Un bip emplit la salle de séjour. Lui effleurant le bras au passage, elle se précipita dans la cuisine et ouvrit le four à micro-ondes.

— On a essayé de me tuer deux fois en l'espace de deux jours. Rien ne pourra me rassurer en dehors de ma pâte à cookies, si Vincent n'a pas fait mains basses sur mon stock.

Claquant la porte du four, elle planta une fourchette dans la mixture fumante et se mit à souffler dessus, ce qu'il trouva incroyablement sexy. Dans cet environnement domestique, en T-shirt et pantalon de jogging, Jane semblait parfaitement à l'aise. Ses cheveux humides laissaient penser qu'il l'avait surprise au sortir de la douche. S'il n'avait pas poireauté dans sa voiture aussi longtemps, hésitant à frapper à sa porte, peut-être serait-il arrivé au moment où...

— Comment va Elliot ? demanda-t-elle, coupant court à ses pensées libidineuses.

— Il s'en remettra. Ce n'est pas un petit coup sur la tête qui va avoir raison d'un dur à cuire tel que lui. Mais ce n'est pas la raison de ma visite.

Sullivan s'efforçait de la regarder dans les yeux mais il était hypnotisé par ses hanches étroites qui flottaient dans le jogging.

— Je voudrais savoir comment vous avez fait pour vous introduire dans mon bureau avant-hier, et qui vous a révélé mon vrai nom.

Elle lui jeta un regard stupéfait, mais il lui fallut moins d'une fraction de seconde pour se ressaisir.

— Est-ce parce que vous continuez de penser que je cherche à me venger que vous tenez tant à le savoir ? Ou par simple curiosité ?

— J'ai équipé mon agence d'un système de sécurité ultra-performant, fait installer des centaines de caméras un peu partout et je paie des vigiles pour qu'ils surveillent les locaux jour et nuit.

Tout en parlant, Sullivan se rapprocha d'elle. Il ne pouvait empêcher son cœur de battre la chamade. Impassible, elle lui fit face, relevant légèrement la tête pour affronter son regard. Captivé par les effluves de vanille qui émanaient d'elle, il ne put résister à l'envie de s'approcher plus près. Au cours de sa vie, il avait été blessé par balles à plusieurs reprises, il avait été torturé, il avait traversé mille épreuves extrêmement éprouvantes et certains de ses hommes étaient morts sous ses yeux. Mais jamais encore il ne s'était senti aussi troublé. Comment se faisait-il que Jane produisît sur lui un tel effet ?

— Toutes ces mesures rendent impossible une intrusion

dans mes bureaux. Quant à ma véritable identité, j'ai mis un tel soin à en effacer la moindre trace que la CIA elle-même s'y casserait les dents.

— C'est vrai, admit-elle en plantant ses yeux noisette dans les siens. Vous possédez un système de sécurité inviolable. Mais fouiller dans votre passé et en exhumer ce que je cherchais n'a pas été très compliqué. Cela étant, je ne vous révélerai tous mes secrets que lorsque je serai sûre de pouvoir vous faire confiance.

Sullivan redressa l'échine.

— Vous me semblez bien arrogante pour une femme qui a été soupçonnée d'avoir mis en scène son soi-disant harcèlement.

— Si vous aviez accordé quelque crédit à la thèse de Vincent selon laquelle j'aurais tout manigancé et ne serais venue ici que pour vous faire changer d'avis à mon sujet, vous n'auriez pas essayé de convaincre votre équipe de ma bonne foi, tout à l'heure, en salle de conférences.

Il ne pouvait la contredire. Son instinct — et Dieu sait que dans la marine on lui avait appris à développer cet instinct et à s'y fier — lui criait qu'elle était innocente. Le détraqué — qu'il s'agisse de Christopher Menas ou de quelqu'un d'autre — qui se donnait un mal de chien pour lui rendre la vie impossible agissait de son propre chef. Jane n'y était pour rien. Il en était persuadé.

— Bon, si vous avez faim, continua-t-elle d'un ton plus affable, j'ai d'autres plateaux-repas dans le congélateur à réchauffer au micro-ondes. À moins que vous ne préfériez des sandwichs au beurre de cacahuètes ?

Elle prit un fin plateau noir sur lequel étaient posés des espèces de nuggets de poulet, de la purée et un brownie.

— Mais si vous tenez à passer la nuit dans votre SUV et à mâchouiller du bison séché en guise de dîner, libre à vous !

— Vous m'avez vu ? demanda Sullivan sans pouvoir cacher sa surprise.

Bien sûr qu'elle l'avait vu ! songea-t-il, de plus en plus

émoustillé. Jane n'était pas une cliente ordinaire. Dans son métier, les menaces de mort étaient légion, aussi devait-elle être sur ses gardes en permanence et dormir avec un revolver sous son oreiller.

— Et moi qui pensais être la discrétion même quand j'étais en planque ! se lamenta-t-il.

— Cela fait trois mois qu'un psychopathe me harcèle où que j'aille et quoi que je fasse, alors vous pensez bien que j'ai tout de suite remarqué votre SUV garé dans la rue un peu plus bas depuis environ deux heures. Et puis, je ne suis pas stupide. Je n'aurais pas pris le risque de baisser ma garde pour prendre une douche si je n'avais pas su que quelqu'un surveillait la maison et réagirait à la moindre alerte.

Jane engouffra une grosse cuillérée de brownie. Les yeux brillants, esquissant un sourire, elle déclara :

— Quelle piètre opinion auriez-vous de moi si je vous avouais que c'est pour le brownie que j'achète ces plateaux-repas ?

Bloquant sur une information qu'elle avait lâchée comme par mégarde, Sullivan se raidit.

— Où que vous alliez, dites-vous ?

Cessant de sourire, elle reposa sa cuillère et s'essuya la bouche du dos de la main.

— Je crains d'avoir passé sous silence ce petit détail. À vrai dire, Vincent n'avait pas tout à fait tort sur les raisons de mon séjour à Anchorage. Je ne suis pas venue dans l'espoir insensé de me faire pardonner ce qui est arrivé à Marrok, mais parce que j'ai commencé à paniquer quand je me suis aperçue que des objets disparaissaient de mes quartiers en Afghanistan. Au début, c'étaient des petits trucs insignifiants, une pince à cheveux ou un foulard.

Elle posa le plateau sur la table et croisa les bras sur sa poitrine.

— Puis on m'a volé mon arme de service. Un Smith & Wesson de calibre 40. J'ai alors demandé un congé pour

295

raisons personnelles et je suis venue vous trouver. Et vous faire chanter, si vous refusiez de m'aider.

— Vous voulez dire que votre harceleur a retrouvé votre trace en Afghanistan puis vous a suivie aux Etats-Unis ?

Sullivan se promit de vérifier les déplacements de Menas, ses relevés bancaires et tout ce qui pourrait prouver qu'il se trouvait au Moyen-Orient au même moment que Jane. Dommage qu'ils n'aient pas commencé par là, mais ils n'avaient pas vraiment eu le temps de fouiller dans la vie de Menas avant qu'elle parte littéralement en fumée.

— Je ne vois absolument pas qui pourrait m'en vouloir à ce point. En dehors de vous.

Tandis qu'elle prononçait ces mots, il vit son beau regard s'assombrir.

— C'est vous, si ça se trouve, qui me harcelez.

— J'ai bien essayé de vous haïr, dit-il, mais comment pourrais-je continuer de vous en vouloir alors que vous m'avez sauvé la vie au chalet, et que vous avez traversé un mur de flammes pour secourir mon enquêteur ?

Visiblement soulagée, elle reprit son plateau-repas.

— Puisque vous n'êtes pas là pour me dénoncer à la police et que je ne vous dirai pas comment j'ai fait pour m'introduire dans vos locaux, qu'êtes-vous venu faire chez moi, lieutenant Bishop ?

— Vous n'êtes pas en sécurité, ici. Ce type vous connaît. Il en sait bien plus qu'il ne devrait et...

— En l'état actuel des choses, je ne suis en sécurité nulle part. Les récents événements l'ont montré. Alors autant que je sois chez moi, vous ne croyez pas ?

Au bord des larmes, elle reposa son plateau sur la table.

— Où que j'aille, je sais qu'il me retrouvera, dit-elle d'une toute petite voix.

— Sauf si je prends les choses en main.

Bouleversé par le désarroi de Jane, il combla la distance qui le séparait de la jeune femme et prit son visage entre ses grandes mains rugueuses. Bêtement troublé par son parfum, il songea très fugacement à son frère, mais en cet instant, sa priorité était de redonner à Jane un peu de joie de vivre.

— Nous devrions aller dormir, suggéra Jane, le souffle court, en se dégageant. Vous pouvez vous étendre sur le canapé et si vous avez faim, n'hésitez pas à vous servir dans le réfrigérateur.

Il la retint par le bras. Elle était forte pour une femme aussi mince.

— Vous me laisseriez taper dans votre stock de pâte à cookies ?

— Bien sûr. Vous l'avez mérité, il me semble. Mais je ne suis toujours pas disposée à vous dire comment je m'y suis prise pour entrer dans votre agence, déclara-t-elle avec un petit sourire malicieux.

Sullivan dut se faire violence pour la lâcher. Bon sang, fallait-il qu'il soit masochiste pour se mettre dans des situations pareilles ! S'amouracher d'une cliente — et de pas n'importe quelle cliente, par-dessus le marché ! — était une grossière erreur. Probablement la pire qu'il eût commise de toute sa vie. Mais dès qu'il posait les yeux sur elle, il oubliait à qui il avait affaire. Il oubliait que deux jours plus tôt il l'avait tenue en joue. La chair était faible, hélas, et son imbécile de cœur ne lui facilitait pas les choses.

— Puis-je au moins avoir un indice ?

— OK, je vais vous donner un indice, concéda-t-elle. Mais vous ne m'extorquerez rien d'autre, je vous préviens.

Lui passant les bras autour du cou, elle noua ses mains derrière sa nuque et se haussa sur la pointe des pieds pour lui murmurer à l'oreille :

— Si vous voulez le savoir, ça n'a pas été aussi compliqué que cela.

Jane entra dans sa chambre d'un pas décidé et referma la porte derrière elle. Mais son cœur continua de battre la chamade comme si Sullivan était toujours à côté d'elle. Et dire qu'elle avait été à deux doigts de l'embrasser...

Encore toute vibrante de désir, elle s'adossa un instant au battant de la porte. Qu'est-ce qu'il lui avait pris de lui proposer de dormir sur le canapé ? Sachant que quand il avait encadré son visage de ses mains, elle avait cru défaillir, elle aurait vraiment mieux fait de s'abstenir. Avec lui juste à côté, elle n'allait pas fermer l'œil de la nuit.

Elle devait se ressaisir au plus vite. Si elle voulait rester en vie, il était impératif qu'elle garde la tête froide. Forte de cette résolution, elle souffla par le nez pour se débarrasser de l'odeur virile de Sullivan et se sentit tout de suite mieux. Ouvrant sa penderie, elle composa le code six chiffres de son coffre-fort ignifugé. Elle le pensait vraiment quand elle avait dit à Sullivan que son harceleur viendrait la traquer jusque chez elle.

En fait, elle n'attendait que ça.

C'était la raison pour laquelle elle était rentrée. Le cinglé qui la persécutait n'hésitait pas à s'en prendre à tous ceux qui se dressaient sur son chemin, aussi comptait-elle sur Sullivan pour l'intercepter et l'empêcher de faire des victimes collatérales. Sullivan allait devoir déployer d'importants moyens matériels et humains car l'homme était bien plus dangereux qu'elle ne l'avait cru. Ils l'avaient tous largement sous-estimé.

Sachant la confrontation inévitable, Jane préférait l'attendre chez elle, entre ses murs. Au moins s'y sentait-elle à l'aise, dans son élément. Certes, l'homme s'était déjà introduit chez elle et avait sans doute fouillé la maison. Mais c'était là qu'elle vivait, dans cette maison dont elle connaissait le moindre recoin.

Si elle devait le coincer, ce serait là, chez elle.

Extirpant du coffre son arme personnelle, un Smith & Wesson de calibre 40 identique à celui qu'on lui avait volé en Afghanistan, elle fit basculer le chargeur puis le remit en place en un tournemain. C'était un geste qu'elle aurait pu accomplir les yeux fermés. À l'armée, elle s'était entraînée à monter et démonter n'importe quel fusil, mais son petit revolver ferait l'affaire pour ce soir. La crosse en métal se réchauffait peu à peu au creux de sa main. Elle en aimait le contact. Il y avait bien longtemps qu'elle n'avait pas eu à tirer à vue sans préavis, mais ce soir, c'était une question de vie ou de mort.

Sans compter que Sullivan Bishop était en bas, couché sur le canapé.

— Tiens le coup, ma grande. Ce sera bientôt fini, murmura-t-elle avant de glisser le pistolet sous son oreiller.

Elle se mit au lit mais les draps lui parurent froids et lui donnèrent la chair de poule. Rien à voir avec les frissons de volupté que faisaient courir sur sa peau les mains de Sullivan, songea-t-elle, le corps et l'esprit en émoi. Il suffirait qu'elle descende le rejoindre sur le canapé...

Non, pas question ! gronda en elle la voix de la raison. Se tournant sur le côté, Jane fixa l'œil de la minuscule caméra qu'elle avait installée quelques minutes avant que Sullivan ne cogne à sa porte. Si l'homme qui voulait sa peau s'avisait de revenir, elle le verrait. À condition, bien sûr, de ne pas dormir. Elle allait veiller toute la nuit, l'attendre et en finir avec cette histoire. Pour pouvoir enfin recommencer à vivre normalement. Et pour accessoirement s'autoriser à laisser s'exprimer l'attirance qu'elle ressentait pour Sullivan.

Plongeant le nez dans l'encolure de son T-shirt, elle respira l'odeur qu'il avait laissée sur ses vêtements. Lorsqu'il n'y aurait plus de chantage entre eux, lorsque la menace la visant aurait disparu, elle serait libre de nouer avec lui une relation plus intime.

Les paupières closes, elle songeait au regard magnétique de ses yeux bleus. Fatiguée au point d'avoir mal partout car cela faisait maintenant plus de vingt-quatre heures qu'elle ne s'était pas allongée, elle luttait âprement contre le sommeil. Ce n'était pourtant pas le moment de dormir. La caméra allait capturer l'image de son harceleur et leur prouver que ce petit jeu pervers était bien l'œuvre de Christopher Menas — un jeu auquel, grâce au revolver caché sous son oreiller, elle allait mettre fin radicalement.

Un silence assourdissant la tira du sommeil.

Jane se frotta les yeux énergiquement. Et zut ! En dépit de ses résolutions, elle s'était endormie. Glissant machinalement une main sous l'oreiller pour récupérer son revolver, elle tâtonna et se dressa sur son séant. Elle avait l'esprit embrumé mais pas au point de ne pas s'apercevoir que l'arme avait disparu. Fébrile, elle alluma la lampe de chevet pour fouiller l'ensemble du lit.

Un bout de papier blanc était posé sur l'oreiller, à côté d'un revolver S&W de calibre 40 qu'elle reconnut immédiatement. Son arme de service ! Celle qu'on lui avait dérobée en Afghanistan.

Son cœur se décrocha dans sa poitrine.

« VOUS ALLEZ EN AVOIR BESOIN »

Ces cinq mots se détachaient en caractères d'imprimerie sur le bout de papier.

Ce salaud était entré chez elle. Peut-être même l'avait-il touchée…

À cette seule pensée, la nausée lui souleva l'estomac. Elle était revenue dans le seul but de l'attirer chez elle, mais le dégoût que ce pauvre type lui inspirait la paralysait. Comment diable avait-il fait pour entrer dans la maison et monter dans sa chambre à l'insu de Sullivan ?

— Mon Dieu, Sullivan ! murmura-t-elle, affolée, en jetant un coup d'œil à la porte entrouverte.

S'il lui était arrivé quelque chose, elle s'en voudrait jusqu'à son dernier jour de l'avoir entraîné là-dedans.

Le bruit mat de la porte d'entrée la fit bondir hors de son lit. L'intrus était encore dans les parages. Arme au poing, elle sortit de sa chambre en trombe et se lança à sa poursuite. Cette fois, elle ne le laisserait pas filer.

Le froid glacial de novembre la saisit mais, concentrée sur son objectif, elle ne s'en soucia pas et se mit à courir comme une dératée. La plaisanterie avait assez duré. Ce salopard avait fini de la terroriser. Indifférente au froid mais aussi au gravier qui écorchait la plante de ses pieds nus, elle poursuivait le fuyard avec l'énergie du désespoir. Prenant vers le sud, il passa sous un réverbère. Elle vit qu'il portait une grosse veste noire, une casquette à l'effigie des Huskies, et qu'il avait les cheveux châtains, coupés court, mais elle était trop loin pour distinguer ses traits. Serrant les dents, elle allongea encore sa foulée. L'homme venait de s'engouffrer dans une ruelle, entre deux maisons. S'il croyait la semer, il se trompait !

— Christopher ! cria-t-elle lorsqu'elle le perdit de vue.

Pantelante, elle ralentit. Elle avait la chair de poule, les pieds en sang, mais pas question qu'elle renonce. Le jour où elle avait emménagé, elle avait exploré le coin et repéré toutes les issues possibles. Elle savait que la ruelle que venait d'emprunter le fuyard donnait sur l'arrière d'un restaurant chinois. À moins qu'il ne se réfugie à l'intérieur de la grande usine, juste en face, il allait se retrouver piégé. Fait comme un rat.

Recroquevillée dans l'encoignure du mur qui longeait la ruelle, elle attendait, aux aguets. Elle n'y voyait pas grand-chose mais les émanations poivrées d'après-rasage qui flottaient dans l'air ressuscitèrent en elle de vieux souvenirs. Elle se revit à l'université, amoureuse pour la première fois, puis déçue, malheureuse et en proie à la peur. C'était l'après-rasage de Christopher. Elle l'aurait reconnu entre mille.

Mais pourquoi Christopher la harcelait-il, après toutes ces années ? C'était complètement fou.

Son instinct la poussait à laisser tomber et à rentrer. Le fuyard avait disparu et ça, c'était bizarre. Et inquiétant. À se demander s'il n'avait pas cherché à l'attirer jusque-là... Mais dans quel but ?

— Jane ! appela Sullivan depuis le bas de la rue.

Il arrivait en courant. Ouf ! songea-t-elle, rassurée de ne plus se savoir seule, à la merci de ce psychopathe de Christopher.

Rassurée aussi de constater que Sullivan n'était pas blessé. Il allait sans doute lui passer un savon mais tant pis.

Abaissant son arme, elle jeta un dernier coup d'œil dans la ruelle. Christopher continuait de jouer avec elle au chat et à la souris. Il s'amusait à l'effrayer. Il la manipulait. Il l'avait incitée à sortir de la maison et elle, elle avait marché. Ou plutôt couru, sotte qu'elle était ! Si elle avait pris le temps de réfléchir et de se concerter avec Sullivan, au lieu de se lancer à sa poursuite, peut-être auraient-ils réussi à l'attraper...

Furieuse contre elle-même, Jane sortit de sa cachette et fit deux pas en direction de Sullivan.

— Il a filé par là, dans...
— Salut, Janey.

Lui plaquant une main sur la bouche, son agresseur la prit par la taille et l'attira brutalement contre son torse puissant. Puis il l'entraîna dans la ruelle sombre. Elle se débattit, tenta de lui échapper. En pure perte.

7

Sullivan fulminait, partagé entre l'envie de houspiller Jane pour son inconscience et le désir de l'embrasser. Il verrait le moment venu. Il sortit tant bien que mal de la maison, son arme à la main, mais pris de vertiges, il tomba par terre. Son organisme n'avait pas encore évacué la saloperie qu'on lui avait injectée. L'intrus était entré par la porte. Il n'y avait pas eu d'effraction. Comme un film qu'il se repasserait en boucle, Sullivan revoyait précisément chaque seconde de la scène. Il s'était levé du canapé et avait ôté le cran de sûreté de son pistolet. Puis il avait fait un pas en avant. Plus rapide que lui, l'intrus lui avait planté une seringue dans le cou avant qu'il comprenne ce qui lui arrivait. Il s'était effondré. Inerte, incapable de bouger et de parler, mais conscient, il avait vu Jane sortir en trombe et n'avait pas réagi.

Que diable avait-on bien pu lui injecter ? Un anesthésique ?

Cela faisait presque trois mois que Menas terrorisait Jane. Il allait voir, cet enfoiré, quelle sorte de monstre Sullivan recelait en lui depuis dix ans.

Gonflé à bloc par l'adrénaline qui rugissait dans ses veines, il s'élança sur les traces de Jane. Il n'avait pas fait trois pas qu'une crampe lui tétanisait le mollet droit. Ignorant la douleur, la fatigue et la torpeur, il continua de courir car il devait retrouver Jane.

Vivante.

L'homme qui la harcelait, qui jouait avec ses nerfs depuis

des mois, n'était pas idiot. Il savait que Sullivan s'interposerait entre elle et lui, aussi avait-il pris soin de le droguer pour le neutraliser. Sauf que ça n'allait pas se passer comme ça.

Un bruit de pas — comme si on traînait les pieds — provenant d'une des rues sur sa gauche attira son attention. Le doigt sur la détente, il se tint prêt à tirer. Un frisson d'excitation lui parcourut l'échine. Ce genre de traque était sa spécialité. Il s'y adonnait avec un plaisir toujours renouvelé, que ce soit pour son pays, pour ses clients ou pour Jane.

Après tout ce qu'elle lui avait fait subir — ce qu'elle *continuait* de lui faire subir —, il aurait dû la détester. Mais il n'y arrivait pas. Impossible de détester une femme aussi courageuse, aussi intelligente, aussi vulnérable que Jane. Elle avait besoin d'aide. Elle avait besoin de *lui*.

Plaqué contre un mur, il scruta la ruelle plongée dans la pénombre. Rien ne bougeait, apparemment. Mais il ne fallait pas s'y fier. L'homme avait très bien pu assommer Jane. Ou même... *Non, mieux valait ne pas envisager le pire.*

Il s'engagea dans la ruelle. Les effets de l'anesthésique ne s'étaient pas encore totalement dissipés ; il se sentait moins alerte que d'habitude. Plutôt que le droguer, l'homme aurait pu se débarrasser de lui définitivement. Il allait regretter de ne pas l'avoir tué.

Où pouvait-il avoir emmené Jane ?

— Vous avez trois secondes pour vous montrer, lança-t-il d'une voix forte en levant son arme. Nous savons qui vous êtes et pourquoi vous en voulez à Jane. Vous ne nous échapperez pas. Je vous traquerai sans relâche et vous enverrai en prison.

Le bruit de pas se fit de nouveau entendre, sur sa droite. Il braqua son arme dans cette direction. Une douleur fulgurante lui vrilla la nuque, irradiant jusqu'à la base de son crâne. Il lutta pour rester debout et ne pas baisser sa garde.

Mais une espèce d'armoire à glace se jeta brusquement sur lui, le projetant contre le mur. Sullivan en eut le souffle coupé. Armé d'un tuyau en métal, son agresseur se mit à le rouer de coups, qu'il essayait de parer tant bien que mal. Son revolver avait valsé à plusieurs mètres de lui mais il lui restait ses jambes. Bandant ses muscles, il envoya la droite le plus fort possible dans le ventre de son adversaire, qui tituba et tomba lourdement sur le côté. Il se reçut sur son bras gauche. Il y eut un craquement sinistre suivi d'un grognement sourd. Mais l'homme se releva. Un éclat de métal brilla dans la pénombre. Il avait troqué son morceau de tuyau contre un couteau.

Se relevant d'un bond, Sullivan sortit lui aussi son couteau, fixé à sa cheville, et en fit jaillir la lame. Bien d'aplomb sur ses jambes écartées et légèrement fléchies, de profil, de manière à moins s'exposer aux coups de son adversaire, il se tint prêt au combat. En voyant son assaillant prendre exactement la même position, un doute s'immisça dans son esprit.

Autant qu'il le sache, Christopher Menas n'avait reçu aucune formation militaire. Or l'homme qu'il avait en face de lui reproduisait chacun de ses gestes. Sullivan para adroitement la première attaque et riposta par un crochet en pleine figure. L'homme portait un passe-montagne noir qui masquait entièrement son visage. Lorsque Sullivan lui taillada la poitrine, l'homme poussa de nouveau un grognement mais, loin de déclarer forfait, il se jeta sur lui avec une violence décuplée.

De toutes ses forces, Sullivan lui envoya son pied dans la rotule. L'air vif et l'adrénaline avaient fini par dissiper les effets de l'anesthésique mais il n'avait pas encore tout à fait retrouvé ses réflexes et ne put éviter le coup de couteau de son adversaire. La douleur aiguë qui lui transperça le haut du bras accrut la hargne qu'il ressentait pour ce salopard qui harcelait Jane depuis des mois.

Assez plaisanté, songea-t-il en fonçant tête baissée sur l'homme masqué. Il l'envoya valdinguer contre le mur bordant la ruelle, dans l'espoir de l'assommer. Mais cet abruti avait la tête dure et ripostait en lui assenant de grands coups de coude dans la colonne vertébrale. Ses jambes commençant à flageoler, Sullivan utilisa toute son énergie pour faire basculer son assaillant cul par-dessus tête.

Il n'avait pas prévu que celui-ci l'entraînerait avec lui dans sa chute pour reprendre le dessus.

Sullivan se retrouva par terre, un peu sonné. Il vit son adversaire lever le bras. L'éclat de la lame de son couteau le tira in extremis de sa torpeur. Sullivan le saisit par le poignet et s'efforça de faire dévier la trajectoire de la lame qu'il menaçait de lui enfoncer dans le sternum. Sullivan était plus fort mais son adversaire luttait âprement pour arriver à ses fins. Le bras de fer qui s'était engagé entre eux risquait de mal se terminer. À bout de souffle, Sullivan sentait la sueur lui dégouliner dans les yeux.

Il ne pouvait pas se permettre de perdre. La vie de Jane était en jeu. Levant son genou droit, il l'enfonça dans les côtes de son assaillant pour se dégager. Puis il roula sur lui-même, se remit sur pieds et saisit l'homme par le cou avant qu'il ait eu le temps de se relever complètement. Il le fit pivoter vers lui et lui mit son couteau sous la gorge.

Hoquetant, l'homme cherchait désespérément son souffle.

— Où est-elle ? Qu'avez-vous fait de Jane ?

Déformée par la rage, par une folle envie de meurtre, la voix de Sullivan résonna dans la ruelle déserte. D'un geste brusque, il arracha à l'homme son passe-montagne. Puis il le poussa sans ménagement sous le réverbère. Ce qu'il vit le décontenança tellement qu'il faillit le lâcher.

— Mais qui diable êtes-vous donc ? demanda-t-il. Je vous avais pris pour Christopher Menas.

L'inconnu se mit à rire. Il était bien plus vieux que Menas, âgé de trente-quatre ans, et il avait un visage très marqué. Se contorsionnant pour le regarder, il lui décocha un sourire sardonique.

— Je suis là pour tuer, pas pour parler.

— Un tueur à gages. Super !

Il aurait dû s'en douter. Menas ne savait probablement pas

se battre. Il conduisait une dépanneuse. Mais comment ce type falot avait-il fait pour se procurer un homme de main ?

— Où est Jane ? répéta Sullivan en appuyant un peu plus fort la lame de son couteau sur la carotide du tueur.

En voyant le laser d'un tireur embusqué passer furtivement sur l'épaule du mercenaire, Sullivan réagit au quart de tour. Lâchant son couteau, il fit pivoter l'homme, qui reçut deux balles dans le dos.

À la faveur de la lune, il vit briller quelque chose sur le toit de l'entrepôt juste en face. Cela ne dura qu'une fraction de seconde mais il comprit immédiatement qu'il s'agissait de la lunette d'un fusil. Un autre tueur à gages avait sans doute pour mission de terminer le travail. Mais où donc était passée Jane avec tout ça ?

Repoussant l'homme qui lui avait servi de bouclier, Sullivan se dirigea à grands pas vers l'usine, sise à l'extrémité nord de la ruelle. Un petit coup sur le minuscule émetteur-récepteur logé dans son oreille lui permit d'entrer en contact avec son expert en armement.

— De nouveaux participants se sont invités dans la partie, dit-il. L'un d'eux vient de me tirer dessus. Depuis l'entrepôt se trouvant au nord de la maison de Jane. Ramène-le-moi.

— Entendu, répondit Anthony avant de raccrocher pour exécuter les ordres sans délai.

S'étirant la nuque, Sullivan entendit ses vertèbres craquer sinistrement. Peu lui importait le nombre de tueurs que Menas avait engagés pour couvrir ses arrières. Ce salopard pouvait bien avoir recruté une armée entière que cela n'aurait rien changé. Sullivan allait retrouver Jane. Envers et contre tout.

Jane lui balança un grand coup de coude dans la poitrine mais elle se heurta à de solides pectoraux recouverts de Kevlar. Elle lui enfonça ses ongles dans le poignet pour lui faire lâcher prise, moulina des deux jambes et se déporta brusquement vers l'avant dans l'espoir de le faire tomber. Sans résultat. L'homme était un véritable colosse que rien ne semblait pouvoir ébranler. Elle se débattait comme un beau diable mais il ne cillait pas et traçait son chemin à travers l'usine.

— Tu as vraiment cru pouvoir m'échapper, Jane ? Je ne suis plus celui que tu prétendais aimer à l'époque où nous étions tous deux à l'université. J'ai changé. Parcouru le monde. Tué à l'occasion. Je me suis aussi fait de nouveaux amis.

Cette voix étrangement familière au creux de son oreille droite la fit frissonner. *Christopher Menas.*

— Et pendant tout ce temps, j'ai attendu le moment favorable, confia-t-il en lui soufflant dans le nez son haleine de fumeur.

— Christopher, je t'en prie. Il n'est pas nécessaire d'en arriver là.

Il la serrait si fort qu'il l'étranglait à moitié. Elle avait du mal à respirer et ses pieds nus la faisaient terriblement souffrir car elle marchait parfois sur des morceaux de ciment brisé. Ils avaient déjà parcouru un bon bout de chemin à l'intérieur de la fonderie, slalomant entre d'énormes machines dont elle ignorait la fonction. Il régnait là-dedans une chaleur infernale. Plus ils s'enfonçaient dans cette usine cauchemardesque et moins il y avait de chances que Sullivan la retrouve. Car il s'était lancé à sa recherche, elle le savait. Il fallait qu'elle trouve un moyen de gagner du temps. De ralentir Christopher pour donner à Sullivan une chance de les rattraper.

— Oh ! que si, Janey ! affirma Christopher.

Elle frémit en l'entendant l'appeler par le petit nom qu'il lui avait donné autrefois. Sauf qu'il n'avait aujourd'hui plus rien d'affectueux.

S'arrêtant net, Christopher lui fit faire volte-face.

Ses yeux marron foncé brillaient comme de la braise à la lueur du métal fondu qui se déversait dans une cuve à moins de deux mètres d'eux. Il devait rester dans l'usine quelques ouvriers qui travaillaient de nuit, mais Christopher semblait se moquer pas mal de tomber sur l'un d'eux. À son regard dément, Jane comprit qu'il n'hésiterait pas à tuer quiconque se dresserait sur son chemin. Elle redoutait que des innocents soient sacrifiés à cause d'elle.

Christopher la contemplait en silence. Son visage dur était moite de sueur. Il avait effectivement beaucoup changé en l'espace de quelques années. Elle ne reconnaissait pas l'homme qu'elle avait aimé quand elle était étudiante. Ses traits avaient bien quelque chose de familier mais son visage s'était empâté. Énormément. Le gilet en Kevlar sanglé sur sa poitrine peinait à contenir ses puissants pectoraux et rendait plus étranges encore les nombreux tatouages qui ornaient ses bras bien plus musclés aujourd'hui qu'ils ne l'étaient autrefois. Son visage était en outre balafré à divers endroits : une cicatrice barrait son menton mal rasé, une autre coupait en deux la ligne de ses sourcils. Il commençait aussi à se dégarnir, son cuir chevelu présentant désormais de larges entrées.

Cet homme qui la fixait d'un air mauvais était assurément dangereux. Probablement fou. Il n'avait rien d'un dépanneur, et ne correspondait pas à l'idée qu'elle s'était faite de lui lorsque Sullivan et elle l'avaient identifié moins de douze heures plus tôt comme étant son harceleur.

— Ne t'en fais pas pour ton garde du corps, dit-il. Mes amis s'occupent de lui.

Ses *amis* ? L'angoisse étreignit le cœur de Jane.

— Qu'est-ce que ça veut dire ? demanda-t-elle en se dégageant brusquement.

Contre toute attente, Christopher la laissa s'écarter de lui. Et pour cause. Si elle tentait de s'enfuir, elle n'irait pas bien loin dans ce labyrinthe de machines. Il la rattraperait sans mal et tout ce qu'elle y gagnerait, c'était de le rendre encore un peu plus nerveux et agressif.

Il était armé jusqu'aux dents : quatre couteaux et autant de pistolets sortaient de sous son gilet de Kevlar et des poches de son pantalon de treillis. Comment était-ce possible ? Où s'était-il procuré cet arsenal ?

Il consulta sa montre puis il lui agrippa le bras et la plaqua de nouveau contre lui.

— Nous avons de grands projets pour toi.

Nous ?

— Tu as l'intention de me tuer ?

Gagner du temps à tout prix.

Il fallait le faire parler. Détourner son attention d'une façon ou d'une autre. Subrepticement, elle avança une main vers la poche de son pantalon. Au même instant, alerté par les sifflements stridents d'une machine, il tourna la tête vers la gauche et tira une arme de poing de sous son gilet. Visiblement surexcité, il était prêt à ouvrir le feu.

Elle sentit sous ses doigts le manche d'un coutelas mais s'en saisir à l'insu de Christopher paraissait impossible.

— Non, ma belle, pas tout de suite, répondit-il en s'écartant d'elle d'un mouvement souple.

Jane en profita pour lui subtiliser le coutelas convoité.

— Il va d'abord falloir, continua-t-il en refermant sur son bras l'étau de sa poigne, que nous prenions un hélicoptère.

— Je n'irai nulle part avec toi ! décréta Jane en pivotant vers lui et en lui portant un violent coup de couteau en pleine figure.

La douleur le fit se plier en deux et son cri faillit percer les tympans de Jane, qui s'enfuit à toutes jambes sans demander son reste. La chaleur suffocante qui régnait dans l'usine, emprisonnée entre des murs aveugles, mettait ses muscles à rude épreuve. Quelques foulées suffirent à l'épuiser. Il fallait pourtant qu'elle sorte de ce labyrinthe.

Toutes les fenêtres avaient été obstruées. Aucun panneau n'indiquait la sortie. Elle avait beau essayer de se repérer en se fiant aux machines près desquelles elle était passée à l'aller, impossible de retrouver son chemin. Elle ne pouvait errer sans fin dans ce dédale industriel avec un fou furieux à ses trousses. Un plan s'imposait de toute urgence. Le bruit infernal des machines couvrait celui des pas de son poursuivant. Il ne devait pas être loin, pourtant. Elle se planqua derrière une énorme machine pour reprendre son souffle. Son cœur cognait contre ses côtes à grands coups sourds. Toute sportive qu'elle était, elle savait que si elle n'avait pas été boostée par l'adrénaline qui courait dans ses veines, jamais ses jambes ne l'auraient portée jusque-là.

Quelle idée stupide, aussi, d'avoir cherché à attirer Christopher chez elle ! En même temps, elle ne pouvait pas deviner qu'il avait viré mercenaire. Rien dans ce que Sullivan ou son équipe avaient découvert dans son passé ne le laissait supposer. Encore que, maintenant qu'elle y repensait, il lui semblait bien avoir vu un jour le nom de Christopher Menas sur la liste des personnes recherchées par le FBI.

— Janey, mon chou, susurra-t-il, soudain, non loin d'elle. Ce n'est pas très gentil ce que tu m'as fait.

Jane se rencogna contre la machine derrière laquelle elle se cachait. Terrorisée. Si elle appelait à l'aide, criait au secours, Menas la repérerait immédiatement. Elle ne pouvait compter que sur elle-même.

Et sur le coutelas qu'elle lui avait volé.

Au jugé, elle aurait dit qu'elle se trouvait à l'extrémité sud de l'usine. Or à sa connaissance, il n'y avait pas de sortie de ce côté.

Où diable était Sullivan ? Un type comme lui, un ancien marine, était capable de se défendre, cela ne faisait aucun doute. Cependant, ni Sullivan ni elle n'avaient prévu que Christopher serait accompagné.

Des bruits de pas la mirent à nouveau sur le qui-vive. Elle inspira à fond, calmement. La sueur lui dégoulinait dans les yeux, et dans sa main moite, le manche du coutelas avait tendance à glisser. Il fallait qu'elle sorte de là. Qu'elle rejoigne Sullivan.

— Janey.

Christopher débula devant elle, lui fit lâcher le coutelas et la saisit à la gorge avant qu'elle ait eu le temps de comprendre ce qu'il lui arrivait. Puis il la plaqua brutalement contre le métal brûlant de la machine dans son dos. Jane sentit une vive douleur entre ses omoplates mais il lui serrait tellement la gorge qu'elle était incapable de crier.

Tout juste si elle arrivait à respirer. Elle voyait trouble mais cela ne l'empêcha pas de constater que tout à l'heure, avec le coutelas, elle ne l'avait pas loupé.

Sauf que ce coup de couteau, Christopher allait le lui faire payer.

Mobilisant les techniques de défense apprises à l'armée, elle enfonça ses pouces dans les orbites de son agresseur et lui balança son genou dans l'entrejambe.

Il poussa un cri de goret qu'on égorge mais ne lâcha pas Jane pour autant.

— Tu vas le regretter, ma jolie, siffla-t-il en la giflant d'un revers de main. Je me suis engagé à te ramener vivante. Pas intacte.

Elle tomba si lourdement sur le sol en ciment qu'elle en vit trente-six chandelles. N'eussent été les halètements de Christopher, elle aurait sombré dans l'inconscience. Le coup de pied rageur qu'elle reçut dans les côtes lui coupa le souffle et lui ôta toute velléité de fuite. Instinctivement, elle se roula en boule mais la douleur était telle qu'elle faillit s'évanouir.

— Tu as plus de répondant que dans mon souvenir, fit remarquer Christopher, penché sur elle. Si à l'époque où nous sortions ensemble tu avais montré ce tempérament de guerrière, je n'aurais peut-être pas couru après tes petites camarades de chambre.

Au bord de l'asphyxie, Jane avala une grande goulée d'air. De nouveau oxygéné, son cerveau se remit à fonctionner. Pas question de capituler, songea aussitôt la jeune femme. Elle devait résister, coûte que coûte. C'était sa seule chance de rester en vie.

— Sullivan, murmura-t-elle presque malgré elle.
— Il est mort, déclara Christopher.
Non, par pitié. Pas Sullivan.

— Je ne te crois pas.
— À ta guise.

Approchant son visage balafré du sien, il lui glissa une mèche de cheveux derrière l'oreille. Puis il l'attrapa à bras-le-corps et la hissa en travers de ses épaules avant de se redresser. D'une main, il lui tenait les poignets, de l'autre, les genoux.

— Personne ne viendra à ton secours, mon chou. Tu es enfin toute à moi.

8

Lorsque Sullivan arriva dans l'usine, ce fut pour voir Jane jetée comme un sac de farine en travers des épaules d'un colosse armé jusqu'aux dents.

Il était grand temps qu'il arrive !

S'élançant à travers les machines, sur le sol en ciment glissant, il piqua un sprint d'anthologie. Il avait appris dans la marine à tirer sur une cible distante de plus deux cents mètres, mais il ne voulait pas risquer de blesser Jane.

La chaleur suffocante lui brûlait les poumons.

— Jane ! hurla-t-il lorsqu'il vit l'homme disparaître derrière les lourdes portes de la sortie ouest.

Jamais Sullivan n'avait couru aussi vite de sa vie. Il était trempé de sueur et son cœur semblait prêt à exploser. Mais il savait que la vie de Jane dépendait des quelques secondes qu'il lui faudrait pour rattraper son ravisseur.

Il fonça dans la porte qu'il ouvrit d'un coup d'épaule et se retrouva dehors. Le cœur battant comme un tambour, il remplit ses poumons d'air frais.

Jane avait disparu.

— Jane ! appela-t-il à nouveau, craignant de l'avoir perdue.

Bon sang, elle ne pouvait pourtant pas s'être volatilisée ! Violemment éclairé, le parking de l'usine était désert. Son ravisseur avait beau courir vite, il n'avait pas pu aller très loin. Surtout avec un fardeau d'une cinquantaine de kilos sur le dos.

Du coin de l'œil, il capta sur sa droite les faisceaux d'une paire de phares, une fraction de seconde avant qu'une Audi noire ne fonce sur lui à toute vitesse. Il se jeta de côté pour l'éviter et dégaina son Glock. Il tira à quatre reprises mais le SUV était manifestement équipé de vitres pare-balles. Après avoir traversé le parking sur les chapeaux de roue, le SUV prit la direction de la grand-route.

Tout en tapotant l'oreillette qui le reliait au meilleur élément de son équipe, Sullivan se mit à courir après l'Audi. À pied, il serait vite distancé, mais il ne voulait pas abandonner Jane.

— Laisse tomber le franc-tireur. Ravisseur et victime viennent d'embarquer à bord d'un SUV Audi noir qui fonce vers l'est en direction de l'autoroute. La plaque d'immatriculation est...

Arrivée en trombe, une des voitures de l'agence pila juste devant lui. Il plongea à l'intérieur. Anthony Harris, son expert en armement, enfonça l'accélérateur avant même que Sullivan ait refermé la portière. Puis il donna un grand coup de volant et fit un tête-à-queue.

— Ton tireur est dans cette Audi. Accroche-toi !

L'accélération brutale plaqua Sullivan contre le dossier de son siège. Il prit appui des deux mains sur le plafond tandis que le SUV rebondissait allègrement sur les ralentisseurs du parking. L'Audi, dont ils apercevaient les feux arrière, avait au moins quatre cents mètres d'avance sur eux.

— Va-s-y, mon vieux, fonce ! Ils vont nous semer.

Anthony ne moufeta pas. Toujours prêt à exécuter les ordres sans discuter, il se contenta d'appuyer encore plus fort sur l'accélérateur. Le moteur du SUV s'emballa et en quelques secondes, ils atteignirent l'autoroute. Lorsqu'ils se furent insérés dans la circulation, la tension à l'intérieur de l'habitacle augmenta d'un cran.

— Elle est là ! s'écria Sullivan en tendant le doigt vers l'Audi qui n'arrêtait pas de changer de file.

Il se pencha en avant, espérant apercevoir Jane à travers les vitres teintées. Peine perdue. On distinguait vaguement la chaîne de montagnes aux sommets enneigés qui bordait l'autoroute, mais c'était à peu près tout ce qu'on voyait car il faisait nuit noire. À la faveur des phares des autres voitures, Sullivan se rendit compte que du sang dégoulinait de son bras.

— Il y a une trousse de secours sous ton siège, l'informa Anthony sans quitter la route des yeux.

Sullivan se borna à appuyer sur la blessure avec son revolver pour stopper l'hémorragie.

— Ne t'en fais pas pour moi. Débrouille-toi juste pour rattraper le SUV. Ou du moins t'en rapprocher.

Au besoin, il sauterait sur le coffre. Mais il lui suffirait sans doute de tirer dans les pneus. À moins que ceux-ci ne soient également à l'épreuve des balles.

L'Audi déboîta brusquement et coupa deux files de voitures, au risque de provoquer un carambolage monstre. Tandis qu'Anthony écrasait la pédale de frein, Sullivan, tout en anticipant le choc d'une possible collision, gardait les yeux rivés sur le SUV qui s'engageait à présent sur la bretelle conduisant à l'aéroport international d'Anchorage. Si Jane était embarquée de force dans un avion, Sullivan savait que jamais plus il ne la reverrait. Or c'était quelque chose qu'il ne voulait même pas envisager. Ni maintenant ni jamais.

Dans un crissement de pneus qui leur écorcha les oreilles, Anthony déboîta à son tour pour prendre vers l'ouest.

— Ils se dirigent vers l'aéroport ! cria Sullivan en détachant sa ceinture.

Enjambant le dossier de son siège, il se glissa sur la banquette arrière pour extirper de sous le siège conducteur la mallette ultrarésistante qu'Anthony trimballait partout avec lui. Elle contenait des munitions. Il rechargea son Glock puis sortit d'une autre mallette trois gilets en Kevlar. Il en passa un en vitesse, et se munit de deux couteaux de commando et d'un chargeur supplémentaire.

— Je suppose que tu es armé ?

— J'ai tout ce qu'il faut, confirma Anthony. Tiens-toi prêt. Nous allons leur rentrer dedans.

Sur ces mots, l'expert en armement combla rapidement la distance qui les séparait de l'Audi dont il percuta l'aile arrière, côté conducteur. Le choc propulsa Sullivan entre les deux sièges avant.

— Recommence ! ordonna celui-ci, farouchement déterminé à empêcher le ravisseur de Jane d'atteindre l'aéroport.

Anthony fit une nouvelle embardée pour rattraper l'Audi et la percuter à nouveau. Elle ne leur échapperait pas, cette fois.

Le SUV noir zigzagua dangereusement, heurta leur propre véhicule et fit trois tonneaux avant de s'échouer sur le toit.

Anthony pila aussitôt pour ne pas lui rentrer dedans, mais Sullivan avait bondi hors de leur propre véhicule avant même qu'il soit arrêté.

Son Glock dans la main droite, un couteau dans la gauche, il se précipita vers l'épave. Un bruit de verre brisé et de respiration haletante attira son attention. Un des passagers cherchait à s'extraire du SUV. Jane, peut-être... Elle était costaude et comme lui, elle en avait vu d'autres. Mais la main qui se frayait un passage à travers les éclats de verre n'était pas celle de la jeune femme.

Un mercenaire ne te laissera aucune chance, songea-t-il. *Si tu ne tires pas le premier, il te tuera sans la moindre hésitation.*

Une portière de voiture claqua derrière lui.

Sullivan libéra le cran de sécurité de son Glock et visa sans se préoccuper le moins du monde de son expert en armement. L'ex-ranger était capable de se défendre tout seul et il connaissait la consigne : mettre le client à l'abri. À n'importe quel prix.

Les premiers coups de feu obligèrent Sullivan à se retrancher derrière le véhicule de l'agence. Il riposta, touchant le tireur à plusieurs reprises. Pas question de laisser celui-ci trouver refuge derrière les arbres qui bordaient la route. Sullivan était bien décidé à ne pas faire de quartier. La fusillade cessa. On n'entendait plus que le bruit du vent dans les frondaisons. Mais ce n'était pas fini. Loin s'en fallait. Il fit le tour de la portière, son pistolet levé.

Deux hommes plus lourdement armés s'extirpèrent à leur tour de l'épave. Mais Anthony leur tomba dessus par surprise et les neutralisa. Plusieurs secondes s'écoulèrent sans qu'il ne se passe rien. Une minute. Deux. Mais où était passée Jane ?

Une nouvelle série de coups de feu retentit. Sullivan se jeta par terre.

— Sullivan ! cria une voix familière.

Il releva la tête.

— Jane.

Repérant deux silhouettes qui couraient sur la route, il bondit et se lança à leur poursuite, ventre à terre. Il n'avait plus rien à craindre, a priori, des hommes de main de Menas. Menas, si c'était bien lui, semblait mal barré. Les arbres se faisaient plus rares le long de la route et l'aéroport était à au moins huit kilomètres. De plus, il était ralenti dans sa fuite par Jane, qu'il traînait derrière lui.

Ce constat donna des ailes à Sullivan. Mais un vrombissement sourd, qu'il prit tout d'abord pour le martèlement de son cœur dans ses oreilles, lui fit marquer une pause.

Il leva la tête.

Un cercle lumineux se matérialisa au-dessus de Jane et de son ravisseur, éclairant violemment la route. Sullivan n'eut alors plus aucun doute sur l'identité de celui-ci. Il s'agissait bel et bien de Christopher Menas.

Sullivan se remit à courir tandis que l'hélicoptère piquait droit sur sa cible.

Mais qui était donc Menas pour avoir des hélicoptères et des mercenaires à sa disposition ?

Derrière Sullivan, Anthony se mit à tirer sur le Super Cougar pour l'empêcher d'atterrir, mais sa tentative fut vaine. Conçus pour la guerre, les Cougars ne reculaient devant rien. Seuls, les missiles Hellfire pouvaient les dégommer.

Si Jane montait dans cet hélico, Sullivan n'avait plus qu'à lui dire adieu. Dans un rayon de près de cinq cents kilomètres,

Menas pouvait l'emmener n'importe où. Et Sullivan la perdrait pour toujours.

— Jane ! cria-t-il en sprintant sur les derniers mètres qui le séparaient de la jeune femme.

Pour lui donner quelques secondes supplémentaires, elle balança son coude dans la figure de Menas, mais celui-ci la gifla avec une telle violence qu'elle se retrouva par terre, évanouie.

Fou de rage, Sullivan se jeta sur Menas, qui tomba à son tour. Chevauchant aussitôt ce bloc de muscles et de Kevlar, il leva son arme, le doigt sur la détente. Mais son adversaire fit dévier son poignet. La balle alla ricocher sur l'asphalte, à quelques centimètres de la tête de Menas, qui en profita pour lui décocher un coup de poing dans le flanc gauche. Déstabilisé, Sullivan roula sur le côté.

Menas se releva, le visage en sang.

— Je suppose que vous êtes le fameux marine Sullivan Bishop. J'ai beaucoup entendu parler de vous, moussaillon.

Choppant au vol le pied que Menas s'apprêtait à lui envoyer dans les côtes, Sullivan le fit tomber et lui coinça la tête entre ses cuisses serrées en étau.

Pendant que Sullivan affrontait le ravisseur de Jane, Anthony avait récupéré la jeune femme. Mission accomplie, donc. Il fallait en finir.

Le pilote de l'hélico se précipita au secours de Menas mais Sullivan le coupa dans son élan en lui logeant une balle dans chaque jambe.

— Je ne tolère aucun enlèvement quand un client m'a chargé d'assurer sa sécurité, déclara-t-il en tordant le bras de Menas.

Un crac écœurant se fit entendre mais Menas ne desserra pas les dents. Ce salaud avait du cran, il fallait le reconnaître, mais pour venger Jane, Sullivan était prêt à l'abattre.

Une pluie de balles s'abattit brusquement sur le sol, tout autour d'eux. Sullivan bondit, arme au poing. Il tira trois fois sur un second SUV surgi de nulle part et fonçant vers

319

l'hélicoptère. Bon sang ! Menas devait avoir une autre équipe qui attendait à l'aéroport.

Le chargeur de son Glock était vide. Jetant par terre l'arme devenue inutile, couvert par Anthony, il courut se mettre à l'abri derrière l'appareil tandis que le SUV pilait dans un grand crissement de pneus.

Lorsqu'il vit deux mercenaires sortir du SUV et s'approcher de Menas — en tirant à feu nourri sur la voiture de l'agence —, Sullivan comprit que ses chances de faire la peau au harceleur de Jane étaient sur le point de s'envoler.

Inerte, Menas se laissa traîner vers le SUV par ses deux sbires, qui continuaient d'arroser copieusement Sullivan.

Incapable de riposter, Sullivan se résignait déjà à voir Menas lui échapper lorsque le SUV de l'agence arriva soudain à sa hauteur. Anthony se pencha pour ouvrir la portière du côté passager.

— Il faut qu'on décolle de là, patron. Elle n'a pas l'air en forme.

Ignorant la portière ouverte, Sullivan monta à l'arrière, à côté de Jane, tandis que les hommes de main de Menas quittaient la scène sur les chapeaux de roue.

Il prit le pouls de la jeune femme et essuya le sang qui maculait sa joue. La voir aussi mal en point lui déchirait le cœur. Mais il l'avait retrouvée. Vivante. Et Menas n'allait pas s'en sortir comme ça, foi de Sullivan !

Un petit bip résonnait dans ses oreilles. Ses paupières pesaient des tonnes, comme si elle manquait de sommeil. Mais comment aurait-elle pu dormir avec ce bip incessant ?

Jane passa la langue sur ses lèvres, complètement sèches.

Puis elle entrouvrit les yeux et, se sentant agressée par l'éclairage au néon juste au-dessus de sa tête, se mit à cligner furieusement des paupières. Recouvrant peu à peu ses esprits, elle s'aperçut qu'autour d'elle tout était blanc : les murs, le sol, les draps. Et qu'une perfusion était installée dans son bras.

— Salut, ma jolie ! lança Elliot, tout sourire. Je savais que ma montre allait vous réveiller. C'est fascinant d'observer quelqu'un qui ouvre les yeux et se rend compte que finalement il n'est pas mort.

— Salut, dit-elle à son tour d'une voix affreusement rocailleuse. On vous a laissé sortir ? s'étonna-t-elle en se massant la trachée pour retrouver sa voix.

— Tenez, buvez un peu d'eau, suggéra-t-il en lui tendant un gobelet et une paille.

Il l'aida à s'asseoir dans le lit, tapotant consciencieusement les oreillers dans son dos.

— Dès que j'ai appris ce qu'il s'était passé à la fonderie, j'ai exigé de sortir. Je n'allais pas rester dans mon coin pendant que Sullivan et vous, vous vous amusiez comme des fous.

— Comme des fous, en effet.

L'effort qu'elle avait dû fournir pour s'asseoir dans le lit l'avait épuisée. Elle avait mal partout, était couverte de pansements, souffrait de contusions diverses et de brûlures, mais elle avait conscience de l'avoir échappé belle.

— J'ai dormi longtemps ? demanda-t-elle, inquiète de ne pas trouver Sullivan à ses côtés.

Elle but une grande gorgée d'eau avant de se caler tant bien que mal contre les oreillers.

— Et Christopher Menas ? En sommes-nous définitivement débarrassés ?

— Pas exactement, répondit Elliot en s'asseyant dans un fauteuil capitonné qu'il avait tiré tout près du lit.

Les mains nouées derrière la tête, souriant, il avait l'air drôlement en forme pour quelqu'un qui avait failli se faire tuer par un mercenaire déguisé en dépanneur.

— Mais assez tourné autour du pot, ma jolie. Vous savez très bien que ce n'est pas ce que vous brûlez de me demander.

Elle n'osait pas prendre des nouvelles de Sullivan. Poser des questions à son sujet l'obligerait à enfreindre une des règles qu'elle s'était fixées lorsqu'elle avait décidé de faire chanter un ex-commando de marine : interdiction de nouer avec lui des liens affectifs.

— Quand êtes-vous sorti de l'hôpital ? demanda-t-elle à nouveau pour noyer le poisson.

— Avant-hier.

Elle voulut boire une gorgée d'eau mais avala de travers et se mit à tousser comme une perdue. Elliot s'empressa de lui enlever le gobelet des mains. Puis il attendit qu'elle récupère.

— Il sait ce que vous avez fait, déclara-t-il alors en la fixant d'un air grave. La caméra à infrarouge qui était dans votre chambre a tout enregistré. Dès qu'il a visionné la vidéo, il a compris qu'en sortant de la maison vous aviez cherché à servir d'appât.

Jane se mit à tripoter le bord de son drap de dessus, consternée par la déception qu'elle lisait dans le regard du détective privé. Bien que rien ne l'obligeât à se justifier, elle se mit spontanément à lui expliquer les raisons qui l'avaient poussée à servir d'appât.

— L'enquête s'enlisait et je voulais absolument savoir qui me harcelait depuis des mois. Je n'arrivais pas à croire que Christopher puisse encore m'en vouloir après tout ce temps. Il n'avait plus rien à craindre de moi puisque la plainte que j'avais déposée contre lui a été prescrite il y a un an.

Elle prit une profonde inspiration pour neutraliser le souvenir pénible de sa confrontation avec Christopher dans la fonderie.

— Mais il ne s'agit pas de ça, en fait. Menas a dit quelque chose, mais...

La migraine lui martelait les tempes.

— Je n'arrive pas à me rappeler ce que c'est.

— Elliot, fiche-moi le camp ! ordonna une voix familière depuis la porte.

— Sullivan.

Jane tourna la tête dans sa direction. Les mâchoires crispées,

Sullivan avait l'air stressé. Il lui parut bien plus impressionnant que dans son souvenir. Mais peu lui importait. Il était là. Sain et sauf.

— Salut ! Mon tour de garde de la maison est terminé, déclara-t-il d'un ton enjoué. Mais autant vous l'avouer tout de suite, j'ai mangé toute votre pâte à cookies pendant ces deux jours. Je vous en rachèterai quand vous sortirez d'ici. Promis.

Elliot sortit docilement de la chambre sans un mot, ce qui laissa penser à Jane que Sullivan et lui se relayaient à son chevet depuis deux jours.

Pas étonnant que Sullivan ait les traits creusés ! songea-t-elle.

Le silence s'éternisait. D'un côté, elle avait envie qu'il s'assoie dans le fauteuil à côté d'elle et l'aide à oublier le cauchemar de la fonderie, de l'autre, elle savait que si elle l'avait fait chanter, c'était précisément pour qu'il trouve le cinglé qui la harcelait et pour qu'il l'envoie en prison.

— Vous auriez pu vous faire tuer. Il s'en est fallu de peu, dit-il en serrant les poings.

Et à en juger par les ecchymoses et les éraflures qu'il avait sur les bras et par l'état de ses mains, il avait lui-même été blessé, constata Jane avec consternation. Christopher Menas l'avait même pas mal amoché. À cause d'elle. Elle avait tout fait foirer en se lançant seule à la poursuite de son harceleur.

— Je suis vraiment désolée. Je n'aurais jamais imaginé que Christopher ferait appel à des mercenaires pour l'aider à...

— Vous avez de quoi être désolée, en effet. Alors que nous étions censés mener l'enquête conjointement, voilà ce que j'ai trouvé dans votre chambre.

Il sortit de la poche de son jean les débris de la caméra qu'elle avait installée au-dessus de son lit à son insu.

— En vous lançant seule à la poursuite de Menas, vous nous avez fait courir de gros risques, à moi et à mon équipe.

Jane resta coite. La gorge serrée, elle dut se mordre les lèvres pour ne pas éclater en sanglots. Elle n'était pas de taille à affronter seule Christopher et ses sbires, mais en aucun cas elle n'avait voulu mettre en danger l'équipe de Blackhawk Security. Ils n'avaient rien fait pour mériter ça.

— Vous avez raison. J'ai agi inconsidérément.

Il s'avança vers elle d'un pas de grenadier, les bras le long du corps, prêt à dégainer à la moindre alerte. Le matelas se creusa sous son poids. Jane retenait son souffle. Elle ne voulait pas se laisser troubler par sa présence, par la manière bizarre qu'il avait à présent de la regarder, comme s'il avait vraiment eu peur qu'elle monte dans l'hélicoptère.

— Savez-vous ce qu'il se serait passé si Menas vous avait tuée ?

Le souvenir de ces moments terribles dans la fonderie, en tête à tête avec Menas, l'accapara de nouveau, anéantissant tous ses efforts pour garder un minimum de sang-froid.

— Eh bien, dit-elle en refoulant ses larmes, vous n'auriez plus eu à craindre que je vous fasse chanter.

— Le problème n'est pas là. Vous êtes une battante, comme moi. Il fallait du cran pour installer cette caméra à infrarouge et pour poursuivre Menas comme vous l'avez fait. Dieu sait que j'aimerais vous en faire le reproche, mais vous avez agi à l'instinct, au mépris du danger, et je ne peux qu'admirer votre courage. Vous êtes forte, Jane, et vous ne manquez pas de ressources, je le reconnais. Mais vous m'avez engagé pour que je vous protège, et je ne peux m'acquitter de cette mission si vous prenez des initiatives sans m'en parler. Vous comprenez ?

Il prit le visage de Jane entre ses mains calleuses. Ses yeux bleus si fascinants plongèrent en elle au plus profond comme si d'un simple regard il pouvait la mettre à nu. Sa voix prit une tonalité grave, solennelle.

— Si Menas vous avait fait monter dans cet hélicoptère, j'aurais passé le reste de ma vie à les pourchasser, lui et ses complices, jusqu'à ce que je les aie tous exterminés.

Elle battit des paupières, perplexe.

— J'ai chamboulé votre vie deux fois. Pourquoi mon sort vous tient-il tant à cœur ?

— Parce que vous nous avez sauvé la vie, à Elliot et à moi, et que vous n'avez pas hésité à risquer la vôtre.

Il fit glisser son pouce sur ses lèvres et s'attarda sur son arc de Cupidon. Cette caresse la bouleversa presque autant que les paroles qu'il venait de prononcer.

— Et parce que Menas va continuer de vous harceler, sans relâche, et que je vais me charger personnellement de faire de sa vie un enfer.

Il tiendrait parole, elle le savait. Sullivan avait ses secrets — des secrets pas toujours reluisants — mais il était loyal. Bien plus que n'importe quel autre homme qu'elle avait connu.

— Vous avez sacrément confiance en vous, fit-elle remarquer.

Cela n'avait rien d'étonnant puisqu'il appartenait aux forces spéciales de la marine. Des forces qui pouvaient se déployer aussi bien en mer que sur terre ou dans les airs, et dans n'importe quel type d'environnement. Le trident qu'il s'était fait tatouer sur le haut du bras dépassait de la manche de son T-shirt.

Elle avait de nouveau la gorge sèche, mais cette fois, cela n'avait rien à voir avec les médicaments qu'elle prenait.

— Nouer des liens avec moi n'est pas une très bonne idée, dit-elle, car elle voulait être honnête avec lui. Cela ne peut que vous attirer des ennuis. Mes amis, ma famille, tous mes proches ont fini par jeter l'éponge.

Personne n'avait compris pourquoi elle avait tellement changé à son retour de l'université, pourquoi elle n'arrivait pas à tirer un trait sur ce que Christopher lui avait fait. Elle n'avait plus personne.

— C'est donc une bonne chose que je sois capable de me prendre en main, conclut-elle.

Son regard magnétique rivé au sien, Sullivan se pencha vers elle, portant au paroxysme le trouble qu'elle éprouvait. Elle sentait ses doigts effleurer les contours de sa mâchoire, elle entendait son souffle irrégulier et elle respirait son odeur virile. Chaque cellule de son corps aspirait à une seule et même chose : qu'il la prenne dans ses bras et l'embrasse.

Mais il s'éloigna.

— Menas va payer, je vous le garantis. J'ai chargé Anthony de retrouver sa trace.

Elle n'avait pas envie de penser à ça maintenant, alors que Sullivan était tout près d'elle et l'aidait par sa présence à oublier l'épisode de la fonderie, la peur, la douleur. Mais ses paroles finirent malgré tout par s'insinuer dans son esprit.

Quoi ? Que venait-il de dire ? Avait-elle bien entendu ?

— Dites-moi, Sullivan...

— Ce n'est pas mon vrai nom, la coupa-t-il.

Il s'écarta mais Jane sut qu'elle garderait du contact de ses doigts sur son visage un souvenir qui n'était pas près de s'effacer, même si une fois l'enquête finie leurs routes se séparaient.

— Je veux vous entendre m'appeler par mon vrai nom. Juste une fois.

Elle fronça les sourcils.

— Mais vous n'êtes plus le même homme.

— Qu'en savez-vous ? Vous ignorez à peu près tout de moi.

Elle esquissa un petit sourire. S'il la testait, s'il essayait de savoir si elle était aussi bien renseignée qu'elle le disait, Sullivan Bishop n'allait pas être déçu.

— Très bien, *Sebastian Warren*. Vous voulez vous lancer à la poursuite de Menas ? À votre guise. Mais je viens avec vous.

9

Encore une journée mémorable.
Dans le genre calamiteux.
Sullivan bougea la tête dans tous les sens pour étirer sa nuque endolorie. Ce séjour forcé au chalet ne l'emballait pas des masses. Bien sûr, Jane était moins exposée ici qu'à l'hôpital, mais si Menas ne s'était pas manifesté jusque-là, c'était parce qu'il était trop occupé à panser ses plaies.

N'empêche que Sullivan n'arrivait pas à dormir.

Comment aurait-il pu fermer l'œil alors que Jane avait une bande de mercenaires à ses trousses ?

Les points de suture qu'il avait en haut du bras le tiraillèrent lorsqu'il se leva du canapé pour faire un nouveau tour de garde. Il ne voulait prendre aucun risque. L'enquête s'était corsée : ils étaient non plus confrontés à un vulgaire quidam qui n'arrivait pas à tirer un trait sur le passé mais à un véritable commando.

Pour protéger efficacement Jane, Sullivan avait confié à Anthony le soin de sécuriser le chalet. Sa modeste résidence secondaire avait à présent des allures de bunker.

— Vous ne dormez pas ?

La voix rauque de Jane le fit presque sursauter. Il lui avait laissé la seule et unique chambre pour qu'elle puisse se changer et se reposer. Mais le sommeil semblait l'avoir désertée, elle aussi. Ses yeux noisette brillaient comme des éclats de quartz dans la pénombre. Elle portait le T-shirt taille XXL et le pantalon de jogging qu'il lui avait prêtés. Anthony avait été chargé de rapporter de chez elle un sac de vêtements et de chaussures mais bizarrement, il avait « oublié » de lui prendre un pyjama. Elle tenait dans la main la tasse de café que Sullivan lui avait préparée en arrivant. Elle était incroyablement belle. Absolument sublime, songea-t-il, la gorge sèche.

— Moi non plus, dit-elle.

Il se racla la gorge.

— Comment vous sentez-vous ?

— J'ai mal partout et je suis à l'agonie.

Elle lâcha un petit rire mais de toute évidence, sa mâchoire la faisait encore souffrir. Elle avait désenflé, cependant. Son sourire réchauffa le cœur de Sullivan. Mais aussi d'autres parties de son anatomie auxquelles il ne prêtait plus guère attention.

— Mais je ne vais pas me plaindre. Je suis vivante, hein ?

Par miracle, elle avait échappé au pire.

— Vous seriez en droit de vous plaindre, après tout ce que vous avez enduré ces derniers jours, dit Sullivan en rangeant son Glock dans son holster d'épaule.

— Vous n'avez pas été épargné non plus, fit remarquer Jane.

Elle flottait dans les vêtements qu'il lui avait prêtés mais affublée de la sorte, il la trouvait extrêmement attirante. Il avait fallu que Sullivan voie Menas l'entraîner vers cet hélicoptère pour qu'il se rende compte qu'il était prêt à tout pour la protéger. Elle avait affronté seul un mercenaire et elle avait survécu. Combien de victimes de Christopher Menas pouvaient en dire autant ?

— Sullivan, je voulais vous dire...

Posant sa tasse sur le comptoir, Jane se mit à se mordiller les lèvres, ce qui traduisait chez elle, avait-il remarqué, une certaine nervosité.

— Vous n'imaginez pas à quel point je suis désolée pour ce qui s'est passé chez moi, l'autre soir. La caméra, je veux dire... C'était une très mauvaise idée. Le reste aussi, d'ailleurs. J'aurais dû vous mettre au courant. Je regrette infiniment de ne pas vous avoir fait confiance mais je vous promets que ça ne se reproduira pas.

Au cours de ces deux derniers jours, Sullivan avait souvent repensé à l'affront qu'elle lui avait fait en ne lui accordant pas totalement sa confiance. Mais il refusait d'en prendre ombrage car il savait que Jane s'était sentie poussée dans ses derniers retranchements. Elle avait juste cherché à sauver sa peau.

Visiblement mal à l'aise, elle guettait anxieusement sa réaction. Il décida de lui dire la vérité.

— Si vous n'aviez pas attiré Menas chez vous, nous n'aurions sans doute jamais su à qui nous avions affaire.

— À un mercenaire, dit-elle dans un souffle, comme si elle avait encore du mal à croire que son ex-petit ami ait pu si mal tourner.

— Sa couverture n'a pas résisté à un examen approfondi. Sous le dépanneur inoffensif se cache un redoutable tueur, ce qui, dans le fond, n'a rien de vraiment surprenant. Comme vous l'avez dit vous-même, Christopher Menas aime faire du mal aux gens. Il se croit au-dessus des lois et se moque de la justice. L'agression sexuelle de vos camarades de chambre, à l'époque où vous étiez tous deux étudiants, n'était qu'un début.

Lorsqu'il était dans la marine, Sullivan avait parfois croisé des mercenaires et, tout récemment, on lui avait même proposé de monter une société de sécurité privée spécialisée dans le genre d'activités qu'avait Menas. Son frère Marrok, avant de se suicider, avait vu les débouchés que cela pouvait offrir, mais Sullivan, lui, ne tuait que pour se défendre ou pour protéger un client. Jamais pour de l'argent.

— Malheureusement, ce genre de têtes brûlées n'est jamais en peine de trouver du travail, continua-t-il.

— J'ai remarqué que vous aviez renforcé la sécurité du chalet depuis l'autre fois. J'en déduis que c'est parce que vous craignez que Menas ne frappe à nouveau.

Elle se dandinait d'un pied sur l'autre.

— Bien que je vous aie demandé expressément de le remettre

à la police, j'ai eu l'impression que vous alliez le tuer, l'autre jour, sur la route de l'aéroport. Je me trompe ?

— Non.

Sa réponse était nette et précise. Elle tenait à ce qu'il soit jugé, il le savait, mais dans le feu de l'action, lorsqu'il s'était agi de sauver sa peau — et celle de Jane — Sullivan avait décidé de ne pas faire de quartier. Il prit une profonde inspiration.

— Ce genre d'individus ne renonce jamais. Leur truc, c'est de faire souffrir les autres. Je ne voulais pas vous voir souffrir.

— Je comprends.

Elle passa une main sur le haut de son bras et sur son épaule, là où elle avait le plus d'ecchymoses, d'éraflures et de brûlures. Un pâle sourire illumina ses traits.

— Il se pourrait que je dorme mal pendant quelque temps, dit-elle. Mais ce n'est pas vraiment nouveau. Il y a des mois que Christopher me harcèle, alors je devrais être habituée, vous ne pensez pas ?

Sullivan ouvrait déjà la bouche pour lui répondre qu'elle n'avait rien à craindre, qu'il était là pour la protéger, quoi qu'il arrive. Mais il sentit que Jane ne craignait pas tant Menas en personne que le climat d'insécurité dans lequel ce salaud la faisait vivre depuis des mois. S'approchant d'elle, il lui releva le menton.

— Quand tout sera terminé, vous ne ferez plus de cauchemars, vous verrez. C'est juste une question de temps.

Il fixa la boîte bleu marine, toute plate, posée sur l'étagère, derrière elle. Elle contenait le stylo gravé à son nom que lui avait offert sa mère il y avait des années. Marrok avait reçu le même présent pour son douzième anniversaire.

— C'est comme ça que cela s'est passé pour vous ? demanda-t-elle d'une petite voix. Après ce qui est arrivé à votre père ?

Exactement. Impossible de sortir indemne d'un drame pareil. Survenu alors qu'il avait quinze ans, cet épisode avait bouleversé à jamais le cours de sa vie. Il avait commencé par changer de nom puis, quelques années plus tard, soucieux de prendre le large, il s'était engagé dans la marine et finalement enrôlé dans les forces spéciales. Après quoi, il avait créé Blackhawk Security. Mais tout cela, il n'avait pas envie de le raconter à Jane. Parce que ce n'était pas une histoire qui se finissait bien, et qu'elle risquait d'être déçue.

— Vous devriez manger un morceau, dit-il. Et aller vous coucher. Une dure journée nous attend.

Il se détourna.

— Vous m'avez demandé de vous appeler Sebastian à l'hôpital. Juste après que...

Elle inspira un grand coup, encore toute remuée par le souvenir de ses grandes mains posées sur elle.

— Vous vous en souvenez ?

Sans crier gare, elle le rejoignit à pas menus et, posant ses longs doigts sur son avant-bras, elle l'obligea à se tourner vers elle.

— Oui, je m'en souviens très bien.

Il n'avait rien oublié : ni l'éclat de ses yeux quand il était entré dans sa chambre d'hôpital, ni la manière dont ses lèvres s'étaient abandonnées à la caresse de son pouce, ni non plus l'envie de meurtre qu'il avait ressentie à l'encontre de ce salopard de Menas quand elle lui avait montré ses blessures.

Le simple fait d'y repenser réactivait sa colère. Pour frapper une femme, il fallait être une ordure de la pire espèce. Mais Menas était capable de tout. Un tueur à gages ne fait pas dans la dentelle.

Sullivan ferma les yeux. Une vague de chaleur envahit ses mains et remonta jusqu'à ses épaules. Il avait la chair de poule partout où Jane avait posé ses doigts. Le désir que ce contact avait suscité en lui menaçait de lui faire perdre tout contrôle. Il se tourna vers elle, submergé par cette fragrance de vanille si grisante. Comment diable pouvait-elle sentir aussi bon après tout ce qu'elle venait d'endurer ?

— Vous pensez que je ne suis plus le même homme.

— Est-ce que je me trompe ? demanda-t-elle en laissant

ses doigts dériver vers son torse, qui s'embrasa à son tour. J'ai lu les journaux, expliqua-t-elle. Vous étiez très jeune quand vous avez...

— Tué mon père parce qu'il avait assassiné ma mère ainsi qu'onze autres femmes ?

Voilà. C'était dit. Il avait commis un meurtre à l'âge de quinze ans et il avait coupé les ponts avec tout ce qui se rattachait à son passé. Y compris avec son frère cadet.

— Si cela s'ébruite, je risque de perdre l'agence que j'ai créée en partant de zéro. Mais en éliminant le terrifiant Bûcheron d'Anchorage, j'estime avoir rendu un fier service à la société, alors si vous espérez que je vais en éprouver du regret, vous perdez votre temps.

— Je n'espère rien du tout. J'essaie juste de mieux comprendre l'homme qui affronte une redoutable bande de mercenaires pour moi.

De le comprendre ? Jane voulait qu'il lui parle de ses vieux démons ? Un rire gronda dans sa poitrine. Mais il y avait une telle empathie dans son regard qu'il ne put se défiler. Il aurait pourtant eu des raisons de le faire puisque, outre qu'elle lui avait fait du chantage et l'avait entraîné de force dans ce bourbier, Jane était indéniablement responsable de la mort de son frère.

Certes, Marrok n'était pas obligé de se suicider et s'il avait décidé de se donner la mort, elle n'y pouvait pas grand-chose. Quant au chantage... Bon, ce n'était pas mortel, surtout pour un ex-commando de marine qui avait tenu dans ses mains des grenades dégoupillées, qui avait protégé des civils au Moyen-Orient, qui était capable de rester sous l'eau sans se faire repérer pendant plus de trois minutes. Au regard des douze années tumultueuses qu'il avait passées dans la marine, des missions dangereuses dont il s'était acquitté avec brio, ce qu'elle attendait de lui était un jeu d'enfant. S'il arrivait à s'affranchir du poids des valises qu'il traînait derrière lui, celle qu'on surnommait la Terreur des tribunaux militaires avait de bonnes chances de s'en sortir.

— Êtes-vous sûre d'être de taille à supporter tout ça ? demanda-t-il.

— Au cours de ma carrière, j'ai été très souvent confrontée à de dangereux criminels, de redoutables commandos. Et je vous rappelle que j'ai récemment affronté à deux reprises un mercenaire bien déterminé à me tuer, et que je vous ai sauvé la vie en vous traînant dans la neige pour vous mettre à l'abri du froid.

Elle lui décocha un sourire diabolique qui lui retourna les tripes et anéantit ses réticences.

— Laissez-moi au moins vous montrer de quoi je suis capable.

Pourquoi son imbécile de cœur se mêlait-il de choses qui ne le regardaient en rien ? Il était censé pomper le sang, point barre. S'il s'en était tenu à cette seule fonction, sans doute Jane n'aurait-elle jamais éprouvé le besoin d'apprendre à connaître le véritable Sullivan Bishop. Quelle idée saugrenue elle avait eue. Mais dès qu'il posait les yeux sur elle, plus rien d'autre n'existait. Sa fatigue, ses douleurs, les sonnettes d'alarme qui résonnaient dans sa tête : d'un seul coup, tout disparaissait.

Il n'aurait jamais dû la toucher, à l'hôpital. Parce que depuis elle n'aspirait plus qu'à sentir à nouveau ses mains sur elle. Et cette obsession la détournait de son objectif initial, qui était de traîner en justice son harceleur.

Lorsqu'il s'approcha d'elle, elle vit l'ombre sur l'arête de son nez se déplacer dangereusement. Cela déclencha en elle une réaction en chaîne qui lui coupa le souffle. Une vague de chaleur la submergea et son cœur s'emballa tandis que son instinct de survie, cette réaction de fuite ou de lutte face au danger, se rappelait à elle avec insistance. Sullivan avait déjà bien failli l'embrasser, tout à l'heure à l'hôpital, mais le désir qu'elle lisait à présent dans son regard fébrile était beaucoup plus troublant. Comme s'il avait finalement décidé de céder à l'attirance qu'il ressentait pour elle.

Malgré l'envie qui la tenaillait de s'abandonner à son tour à cette alchimie toute-puissante, elle s'écarta. Maintenant qu'elle avait mangé, récupéré, et qu'elle se sentait en sécurité, elle était censée, d'après la hiérarchie des besoins de Maslow, laisser sa chair exulter. Mais elle ne pouvait pas. En tout cas, pas avec Sullivan.

Parce qu'elle était en danger et devait rester sur ses gardes. Parce que sa priorité était de retrouver rapidement sa vie d'avant.

Elle allait donc devoir se contrôler. Après tout, ce n'était qu'une question de volonté.

Sullivan et elle ne se connaissaient que depuis quatre jours, mais ces quatre jours comptaient parmi les plus intenses de sa vie. Elle savait aussi que s'il restait auprès d'elle plus longtemps, cela risquait de mal finir pour lui.

— Jane ? Qu'est-ce qui ne va pas ? demanda-t-il, perplexe.

Très bonne question. Les hommes qu'elle avait connus avant lui se comptaient sur les doigts d'une seule main. Elle n'était pas très expérimentée en la matière. Mais ce genre de choses ne s'oubliait pas, d'après ce qu'elle en savait. Un peu comme le vélo, non ?

Outre qu'elle craignait de ne pas se montrer à la hauteur si leur relation prenait une tournure plus intime, Jane ne voulait pas le mettre dans le pétrin. Parce que Sullivan était un type bien, au final, et qu'elle se le reprocherait toute sa vie si jamais par sa faute il lui arrivait malheur.

— Rien ne va, en fait, répondit-elle en passant une main dans ses cheveux courts.

Croisant les bras sur la poitrine, elle s'adossa au canapé, derrière elle, parce que ses genoux menaçaient de se dérober et qu'elle avait l'impression de manquer d'air, tout à coup.

— Je vous ai fait du chantage pour vous obliger à m'aider, dit-elle d'une petite voix. Mais Christopher a failli vous tuer et je... ne sais absolument pas comment vous tirer de là.

— Me tirer de là ? s'exclama-t-il. Qu'est-ce qui vous laisse penser que je veux me tirer de là ?

— Vous avez mis Christopher Menas KO pour m'arracher à ses griffes. Autant que je sache, les mercenaires dans son genre sont plutôt rancuniers. Cela m'étonnerait fort qu'il passe l'éponge. À mon avis, vous êtes désormais dans son collimateur, vous aussi.

Elle prit une profonde inspiration, se délectant secrètement de l'odeur fraîche et virile qu'il dégageait.

— Je ne doute pas que vous soyez apte à vous défendre, mais il se trouve que les gens qui gravitent autour de moi finissent toujours par avoir des ennuis. Or pour une raison que je ne m'explique pas, je ne veux pas que cela vous arrive.

Un long silence se fit, compact, déstabilisant.

Tel un fauve encerclant sa proie, Sullivan fondit sur elle à pas feutrés. Avant de comprendre ce qui se passait, Jane se retrouva prisonnière de ses bras musclés, acculée contre le canapé. Son regard de braise lui coupa les jambes et fit grimper en flèche sa température corporelle.

— Est-ce que j'ai l'air d'être du genre à me défiler devant quelqu'un qui me chercherait des noises ?

Certainement pas.

— Si vous pouviez... arrêter de me regarder comme ça, bredouilla Jane, qui n'en menait pas large.

Comment fallait-il le lui dire ? Il ne pouvait rien y avoir entre eux. Jamais. Christopher ne lui laisserait aucun répit. Il la traquerait sans relâche. Elle ne voulait pas entraîner Sullivan dans sa fuite éperdue, une fuite dont l'issue risquait de leur être fatale à tous les deux.

Il n'y avait qu'un moyen de lui faire entendre raison.

— Vous devriez me détester après ce qui est arrivé à votre frère et après ce que j'ai fait pour vous forcer à m'aider.

— J'ai essayé. En vain.

Baissant les bras, il la libéra de la cage dans laquelle il l'avait enfermée. Les muscles de sa mâchoire firent palpiter sa joue droite.

— Vous voulez que je vous déteste ? C'est ça ?

Cela leur faciliterait grandement les choses. Chacun repartirait de son côté, une fois que Christopher serait arrêté. Mais s'ils ne le retrouvaient pas ? Elle serait obligée de quitter l'armée. De déménager. De changer de nom.

Jane soupira mais l'anxiété qui lui étreignait la poitrine ne diminua pas. Qu'arriverait-il si Menas s'en prenait de nouveau à elle et que Sullivan n'était pas là pour la secourir ? Elle repensa à ce qu'il s'était passé dans la fonderie. Si Sullivan n'était pas intervenu, Christopher l'aurait fait monter dans l'hélicoptère et Dieu seul sait ce qu'il serait advenu d'elle.

— Vous êtes d'un courage exemplaire, Jane. Depuis quatre jours, je vous vois vous démener pour échapper à Menas et pour l'empêcher de me tuer. Alors même si vous êtes effectivement la Terreur des tribunaux militaires, je ne peux pas vous détester.

Ces mots eurent sur elle un effet lénifiant. Elle se détendit un peu.

Selon ses plans, tout devait aller comme sur des roulettes. Elle avait tout prévu, jusque dans les moindres détails. Elle devait lui faire du chantage pour le convaincre de se lancer à la poursuite de son harceleur, qu'il avait pour mission de livrer à la police. Elle voulait s'en débarrasser au plus vite pour pouvoir reprendre son travail. Sullivan n'était pas censé affronter une bande de mercenaires pour elle. Et elle, elle n'était pas censée avoir des vues sur lui.

Mais dans quelle galère s'était-elle encore fourrée ? Elle ne pouvait pas s'amouracher de lui. Pas alors qu'elle le faisait chanter.

— Où tout cela va-t-il nous mener ? demanda-t-elle.

— Jane, mon frère a fait ses propres choix. À vrai dire, je ne sais pas quel genre d'homme Marrok était devenu puisque j'avais coupé les ponts avec lui. Je ne sais pas non plus s'il a ou non agressé ces femmes, en Afghanistan, mais maintenant que je vous connais mieux, je sais que vous avez fait votre travail en votre âme et conscience. Personne ne l'a obligé à se tirer une balle. Les charges retenues contre lui étaient sérieuses ; je ne pense pas que vous vous soyez acharnée sur lui.

Jane n'était pas sûre d'avoir bien entendu.

— Vraiment ?

— Nous formons une équipe et je soutiens toujours les membres de mon équipe, déclara-t-il. Y compris Elliot, figurez-vous.

Le sourire qu'il lui décocha acheva de dissiper l'angoisse qui l'étreignait. Elle se blottit contre lui, posant une oreille sur sa poitrine. Les battements réguliers de son cœur l'apaisèrent mais elle savait que le silence avant la tempête serait de courte durée. Christopher courait toujours.

— Un jour, quand tout cela sera terminé, il faudra que vous me racontiez ce qu'a fait Elliot pour entrer ainsi dans vos bonnes grâces.

— À condition que vous me disiez comment vous avez fait pour vous introduire dans mon bureau, répliqua-t-il du tac au tac.

— Vous ne m'aurez pas à ce petit jeu-là, dit Jane en riant.

Comment pouvait-elle avoir souhaité écarter Sullivan ? C'était quand même un ex-commando de marine. Un homme capable d'affronter les pires ennemis de sa patrie.

Et elle l'avait tout à elle.

10

Les aurores boréales, ces traînées de rose, vert et violet qui éclaboussaient le ciel au-dessus de leur tête, comptaient parmi les plus belles choses qu'il ait eu le privilège de contempler dans sa vie. Mais ce n'était rien comparé à la femme qui était assise à côté de lui. Plus belle que jamais, trois jours seulement après avoir survécu à une agression extrêmement brutale.

Il expira et vit son souffle se cristalliser devant sa bouche. La température avait pas mal chuté au cours des quinze dernières minutes mais il n'avait pas envie de bouger. D'une part parce qu'il y avait toutes ces couleurs magnifiques qui rendaient le paysage enneigé vraiment féerique, et de l'autre, parce que Jane était assise sur le banc à côté de lui, blottie contre son épaule.

— Je n'avais encore jamais vu d'aurores boréales aussi spectaculaires, dit-elle.

Une tasse de café brûlant dans la main, elle fixait le ciel d'un air ébloui.

— Je n'aurais jamais imaginé que j'aurais un jour l'occasion de les admirer. C'est vraiment super, ajouta-t-elle en posant la tête sur son épaule.

Sullivan but une gorgée de café. Lui aussi savourait intensément cet instant. Il était détendu, apaisé. Toutes les tensions semblaient s'être dénouées. Il y avait si longtemps qu'il ne s'était pas senti aussi bien. Sans doute pas loin de dix ans.

Et Jane, c'était évident, n'était pas pour rien dans cet état de quasi-béatitude.

Il avait connu d'autres femmes avant elle, bien sûr, mais aucune ne lui avait fait cet effet.

Le Glock caché sous son blouson lui rentra dans les côtes, se rappelant brusquement à son souvenir. Pas question de baisser la garde : Menas pouvait leur tomber dessus par surprise. Sullivan s'était juré que le mercenaire ne toucherait plus jamais à un seul cheveu de Jane. Il suivit du regard une traînée de rose indien qui passa au-dessus des arbres qui entouraient le chalet.

— Je viens me réfugier ici quand j'ai besoin de solitude, quand je ne supporte plus rien ni personne, ou bien quand mon dos en a assez du canapé du bureau et a besoin d'un vrai lit. Je viens me ressourcer.

Il esquissa un sourire et but une gorgée de café. Ce chalet lui avait sauvé la vie plus d'une fois au fil des années. Et il l'avait aussi empêché de devenir fou.

— Si je pouvais me débarrasser de vous, continua-t-il à mi-voix, ce serait parfait.

Sa remarque lui valut un coup de coude dans le plexus solaire qui le fit tressaillir. Jane était bien plus costaude qu'elle n'en avait l'air. C'était le genre de femme qu'en cas de bagarre il aurait été fier d'avoir à ses côtés.

Elle releva la tête pour le regarder, un sourire malicieux sur les lèvres.

— Vous avez d'autres blagues comme celle-là ? On a toute la nuit devant nous.

— Comment ça, des blagues ? Je parlais tout à fait sérieusement.

— Très bien.

Elle se leva et traversa la terrasse en bois couverte de neige dans laquelle ses pas laissaient des empreintes éphémères. Se baissant, elle ramassa une poignée de neige dont elle fit une boule.

— Vous voulez jouer à ça avec moi ? Je vous prends au mot.

Elle lança sa boule de neige sur Sullivan.

Encombré par sa tasse de café, il essaya bien d'esquiver l'attaque en se penchant de l'autre côté du banc, mais il ne fut pas assez rapide. La boule de neige s'écrasa dans son cou et se désagrégea à l'intérieur de son blouson, lui déclenchant des frissons. Et pour couronner le tout, il renversa sa tasse et s'ébouillanta la cuisse. Il émit un grognement sourd et se leva à son tour après avoir reposé précautionneusement sa tasse presque vide.

— Êtes-vous bien sûre de savoir ce que vous faites, capitaine Reise ?

Sullivan avança d'un pas, préparant mentalement sa riposte.

— Parce que vous l'ignorez peut-être, mais je suis connu pour savoir me tirer des situations les plus désespérées. Je l'ai encore montré, il n'y a pas si longtemps que ça. Je préfère vous prévenir parce que je ne voudrais pas vous amocher.

— Au lycée et à la fac, je jouais dans l'équipe de softball, et à l'armée, mon équipe a même remporté le tournoi annuel. Alors ne vous faites pas de soucis pour moi, répliqua Jane en lançant en l'air une boule de neige qu'elle rattrapa dans sa main nue. À moins que vous n'ayez peur de m'affronter ?

— Je vais vous montrer un peu si j'ai peur !

Sullivan s'élança vers elle. Après une brève hésitation, elle tourna les talons et s'enfuit à toutes jambes vers la forêt, crapahutant allègrement dans les congères en riant comme une folle. Elle n'avait aucune chance de le semer. Pour l'avoir arpentée dans tous les sens, par tous les temps, Sullivan connaissait cette forêt comme sa poche. Personne ne pouvait s'y cacher à son insu. Elle avait beau courir, elle ne pourrait pas lui échapper.

Toute sa vie il avait lutté pour garder le contrôle. De son corps, de son esprit, de sa vie. Cette discipline lui avait été imposée très tôt. Grandir dans la maison d'un psychopathe vous forgeait le caractère. Surtout avec un petit frère, qu'il avait longtemps essayé de protéger. Mais c'était dans la marine qu'il avait vraiment appris à ne compter que sur lui-même. Plus personne ne lui dicterait sa loi et ne lui ferait du mal, ni à lui ni à aucun de ses proches.

Mais il se rendait bien compte que l'euphorie qu'il ressentait depuis quelque temps échappait à tout contrôle. À la seconde où Jane avait fait irruption dans son bureau, il n'avait plus été le même homme.

Cela faisait quatre jours. *Seulement* quatre jours. C'était ce qu'il avait fallu à la jeune femme pour attendrir son cœur de pierre. Pour lui sauver la vie quand il s'était évanoui dans la neige, pour se porter au secours d'Elliot en défiant les flammes qui avaient envahi l'appartement de Menas... Ces exploits ne cadraient pas avec sa réputation de Terreur des tribunaux militaires. Mais cette réputation était-elle vraiment fondée ? Certes, elle lui avait fait du chantage pour s'assurer ses services mais Sullivan était persuadé que Jane n'était pas vraiment comme ça. Cet air implacable qu'elle affichait n'était rien d'autre qu'un mécanisme de défense, tout comme le sien à lui était la solitude.

Une solitude dans laquelle elle avait ouvert une large brèche. Pour la première fois de sa vie, il se sentait vraiment en danger.

Quoique dérangeante, cette pensée ne l'empêcha pas d'envoyer une boule de neige dans le dos de Jane. Cette bataille, elle l'avait voulue, alors même si ses points de suture dans le haut du bras lui faisaient mal, il se battrait jusqu'au bout. Fort de cette résolution, il se baissa pour ramasser des munitions, mais lorsqu'il se releva, Jane avait disparu.

Il sentit son sourire se figer sur ses lèvres. Tout était calme et immobile. Seuls les battements frénétiques de son cœur rompaient le silence qui l'entourait. Respirant un grand coup pour se calmer, il remarqua qu'un léger parfum de vanille flottait dans l'air. Jane n'était pas loin. Les yeux rivés au sol, il se mit à suivre anxieusement la trace de ses pas dans la neige.

Surgie de nulle part, elle lui sauta dessus par-derrière et

341

le plaqua au sol en riant. Il avait frôlé la crise cardiaque et se demandait bien comment elle avait fait pour surprendre un ex-commando comme lui.

— Eh, tout doux, mon gars, dit-elle. Je vous conseille de ne pas faire de mouvements brusques.

Assise à califourchon sur lui, elle lui montra sa main pleine de neige. Son sourire diabolique acheva de diluer l'adrénaline qui avait afflué dans ses veines.

— Gare à vous si vous bougez, le menaça-t-elle.

Il leva la tête et balaya du regard l'endroit où il l'avait vue juste avant qu'elle disparaisse.

— Mais où étiez-vous passée ?

— Attaque surprise, dit-elle à voix basse, comme si elle lui confiait un secret.

Tandis qu'il contemplait ses lèvres lisses et charnues à portée des siennes, elle se redressa, l'air soudain grave.

— Pas un mot ! lui intima-t-elle.

Posant une main sur son torse, elle lui fit tomber dans le cou de la neige fondue. Il se mit à se tortiller comme un ver, comme si la torture auquel elle le soumettait lui était intolérable.

— Je vous avais prévenu, Sullivan Bishop. Je suis très forte à ce jeu-là et j'ai vraiment l'intention de gagner. À mon tour de vous interroger.

Malgré la position inconfortable qui était la sienne, Sullivan, toujours couché dans la neige et chevauché par Jane, savourait intensément cet instant.

— Je me rends, dit-il. Je vais tout vous dire.

Il leva les mains en signe de reddition mais avec les cuisses fuselées de Jane étreignant ses hanches, il n'avait aucunement l'intention d'obtempérer. Comme tout homme normalement constitué, il avait plutôt envie de faire durer le plus longtemps possible ce doux supplice.

— Parfait. Si vous vous montrez coopérant, vous aurez droit à une récompense, déclara Jane, magnanime.

Elle jeta par terre sa boule de neige et glissa dans le cou de

Sullivan sa main gelée. Il frissonna tandis qu'elle se penchait sur lui, son visage juste au-dessus du sien.

— Si vous pouviez vous rendre n'importe où dans le monde, où choisiriez-vous d'aller ? demanda-t-elle.

Il avait posé les mains sur les genoux de son bourreau et sentait la chaleur de son corps à travers la toile de son jean. Les muscles qui se contractaient sous ses paumes l'incitaient à monter ses mains un peu plus haut, mais il résistait à la tentation. Il ne voulait pas passer pour une bête lubrique. Il attendrait qu'elle s'offre à lui. Et il était prêt à attendre le temps qu'il faudrait.

— Je ne bougerais pas d'un poil, répondit-il du tac au tac.
— Admettons. Mais vous n'avez pas répondu à ma question, moussaillon. Vous allez donc être puni.

Joignant le geste à la parole, elle lui balança une poignée de neige dans la figure et dans le cou. Cette fois, c'en était trop !

D'un coup de hanche, il la désarçonna. Elle roula sur le côté et il la chevaucha à son tour. Elle était à présent entièrement à sa merci. Il neigeait toujours ; leurs vêtements étaient tout blancs. Le froid les obligerait bientôt à rentrer pour aller se réchauffer sous la douche. Une douche qu'ils prendraient peut-être ensemble... Il lui lâcha les poignets et fit en sorte de ne pas trop peser sur elle, par égard pour ses blessures. Elle aurait pu se dégager mais elle n'en fit rien. Ses yeux noisette exprimaient la surprise.

— C'est à mon tour de vous questionner, dit-il.
— OK. Je vous écoute.
— Allez-vous réintégrer l'armée une fois l'enquête terminée ?

Il avait parfaitement conscience de se mêler de ce qui ne le regardait pas, mais depuis qu'il l'avait fait sortir de l'hôpital, cette question lui brûlait la langue.

Elle se rembrunit.

— Je n'en sais rien. J'ai un peu de mal à me projeter dans l'avenir. Surtout après ce qui s'est passé à la fonderie. J'ai vraiment cru que j'allais y passer.

Il s'en voulut d'avoir ravivé en elle l'épisode de la fonderie alors que pendant quelques minutes ils avaient réussi à oublier Menas et sa soif de vengeance.

— Toute cette histoire ne doit pas vous gâcher la vie, dit-il en se reculant un peu pour lui laisser plus d'espace. Elle ne sera bientôt plus qu'un mauvais souvenir.

Il avait de plus en plus de mal à s'imaginer loin de Jane. Bien que jusqu'ici la notion de couple lui ait été étrangère, il se serait bien vu vivre avec elle. Si elle acceptait de lui faire une place dans sa vie.

— Je ne demande qu'à vous croire. Mais allons-nous vraiment nous lancer à nouveau à la poursuite de Christopher ?

— Je finis toujours ce que j'ai commencé.

Prenant appui sur les coudes, elle s'assit. Sullivan était toujours à cheval sur ses jambes.

— Et si ça tourne mal ? Et s'ils nous tuent ?

— C'est un risque qu'on ne peut pas totalement écarté.

Il ne voulait pas lui mentir. Mais en la voyant se décomposer, son instinct de protection le poussa à la rassurer. L'agrippant par le bas de sa doudoune, il l'attira à lui.

— Mais ce qui est sûr, c'est que je ferai tout pour l'en empêcher.

Sullivan Bishop n'avait rien du preux chevalier des contes de fées qui se portait au secours de la veuve et de l'orphelin. Il se battait pour de vrai et n'hésitait pas à tuer quand il le fallait. Une fois déjà, il avait tenu en échec Christopher et sa bande de mercenaires. Sous sa protection, elle n'avait rien à craindre.

Mais si par malheur il était blessé ? Ou même pire ?

Elle leva les yeux vers les siens et s'empressa de refouler cette terrible pensée. Parce que autant regarder les choses en face : elle préférait passer sa vie à fuir Christopher plutôt que perdre Sullivan.

— Jane ? Ça va ?

Foin du froid glacial et de la neige qui leur tombait dessus ! Elle rêvait de le prendre dans ses bras et de l'embrasser. Elle en mourait d'envie. Et plus elle scrutait sa mâchoire mal rasée, ses yeux bleus qui trahissaient si facilement ses émotions, les rides qui creusaient son front quand il réfléchissait, et plus elle avait de mal à résister.

— Oui, mais taisez-vous, murmura-t-elle en se rapprochant de lui.

Lorsqu'elle se pencha en avant, ses brûlures se rappelèrent à elle mais elle les ignora. Peu lui importait la douleur dans son dos, peu lui importait le froid qui s'insinuait partout en elle et lui gelait la moelle des os. Tout ce qui comptait, c'étaient leurs souffles réunis dans un même panache, c'était de s'abandonner enfin au désir de sentir les lèvres de Sullivan sur les siennes, d'en goûter la saveur, d'en savourer la douceur.

L'impatience le gagna à son tour. L'agrippant par la nuque, il s'empara de sa bouche comme d'une place forte trop longtemps convoitée. Le goût du café noir sur son palais fit oublier à Jane la forêt, la neige, le danger. Totalement grisante, cette haleine virile, qui sentait aussi la menthe et le scotch pur malt, acheva de lui faire perdre la tête.

Mais Sullivan avait décidé de prendre son temps. Il lui mordillait les lèvres, les caressait du bout de la langue, retardant une fusion qu'elle appelait de tous ses vœux. Le temps était comme suspendu. Avec le spectacle des aurores boréales au-dessus de leurs têtes, la neige immaculée tout autour d'eux, elle aurait voulu que la magie de cet instant ne prenne jamais fin.

Mais le climat de l'Alaska était peu propice aux ébats amoureux.

Un frisson la parcourut et Sullivan s'écarta.

— Vous êtes gelée, fit-il remarquer en lui frictionnant énergiquement le haut des bras.

Pour la première fois depuis qu'elle avait fait irruption dans son bureau, il avait l'air heureux et détendu, et son sourire lui réchauffa le cœur. Certes le danger rôdait, et Sullivan Bishop, ex-commando de marine revenu de tout, n'était probablement pas l'homme qu'il lui fallait, mais elle refusait de laisser ces considérations gâcher la perfection de l'instant présent.

— Je ne sais pas comment vous faites pour dégager une telle chaleur, s'extasia-t-elle. Une vraie chaudière !

— Une chaudière à laquelle il arrive de tomber en panne. Sans vous, l'autre jour, je serais mort d'hypothermie.

Il se releva et tendit une main pour l'aider à en faire autant.

— Je vous le revaudrai. D'une façon ou d'une autre.

— Comme si depuis vous ne m'aviez pas sauvé la vie deux ou trois fois !

Elle prit la main qu'il lui tendait. Tandis qu'il l'attirait contre lui, les couleurs des aurores boréales se mêlèrent dans le ciel en une explosion de rose, violet, bleu et vert, avant de se fondre dans la nuit. Le spectacle que leur avait offert Dame Nature était terminé, mais Jane savait que jamais elle ne l'oublierait.

— Mais si vous tenez à faire quelque chose pour moi, dit-elle, j'ai ma petite idée.

L'agrippant par son blouson, elle le plaqua contre elle avec rudesse et l'embrassa fougueusement. Pour oublier les événements de ces derniers jours. Pour oublier la peur. Pour se soustraire à toute cette folie. Il y avait si longtemps qu'elle ne s'était pas sentie aussi légère. Elle revivait.

— À condition que vous soyez d'accord, bien sûr, précisa-t-elle après avoir mis fin à leur baiser.

— La tension de ces derniers jours a mis mes nerfs à rude épreuve, dit Sullivan. Un peu de détente me ferait le plus grand bien.

Son sourire en coin et l'éclat de son regard, brillant de désir, électrifièrent Jane. Un flot de chaleur l'envahit lorsque Sullivan l'entraîna vers le chalet au pas de course. Ils montèrent les marches du perron quatre à quatre et se précipitèrent à l'intérieur. À peine avait-il refermé la porte que Sullivan se jetait sur elle pour lui enlever sa doudoune, qu'il envoya valdinguer à travers la pièce. Pendant qu'elle retirait ses bottes, il se débarrassait de son blouson.

— Enlevez vite tout ça, suggéra-t-il en lui montrant ses vêtements. Vous êtes trempée.

Comme pour vaincre ses ultimes résistances, il se mit à l'embrasser dans le cou, à la mordiller, à la lécher voluptueusement, l'amenant en quelques secondes au paroxysme de l'excitation. Elle avait l'impression que son ventre n'était plus qu'un immense brasier et que chaque centimètre de sa peau n'aspirait qu'à une chose : être caressé, embrassé, cajolé. Son corps tout entier vibrait de désir et d'impatience.

Cependant, elle posa une main sur son torse pour le repousser. Tout cela était bien beau — les aurores boréales, la bataille de neige, le baiser passionné qu'ils avaient échangé, mais où cela les mènerait-il ? Son congé sans solde prenait fin dans une semaine et Sullivan, de son côté, avait une agence et une équipe à gérer. Accaparés par leurs occupations respectives, et géographiquement éloignés l'un de l'autre, ils n'auraient sans doute pas l'occasion de se revoir. Dans le fond, c'était peut-être mieux comme ça. Parce que même quand elle coupait les ponts avec les gens, cela finissait mal pour tous ceux qui l'avaient un jour côtoyée de près.

Plantant son regard droit dans le sien, ce qui l'obligea à lever la tête car il était bien plus grand qu'elle, elle voulut mettre les choses au point avant d'aller plus loin.

— J'ai quelque chose à vous demander.

— Je vous écoute, dit Sullivan en posant sur sa main sa grande paume rugueuse. Je suis prêt à tout vous dire. Je ne veux pas qu'il y ait de secrets entre nous. J'ai toute confiance en vous.

— Vraiment ?

— Oui, confirma-t-il en lui caressant le dos de la main avec le pouce. Vous m'avez fait du chantage, c'est vrai, mais au final, je trouve que vous avez sacrément bien fait.

Il éclata de rire et Jane ne put s'empêcher de sourire.

— Grâce à vous, j'ai l'impression de revivre. Le fait que vous sachiez que j'ai changé de nom et enterré mon passé, que vous n'ignoriez rien de mon histoire familiale, contrairement aux gens avec lesquels je travaille à l'agence, change complètement nos relations. Avec vous, je n'ai rien à cacher. Je me sens libre.

Jane avait la gorge sèche et son cœur battait la chamade.

— Waouh ! On peut dire que vous savez trouver les mots pour charmer une femme.

— C'est le but recherché, admit-il avec un grand sourire.

La main qu'il avait posée sur sa hanche s'insinua sous son T-shirt. Au contact de ses doigts sur sa peau nue, Jane s'embrasa comme une torche.

— Mais que vouliez-vous savoir ? demanda-t-il, intrigué.

Éperdue de désir, Jane n'était plus à même de réfléchir. Se concentrer exigea d'elle un terrible effort.

Elle avait, sans le vouloir, fait du mal à beaucoup de gens autour d'elle, mais Sullivan était persuadé qu'il ne pouvait rien lui arriver. Les péripéties de ces derniers jours semblant lui donner raison, elle commençait à se dire que ce n'était pas parce qu'elle tombait amoureuse de lui qu'il allait forcément lui arriver malheur.

D'un coup d'œil par-dessus son épaule, elle évalua la distance qui les séparait du cabinet de toilette, derrière elle.

— Je me demandais combien de temps il vous faudrait pour m'emmener sous la douche.

Vif comme l'éclair, Sullivan se baissa, glissa un bras derrière ses genoux et la souleva comme une plume. Les contours du chalet autour d'elle perdirent soudain de leur netteté mais il la tenait solidement dans ses bras, contre son large torse.

— Nous allons le savoir tout de suite, dit-il en la couvant d'un regard lourd de promesses.

11

Jane dormait dans ses bras. Chaude, douce, et terriblement sexy. Elle le comblait au-delà de tout ce qu'il aurait pu imaginer et alimentait déjà ses rêves les plus fous. Mais le soleil qui pointait au-dessus des montagnes Chugach le tira de ses chimères. Enfouissant son visage dans la chevelure de sa compagne, Sullivan voulut se repaître une dernière fois de son parfum avant de sortir du lit et de mettre fin à la parenthèse enchantée qu'avait été cette nuit merveilleuse.

À regret, il prit son téléphone sur la table de chevet et l'alluma. Chassant la quiétude de ces dernières heures, une pointe d'anxiété le traversa. D'après Anthony et Elliot, Menas et sa bande s'étaient planqués dans un chantier de construction abandonné, en périphérie de la ville. Sullivan connaissait ce chantier mais il jeta néanmoins un coup d'œil aux photos que les deux hommes lui avaient envoyées. Il parcourut aussi le dossier de Menas, qui détaillait tout son parcours. Son parcours officiel, tout du moins. Après avoir échappé aux poursuites pour l'agression sexuelle de trois jeunes filles à l'université, cet enfoiré de Menas avait compris qu'il pouvait gagner sa vie en faisant du mal, ce qui était parfaitement dans ses cordes. Sous un faux nom, il avait commencé par travailler comme agent de sécurité dans une compagnie basée à Seattle puis, très vite, il s'était hissé au rang de mercenaire pour le secteur privé. Il s'était mis à gagner beaucoup d'argent et à utiliser des armes de plus en plus grosses. Un jour, il avait monté sa propre équipe de mercenaires.

Actuellement, son équipe comptait encore trois personnes, lui inclus, munies d'armes et de matériel de type militaire. En voyant l'hélicoptère avec lequel Menas avait tenté de kidnapper Jane, Sullivan s'était douté de quelque chose de ce genre. Il posa le téléphone sur les draps lorsque Jane se blottit plus étroitement contre lui car il ne voulait surtout pas la réveiller. Il avait déjà été, par le passé, confronté à des mercenaires, mais c'était la première fois qu'il avait affaire à des hommes aussi lourdement équipés. Menas n'avait pourtant rien à voir avec l'armée. Quant à voler à l'armée l'hélicoptère et les armes utilisées par ses nervis, cela aurait constitué un tel exploit que Sullivan en aurait forcément entendu parler.

Il y avait quelque chose qui leur échappait...

Jane avait peut-être raison de vouloir chercher ailleurs. Depuis quelques mois, Menas ne pouvait plus être poursuivi pour agression sexuelle puisque le délai de prescription était écoulé. Il n'avait donc aucune raison de s'en prendre à elle.

À moins que son équipe et lui ne fassent qu'obéir aux ordres d'un commanditaire...

— De combien de temps disposons-nous avant de devoir sortir du lit ? demanda Jane d'une voix ensommeillée dont le voile sensuel lui fit dresser les poils sur la nuque.

Et pas que les poils.

Elle se mit à lui caresser la poitrine, réveillant sous ses doigts toute une batterie d'influx nerveux et lui déclenchant des frissons dans tout le corps. Elle avait le don de le mettre dans tous ses états simplement en l'effleurant du bout des doigts.

Il déposa un baiser sur son front, captif de ses beaux yeux noisette levés vers lui. Puis il coupa le son de son téléphone et se blottit contre elle.

— Elliot sera là dans quinze minutes, répondit-il.

— Mmm, grommela Jane avant de l'embrasser sur la bouche.

Le baiser qu'ils échangèrent était étrangement doux et

plein de promesses. Des promesses qu'il avait très envie de tenir. Il n'avait jamais été spécialement romantique mais pour ne pas décevoir Jane, il était prêt à tout. Elle le chevaucha et s'allongea sur lui de tout son long. Posant le menton sur son sternum, elle lui décocha un sourire mutin.

— J'espère qu'il n'a pas de clé. Et qu'il est patient, parce qu'il risque d'attendre un petit moment derrière la porte.

Sullivan éclata de rire, ce qui ne lui était pas arrivé depuis longtemps. Enroulant ses pieds autour de ceux de la jeune femme, il la fit basculer sur le dos et posa son téléphone par terre. Il avait bien l'intention de profiter pleinement de chacune de ces quinze petites minutes.

— Je ne sais pas si Elliot est patient mais ce qui est sûr, c'est qu'il n'a pas de clé.

— Tant mieux.

Quinze minutes plus tard, il fut arraché aux bras de Jane par des coups frénétiques frappés à sa porte. En toute hâte, il enfila un jean, glissa les pieds dans ses boots et ferma la porte de la chambre derrière lui pour laisser Jane s'habiller tranquillement. Dès qu'il se fut un peu éloigné d'elle, son cœur reprit un rythme plus normal. Bon sang, cette femme le tourneboulait complètement, songea-t-il en secouant la tête, conscient du sourire idiot qui s'étalait sur ses lèvres.

— Tu es ponctuel, dit-il en ouvrant la porte d'entrée.

Cela sonnait comme un compliment mais c'était un reproche. Il aurait préféré qu'Elliot arrive en retard.

Sauf que ce n'était pas Elliot.

Un coup de pied dans le ventre l'envoya au tapis, mais une soudaine montée d'adrénaline le remit promptement sur pied. Se retournant pour attraper son Glock, dans le holster d'épaule qu'il avait accroché au dossier d'une chaise, il sentit une vive douleur dans son dos nu suivie d'une brûlure intense. Un Taser, songea-t-il en entendant le cliquetis du pistolet à impulsion électrique. De ses orteils recroquevillés dans ses boots à ses mâchoires crispées à s'en briser les dents, tout son corps se tétanisa sous les assauts répétés du Taser. Il tenta en vain de saisir son arme et tomba à terre, conscient mais incapable du moindre mouvement.

Christopher Menas franchit le seuil du chalet, deux de ses nervis sur les talons, armes au poing et doigt sur la détente. Le sourire cruel qu'il affichait rouvrit l'entaille que Jane lui avait faite dans la joue. Elle ne l'avait pas loupé, songea Sullivan en réprimant un sourire. L'équipe de mercenaires se déploya rapidement dans la salle de séjour.

— Allez voir dans la chambre, aboya Menas. C'est sûrement là qu'elle est, cette garce.

Jane était maligne, songea Sullivan. Alertée par le raffut, elle avait dû s'enfuir par la fenêtre.

L'un des hommes de Menas enfonça la porte d'un coup de pied rageur. Au silence qui s'ensuivit, Sullivan devina que Jane n'était plus là.

Fou de colère, Menas reporta son attention sur Sullivan, qui commençait à récupérer. Il se jeta sur lui, l'attrapa par le cou et le remit debout. Puis, lâchant son Taser, il s'empara du M16 qu'il portait à l'épaule, un fusil d'assaut capable de réduire Sullivan en miettes.

— Où est-elle ? rugit-il.

— Vous voulez que je vous dise ? Je suis content que cette fois vous soyez armé, répondit Sullivan en repoussant la main qui lui serrait la gorge et en frappant de toutes ses forces Menas à la joue.

Le mercenaire vacilla et appuya involontairement sur la détente de son fusil, aspergeant copieusement le sol ainsi que le mur du fond, et tuant l'un de ses acolytes. D'un coup de pied, Sullivan écarta le fusil mais le poing qu'il reçut dans la figure lui brouilla la vue une fraction de seconde.

Un coup dans le plexus lui fit traverser le seuil et dégringoler les deux marches du perron. Il atterrit dans la neige.

Menas lui fonça dessus, le saisit à bras-le-corps, le souleva et le chargea sur son épaule.

Sullivan lui enfonça ses coudes dans les côtes. Deux fois. Trois fois. Menas finit par le laisser choir. Sullivan l'agrippa par sa veste et le tira à lui pour le faire basculer dans la neige. Mais Menas, au-dessus de lui, avait l'avantage. Sullivan réussit à parer le premier uppercut mais pas le second. Bien que sonné, il profita d'un bref instant de répit — Menas reprenant son souffle — pour se relever. Torse nu, il ne sentait pas le froid, galvanisé par le combat. Posté sur le perron, le troisième mercenaire observait la scène, prêt à tirer si son chef se trouvait en difficulté, mais restant en retrait. Tout se passait maintenant entre Menas et Sullivan.

Menas moulinait des deux poings comme s'il avait disputé des combats illégaux de boxe à mains nues avant de devenir tueur à gages. Il tenta un crochet du droit que Sullivan para avec son avant-bras. Pris par son élan, Menas fit une volte-face. Sullivan en profita pour lui flanquer un coup de pied vicieux derrière le genou. Un hurlement de douleur déchira l'air.

La plaisanterie avait assez duré.

— Je vous avais demandé de la laisser tranquille, Menas, dit Sullivan en attrapant le chef des mercenaires par sa veste. Vous auriez mieux fait de m'écouter.

Jane voulait que son harceleur soit jugé, soit, mais avec des enfoirés tels que Christopher Menas, il ne fallait pas faire de quartier.

— Mon homme de main vous tuera sans hésiter si vous m'achevez. Puis il se lancera à la poursuite de Jane.

Le mercenaire avait la joue en sang mais cela ne l'empêcha pas de sourire.

— Est-ce que c'est ce que vous voulez ? demanda-t-il perfidement.

Sullivan jeta un coup d'œil au fusil d'assaut braqué dans sa direction.

— Peu importe ce que je veux. Vous avez fait assez de mal comme ça. Personne ne vous regrettera en ce bas monde.

Un rayon de soleil fit étinceler la lame du couteau que Menas, vif comme l'éclair malgré l'énergie dépensée dans le combat, lui planta dans le flanc gauche. Une douleur fulgurante le traversa de part en part. Le sang dégoulinait sur la ceinture de son jean et maculait la neige à ses pieds.

Menas s'apprêtait à frapper à nouveau, le visant au visage, cette fois. Mais Sullivan ne se laissa pas surprendre. Levant brusquement devant lui ses avant-bras croisés, il para le coup de couteau et riposta dans la foulée d'un coup de genou dans l'entrejambe de Menas. Le couteau voltigea dans les airs et atterrit dans la neige, hors de portée.

— Vous avez encore une surprise en réserve avant que je vous rompe le cou ? s'enquit Sullivan.

Il était à bout de souffle et saignait abondamment. Mais Menas ne valait pas mieux.

— C'est loin d'être fini, je vous préviens, dit le mercenaire.

Plié en deux, il se tenait le flanc. Il devait avoir deux ou trois côtes cassées. Avec un peu de chance, l'une d'elles lui perforait le poumon.

— Il n'a pas engagé que moi, continua Menas.

Le cœur de Sullivan manqua un battement.

— Qu'est-ce que vous dites ?

Juste au moment où le mercenaire se jetait sur lui, un coup de feu retentit derrière eux. Ils se retournèrent d'un bloc.

— Ecarte-toi de lui, Christopher, ordonna Jane.

Elle serrait dans sa main le Glock de Sullivan, qu'elle pointa sur Menas.

— Maintenant, c'est entre toi et moi.

Elle était beaucoup moins sûre d'elle qu'elle ne le laissait paraître. Pour empêcher sa main de trembler, elle dut faire appel aux réflexes qu'elle avait acquis au stand de tir, après des heures et des heures d'entraînement. Son cœur battait comme un tambour. Elle avait affaire à des mercenaires de la pire espèce. Menas n'était plus seulement un ex-petit ami bodybuildé qui n'avait pas été fichu de tourner la page. Il était devenu un redoutable tueur à gages.

— Jane, qu'est-ce que tu fabriques ? Va-t'en tout de suite, dit Sullivan, qui n'avait pas l'air au mieux de sa forme.

Plié en deux, il se tenait le côté gauche. Du sang dégoulinait entre ses doigts. Il était blessé. Mais le regard qu'il leva vers elle était déterminé, l'expression de son visage imperturbable.

— Va-t'en, je te dis. *Immédiatement !*

Elle savait qu'il n'en démordrait pas. Sullivan était têtu. Mais elle n'avait pas l'intention de s'en aller. Elliot n'allait pas tarder. Elle devait donc gagner du temps, faire diversion en attendant son arrivée. Et prier pour qu'il ait prévu du renfort.

— Une fois de plus, l'armée vient sortir la marine du pétrin, dit-elle, bien qu'elle n'eût pas trop le cœur à plaisanter. Que tu le veuilles ou non, je vais te tirer de là. Une fois pour toutes.

Elle se tourna vers Christopher. Sullivan avait rempli sa mission. Il avait trouvé qui la harcelait. Elle allait s'occuper du reste.

— Tentative de meurtre. Harcèlement aggravé. Et j'en passe. Tu vas passer le reste de ta vie en prison, Christopher.

— Janey.

Christopher clopina vers elle, les mains en l'air comme s'il allait se rendre. Jane n'était pas dupe. Elle savait qu'il n'était pas du genre à renoncer.

— Nous savons toi et moi que tu ne vas pas tirer, dit-il d'une voix enjôleuse. Je te rappelle que tu es du bon côté de la loi. Un procureur n'est pas censé tuer les gens.

Jane abaissa son pistolet de quelques centimètres et pressa la détente. La balle s'enfonça dans la neige aux pieds de Christopher.

— Assez parlé ! Dis à ton copain de te rejoindre et lâchez vos armes.

Lui décochant son plus beau sourire, Christopher tenta encore une fois de l'amadouer.

— Janey...

— Exécution ! cria Jane en tirant une balle de sommation juste à côté de son pied droit.

À cause du recul de l'arme, elle avait des fourmis dans la main, mais s'il l'y obligeait, elle n'hésiterait pas à vider son chargeur.

— Je suppose que nous allons devoir obéir à la dame.

Haussant les épaules, le mercenaire jeta dans la neige ses pistolets et son couteau. Son acolyte le rejoignit et l'imita.

— Et maintenant, mon chou, tu comptes faire quoi ? Attendre que la cavalerie débarque ? Désolé de te décevoir, Janey, mais tout sera terminé bien avant l'arrivée des renforts.

Elle vit Sullivan se décomposer et ses yeux s'écarquiller d'effroi.

— Jane !

Elle n'eut pas le temps de réagir. Des bras puissants l'enserrèrent par-derrière et la soulevèrent. Elle donna un grand coup de tête à son assaillant, mais nez cassé ou pas, celui-ci ne moufeta pas. Sullivan, qui s'élançait pour lui porter secours, fut intercepté par Christopher qui le frappa dans le flanc gauche, en plein dans sa blessure. Il s'effondra en hurlant de douleur. Elle se débattait comme un beau diable pour tenter d'échapper à la poigne de son ravisseur, qui la serrait à l'étouffer, mais sa vision se brouilla et le pistolet lui tomba de la main.

— Je suis un tueur, Jane, et j'ai maintenant une longue pratique du métier. J'ai appris de mes erreurs, dit Christopher.

Les deux mercenaires ramassèrent leurs armes. Christopher posa un pied conquérant sur le dos de Sullivan, qui gisait sur le ventre, dans la neige.

— Tu as engagé un ex-commando de marine pour te protéger. Il ne faisait pas le poids face à mon équipe. Et maintenant, à cause de toi, il va mourir, déclara-t-il en pointant son canon sur la tête de Sullivan.

— Non !

Jane enfonça son coude dans le plexus de son ravisseur, qui relâcha légèrement son étreinte. Elle le lui envoya ensuite dans la figure et se baissa pour ramasser le Glock avant de s'enfuir à toutes jambes. Le mercenaire qui se trouvait à côté de Christopher se lança aussitôt à ses trousses. Il allait la rattraper en quelques enjambées, elle le savait, mais elle ne pouvait laisser Christopher tuer Sullivan sans rien faire.

Un coup de feu retentit. Le tir, qui provenait de l'orée de la forêt, atteignit le mercenaire qui la poursuivait à la base du cou. Il grimaça de surprise et de douleur puis tomba à genoux avant de s'affaler dans la neige. Une autre balle régla son compte à l'homme de main dont elle s'était débarrassée à grands coups de coude quelques instants plus tôt.

— Trop tard, Janey, dit Christopher en pressant la détente.

Sullivan tressaillit sous l'impact de la balle.

— Non ! cria Jane en se précipitant vers lui, bousculant Christopher au passage.

Ils tombèrent l'un sur l'autre et roulèrent dans la neige. Christopher planta ses ongles dans ses bras pour l'empêcher de s'emparer du pistolet de son holster de cuisse. La lutte était inégale car il était beaucoup plus lourd qu'elle. Il la plaqua au sol et sourit, visiblement très satisfait de la sentir sous lui, à sa merci. Jane réprima un haut-le-cœur.

— Ça me rappelle le bon vieux temps. Tu te souviens, Janey ?

— Lâche-la immédiatement.

Agrippant Christopher par le cou, Sullivan le tira en arrière. Malgré le coup de couteau qu'il avait reçu dans le flanc gauche et la balle qui lui avait traversé l'épaule opposée, Sullivan tenait encore debout.

Dans son état, c'était à peine croyable. Mais avec Sullivan Bishop, il ne fallait s'étonner de rien.

Il se mit à cribler le mercenaire de coups de poing, tel un boxeur livrant son dernier combat, s'acharnant sur son adversaire avec une rage folle. Christopher chancelait, bouche bée, un œil tuméfié.

Jane se releva et ramassa son Glock dans la neige. En attendant que l'équipe de Blackhawk Security sorte du bois, elle devait prêter main forte à Sullivan, dont les forces s'amenuisaient. Il frappait de moins en moins fort, ce qui n'avait sûrement pas échappé à Christopher qui se jeta brusquement sur lui et le poignarda.

— Non !

Comme dans un film au ralenti, elle vit Sullivan s'écrouler à nouveau dans la neige, inerte. Et Christopher venir à sa rencontre en claudiquant. Il avait du sang plein les mains. Elle leva son pistolet, visa juste en dessous du gilet de Kevlar qui le protégeait des balles. Et tira.

Le mercenaire pila net, l'air surpris.

Elle lui tira dessus une seconde fois. Puis une troisième. Une quatrième. Le froid glacial gelait les larmes qui coulaient sur ses joues. Elle ne s'arrêta de tirer que lorsque le chargeur fut vide. Le clic que produisit le percuteur lorsqu'il s'écrasa sur la chambre vide la sortit de sa transe.

Christopher s'affala dans la neige. Raide mort.

Sans même lui accorder un regard, elle se précipita vers Sullivan, qui semblait contempler le ciel.

— Sullivan, je t'en prie, reste avec moi.
— Tu l'as eu, Jane.

Il parlait avec difficulté, d'une voix rauque pleine de gargouillis.

— *Nous* l'avons eu, rectifia-t-elle. C'est fini. Mais il faut maintenant te mettre à l'abri. Si tu restes là, je ne donne pas cher de ta peau.

Elle essayait de plaisanter mais le cœur n'y était pas. Pas sûr que cette fois elle réussisse à lui éviter l'hypothermie.

Soudain, deux silhouettes émergèrent du bois. Deux hommes armés et prêts à en découdre. L'angoisse étreignit Jane. Son chargeur était vide et elle n'avait pas le temps de courir jusqu'au chalet pour faire le plein de munitions.

Puis elle reconnut Elliot et Anthony. L'expert en armement aboyait déjà des ordres dans sa radio.

— Jane, dit Sullivan en lui prenant la main.

Ses pupilles étaient dilatées et son regard de plus en plus fixe. Il porta la main de Jane à ses lèvres et l'embrassa avec ferveur.

— Va te mettre au chaud.

— Pas question que je te laisse. C'est moi qui t'ai entraîné là-dedans.

Accroupie à côté de lui, elle pleurait comme une madeleine, le couvrant de larmes qui diluaient le sang maculant sa poitrine et son ventre.

Un bruit sourd se répercutait partout autour d'eux. Mais elle n'y prêtait pas vraiment attention. Puis ses cheveux se soulevèrent et lui vinrent dans la figure. Le vent s'était-il brusquement levé ?

— Jane, il va falloir vous écarter.

On la saisit aux épaules mais elle se dégagea.

— Les urgentistes vont le prendre en charge. Laissez-les faire.

— Sauvez-le, dit-elle en serrant plus fort la main de Sullivan. Je vous en prie, sauvez-le.

— Jane, venez. Il vaut mieux que vous n'assistiez pas à ça.

La voix d'Elliot lui parvenait comme au travers d'un épais brouillard.

— C'est ma faute. Je suis désolée. Tellement désolée.

Elliot la força à se relever et à s'écarter. Elle était effondrée, anéantie. Les yeux rivés sur la main inerte de Sullivan traînant dans la neige ensanglantée, elle répéta :

— Je suis désolée. Tellement désolée.

12

Des balles dans le buffet. Des coups de couteau. Il commençait à avoir l'habitude.

L'esprit embrumé, il tenta de s'asseoir dans son lit mais la douleur lui arracha un gémissement. Bon sang, ses blessures lui faisaient un mal de chien. Dès qu'il aperçut la petite tête brune, posée sur le bord du lit, il oublia cependant la douleur et l'hébétude.

Jane. Qui s'était endormie dans son fauteuil.

Il se redressa et, penché sur elle, écarta une mèche folle qui lui tombait sur la joue. Elle se mit à respirer plus vite. Il sourit. C'était incroyable l'effet qu'il lui faisait. Elle lui avait pris la main avant de s'endormir et il la lui avait laissée. Elle dormait comme un bébé, oublieuse du cauchemar de ces cinq derniers jours. L'ecchymose sur sa joue avait presque disparu et son crâne cicatrisait. Elle n'avait même pas eu besoin de points de suture. Ses traits étaient détendus. La peur l'avait enfin quittée.

Il avait parcouru le monde et vu les forces de la nature les plus extraordinaires et les plus dévastatrices, mais Jane Reise était de loin la plus stupéfiante.

Si belle. Si courageuse. Et amoureuse.

Et dire que ce salaud de Menas avait bien failli la lui enlever…

C'est loin d'être fini, je vous préviens. Il n'a pas engagé que moi.

Les paroles du mercenaire résonnaient encore dans ses oreilles. Cette ordure avait mérité chacune des balles qu'elle avait tirées sur lui, mais ce n'était malheureusement pas terminé. Le commanditaire de l'opération était toujours en vie, lui.

Il ne renoncerait pas tant qu'il ne serait pas arrivé à ses fins. Jane était toujours en danger de mort.

Mais pour la sauver, Sullivan était prêt à braver une demi-douzaine de mercenaires, à encaisser leurs balles et leurs coups de couteau.

Il la tirerait de là, coûte que coûte.

— Je crois que c'est la première fois que je te vois sourire à quelqu'un avec autant de dévotion. Devant une part de gâteau au chocolat, oui. Mais devant une femme…

Anthony Harris — qui ne portait pas de lunettes de soleil, pour une fois — considérait Sullivan d'un air amusé. L'ex-ranger fourra les mains dans ses poches, comme si, sans une arme au poing, il ne savait pas quoi en faire. Il ne pouvait par ailleurs pas s'empêcher de scruter la chambre, à l'affût d'un éventuel danger.

Anthony se racla la gorge.

— Si je rencontrais une fille comme elle, moi aussi je me démènerais pour la garder.

Ce que Sullivan appréciait le plus chez son expert en armement, sa qualité première, c'était son franc-parler. Bien qu'il aurait parfois mieux valu qu'il la ferme.

— Depuis combien de temps est-elle là ?

— Elle ne t'a pas quitté d'une semelle depuis que les urgentistes t'ont fait franchir les portes de l'hôpital. Et elle n'a consenti à se faire à son tour examiner par un médecin que lorsque tu as été tiré d'affaire. Cela fait environ trente heures, précisa Anthony après avoir consulté sa montre. Elle s'est endormie il y a deux heures.

Jane. Qui faisait toujours passer les autres avant elle. Même quand elle avait le flingue de Menas pointé sur sa tête.

Il déglutit en repensant à ce dernier affrontement avec le

mercenaire. Jane avait bien failli être tuée. Une fois de plus. Par sa faute à lui.

— Explique-moi comment nous avons pu passer à côté de l'éventualité que Menas ait été engagé pour tuer Jane.

— J'ai bossé avec des gars comme lui. Ils s'y entendent pour se créer de nouvelles identités et cacher leur véritable profession. Ils en ont parfois deux ou trois qu'ils utilisent alternativement pour mieux passer inaperçus. Techniquement, ils n'existent pas. Ils n'ont ni famille ni amis. Ils sont très compétents dans leur métier, mais Menas était une vraie pointure. Un spécialiste hors norme.

— Il avait gardé son nom, fit remarquer Sullivan en observant la poitrine de Jane qui montait et descendait au rythme de sa respiration.

Pourquoi Menas avait-il pris un tel risque ?

— Sans doute voulait-il que Jane sache qu'il la traquait, supputa-t-il.

Pour détourner l'attention de la vraie menace ?

— Comment Menas a-t-il pu échapper à votre surveillance ?

— Il savait que nous étions là. Il a envoyé quatre hommes à nos trousses pendant que lui et trois autres de ses acolytes s'enfuyaient du chantier dans lequel ils avaient trouvé refuge.

Se passant une main sur le visage, Anthony haussa les sourcils, ce qui était chez lui un signe de nervosité.

— J'ai essayé de te prévenir mais tu ne répondais pas au téléphone.

Et pour cause ! Son téléphone, Sullivan l'avait coupé et abandonné au pied du lit pour s'accorder encore un peu de bon temps avec Jane. Bon sang ! Tout cela aurait pu être évité s'il l'avait laissée tranquille. Il l'avait mise en danger. Il s'était montré en dessous de tout. Elle, en revanche, avait assuré, n'hésitant pas à affronter un mercenaire pour lui sauver la vie. Une fois de plus.

Il risquait de tomber follement amoureux d'elle, songea-t-il en reposant sa tête sur la pile d'oreillers, dans son dos. En fait, il l'était même déjà.

— Appelle Elizabeth. Je veux les noms des acolytes de Menas, les relevés de téléphone du cellulaire découvert dans le chalet, son ordinateur portable si tu sais où il est, des renseignements sur ses déplacements et ses missions, et tout ce qu'elle pourra trouver à son sujet. Reprends la liste des suspects et vois qui d'autre que Menas est allé en Afghanistan.

Sur ces mots, Sullivan arracha l'intraveineuse reliée au cathéter planté dans son poignet. Une vive douleur lui remonta le long du bras mais il l'ignora. Il en avait vu d'autres.

— Tiens-moi au courant dès que possible.

Anthony sortit de la chambre pour appeler l'ancienne analyste de l'agence de renseignement américaine. Ils allaient devoir patienter au moins une heure. Entretemps, Sullivan allait élaborer un nouveau plan. Avec Menas mis hors circuit, ils étaient revenus à la case départ. Mais il s'agissait maintenant non plus de savoir qui harcelait Jane, mais qui lui en voulait au point de mettre un contrat sur sa tête.

Elle gémit dans son sommeil et serra sa main. Fasciné par les courbes délicates de sa bouche, il lui caressa l'intérieur du poignet, la réveillant doucement. Elle leva la tête. Un sourire flottait sur ses lèvres.

— Tu es réveillé ? demanda-t-elle de cette voix rauque et si troublante qu'elle avait au sortir du sommeil.

Elle se frotta les yeux et se passa les mains dans les cheveux. Puis elle se rassit dans son fauteuil en faisant des étirements de cou.

— Comment te sens-tu ?
— Je survivrai. Grâce à toi.

Il avait désapprouvé le fait qu'elle s'interpose entre lui et Menas, sur le moment. Mais sans son intervention, il serait mort des suites de ses blessures. Il lui devait la vie, une fois de plus.

— C'est la deuxième ou la troisième fois que tu me sauves la vie ?

— La troisième, répondit Jane en riant. Dois-je faire encore allusion au fait que l'armée est arrivée à point nommé pour sauver la mise ou est-ce que cette fois-ci ce ne sera pas nécessaire ?

— Je savais que tu reviendrais là-dessus. Dans l'armée, vous n'avez pas la victoire modeste, c'est le moins qu'on puisse dire ! Vous ne pouvez accomplir un exploit sans aussitôt le crier sur tous les toits.

Il secoua la tête mais il y avait des lustres qu'il ne s'était pas senti aussi bien, aussi détendu. Anthony avait raison. Jane le rendait heureux, donnait un sens à sa vie en dehors de son travail à l'agence, et une raison de se projeter dans l'avenir.

— Tu as la repartie à tout, fit-elle remarquer en glissant à nouveau une main dans la sienne.

Son sourire s'évanouit. Levant ses beaux yeux noisette vers lui, elle se mit à se mordiller la lèvre inférieure. Ce qui était mauvais signe.

— Mon congé prend fin dans deux jours. L'armée s'est montrée compréhensive en m'accordant une aussi longue permission, mais maintenant que la menace est écartée, que Christopher est mort, précisa-t-elle après un court silence comme pour mieux s'en convaincre, il faut que je reprenne le travail. Que je retourne en Afghanistan.

En Afghanistan ?

— Tu t'en vas, lâcha-t-il comme une évidence en reposant la tête sur ses oreillers.

Qu'est-ce qu'il s'imaginait ? Il était évident qu'elle allait retourner en Afghanistan. Sa vie était là-bas. Son travail. Du moins jusqu'à ce qu'elle soit mutée ailleurs.

— À moins que..., dit-elle.

Il se redressa d'un coup.

— À moins que quoi ?

— À moins que je ne demande une mutation ici, à Anchorage.

Elle rayonnait à nouveau. Sullivan sentit renaître en lui une lueur d'espoir. Mais il n'osait y croire et attendait la suite, suspendu à ses lèvres.

— Il y a une opportunité à la base d'Elmendorf-Richardson. Je crois que je vais la saisir, même si en termes de salaire je vais y perdre un peu. Anchorage sera probablement ma dernière affectation avant que je puisse demander ma démobilisation, dans un an environ. D'après mon chef, cette mutation ne devrait pas poser de problème. J'ai juste à la demander.

— Alors demande-la.

Les mots lui avaient jailli de la bouche presque à son insu. Un cri du cœur. Un cœur qui était soudain beaucoup plus léger. Il se rassit tant bien que mal dans son lit. Les tendons entre son cou et ses épaules tiraillaient mais il se moquait pas mal de ses points de suture. Pour Jane, il était prêt à souffrir le martyre.

— Je ne vais pas te mentir, dit-il en attirant la jeune femme à lui. Je préfère jouer franc-jeu avec toi. Cette mutation, je veux que tu la demandes. Et que tu restes ici. Avec moi.

Il vit qu'elle était troublée. Son cœur battait fort au creux de sa gorge. Il l'avait prise au dépourvu.

— Tant mieux. Parce que j'ai déjà appelé mon chef, tout à l'heure, pendant que tu dormais. Il va m'envoyer les papiers dans la matinée.

Sullivan lui prit le visage entre ses mains et l'embrassa. Éperdu d'amour et de reconnaissance. Elle restait. Pour lui. Pour eux. Tandis que leur baiser se faisait plus fougueux, que leurs corps se pressaient l'un contre l'autre, le moniteur qui mesurait son rythme cardiaque émit soudain une sonnerie stridente. Il s'écarta vite de Jane en riant comme un bossu.

— L'infirmière va débarquer, persuadée que je fais une crise cardiaque.

Il n'avait pas fini sa phrase que la porte de la chambre s'ouvrait.

— J'aimerais beaucoup vous laisser à votre petite affaire, dit Anthony, mais j'ai les infos que tu attendais.

Sullivan soupira. Le monde n'allait pas s'arrêter de tourner juste pour eux.

— Elles apportent du nouveau ?
— Quelles infos ? demanda Jane en scrutant Anthony.

Elle jeta un coup d'œil à la pendule, sur le mur.

— Si vous êtes déjà sur une nouvelle affaire, je vais vous laisser en discuter en tête à tête. Je suis attendue au commissariat pour ma déposition.

Elle prit sa doudoune et se leva.

— Il faut aussi que je passe chez moi pour me changer.

Sullivan l'agrippa par le bras. Il ne savait pas comment lui annoncer la nouvelle. Il lui devait la vérité mais il sentait que s'il la lui disait il la perdrait à nouveau. Juste au moment où ils s'étaient mis d'accord pour donner une chance à leur histoire...

Lui cacher la vérité n'était pas envisageable. Elle finirait par la découvrir, il le savait. Et elle disparaîtrait pour toujours.

— Ce n'est pas une nouvelle affaire, Jane.

Il se surprit à se mordre la lèvre inférieure, tic qu'elle lui avait sûrement transmis puisqu'il ne le faisait pas avant de la connaître.

— C'est la tienne.
— Comment ça ? Christopher est mort. C'est fini.

Il ne répondit pas tout de suite. Le silence se prolongeant, elle fronça les sourcils, de plus en plus perplexe.

— Je l'ai criblé de balles. Il est mort, Sullivan.
— Christopher Menas n'était qu'un simple exécutant, payé pour t'enlever.

Tout en prononçant ces mots, il serrait la main de Jane, qu'il voulait garder près de lui encore un peu.

— Et celui qui l'a engagé est toujours à tes trousses.

— Quoi ? demanda Jane d'une voix blanche.

Le cauchemar était terminé. Sa vie allait reprendre son cours normal. Elle avait même demandé sa mutation à Anchorage de façon à ce que Sullivan et elle puissent poursuivre leur relation... Prise de vertiges, elle s'agrippa au bord du lit. Quelqu'un avait engagé Menas pour la tuer ?

— Mais qui... qui pourrait engager un mercenaire pour me faire la peau ?

Elle n'était pas une personnalité politique et elle n'avait aucune accointance avec la mafia. Elle n'avait jamais fait condamner un soldat innocent. Pourquoi était-elle soudain devenue la femme à abattre ?

— C'est ce que je m'efforce de découvrir. Anthony a travaillé avec des hommes comme Menas par le passé. L'un de ses contacts dans le milieu nous refilera peut-être un tuyau. D'autre part, j'ai demandé à une de mes collaboratrices, spécialiste du renseignement, de récupérer les relevés téléphoniques de Menas. Il a forcément eu des contacts avec le commanditaire de l'opération.

Elle n'arrivait pas à y croire.

Christopher était mort. Elle l'avait tué de ses propres mains, au lieu de le traîner en justice, comme elle en avait eu l'intention au départ. Mais son répit n'avait duré qu'une trentaine d'heures. La mort de Christopher n'avait rien changé, en fait.

Tout cela pour rien, songea-t-elle en regardant Sullivan, couvert de pansements. Il avait eu de la chance de ne pas y passer après tout ce qu'il avait subi. À grand renfort de points de suture, les médecins avaient réussi à le rafistoler, mais à l'avenir, il allait devoir se ménager.

— Jane, à quoi penses-tu, mon cœur ? demanda-t-il, ses yeux bleu outremer rivés sur elle comme pour lire dans son âme.

Elle ne pouvait pas rentrer chez elle. Ni reprendre son travail. Et surtout, elle ne pouvait pas continuer de mettre en danger l'homme qu'elle aimait.

Qui qu'il soit, le commanditaire de l'opération ne pouvait

ignorer qu'elle avait engagé Sullivan pour assurer sa protection. Christopher avait dû le mettre au courant.

Elle poussa un gros soupir. Il lui faudrait se débrouiller toute seule, désormais.

Sa décision prise, elle se leva. Sullivan ne chercha pas à la retenir. Ce n'était pas son genre. Il tenait à son libre arbitre et respectait celui des autres.

Elle se dirigea vers la porte.

— Je dois m'en aller.

— Pour combien de temps ? demanda-t-il.

La fêlure qu'elle perçut dans sa voix confirma ses craintes : d'une manière ou d'une autre, Sullivan avait deviné ses pensées. Il fallait qu'elle s'en aille. Qu'elle s'éloigne de lui et de son équipe. Si elle restait dans les parages, ils étaient en danger. Anthony se tenait près de la porte, prêt à la retenir si son patron l'avait ordonné. Mais il n'en ferait rien. Du moins l'espérait-elle...

— Jane, nous allons faire front ensemble. Ne t'en va pas.

Elle faillit se laisser fléchir et dut se faire violence pour ne pas se retourner.

— Je t'en prie, Jane. Je ne veux pas te perdre.

— Moi non plus, et c'est justement la raison pour laquelle je m'en vais.

Elle aurait dû sortir de la chambre et les laisser en plan, Anthony et lui, mais elle ne pouvait pas partir comme une voleuse après ce que Sullivan et elle avaient vécu pendant ces cinq derniers jours. *Cinq jours*. Elle ne le connaissait que depuis cinq jours et elle était déjà raide dingue de lui. Comment était-ce possible ?

— Tu sais ce que ça m'a fait de te regarder te vider de ton sang après que Christopher t'a réglé ton compte ?

Le souvenir de cet instant tragique lui fit monter les larmes aux yeux.

— Ça a dû être terrible, dit piteusement Sullivan.

— Je ne souhaite à personne de vivre une épreuve pareille. Ce sont les deux minutes les pires de ma vie.

Elle serrait sa doudoune contre elle mais elle n'avait qu'une envie : rejoindre Sullivan dans son lit.

— Je t'avais prévenu qu'il arriverait malheur aux gens qui m'approchaient d'un peu trop près. Regarde où cela t'a mené. Regarde dans quel état tu es.

Elle désigna les pansements ensanglantés qui lui couvraient l'épaule et une grande partie du torse.

— Et qui sait comment ça se terminera la prochaine fois ? Ou celle d'après ? Je tiens à toi et je sais ce à quoi tu aspires et ce dont tu as besoin.

— Jane, je peux...

— Prendre soin de toi, compléta-t-elle. Je n'en doute pas. Mais tu as rempli ta mission. Christopher est mort. Il est temps pour moi de me prendre en charge.

Sur ces mots, elle tourna les talons et gagna la porte. Chaque pas qui l'éloignait de Sullivan lui arrachait le cœur.

Derrière elle, les moniteurs auxquels était relié Sullivan se détraquèrent et se mirent à biper et à sonner tous à la fois.

En voyant Anthony, complètement affolé, se précipiter vers le lit, elle ne put s'empêcher de faire à nouveau volte-face. Sullivan s'était levé et bataillait pour se débarrasser de son cathéter. Il avait visiblement du mal à tenir debout mais il refusa la main secourable que lui tendit son expert en armement.

Médusée, Jane observait la scène de loin. Arriver jusqu'à la porte avait été assez compliqué comme ça. Si elle revenait sur ses pas, elle savait qu'elle risquait de flancher.

— Qu'est-ce que tu fabriques ? Tu vas faire sauter tes points de suture si tu ne te tiens pas tranquille.

— Eh bien, qu'ils sautent ! Je ne te laisserai pas partir seule. S'il faut s'en aller maintenant, on s'en va. Anthony, va chercher le SUV, s'il te plaît. Nous te retrouvons devant l'entrée principale.

— Non, tu ne vas nulle part.

Le raffut que faisaient les moniteurs allait rameuter l'équipe médicale d'une minute à l'autre, mais Sullivan passerait outre et n'aurait de cesse d'achever sa mission. Il n'y avait pas plus opiniâtre et plus investi que lui. C'était une qualité qu'elle admirait énormément chez lui, et la raison pour laquelle elle était allée jusqu'à le faire chanter pour qu'il accepte de la protéger. Cette fois, cependant, elle ne le laisserait pas risquer sa vie à nouveau pour elle. Quitte à employer les grands moyens.

— Tu te souviens que je t'avais menacé, à l'agence, quand tu refusais obstinément de m'aider ?

Ses yeux brillaient d'un éclat farouche presque effrayant. Il luttait pour rester debout, appuyé à l'armature du lit. Faible comme il l'était, avec tout le sang qu'il avait perdu, il ne pourrait pas aller bien loin.

— Tu ne ferais pas ça ?

Pour toute réponse, elle s'avança vers la porte.

— Jane...

Il s'écarta du lit en serrant les dents.

— Ecoute-moi, je t'en prie.

— Tu as rempli ta mission. C'est le seul moyen de te faire tenir tranquille. Je suis désolée.

Ouvrant la porte toute grande, elle cria :

— Police !

Deux officiers de police en uniforme rappliquèrent au pas de course du bout du couloir. Elle savait qu'ils étaient dans le coin et l'attendaient pour l'emmener faire sa déposition au commissariat.

— Que se passe-t-il ? demanda l'un des deux flics, la main sur la crosse de son arme de service.

— Cet homme se fait passer pour quelqu'un d'autre. Son vrai nom est Sebastian Warren. Il est recherché pour le meurtre de son père, le tueur en série surnommé le Bûcheron d'Anchorage, il y a dix-neuf ans.

Les policiers entrèrent dans la chambre mais, bras écartés, Anthony les empêchait d'avancer. Posant une main sur son épaule, Sullivan lui enjoignit de les laisser passer. Depuis la porte, Jane vit briller le métal des menottes. Sullivan se recoucha docilement, à la demande des flics, mais il ne quittait pas Jane des yeux.

Son regard s'était éteint. N'y subsistaient que les braises d'un amour défunt.

Le cœur serré, elle enfila sa doudoune tandis que les policiers pressaient Sullivan de questions. Elle tenait dans sa main le téléphone portable qu'elle avait volé à l'un des flics. Les yeux embués de larmes, elle composa un numéro appris par cœur à utiliser en cas d'urgence. Un numéro hors réseau, bien sûr. Non traçable. Qui allait lui permettre de disparaître.

— Jane !

La voix de Sullivan résonnait dans le couloir.

Elle s'arrêta devant une poubelle pour y jeter son propre téléphone. Elle savait que dès qu'il aurait versé la caution, Sullivan se lancerait à sa recherche. Et que son premier réflexe serait de faire tracer son téléphone.

Il voulait débusquer l'homme qui cherchait à la tuer. Au péril de sa vie.

Il lui avait donné une raison de se battre et rien que pour ça, elle ne voulait pas le perdre.

Tiens bon, ma grande. Et surtout, ne te retourne pas.

Le téléphone à l'oreille, elle attendait qu'on lui réponde, à l'autre bout de la ligne. À la quatrième sonnerie, on décrocha enfin.

— Salut, c'est moi.

Elle s'assura d'un coup d'œil par-dessus son épaule qu'Anthony ne la suivait pas. Elle vit deux infirmières se ruer dans la chambre de Sullivan, qui beuglait toujours. Elle avait profité de l'affolement d'Anthony, tout à l'heure, pour lui subtiliser les clés du SUV. Concentrée sur la double porte vitrée conduisant au parking, elle avançait tel un automate. En dénonçant Sullivan, elle n'avait fait que consolider sa réputation de garce sans cœur, mais elle s'en moquait. Tout ce qui comptait, c'était la sécurité de Sullivan, le seul être au monde qu'elle ne supporterait pas de perdre. Le reste n'avait aucune importance.

— J'ai besoin de ton aide.

13

— Comment avons-nous pu nous laisser surprendre ?

Sullivan fourra le dossier d'enquête dans un classeur qu'il balança sur son bureau. Une douleur lui traversa l'épaule et la cage thoracique lorsque le classeur tomba par terre et que tous les documents qu'il contenait se répandirent sur le sol. Depuis qu'il avait été relâché, une heure plus tôt, le téléphone n'arrêtait pas de sonner, ce qui n'arrangeait pas son mal de tête. De sa main libre, l'autre étant en écharpe, il pointa un doigt accusateur sur Elliot.

— Le détective, c'est toi, il me semble. Tu aurais dû te rendre compte que Menas nous menait en bateau.

— Ce type était une pointure, Sullivan. Qu'est-ce que tu veux que je te dise ?

Téléphone à la main, Elliot s'affala dans un des fauteuils de cuir qui faisaient face au bureau directorial en chêne massif. Rendus plus visibles par la luminosité de l'écran, les points de suture qu'il avait sur le front depuis l'incendie de l'appartement de Menas firent regretter à Sullivan ses reproches. Certes, ils avaient perdu un peu de temps, mais ils avaient de la chance qu'Elliot soit encore en vie.

— En tout cas, reprit Elliot, cela nous servira de leçon. Nous savons à présent qu'il ne faut jamais se fier aux seuls fichiers. Mieux vaut se concentrer sur la routine du suspect, scruter sa vie quotidienne dans ses moindres détails. Si nous avions soumis Menas à ce genre de surveillance, j'aurais pu le cerner et prévoir qu'il allait chercher à nous tuer.

— Peu importe qui a foiré, intervint Elizabeth Dawson, la responsable de la sécurité du réseau de l'agence, en jetant sur le bureau un paquet de chemises en papier. Notre cliente a pris le large, probablement terrorisée, et nous n'avons pas la moindre idée de l'identité de l'homme qui cherche à la tuer. Il est évident que c'est là-dessus qu'il faut qu'on planche en priorité.

L'ex-analyste du service de renseignement désigna d'un coup de menton la pile de documents.

— Tout ce que j'ai pu récupérer sur Christopher Menas est là. Ses relevés téléphoniques et bancaires, ses e-mails, ses SMS, les bulletins de salaire de ses hommes et les photos de surveillance de Jane. J'ai dû faire jouer mes contacts pour obtenir tout ça, alors vous pouvez me remercier.

Sullivan se raidit lorsqu'elle mentionna Jane. Bon sang ! Ce n'était pas le moment de laisser ses émotions prendre le dessus. Il avait gardé sur son poignet la marque des menottes que lui avaient passées les flics, à l'hôpital. Ils l'avaient cuisiné pendant des heures et ne l'avaient relâché que parce qu'il avait un compte en banque bien garni et que Blackhawk Security s'était offert les services d'un avocat de renom. Mais le cauchemar n'était pas terminé.

Il avait tué son père pour l'empêcher d'assassiner d'autres femmes. Il savait qu'un jour la justice lui demanderait des comptes pour ce crime et qu'il risquait de passer le reste de sa vie en prison. Même si cette perspective ne l'enchantait pas, ce n'était pas, présentement, ce qui le préoccupait le plus. Chaque chose en son temps : sa priorité était de retrouver Jane. S'il pouvait lui parler, il...

— Mais rien dans tout ça ne m'a permis de découvrir qui a engagé Menas, continua Elizabeth. Soit Christopher Menas a menti quand il a prétendu qu'il avait été payé pour liquider Jane, soit le commanditaire de l'opération est le meilleur agent secret qu'il m'ait été donné de rencontrer. Dieu sait pourtant que j'en connais un paquet !

— Il ne mentait pas, déclara Sullivan. S'il a agi sous son vrai nom, c'est uniquement pour mieux nous berner et nous détourner de la véritable menace. Des nouvelles d'Anthony ?

— Jane n'est pas retournée chez elle et son chef est aux abonnés absents, répondit Elliot en brandissant son téléphone. Je surveille son compte bancaire mais pour l'instant, je n'ai repéré aucun mouvement, ni retrait ni paiement par carte. Elle doit avoir bénéficié de certains appuis pour survivre aussi longtemps sans recourir à aucun moyen de paiement. Quoi qu'il en soit, aujourd'hui, elle a disparu.

— C'est impossible, décréta Sullivan d'un ton sans appel.

Jamais il n'avait perdu un client ou foiré une mission et ce n'était pas maintenant qu'il allait commencer.

— Nous devons de toute urgence démasquer l'homme qui a mis un contrat sur la tête de Jane. Parce que *lui*, il saura où la trouver.

— Elle t'a dénoncé à la police, Sullivan, et a mis l'agence en danger. Elle ne veut plus que tu t'occupes de l'affaire.

Vincent Kalani, qui se tenait en retrait, décroisa les bras. C'était la première fois depuis le début de la réunion que l'expert en criminalistique sortait de sa réserve et prenait part à la conversation. Il fronçait les sourcils, désapprouvant de toute évidence ce qui venait d'être dit. De tous les collaborateurs dont Sullivan s'était entouré pour créer Blackhawk Security, Vincent était le seul capable de le remettre dans les rails lorsqu'il perdait les pédales. Ce coup-ci, cependant, ça ne marcherait pas.

— Es-tu prêt à attirer de nouveau sur toi — et sur nous tous — les foudres de ce psychopathe pour sauver quelqu'un qui ne veut pas de ton aide et qui t'a dénoncé à la police ?

— Absolument.

Parce qu'on n'abandonne pas la femme qu'on aime. À la seule évocation de Jane, Sullivan avait le cœur serré. Il inspira profondément, espérant secrètement capter dans l'air les effluves de vanille de son parfum. Mais Jane était loin. Elle fuyait l'homme qui avait payé Menas pour la tuer. Et elle le fuyait lui aussi. Parce qu'elle ne voulait pas l'exposer au danger.

Ce qu'elle ne comprenait pas, c'était qu'il vivait depuis toujours avec le danger. Il l'avait côtoyé dès sa prime enfance, en partageant la vie d'un tueur en série. Puis pendant sa carrière de commando de marine. Le danger était même devenu son fonds de commerce puisqu'il dirigeait aujourd'hui une agence de sécurité renommée à laquelle le gouvernement n'hésitait pas à faire appel. Cette confrontation permanente avec le danger avait fait de lui l'homme qu'il était devenu, l'homme qui était en mesure de lui sauver la vie. Parce que Jane avait fini par le convaincre que le jeu en valait la chandelle.

— J'ai créé cette agence — et recruté chacun d'entre vous — pour sauver des vies, et c'est exactement ce que nous allons faire. Peu importe le degré de confiance que nous accordons à nos clients. Peu importe la sympathie ou l'antipathie qu'ils nous inspirent. Notre devoir est de leur sauver la vie, à tous, autant qu'ils sont, Jane Reise y compris.

Sullivan reporta son attention sur Vincent.

— Mais si tu refuses de faire ce pour quoi je t'ai engagé, tu peux partir, dit-il en désignant la porte d'un coup de menton. Je n'ai pas le temps de chercher à savoir si, oui ou non, je peux compter sur toi.

Le téléphone sonna à nouveau, détendant un peu l'atmosphère dans laquelle le coup de gueule de Sullivan avait jeté un froid. Il décrocha le combiné et le reposa brutalement sur son socle. Il n'avait pas le temps non plus de papoter au téléphone.

— Moi, en tout cas, je te suis, déclara Elliot en se levant pour taper dans la main de Sullivan. Mais pas tant par conviction que parce que j'ai trop peur que tu me renvoies au fond de la geôle dans laquelle tu m'as trouvé si je n'obtempère pas.

Sullivan accueillit cet aveu par un grand éclat de rire.

— Tu as raison de te méfier, parce que ça pourrait bien t'arriver, en effet.

Elizabeth ramassa les documents éparpillés sur le sol et se mit à les classer.

— Je vais passer en revue les suspects potentiels gravitant autour de Jane, en me concentrant plus particulièrement sur son milieu professionnel. Dois-je solliciter Kate pour un profil ?

— Nous, pas la peine. Nous allons nous débrouiller sans elle.

La profileuse de l'agence avait besoin de décompresser après la mort de son mari tué par une balle perdue deux mois plus tôt. Sullivan tenait à lui laisser tout le temps nécessaire pour faire son deuil. Il rebondit sur ce que venait de dire Elizabeth.

— Pourquoi son milieu professionnel ?

— Parce que ce n'est pas n'importe qui qui peut monter une opération de cette envergure sans se faire repérer. Au début, j'ai pensé que nous avions affaire à un ancien agent secret, ou même à un agent encore en activité, mais ça ne cadre pas avec le reste. D'après ce que j'ai compris, tout a commencé en Afghanistan, or la NSA n'a plus d'enjeux dans ce pays depuis au moins un an.

Elizabeth replaça une mèche de cheveux châtains derrière son oreille. Sa coupe courte mettait en valeur la forme triangulaire de son visage et ses yeux marron, plus foncés que ceux de Jane mais tout aussi expressifs.

— Sans contacts dans le milieu du renseignement, notre homme n'aurait jamais pu recruter une équipe de mercenaires. De plus, il connaît Jane, il n'ignore rien de ce qui la concerne et il la suit comme son ombre partout où elle va. Comme elle ne voit plus sa famille et n'a pas d'amis proches, il nous reste trois possibilités.

Elizabeth les énuméra une à une sur ses doigts.

— Notre suspect est soit son chef de corps, soit un autre

procureur qui a travaillé avec elle, soit un criminel qu'elle a fait condamner. Un militaire, dans tous les cas.

— Cela fait quand même beaucoup de possibilités, et Jane a juré que son chef n'avait rien à voir là-dedans.

Sullivan passa sa main valide sur son visage las puis examina la centaine de clichés de Jane qui recouvraient le dessus de son bureau. Cela faisait maintenant vingt-quatre heures qu'elle avait disparu. Elle pouvait aussi bien être dans le quartier qu'à l'autre bout du monde. Idem pour son harceleur. Et eux, pendant ce temps, ils pataugeaient dans la semoule. Ils n'avaient pourtant plus droit à l'erreur.

— Il va nous falloir des semaines pour interroger tous ces suspects.

— Je me charge du chef de corps, déclara Vincent en s'approchant du bureau.

Il fit signe à Elizabeth de lui remettre le dossier correspondant, laissant entrevoir par inadvertance les tatouages tribaux qu'il avait sur les bras.

— Il connaît son emploi du temps, ses collègues de travail et les soldats qu'elle a fait inculper et qui sont susceptibles de vouloir se venger. Alors pourquoi ne pas commencer par là ?

— Merci, Vincent.

Pour Jane, son chef était hors de cause, mais comment pouvait-elle en être aussi sûre ? En l'absence de piste, mieux valait ne rien laisser au hasard. Frappant dans la main de Vincent, peut-être un peu plus fort que nécessaire, il hocha la tête, puis il fit le tour de son bureau et choisit l'une des photos qu'Elliot avait récupérées dans l'appartement de Menas juste avant l'incendie.

— Il nous reste donc une cinquantaine de suspects sur lesquels il va falloir se pencher sérieusement. Sans oublier que l'homme que nous cherchons, et qui compte peut-être parmi ces suspects, est susceptible d'avoir trois coups d'avance sur nous.

Les chances étaient inégales et il n'aimait pas ça.

Il scruta avec attention la photo qu'il tenait dans sa main.

On y voyait Jane au tribunal. Elle portait un treillis orné sur la poitrine de l'insigne de son corps de métier. Les murs étaient nus. Deux drapeaux se dressaient de part et d'autre de la magistrate. Le drapeau américain et l'étendard de l'armée américaine. Pas d'autre insigne américain en vue, ce qui laissait penser que ce tribunal ne se trouvait pas sur le territoire américain. Peut-être en Afghanistan. Difficile à dire, mais ce qui était sûr, c'était que l'auteur de la photo n'était pas Christopher Menas. Si elle l'avait eu en face d'elle, Jane l'aurait reconnu immédiatement.

— Quelque chose ne va pas ? demanda Elliot.

Telle qu'elle était cadrée, la photo avait été prise depuis le banc des accusés. Mais pourquoi un inculpé ou un avocat prendrait-il une photo en pleine audience ? Et comment Menas s'était-il procuré ce cliché ? Jane était à la barre et ne regardait pas l'objectif. S'agissait-il d'une photo prise par une caméra de vidéosurveillance ? L'estomac noué, Sullivan fit pivoter la photo d'un quart de tour pour examiner de plus près les papiers éparpillés sur le bureau, à la recherche du moindre indice susceptible de les mettre sur une piste. Tel qu'un nom, un grade ou même un chef d'inculpation...

Quelque chose d'autre attira son attention.

Il regarda la photo d'encore plus près. Le stylo sur le bureau. Il l'avait déjà vu quelque part, songea-t-il avec effroi. Mais...

Son téléphone portable émit un signal sonore. Il venait de recevoir un message. Un message d'Anthony.

La cliente est rentrée chez elle.

Il fourra le téléphone dans la poche de son pantalon.

— Je sais qui a engagé Christopher Menas, annonça-t-il tout de go en relevant la tête.

Cela paraissait insensé mais il se fiait à son instinct. Reposant la photo de Jane sur le bureau, il ouvrit le premier tiroir et en extirpa son Glock rangé dans son holster d'épaule.

379

Il n'y avait pas une minute à perdre. Ils devaient se rendre de toute urgence chez Jane.

— Et je sais pourquoi il veut tuer Jane.

Christopher Menas avait fini par obtenir ce qu'il voulait.

Le capitaine Jane Reise, procureur militaire de l'armée américaine n'existait plus.

Elle fixait d'un œil morne son nouveau passeport, son acte de naissance, son permis de conduire et sa carte de sécurité sociale, étalés sur ses genoux, et se demandait ce qu'elle attendait pour descendre de voiture. Les photos provenaient de son ancien passeport mais le nom, la date de naissance et l'adresse inscrite sur tous ces documents avaient fait d'elle quelqu'un d'autre, grâce à une amie qui travaillait pour le programme de protection des témoins du FBI. Elle sortit son billet d'avion pour vérifier une dernière fois l'heure de son vol. Un vol pour Los Angeles qui décollait dans deux heures de l'aéroport international d'Anchorage. Cela lui laissait le temps de passer chez elle pour récupérer l'argent liquide qu'elle avait caché sous les lattes de son lit. Elle ne pouvait pas piocher sur ses comptes bancaires. Un simple retrait dans un distributeur et aussi sec, elle se serait fait repérer. L'argent qu'elle avait planqué allait lui permettre de repartir de zéro. Et de disparaître sans laisser de traces.

Le froid était si vif que son souffle se cristallisait devant elle en panaches de vapeur, mais elle ne bougeait pas, guettant la moindre anomalie dans sa rue ou devant chez elle. Il n'y avait ni cambrioleur ni tueur embusqué, prêt à lui sauter dessus dès qu'elle rentrerait chez elle. Il n'y avait pas non plus de voiture de Blackhawk Security garée le long du trottoir. La voie était libre.

Une nouvelle vie s'offrait à elle. Elle s'appelait désormais Rita Miller et était avocat de la défense, travaillant pour une grosse boîte située en plein centre de Los Angeles. Elle n'avait aucune idée de la manière dont son amie du FBI s'y était prise pour lui forger cette nouvelle identité, mais quelle importance, dans le fond ?

Elle risqua un énième coup d'œil sur sa maison. Une maison dont elle n'était plus locataire. Tout son mobilier, ses vêtements, ses souvenirs de voyage seraient cédés au plus offrant lors d'enchères publiques. Son père et sa belle-mère n'en avaient que faire et elle n'était pas autorisée à les déménager en Californie. Les règles étaient strictes. Elle ne devait rien emporter. Rien ni personne.

Les règles. Secouée par un éclat de rire, elle se cogna à l'appui-tête. Un fil électrique sectionné pendouillait au-dessus du rétroviseur central, au-dessus de sa tête. Sullivan aurait dû mieux cacher le GPS dont il équipait ses véhicules. Ou alors prévoir un mouchard de secours.

Fermant les yeux, elle songea que toute sa vie elle avait respecté les règles. Il lui était arrivé parfois de les contourner quand ça l'arrangeait mais jamais elle ne les avait enfreintes. Dans son travail, elle avait toujours été irréprochable.

Jusqu'à récemment.

Cinq jours plus tôt, elle avait fait une entorse à la règle numéro un qu'elle s'était fixée lorsqu'elle était entrée par effraction dans les bureaux de Sullivan Bishop : ne pas tomber amoureuse. Et voilà où cela l'avait menée. Elle en était réduite à se geler dans une voiture garée devant chez elle parce qu'elle se demandait ce qu'elle allait trouver à l'intérieur.

Ou plutôt qui.

Elle avait les yeux qui piquaient. D'un revers de main, elle sécha une larme qui s'était aventurée sur sa joue. C'était complètement idiot. Sullivan ne l'avait pas suivie. Il ne l'attendait pas chez elle.

— Au diable, les règles !

C'était le seul moyen de repartir de zéro, de sauver l'homme qu'elle avait obligé à la protéger.

Elle jeta son nouveau passeport sur le siège passager du SUV qu'elle avait emprunté à Blackhawk Security. Dès qu'elle serait à l'aéroport, elle contacterait Elliot ou Anthony pour qu'ils viennent le récupérer. Elle ne voulait pas parler à Sullivan car elle craignait de changer d'avis. Même si, après le coup qu'elle lui avait fait à l'hôpital de le dénoncer à la police et de partir comme une voleuse, elle se doutait bien qu'il ne devait plus tellement la porter dans son cœur.

S'étant enfin décidée à descendre de voiture, elle traversa la rue en toute hâte, à l'affût du moindre mouvement, s'attendant à tout moment à être éblouie par des phares de voiture. Elle serrait dans sa main les clés de chez elle, au cas où elle devrait entrer en catastrophe. Elle parvint à sa porte sans encombre, enfonça la clé dans la serrure, la tourna et entra. La chaleur qui régnait à l'intérieur l'enveloppa comme une gangue, soulageant partiellement la tension qui nouait les muscles de son dos. Jetant ses clés sur le guéridon du vestibule, comme à son habitude, elle referma la porte et tira le verrou. La gorge sèche, elle constata que l'odeur de Sullivan flottait toujours dans l'air. Son regard se porta sur le canapé dans lequel il avait dormi la nuit où elle s'était lancée à la poursuite de son harceleur. Elle se traîna jusqu'au salon, s'affala sur le canapé et contempla cet intérieur dévasté qu'elle avait longtemps considéré comme un lieu sûr.

Tout était sens dessus dessous. Les vêtements, les livres, les photos. Qui était responsable d'un tel carnage ? La police ? L'équipe de Sullivan ? Christopher Menas ? Contre toute attente, la vision de sa maison dévastée, encore imprégnée du parfum familier de l'homme dont elle s'était éprise à son insu, lui procurait un étrange soulagement. C'était fini. Bel et bien terminé. Du moins pour l'instant. Elle n'avait plus rien à craindre du cinglé qui l'avait traquée pendant des mois. Certes, il n'avait fait qu'obéir aux ordres d'un mystérieux commanditaire, mais c'était une autre histoire. Une histoire qui bientôt ne la concernerait plus. Elle avait juste besoin de s'accorder quelques minutes de répit avant de prendre l'argent caché sous son lit et de partir pour de bon. Loin d'Anchorage et du cauchemar qu'elle avait vécu. Une nouvelle vie l'attendait.

Cette perspective aurait dû la remplir d'aise mais elle ne pouvait chasser de son esprit la scène de son départ précipité de l'hôpital. Elle repensait à la tête qu'avait faite Sullivan lorsqu'elle avait appelé la police. Il lui avait sauvé la vie et voilà comment elle le remerciait. En le dénonçant à la police. Après une telle trahison, il était peu probable qu'il fasse à nouveau confiance à une femme. Ou lui pardonne un jour.

Elle se massa le sternum pour dissiper la douleur qui envahissait sa poitrine. Sullivan lui avait pardonné la part de responsabilité qu'elle avait dans le suicide de Marrok, mais il avait aujourd'hui mille raisons de la haïr. Ses yeux s'emplirent de larmes, à nouveau. Des larmes qu'elle s'empressa de sécher.

La décision qu'elle venait de prendre lui semblait insensée. Elle était pourtant irrévocable.

Il fallait qu'elle voie Sullivan. Coûte que coûte. Et tant pis pour la protection des témoins ! Elle ne partirait pas sans lui avoir parlé. Sans s'être expliquée avec lui. Elle irait le trouver, et s'il lui claquait la porte au nez, elle insisterait.

Parce qu'elle n'imaginait pas une seconde de vivre sans lui. Sullivan Bishop — ou Sebastian Warren — était l'homme de sa vie. Elle l'aimait à la folie.

Pourquoi lui avait-il fallu tant de temps pour l'admettre ? Fallait-il qu'elle soit bête, tout de même. Comment aurait-elle pu résister à un homme tel que lui ? Un homme qui s'était donné pour mission de protéger ses semblables en toutes circonstances, qui se mettait en quatre pour les servir, qui bravait le danger pour leur venir en aide, et tout cela avec le sourire. Son dévouement était sans limites. Pour elle, il avait risqué sa vie plusieurs fois, refusant de jeter l'éponge même quand la situation semblait désespérée. Jamais il ne l'aurait abandonnée. Jamais il n'aurait laissé personne lui faire du mal. Elle l'avait lu dans son regard...

Un peu tard, elle avait compris que lui aussi l'aimait.

S'extirpant du canapé dans lequel Sullivan avait laissé son empreinte olfactive, elle se fraya un chemin jusqu'à sa chambre, slalomant entre les livres, les papiers, les vêtements qui jonchaient le sol. Il y en avait partout, y compris dans l'escalier et dans la salle de bains. Jane n'avait pas le courage de remettre de l'ordre. Et puis, à quoi bon ? Après avoir vu Sullivan, elle s'en irait.

Mais elle allait commencer par prendre une douche car elle avait mal partout, comme si on l'avait rouée de coups. Après quoi, elle appellerait l'hôpital, le commissariat de police, Blackhaw Security. Où qu'il soit, elle retrouverait Sullivan.

Forte de cette pensée, elle posa sa doudoune sur la banquette, au pied de son lit. Lorsqu'elle se retourna, elle se heurta à un torse massif doté de solides pectoraux.

— Dites-moi, capitaine Reise, ce chiffon sent-il le chloroforme, d'après vous ? dit une voix surgie du passé.

Une main lui appliqua sur la bouche un chiffon blanc tandis qu'une autre main lui tenait fermement la tête.

— Chut ! Ce sera bientôt fini.

Jane passa ses mains entre les bras de son agresseur et se dégagea d'un coup sec. Le chiffon tomba par terre mais elle gardait dans la bouche le goût âcre du chloroforme, ce qui ne l'empêcha pas de foncer vers la porte, galvanisée par un puissant instinct de survie. Elle hurla de douleur lorsque son agresseur l'agrippa par les cheveux et la tira en arrière. Machinalement, elle porta les mains à son crâne. L'homme en profita pour lui coller à nouveau le chiffon imbibé de chloroforme sur la bouche.

Elle le bourra de coups de pied et de coups de genoux, et s'agrippa à ses poignets pour lui faire lâcher prise. Mais il était costaud. Et elle n'était pas au mieux de sa forme après tout ce qu'elle avait enduré ces derniers jours. Sous l'effet de l'anesthésique, sa respiration se fit chaotique tandis que peu à peu ses forces l'abandonnaient et que son acuité visuelle diminuait.

Résiste. Ne t'endors pas. Laisse un indice, une trace, n'importe quoi. Il fallait que Sullivan sache...

Elle se sentit partir, ses muscles s'insurgeant contre les ordres que leur transmettait son cerveau. Elle s'empara de la première chose qui lui tomba sous la main : le stylo qui était dans la poche poitrine de son agresseur. Puis ses jambes se dérobèrent sous elle.

— C'est bien, dit l'homme en la laissant glisser au sol. Détendez-vous. Vous êtes entre de bonnes mains.

Elle leva le bras au-dessus de sa tête et lâcha le stylo, qui roula loin d'elle, sous le lit. Les yeux fixés sur son agresseur, elle était incapable du moindre mouvement et luttait désespérément contre le sommeil. Pour échapper à son regard scrutateur, l'homme l'obligea à s'allonger complètement. Mais elle l'avait reconnu. Ce visage, elle n'était pas près de l'oublier.

— Pas... vous ! bredouilla-t-elle, de plus en plus hébétée.

— Eh si, Jane, c'est bien moi !

Il se pencha sur elle. Les cicatrices qui barraient ses sourcils et balafraient son menton étaient plus visibles que dans son souvenir. Elle voulut se relever, se sauver mais le sommeil la gagnait inéluctablement. Ses paupières se fermèrent malgré elle.

— À mon tour, à présent, de vous torturer !

14

Fonçant à tombeau ouvert sur l'autoroute, Sullivan serrait dans sa main le seul indice que son équipe et lui avaient pu trouver chez Jane : un stylo. Il avait roulé sous le lit, mais il était prêt à parier que ce stylo ne s'était pas trouvé là par hasard. C'était un signe que lui adressait Jane pour le mettre sur la piste de son kidnappeur.

Il savait aussi où se cachait celui-ci. Au chalet. Le seul endroit où il était sûr que Sullivan viendrait le chercher.

— J'arrive, Jane. J'arrive.

Il s'était engagé à la protéger et il comptait bien tenir toutes les promesses qu'il lui avait faites. Quoi qu'il lui en coûtât. Des gerbes d'eau boueuse maculèrent les vitres du SUV lorsqu'il enfonça la pédale d'accélérateur. Les essuie-glaces, qui se déplaçaient sur le pare-brise à toute vitesse, semblaient faire la course avec son cœur, qui tambourinait dans sa poitrine comme pour s'en échapper. Il venait de comprendre que dans cette histoire ce n'était pas Jane qui était visée. C'était *lui*. Le passé avait refait surface, mais il lui manquait encore quelques pièces pour reconstituer le puzzle. Donnant un grand coup de volant sur la gauche, Sullivan s'engagea dans un chemin enneigé. Son bras et son flanc l'élançaient mais, ignorant la douleur, il se concentra sur sa conduite, qui exigeait de sa part une grande concentration. Le ciel était couvert, menaçant. Le vent soufflait en rafales, qui couvraient le pare-brise de flocons. Sullivan avait de plus en plus de mal à voir la route.

Et avec toute cette neige, il n'avait plus aucun repère. Le chalet ne devait pourtant plus être bien loin...

Une masse sombre, indistincte, apparut soudainement au milieu du chemin.

Lâchant un juron, Sullivan donna un coup de volant et écrasa la pédale de frein. Le SUV fit une embardée et se mit à chasser de l'arrière avant de partir en vrille. Le temps parut se dilater. Retenant son souffle, Sullivan essayait désespérément de garder le contrôle du véhicule. Il s'en fallut de peu qu'il écrase Jane, qui gisait sur la route, inconsciente. Il voulut redresser le volant mais trop tard : le SUV alla percuter l'un des arbres qui bordaient la route. Le choc fut rude, tant pour le conducteur que pour le véhicule. Un gros paquet de neige tomba sur le capot enfoncé, et le moteur se tut. Sullivan, qui avait été projeté sur le volant, se redressa sur son siège. Se passant la main sur le front, il constata qu'il saignait. Mais par miracle, il n'avait pas perdu connaissance. Le souffle court, il tenta d'ouvrir la portière. Sans succès.

Il devait porter secours à Jane.

Débloquant la portière d'un coup d'épaule qui lui arracha un cri de douleur, il réussit, non sans mal, à s'extraire de la voiture. Mais dans sa précipitation, il dérapa sur la neige compacte et valdingua contre le SUV. À moitié sonné, il dut faire appel à toute sa volonté pour se relever.

Jane avait besoin d'aide.

Assise sur une chaise, les mains attachées au dossier, le buste ployé en avant, elle semblait évanouie. Heureusement qu'elle n'avait pas vu qu'il avait failli lui rouler dessus, songea-t-il en vérifiant la culasse de son Glock. Il se garda bien, cependant, d'approcher de la jeune femme. Il savait qu'on ne l'avait pas mise là par hasard. Il n'allait pas tomber dans un piège aussi grossier. Malgré la peur qui lui nouait les entrailles, il s'efforçait de ne pas paniquer. Il n'y avait qu'une issue possible. Le ravisseur de Jane voulait la jouer comme ça ? Il n'allait pas être déçu.

— Je sais que tu es là, cria-t-il par-dessus son épaule en s'adossant au SUV pour se couvrir.

Le doigt sur la détente, il tendait l'oreille, à l'affût du moindre craquement dans la neige. Les battements frénétiques de son cœur ne lui facilitaient pas la tâche mais il perçut un léger bruit de pas. L'homme s'immobilisa. Il était de l'autre côté du chemin, à moins de dix mètres de Sullivan.

— Finissons-en.

Sullivan s'écarta brusquement du SUV, leva son arme et la pointa sur sa cible.

Et se figea.

— Salut, grand frère.

Une fumée âcre emplissait l'air autour de Marrok Warren. Il jeta son cigare dans la neige et l'écrasa sous son pied. La crosse d'un pistolet pointait sous sa parka. Une abondante tignasse châtaine masquait partiellement les cicatrices au menton que leur père lui avait faites, sous les yeux de Sullivan, impuissant.

Le front marqué de rides profondes, Marrok dégaina son arme.

— Tu ne t'y attendais pas, hein ?

— Pour une surprise, c'en est une, en effet. Je te croyais au cimetière, mort et enterré.

En retrouvant le stylo que leur mère avait offert à Marrok pour son douzième anniversaire, Sullivan avait compris *qui* était l'homme qu'il traquait. L'avoir devant lui, en chair et en os, lui faisait bizarre, cependant. Solidement campé sur ses deux jambes, en position de combat, il raffermit la pression de son doigt sur la détente de son Glock.

— Tu as fait croire au suicide pour pouvoir te venger de Jane parce qu'elle t'avait fait condamner. C'est bien ça, n'est-ce pas ?

— C'était de bonne guerre, non ? La terroriser au cours de ces trois derniers mois a été un vrai plaisir. Je me suis amusé comme un fou, je l'avoue. Après, quand elle t'a engagé, les enjeux sont devenus plus sérieux. Finie la rigolade !

Marrok s'avança vers lui en décrivant un arc de cercle vers la droite. Sullivan se trouvait à présent au milieu du chemin.

— Sebastian Warren. Mon grand frère. L'éternel *sauveur*. Le héros de la famille.

— Si je comprends bien, tu me reproches de t'avoir protégé pendant toutes ces années où papa s'est acharné sur toi ? dit Sullivan avec un petit rire. Tu es complètement cinglé, mon pauvre Marrok. Tu devrais te faire soigner.

— Merci du conseil, frangin, mais je ne serais pas l'homme que je suis aujourd'hui sans papa. Si je n'avais pas pris exemple sur lui, je n'aurais ni les relations ni l'argent que j'ai aujourd'hui. Et, crois-moi, ça vaut vraiment le coup. La seule différence entre papa et moi, c'est que je suis... un peu plus raffiné.

Marrock jeta un coup d'œil vers Jane. Le sourire en coin qui se dessina sur ses lèvres attisa la colère que Sullivan sentait monter en lui. Le soldat qu'il croyait avoir enterré dans le cimetière familial, auprès de leur mère, était un imposteur, un fou dangereux, un tueur. Sullivan avait cru en son innocence pendant plus d'un an.

— Jane avait vu juste. Elle a toujours su que tu étais coupable. Tu as bel et bien agressé ces femmes, en Afghanistan.

Ne se donnant même pas la peine de nier, Marrok enfouit la main dans la poche de sa parka et en extirpa un petit boîtier noir.

— Tu n'as aucune chance, Sebastian. Je te connais mieux que personne, ne l'oublie pas. Ce n'est pas parce que tu as pris un autre nom que tu es devenu quelqu'un d'autre.

Marrok agita le boîtier dans sa main pour que Sullivan le voie, puis il leva son arme et le visa. En plein cœur.

— Je sais que tu ne me tueras pas, continua-t-il. Tu serais incapable de tuer ton propre frère. Mais je sais aussi que tu ferais n'importe quoi pour sauver la vie d'une femme innocente. Surtout quand tu couches avec elle !

— Moi aussi, je te connais, figure-toi. Je sais que tu ne vas pas tirer.

Sullivan serrait les dents. Sa blessure au côté le faisait atrocement souffrir. Comment Marrok savait-il que Jane et lui avaient couché ensemble ? Les avait-il épiés jusque dans leur intimité ? À cette pensée, il fut pris de dégoût. Mais son frère avait raison : il ne le tuerait pas. Ce qui ne signifiait pas qu'il ne le ferait pas payer pour ce qu'il avait fait. Arme au poing, il recula de quelques pas vers Jane, qui n'avait toujours pas repris connaissance. Il lui releva la tête et, plein d'appréhension, lui prit le poul. Ses lèvres avaient bleui et son cœur battait au ralenti, mais elle était bien vivante. Sa doudoune l'avait protégée du froid.

— Détrompe-toi, Sebastian. Tu me *connaissais*. Mais ça, c'était avant que tu m'abandonnes pour t'engager dans la marine, en me laissant me débrouiller avec les conséquences qu'a eues sur ma vie le meurtre de ce cher papa. Tu n'as jamais cherché à savoir ce que je devenais. Tu as même changé de nom pour que je ne te retrouve pas. Et voilà qu'aujourd'hui tu protèges la personne que je déteste le plus au monde. *Jane Reise*. Alors c'est vrai, je ne vais peut-être pas te loger une balle dans le corps, mais si tu te prends une balle perdue, crois bien que je n'aurai aucun remords.

— Ecoute-moi, dit Sullivan en risquant encore un pas en direction de la jeune femme. Tout ce que j'ai fait, je l'ai fait pour toi. Pour te protéger et...

— Epargne-moi ton baratin, Sebastian. Je sais exactement ce qu'il en est. Tu n'aspirais qu'à fuir la vie calamiteuse que nous avions. Tuer notre père a été pour toi l'occasion de ficher le camp.

Marrok leva le boîtier qu'il tenait dans la main en direction de Jane.

— Tu es un commando de marine. Tu sais à quoi sert ce truc et ce qu'il se passera si tu t'approches d'elle quand la bombe explosera.

— Jane, mon cœur, réveille-toi, exhorta Sullivan en se

penchant vers elle pour écarter les cheveux qui lui masquaient le visage.

— Tu ferais mieux de t'éloigner, Sebastian. Le compte à rebours va commencer.

Son pistolet toujours pointé sur la poitrine de Sullivan, Marrok reculait lentement.

— Pour elle, c'est terminé. Elle n'a que ce qu'elle mérite.

— Non ! protesta Sullivan de toute la force de ses poumons.

Son cri provoqua un déplacement d'air qui eut pour effet de faire tomber la neige qui s'était accumulée sur les branches des arbres bordant le chemin. Sullivan comprit qu'il avait une carte à jouer. Profitant de l'absence temporaire de visibilité, il piqua un sprint.

— Je ne peux pas vivre sans elle, déclara-t-il, les poumons en feu.

La mini-tempête de neige s'estompa trop vite et il se retrouva à découvert. Il ne ralentit pas pour autant.

Ouvrant de grands yeux, Marrok fit feu. Il manqua sa cible. Il tira à nouveau et toucha Sullivan au bras droit. Puis en haut de la cuisse. Mais Sullivan n'en avait cure. Il continuait de courir. Parce qu'il aimait Jane. Il ne savait pas à quel moment il était tombé amoureux d'elle. Ni comment. Mais ce qui était sûr, c'est qu'il l'aimait. Il s'était épris de la femme que deux ans plus tôt il s'était juré de détester jusqu'à son dernier souffle.

À bout de force, blessé, il luttait pour ne pas s'effondrer. Mais s'il ne récupérait pas ce fichu détonateur, il perdrait tout.

Galvanisé par cette pensée, il fonça sur Marrok et le déséquilibra d'un coup d'épaule. Ils s'écroulèrent l'un sur l'autre dans la neige. Au moment d'assommer son frère, Sullivan marqua une très brève hésitation. Cela suffit à Marrok pour reprendre l'avantage.

— Tu n'aurais jamais dû te mêler de ça, grand frère, dit Marrok en lui assenant un coup de crosse sur la tête.

Sullivan crut que son crâne allait exploser. Il tomba de tout son long en arrière mais sa chute fut amortie par la poudreuse.

Il eut comme un flash et repensa à toutes ces nuits qu'il avait passées, bien des années plus tôt, une batte de base-ball, un couteau ou un flingue caché sous son oreiller, dans le cagibi qu'il partageait avec son petit frère. Il n'avait eu de cesse de le protéger. Et voilà que cet imbécile, dont il n'aurait jamais pensé qu'il se retournerait contre lui un jour, avait perdu la tête !

Sullivan jeta un coup d'œil à Jane qui commençait à revenir à elle. Et qui avait, elle aussi, bien besoin de son aide.

— Mais c'est vrai, reprit Marrok. Je ne suis pas chaud pour te tuer, moi non plus. C'est pourquoi Menas s'est contenté de te droguer et de te neutraliser à coups de Taser. Maintenant, si tu choisis Jane Reise plutôt que ton propre frère, je n'hésiterai pas une seconde.

Sullivan planta les talons dans la neige et se releva tant bien que mal, se débrouillant pour se retrouver au milieu du chemin, à égale distance entre Marrok et Jane. Son frère le tenait toujours en joue. Un brusque coup de vent souleva la neige à proximité du chalet. Puis un éclair, furtif, infime, attira son attention à la lisière des arbres. Le reflet d'un rayon de soleil sur du verre. Il réprima un petit sourire.

— Si tu me connais aussi bien que ça, dit-il, tu dois savoir que je vais toujours au bout de ce que j'entreprends. Or ma mission n'est pas terminée.

— Je me doutais que tu dirais quelque chose dans ce genre, répliqua Marrok en haussant les épaules, son pistolet dans une main, le détonateur dans l'autre. Je sais aussi que ton équipe est là pour me descendre si jamais les choses tournent mal.

Marrok jeta un coup d'œil par-dessus son épaule juste au moment où Anthony et Elliot sortaient de leur cachette, armés de fusils de précision équipés de lunettes de visée, et prêts à tirer dès que Sullivan leur en donnerait l'ordre.

— Tu sais quoi, grand frère ? Je crois bien que ça va mal tourner.

Visant Sullivan entre les deux yeux, Marrok comprima le détonateur.

— À bientôt en enfer, Sebastian.

— Non ! cria Sullivan en se jetant sur lui pour lui prendre le détonateur.

Marrok pressa la détente.

Les coups de feu l'avaient fait revenir à elle, réactivant dans son esprit embrumé de mauvais souvenirs.

— Sullivan, murmura-t-elle dans un souffle.

Son corps n'obéissait plus aux ordres que son cerveau lui transmettait en vain. Elle n'arrivait pas à bouger et cette blancheur aveuglante l'empêchait d'ouvrir les yeux. Marrok Warren avait-il fini par la tuer ?

Il fallait qu'elle prévienne Sullivan.

Mais Dieu que ses paupières étaient lourdes ! Sa tête roula sur le côté. À moins qu'il ne neige en enfer, elle était assise sur une chaise, pieds et poings liés, au milieu de nulle part. Quel triste sort Marrok lui avait-il réservé ? La laisser en pâture aux loups ? Pas très original.

Du coin de l'œil, elle repéra deux grosses pierres non loin d'elle, à moitié enfouies dans la neige. Mais à cause du chloroforme, elle ne pouvait ni bouger ni crier. Elle était sans défense, à la merci du premier prédateur venu.

Pas question, cependant, de baisser les bras.

Détache-toi et rejoins Sullivan.

Elle se mit à gigoter pour faire basculer la chaise dans la neige. À force de contorsions, elle finit par tomber à la renverse. Un instant suffoquée par la poudreuse qui lui recouvrit le visage, elle s'ébroua puis essaya d'étirer ses mains le plus possible pour atteindre l'une des pierres. Mais ses liens étaient trop serrés et elle était épuisée. À nouveau, le découragement la submergea. Marrok aurait ce qu'il voulait et Sullivan...

Non, pas question de renoncer ! Elle était une battante, une guerrière.

Du bout des doigts, elle effleura enfin la surface rugueuse

d'une des pierres. Un ultime effort et elle put s'en emparer et limer la corde. En quelques minutes, ses poignets furent libérés de toute attache. S'extirpant de sous la chaise, Jane entreprit alors de s'attaquer aux liens qui lui entravaient les chevilles. Comme elle se penchait en avant, elle vit un éclair rouge sur son ventre. Elle crut d'abord que c'était du sang. Mais l'éclair disparut, puis revint, plus lumineux. Le message qui s'afficha sur l'écran la remplit d'effroi. *Activée.* Elle s'aperçut qu'elle était bardée de fils électriques de toutes les couleurs. Un goût de cendres lui emplit la bouche lorsqu'elle comprit de quoi il s'agissait.

Paniquée, elle se débarrassa de ses derniers liens en un tournemain.

Marrok ne s'arrêterait-il donc jamais ? Après avoir lancé à leurs trousses, à Sullivan et elle, une dépanneuse folle, après avoir tenté de les faire périr calcinés dans l'incendie de l'appartement de Menas, après avoir lâché sur elle un détachement de mercenaires, voilà maintenant qu'il l'avait sanglée dans un gilet piégé. Tout cela parce qu'elle avait fait son travail.

Elle empoigna le gilet mais ses doigts fébriles ne rencontrèrent ni fermeture Eclair ni Velcro. Un grognement sourd de bête blessée lui fit faire volte-face. Elle vit Sullivan tomber à la renverse dans la neige, frappé par Marrok.

Elle n'était pas armée — juste affublée d'un gilet dont elle se serait bien passée, mais cela ne l'empêcha pas de se précipiter vers les deux pugilistes. Bien qu'engourdie par le froid, elle courait au secours de l'homme qu'elle aimait lorsque Anthony et Elliot surgirent brusquement de derrière la rangée d'arbres bordant le chemin et encerclèrent Marrok. Sullivan se releva. Elle dut s'adosser à un tronc d'arbre pour reprendre son souffle. Sullivan était sauvé et Marrok neutralisé. L'armée allait se charger de lui et le cauchemar serait enfin terminé. Pour de bon.

Plus besoin du programme de protection des témoins. Elle allait pouvoir retrouver sa véritable identité, son travail, sa vie.

Mais alors que personne ne s'y attendait, Marrok leva son pistolet et visa Sullivan. Non ! s'insurgea Jane, tétanisée. C'était trop injuste. Sullivan n'avait pas mérité ça.

S'arrachant à sa stupeur mortifère, elle se remit à courir comme une dératée dans sa direction. Malgré le désespoir qui lui étreignait la gorge, elle volait à sa rescousse.

— Sul…

Marrok fit feu tandis que Sullivan enfouissait sa main sous sa parka. Puis deux autres coups de feu déchirèrent l'air glacé, plongeant un peu plus la jeune femme dans le désespoir.

Sullivan lâcha son pistolet de secours et se jeta sur son frère, mais il n'y avait plus rien à faire. Marrok s'effondra, probablement tué sur le coup.

Les jambes flageolantes, Jane dut à nouveau s'appuyer à un arbre. Ses yeux s'emplirent de larmes et son cœur se serra. Pas pour Marrok, bien sûr. Il pouvait bien aller au diable. Ce qui la bouleversait, c'était de voir Sullivan se pencher sur la dépouille de son frère. Un frère qu'il n'avait jamais cessé d'aimer, malgré tout.

Poussée par la compassion et l'envie qu'elle avait de le prendre dans ses bras, de le consoler, de le réconforter, elle se remit en route.

Mais à peine avait-elle fait trois pas que son gilet piégé se rappela à son bon souvenir, émettant une série de bips de plus en plus sonores. Elle se figea. L'écran affichait à présent une série de chiffres. Qui décroissaient. Elle releva la tête, tétanisée face à la mort inéluctable qui l'attendait.

Plus oppressée que si un éléphant s'était assis sur sa poitrine, elle n'arrivait plus à penser. Ne pouvait même plus respirer.

— Jane !

Entre ses larmes, elle discerna le visage de Sullivan.

Elle s'empressa de reculer. Non, il ne fallait surtout pas qu'il s'approche ! Si elle s'éloignait suffisamment de lui, il avait une chance de survivre à l'explosion. Les bras tendus devant elle pour le tenir à distance, elle commença à reculer vers les arbres.

— Va-t'en ! cria-t-elle. Je porte un gilet piégé.

Sourd à sa mise en garde, il la rattrapa, ses yeux bleu outremer rivés dans les siens.

— Elliot, va chercher tes outils !

Le détective privé courut vers le SUV.

Jane, qui reculait toujours, se heurta à l'arbre contre lequel elle s'était appuyée quelques minutes plus tôt, et tomba par terre.

En essayant de désamorcer la bombe, Sullivan et ses hommes allaient risquer leur vie. Elle ne voulait pas qu'ils se sacrifient pour elle. L'écran affichait à présent moins de deux minutes.

Accablée de remords, Jane voulut que Sullivan sache à quel point elle regrettait de l'avoir entraîné dans cette galère.

— Je suis désolée, bredouilla-t-elle. Je suis désolée.

Que pouvait-elle dire d'autre ?

Sullivan s'agenouilla à côté d'elle. L'angoisse marquait ses traits et assombrissait son regard. Penché sur elle, il glissa une main sous sa nuque pour lui soutenir la tête. Elle frémit, troublée par le contact de ses doigts caressants. L'odeur rassurante de son parfum l'enveloppant, elle brûlait de se blottir contre lui. Mais le temps leur était compté. Littéralement.

— Ça va ? demanda-t-il.

Dans sa voix, l'inquiétude se mêlait à l'émotion.

— Tout va bien.

Elle disait vrai. Il lui restait moins de deux minutes à vivre mais elle avait Sullivan Bishop tout à elle. Posant une main sur son visage, elle ajouta :

— Mais il faut que tu t'éloignes. Ce gilet est piégé. Il va bientôt...

— Il n'explosera pas, décréta-t-il d'un ton sans appel. Je te le promets.

— D'accord.

Il tenait toujours ses promesses, elle le savait, mais cette fois, elle avait un peu de mal à le croire. Entremêlant ses doigts aux siens, Jane acquiesça malgré tout d'un hochement de tête car elle ne voulait pas le contrarier. Elle lui avait déjà fait bien assez de mal comme ça.

— Je suis désolée, répéta-t-elle. Tout est de ma faute. Je n'aurais jamais dû faire ce que j'ai fait : m'introduire dans ton agence, te faire chanter, me lancer seule à la poursuite de Menas...

Elliot s'agenouilla à côté d'elle, en face de Sullivan. Bien que soufflant comme un bœuf, il lui décocha un sourire.

— Salut, ma belle. Vous n'avez pas tourné de l'œil à ce que je vois. C'est mieux comme ça.

Il la fit s'allonger sur le dos.

— Passe-moi la pince coupante, dit-il à Sullivan. Bon, écoutez-moi bien, Jane. Il va falloir que vous restiez tranquille. Vous êtes une véritable bombe à retardement. Le moindre mouvement est susceptible de précipiter l'explosion.

Sullivan tendit la pince au détective privé. Puis il serra la main de Jane.

— Eh bien, moi, je ne regrette rien. Je croyais que la Terreur des tribunaux militaires avait fait irruption dans mon bureau, mais c'est dans mon cœur, Jane, que tu es entrée en force. Et c'est là qu'est ta place, désormais.

— Je n'en reviens pas de t'entendre exprimer tes sentiments. C'est tellement inhabituel, fit remarquer Elliot.

Sa voix trahissait sa concentration extrême tandis qu'il essayait de s'y retrouver dans tous ces fils électriques.

— Mais c'est si beau que j'en ai la larme à l'œil.

Jane aussi était émue. Sullivan était-il en train de lui dire qu'il l'aimait ? Cette pensée lui fit chaud au cœur.

— Eloigne-toi vite, laisse-moi, dit-elle en lui lâchant la main.

— La dernière fois que je t'ai laissée, mon frère t'a kidnappée et transformée en bombe à retardement.

Il prit à nouveau sa main dans la sienne et y déposa un baiser.

— Alors ne compte pas sur moi pour recommencer la

397

même erreur. Et n'espère pas cette fois qu'en me dénonçant à Dieu sait qui tu vas te débarrasser de moi.

— Il y a trop de fils, murmura Elliot en s'asseyant sur les talons. Et il nous reste moins de trente secondes. Je crois qu'on devrait...

— En ce cas, on va la débarrasser de ce maudit gilet.

Joignant le geste à la parole, Sullivan s'empara du couteau cranté qu'il cachait dans l'une de ses boots. Puis, avec l'aide d'Elliot, il retourna Jane sur le ventre.

— Tiens bon, Jane, on va y arriver.

Il entreprit de taillader le gilet de bas en haut. Terrorisée, Jane retenait son souffle. D'un instant à l'autre, elle allait exploser. Mais avant de mourir, elle voulait transmettre un dernier message à Sullivan.

— Sullivan, il y a une chose que je veux que tu saches. Je t'aime.

Il ne répondit pas tout de suite.

— C'est bon ! s'écria-t-il en tirant à lui le gilet piégé.

Hébétée, Jane se sentit brièvement soulevée de terre mais le poids du gilet la plaqua de nouveau au sol. Ayant recouvré ses esprits, elle sortit vite les bras des emmanchures. Le décompte des secondes continuait. D'une main, Sullivan l'attrapa par le bras et de l'autre, il ramassa le gilet et le jeta dans les bois, le plus loin possible.

— Abritez-vous !

Elliot et Anthony se planquèrent derrière le SUV pour l'un et derrière un long banc de neige de presque un mètre de haut pour l'autre. Sullivan poussa la jeune femme vers les arbres.

— Cours, Jane, cours !

Un léger bourdonnement se répercuta dans les bois.

Puis ce fut l'explosion. Assourdissante. Le souffle les projeta en l'air. Jane retomba sur le dos et roula sur elle-même. Lorsque, enfin, elle s'arrêta, elle était au bord de l'asphyxie. Il y avait de la fumée partout. Elle en avait inhalé pas mal et commençait

à voir trouble. Des yeux, elle se mit à chercher Sullivan, qui avait disparu. Comme elle levait la tête vers les arbres, une avalanche de neige lui tomba dessus. Elle perdit connaissance.
— Jane...

15

Condamné à une période de probation assortie d'une peine de plus deux cents heures de travaux d'intérêt général, Sullivan perdit près de la moitié de ses clients. Mais la dénonciation de Jane avait aussi un avantage. De taille. Tout le reste de sa vie, il allait pouvoir lui reprocher cette trahison.

Et c'était bien ce qu'il avait l'intention de faire.

Les yeux embués de larmes, il longeait le couloir qui menait à la chambre de Jane. Devant sa porte, un ex-ranger montait la garde. Sullivan avait pris cette précaution au cas où son psychopathe de frère aurait engagé un autre homme de main qui n'aurait pas capté le message : personne ne touchait à Jane Reise. Elle était à *lui*.

Après avoir salué Anthony, il posa la main sur la poignée de la porte et se figea, l'estomac brusquement noué. Tous les papiers qu'il avait retrouvés dans le SUV, acte de naissance, permis de conduire, carte de sécurité sociale et passeport, laissaient penser que Jane avait projeté de commencer une nouvelle vie. En Californie. Et si, maintenant que tout danger était écarté et qu'il était lui-même en règle avec la justice, elle décidait de partir quand même ?

— Je crois que c'est la première fois que je te vois changer de couleur à ce point, fit remarquer Anthony, à qui rien n'échappait.

Il avait beau se cacher derrière des lunettes de soleil, son air sarcastique se voyait comme le nez au milieu de la figure.

— J'ai des excuses, non ? À chaque fois que je m'approche d'elle, soit on me tire dessus, soit on essaie de me faire exploser.

Ce n'était pas tout à fait exact, mais Anthony n'avait pas besoin de le savoir. En vérité, s'il n'ouvrait pas cette porte, c'était parce qu'il tremblait à la seule pensée que Jane puisse refuser de rester à Anchorage, et revenir sur les trois mots qu'elle avait bredouillés lorsqu'elle avait frôlé la mort.

Un élancement dans la cage thoracique le tira de ses sombres réflexions. Le coup de poignard qu'il avait reçu, tout comme les blessures par balle qu'il avait à l'épaule et à la cuisse, se rappelaient à lui périodiquement. Mais ce n'était rien à côté de la souffrance qu'il endurerait si par malheur Jane le quittait.

— Je te suis très reconnaissant de veiller sur elle, dit-il à Anthony, qui l'observait toujours. Un grand merci. Vraiment.

— Tu as toujours dit que tu ferais n'importe quoi pour protéger l'équipe. Eh bien, figure-toi que c'est réciproque.

Lorsque Anthony transféra son poids d'une jambe sur l'autre, Sullivan remarqua l'anneau doré qui pendait à son cou, plus ou moins caché sous le gilet pare-balles. L'alliance de Glennon. L'ex-ranger, expert en armement, était donc resté fidèle à son grand amour ? Il n'en avait jamais soufflé mot. Le cœur de Sullivan se serra. Sans cesser de surveiller le couloir des yeux, Anthony, visiblement gêné, s'empressa de glisser l'anneau sous sa chemise.

— Les collègues et moi, nous désapprouvons le fait que tu nous aies caché qu'elle t'avait fait du chantage, mais si tu l'aimes, Jane Reise fait partie de l'équipe. Et nous nous battrons pour elle.

— Merci encore.

Ce vote de confiance le réconforta. Mais il n'était pas totalement rassuré. Il n'y avait qu'une façon de savoir ce que Jane avait décidé. Et cette décision, quelle qu'elle soit, Sullivan allait l'accepter. Il ne s'accrocherait pas à Jane comme Anthony s'accrochait à la femme qui l'avait larguée, des années plus tôt, le laissant avec ses doutes, ses espoirs, ses interrogations.

Prenant une grande inspiration, Sullivan appuya sur la poignée de la porte et entra dans la chambre.

Il expurgea d'un coup tout l'air contenu dans ses poumons.

Debout à côté du lit, Jane était en train d'enfiler sa doudoune. Il referma la porte doucement et l'observa. Les traces de brûlures, les estafilades et les bleus qu'elle avait sur le haut du corps commençaient à disparaître. Son parfum de vanille, si addictif, flottait dans la pièce. Il ne put s'empêcher de le respirer à pleins poumons.

— Si tu pouvais arrêter de me regarder comme ça, dit-elle en lui souriant par-dessus son épaule.

Elle finit d'arranger son col et se retourna.

— À moins que tu ne sois venu pour me faire sortir d'ici, comme l'autre fois.

— Je suis sûr que ça devrait pouvoir s'arranger.

En fait, le médecin avait déjà délivré l'autorisation de sortie, mais Sullivan n'était pas pressé de le lui annoncer. Il avait juste besoin de quelques minutes de plus en tête à tête avec elle. Fourrant les mains dans les poches de sa parka, il s'adossa à la porte.

— Qui croirait en te voyant que tu viens d'échapper aux griffes d'un mercenaire puis à celles d'un psychopathe ?

Une ombre passa dans les yeux noisette de la jeune femme. Cette soudaine tristesse dans son regard lui fit presque aussi mal que le coup de poignard de Menas.

— Je suis désolée pour Marrok, dit-elle. Tu n'imagines pas à quel point j'aurais préféré qu'il n'ait pas été mêlé à tout ça. Je ne pensais pas que cela se terminerait comme ça.

Désemparée, elle se mit à se mordiller la lèvre inférieure. Puis elle chassa d'un revers de main une poussière invisible sur sa doudoune.

— Tu m'as dit une fois que tu ne me haïssais pas pour le rôle que j'avais joué dans sa condamnation, continua-t-elle, les bras croisés sur la poitrine, comme si elle s'attendait à encaisser un coup dur. Mais depuis, tu as pu changer d'avis. Qu'en est-il aujourd'hui ?

— Je te dois la vérité.

Sullivan s'avança vers elle très lentement, de manière à ce qu'elle puisse s'esquiver si elle le souhaitait. En la voyant se tasser sur elle-même, il devina qu'elle était accablée par la culpabilité. La honte. Le regret.

— Depuis ce soir-là, beaucoup de choses ont changé, Jane. Pour la première fois en dix-neuf ans, le monde sait qui je suis vraiment. Et ce que j'ai fait. À cause de toi.

Elle blêmit, le fixant bouche bée, l'air effaré. Puis, les yeux rivés sur la porte, derrière lui, elle le contourna.

— Je comprends.

— Non, tu ne comprends pas.

Sullivan l'agrippa par le bras et l'attira contre lui. Elle ne lui opposa aucune résistance, pour une fois. C'était bon signe. Baissant les yeux vers les siens, il referma ses bras sur elle. Pas question de la laisser sans aller.

— Si tu comprenais, tu ne t'enfuirais pas. Rien de ce qui est arrivé n'est de ta faute, Jane. Tu n'es pas responsable des agissements des autres. Tu as juste fait ton travail.

Prenant le visage de Jane entre ses mains en coupe, il refoula le souvenir de la fin tragique de Marrok. Et dire qu'à cause de lui, il avait failli la perdre...

Les choses auraient pu encore plus mal tourner mais son équipe et lui n'avaient rien vu venir. Il avait fallu qu'il reconnaisse le stylo de son frère sur la photo pour comprendre que c'était lui qui tirait les ficelles.

— C'est terrible que Marrok en soit arrivé là, dit-il. Mais les choix qu'il a faits lui appartiennent et il en a payé les conséquences.

— Et tu ne m'en veux pas trop de t'avoir dénoncé à la police pour le meurtre de ton père ? demanda Jane d'une si petite voix qu'il en fut tout remué.

Elle n'osait pas le regarder mais elle avait posé les deux mains à plat sur son torse, de part et d'autre de son cœur.

— La Terreur des tribunaux militaires va-t-elle se prévaloir d'avoir entraîné la chute du P-DG de Blackhawk Security ?

Elle tira sur sa chemise.

— Je ne suis plus du tout cette personne, Sullivan, et cela m'embêterait beaucoup que tu n'en conviennes pas.

— Crois-tu vraiment que je serais tombé amoureux d'une garce sans pitié qui s'acharnerait sur de valeureux soldats ?

L'attirant encore plus près de lui, il écarta une mèche de cheveux qui lui tombait sur la joue.

— Tu es déterminée, c'est vrai. Prête à tout pour arriver à tes fins. Mais c'est précisément pour ça que je t'aime, Jane Reise. Tu es dévouée et courageuse, par-dessus le marché. La femme idéale, autrement dit. Qu'aurais-je pu espérer de mieux ?

Un sourire éclaira son visage.

— N'oublie pas qu'en plus je t'ai sauvé la vie un certain nombre de fois !

— Je ne me réjouirai jamais assez de la chance que j'ai d'avoir survécu à toutes ces turpitudes, de t'avoir à mes côtés et d'avoir échappé à la prison. Compte tenu de la personnalité de mon père et des circonstances dans lesquelles est survenue la mort de Marrok, le procureur a fait preuve d'indulgence à mon égard.

À la pensée qu'il aurait pu être jeté en prison et ne jamais revoir Jane, Sullivan la serra dans ses bras avec emportement.

— Mais il m'a fait promettre de ne plus jamais me faire justice moi-même.

— C'est un peu tard, pour ça, non ? dit Jane avec un petit rire en levant enfin les yeux vers lui.

Agrippant à deux mains le col de sa parka, elle l'attira à elle et demanda :

— Et tu crois que tu vas la tenir, cette promesse ?

— Je tiens toujours mes promesses. Tu le sais bien, mon

ange. Mais prison ou pas, pour te protéger, je n'hésiterai pas à la rompre.

— OK. Alors moi aussi, je fais une promesse.

Débarrassée des soucis qui entachaient sa beauté, elle était radieuse et confiante en l'avenir. Sa gaieté et sa légèreté faisaient plaisir à voir.

— Quoi qu'il arrive une fois que nous aurons franchi les portes de cet hôpital, continua-t-elle, je promets de ne plus jamais te faire de chantage.

Quoi qu'il arrive ? Elle l'avait dit en plaisantant mais pris d'un doute affreux, Sullivan eut un mouvement de recul.

— Qu'entends-tu au juste par « quoi qu'il arrive » ? Tu as bien l'intention de signer les papiers de ta mutation à Anchorage ?

— Sullivan…, commença Jane d'une voix qui ne présageait rien de bon. Cela ne t'a donc pas encore servi de leçon ? M'aimer risque de te valoir bien plus qu'une peine de prison. En liant ta vie à la mienne, c'est à une condamnation à mort que tu t'exposes. Ta vie, je l'ai déjà bien assez perturbée comme ça, et je ne veux pas avoir ta mort sur la conscience.

Ces mots lui firent l'effet d'une douche glacée. Abasourdi, il se détourna pour cacher son désarroi. Elle ne pouvait pas partir comme ça. Le quitter. L'abandonner.

— J'en déduis que quand tu as dit que tu m'aimais, quelques secondes avant que la bombe explose, c'était juste pour…

Il prit une grande inspiration, tentant en vain de s'immuniser contre l'effet que produisait sur lui son maudit parfum.

— C'était juste pour m'apporter un peu de réconfort si jamais tu mourais ?

— Non, pas du tout. Je…

— C'est à toi de voir, Jane. Je ne chercherai jamais à t'influencer ou à te dicter ta conduite. Si tu ne veux pas rester à Anchorage, libre à toi de partir.

Il fit un pas vers elle, réprimant l'envie qu'il avait de la prendre dans ses bras. Mettant dans sa voix toute la ferveur dont il était capable, il ajouta :

— Mais ton éternel sentiment de culpabilité et cette crainte obsédante que tu as de nuire à ton entourage ne te donnent pas le droit de décider à ma place de ce qui est bon pour moi. Ma vie, j'en fais ce que je veux et je la partage avec qui je veux !

Voilà, c'était dit. Il se sentait soulagé d'avoir vidé son sac.

— En fait, le plus grand danger auquel tu m'aies jamais exposé, Jane, c'était que je tombe amoureux de toi. Je l'ai compris le soir où nous avons contemplé les aurores boréales. Tout a changé, ce soir-là. Pour la première fois de ma vie, je me suis senti vulnérable. Mais tu vois, Jane, je suis toujours là. Et je t'aime quand même.

Glissant une main dans la poche de sa parka, il sortit les faux papiers qu'elle s'était fait faire et les jeta sur le lit sans la quitter des yeux un seul instant.

— Tu n'as plus qu'une chose à faire : rester.

Rester ?

À la vue des faux papiers que lui avait remis son amie pour l'aider à changer de vie, Jane ne put cacher sa surprise. Comment étaient-ils tombés entre les mains de Sullivan ?

Anthony avait dû les retrouver dans le SUV et les lui remettre après son kidnapping.

Elle frissonna en repensant au gilet piégé. Le bip-bip de la bombe après que Marrok eut déclenché le compte à rebours résonnait encore dans ses oreilles, et elle revoyait l'air horrifié de Sullivan lorsqu'il avait compris ce qu'avait fait son frère. Tout cela était gravé dans sa mémoire. Pour toujours.

— J'ai besoin de...

De quoi, au juste ?

— Jane, dit Sullivan.

Sa voix grave, persuasive, s'insinua en elle, chassant le cauchemar qui les avait réunis, et elle ne put faire autrement que de se jeter dans ses bras. Blottie contre lui, elle sentit passer en elle, à travers ses vêtements, sa chaleur corporelle. Entrecroisant ses doigts au creux de ses reins, elle murmura :

— J'ai besoin de... toi.

En prononçant ces mots, elle se revit, le tout premier jour, à l'agence, en train de lui tenir à peu près le même langage.

— J'ai besoin de toi, répéta-t-elle. Encore et toujours.

— Tu peux compter sur moi. Mais je ne veux pas passer le reste de ma vie à me demander si tu serais vraiment partie. Je t'aime. Je veux que tu restes.

Il posa sa joue sur le sommet de son crâne. Fermant les paupières, elle s'imprégna des arômes hespéridés de son après-rasage.

— Alors, que décides-tu, Jane ?

La tension qui s'accumulait dans les muscles de son dos se relâcha lorsqu'il referma Les bras sur elle. Elle put alors se presser plus étroitement contre lui. Serait-ce toujours ainsi entre eux ? Ces concessions mutuelles, ce souci de ne pas se faire de mal l'un à l'autre ?

Et dire qu'elle s'était bien juré, lorsqu'elle s'était introduite dans son bureau et s'était mise à lui faire du chantage, de ne pas laisser son cœur interférer dans ses décisions ! Ses sages résolutions s'étaient envolées les unes après les autres au cours de ces derniers jours. Mais Sullivan lui avait sauvé la vie, s'était colleté avec une bande de mercenaires, et avait mis son avenir professionnel en péril. Tout cela pour elle. Il avait fallu qu'elle se croie sur le point de passer de vie à trépas pour oser lui ouvrir son cœur et lui dire ce que son esprit refusait d'admettre. Elle l'aimait.

Elle ne sut jamais à quel comment exactement le déclic se produisit, mais brusquement, elle se rendit compte que son amour pour lui transcendait la peur qu'elle avait de le perdre.

Sullivan était un ex-commando. Il était fort et entraîné. Il savait se défendre.

— Moi aussi, je t'aime, répondit-elle en le serrant contre elle. Et c'est d'accord, je reste. Pour être avec toi.

Elle sentait instinctivement qu'elle avait pris la bonne décision. Qu'elle était en phase avec ce qu'elle voulait vraiment.

— Mais ne me demande pas de te suivre si tu t'aventures encore dans les contrées sauvages de l'Alaska en plein hiver !

Les yeux brillants, il prit son visage entre ses grandes mains et s'empara de sa bouche voracement. La force de son désir lui coupa littéralement le souffle. Tandis qu'il l'embrassait avec fougue, la couvrait de caresses fébriles, et la serrait contre lui comme s'il voulait se fondre en elle, Jane, pantelante, tous ses sens en émoi, sentit qu'elle ne résisterait pas longtemps à l'envie qu'elle avait de répondre à ses attentes. Le lit, derrière eux, leur tendait les draps.

— Est-il vraiment nécessaire de la serrer si fort ? demanda une voix familière dans leur dos.

Ils se tournèrent d'un bloc vers la porte, sur le pas de laquelle se tenait Elliot, tout sourire. Avec un rire de gorge, Sullivan mit fin à leur étreinte.

— Tu as plutôt intérêt à ce que ce soit important, prévint-il.

Rouge de confusion, ne sachant plus où se mettre, Jane s'empressa de rabattre son T-shirt sur son ventre.

— Les flics veulent avoir vos dépositions sur ce qu'il s'est passé au chalet, dit le détective privé. Dois-je leur demander de vous accorder une demi-heure de plus ?

Un nouvel éclat de rire ébranla les murs de la chambre.

— C'est ça. Qu'ils attendent. Mais compte plutôt quarante-cinq minutes.

Elliot tourna les talons et ouvrit la porte à la volée. Vu sa délicatesse, Jane se demanda comment ils avaient pu ne pas l'entendre entrer.

— Vous savez, Jane, j'ai vraiment eu peur que vous ne vous décidiez pas à lui dire ce que vous ressentiez pour lui, et que nous y passions tous.

Le sourire en coin qu'il lui décocha fit redouter à Jane d'entendre la suite.

— Mais heureusement, tout s'est bien terminé.

— Viens un peu par ici, toi, dit Sullivan, l'air furibond, en rejoignant le détective en deux enjambées.

Le retenant par sa manche, Jane l'empêcha de lui sauter dessus.

— Attendez une seconde, dit-elle à Elliot. Êtes-vous en train de me dire que vous saviez quel fil couper mais que vous avez fait semblant de l'ignorer exprès pour que je dise à Sullivan ce que je ressentais pour lui ?

Elle fulminait. Elliot méritait non pas que Sullivan lui casse la figure mais qu'elle le tue de ses propres mains ! L'attrapant par le collet, elle le ramena à l'intérieur de la chambre.

— Vous êtes complètement dingue, ma parole ! Nous avons failli y rester !

— Je savais que ça se jouerait sur le fil, sans mauvais jeu de mots, mais que vous finiriez par vous décider, répliqua Elliot sans se départir de son sourire de filou.

Un sourire qu'elle vit s'évanouir lorsqu'il leva les yeux vers Sullivan, derrière elle.

Jane n'avait pas besoin de se retourner pour savoir que celui-ci ruminait sa vengeance, qui risquait d'être terrible.

Lâchant Elliot, elle s'empressa de s'écarter de devant la porte.

— Vous avez intérêt à courir vite.

Lorsqu'il vit Sullivan foncer sur lui, Elliot paniqua.

— Allons, patron, toi et moi, on est potes, n'est-ce pas ? Je te dois tout. J'ai cru bien faire en me servant de la bombe pour la forcer à cracher le morceau.

Les mains en l'air, il reculait vers la porte.

— Non seulement ça a marché, mais je te rappelle aussi que tu as eu largement le temps de l'extraire du gilet, plaida-t-il pour sa défense.

Il sortit de la chambre et fila sans demander son reste.

— Tu devrais me remercier ! lança-t-il du milieu du couloir.

Tendu comme un arc, Sullivan restait planté devant la porte. Elle passa les bras autour de sa taille et pressa sa joue contre son dos musclé.

— Laisse-le prendre une longueur d'avance avant de lui flanquer une raclée, dit-elle en riant.

Il se retourna et fixa sur elle ses yeux bleu outremer.

— Avant de sortir de cette chambre, il y a encore une chose que j'aimerais que nous tirions au clair.

Il la dévisageait, l'air grave.

— Et après ce qu'il s'est passé avec Menas et avec mon frère, il me semble que j'ai le droit de savoir.

— Es-tu sûr de vouloir te livrer à un nouvel interrogatoire ? Il me semble que la dernière fois ça ne t'a pas réussi.

Elle n'avait plus de secrets pour lui. Mais sa vie était entre ses mains. S'il souhaitait lui poser des questions avant de se lancer dans la mission la plus dangereuse de sa carrière — une relation avec elle —, elle se ferait un plaisir de lui répondre.

L'écho d'un message diffusé par haut-parleurs filtra dans la chambre mais Jane n'y prêta pas attention.

— Je suis prête à tout te dire.

— Tant mieux. Parce que j'ai les moyens de te faire parler.

Joignant le geste à la parole, il lui mit un glaçon dans le cou et le laissa tomber le long de son dos.

Jane poussa un cri.

— Où diable es-tu allé chercher ce glaçon ?

— J'ai filé cinq dollars à Elliot pour qu'il vienne te raconter ses salades et j'en ai profité pour prendre discrètement un glaçon sur ta table de chevet.

Il lui décocha un grand sourire et la prit dans ses bras.

— Ce qu'il a raconté n'est donc pas vrai ? demanda-t-elle.

— Non. Sinon, tu penses bien que j'aurais déjà rompu la promesse que j'ai faite au procureur.

Elle lui donna une tape sur l'épaule.

— Oh ! mais ça ne va pas se passer comme ça. Quand nous serons de retour au chalet, je te garantis que tu vas me le payer. Tu vas encore finir nu comme un ver devant la cheminée.

— Mmm, j'adore quand tu t'occupes de moi.

Il ronronna quelques instants dans son oreille.

— Trêve de plaisanterie, déclara-t-il en relevant la tête. Il faut que tu me dises comment tu t'y es prise pour entrer dans l'agence. J'ai fait vérifier trois fois mon système de sécurité dans son intégralité et aucune faille n'a été trouvée. Alors soit tu as soudoyé l'un de mes employés pour qu'il te laisse entrer, soit tu as des talents cachés que ton métier de magistrate ne pourrait jamais laisser soupçonner.

— Tu aimerais bien le savoir, hein ?

Après ce qu'il avait fait pour elle, elle était prête à lui donner tout ce qu'il voulait. Non seulement la vérité mais aussi tout ce qu'elle avait. Tout ce qu'elle était. Elle était prête aussi à tout faire pour le garder auprès d'elle jusqu'à la fin de leur vie.

— Tu n'imagines pas à quel point, répondit-il.

— Cela t'intrigue drôlement, on dirait. Bon, allez, je ne vais pas te laisser languir plus longtemps.

Elle lui fit signe d'approcher. Lorsqu'il se pencha vers elle, elle colla sa bouche contre son oreille. Et lui glissa le glaçon dans le dos.

— Tu croyais t'en tirer à si bon compte ?

Sullivan s'écarta d'un bond. Son rire dut s'entendre jusque dans le couloir. Plantant ses yeux dans les siens, il fondit sur elle, tel un prédateur sur sa proie.

— Je sens qu'on va bien s'amuser.

RESTEZ CONNECTÉ AVEC HARLEQUIN

Harlequin vous offre un large choix de littérature sentimentale !

Sélectionnez votre style parmi toutes les idées de lecture proposées !

 www.harlequin.fr   **L'application Harlequin**

- **Découvrez** toutes nos actualités, exclusivités, promotions, parutions à venir...

- **Partagez** vos avis sur vos dernières lectures...

- **Lisez** gratuitement en ligne

- **Retrouvez** vos abonnements, vos romans dédicacés, vos livres et vos ebooks en précommande...

- Des **ebooks gratuits** inclus dans l'application

- **+ de 50 nouveautés tous les mois !**

- Des **petits prix** toute l'année

- Une **facilité de lecture** en un clic hors connexion

- Et plein d'autres avantages...

Téléchargez notre application gratuitement

SUIVEZ-NOUS !   facebook.com/HarlequinFrance
twitter.com/harlequinfrance